Zum erstenmal auf deutsch:
Die Briefe Pier Paolo Pasolinis
an Freunde, Schauspieler, Kollegen, Verleger.
Ein aufregender Blick in das
Laboratorium des großen Künstlers –
in seine Leidenschaften,
sein soziales Engagement,
in die Entstehung seiner Bücher und Filme.

Buchvorstellung in der Buchhandlung ›Ferro di cavallo‹
Links Laura Betti, hinter ihr Nico Naldini,
rechts Pier Paolo Pasolini; Anfang der sechziger Jahre

PIER PAOLO PASOLINI

»Ich bin eine Kraft des Vergangenen ...«

Briefe 1940–1975

Herausgegeben von
Nico Naldini

Aus dem Italienischen
von Maja Pflug

Verlag Klaus Wagenbach Berlin

Der Herausgeber dieser Briefe, Nico Naldini, ist gleichzeitig Verfasser einer umfangreichen und reichbebilderten Biographie, *Pier Paolo Pasolini* (Wagenbach 1991), auf die der Leser zum besseren Verständnis der Briefumstände und -adressaten hingewiesen sei.

Inhalt

Nico Naldini

Zur deutschen Ausgabe

Die primäre Schwierigkeit beim Zusammenstellen von Briefsammlungen besteht darin, jene Briefe zu datieren, die kein Datum aufweisen (auch nicht das des Poststempels, wenn die Umschläge verlorengegangen sind); die Datierung dieser Blätter schwankt dann innerhalb eines unbekannten, wenn auch eingegrenzten Zeitraums und bleibt dennoch oft voller Widersprüche. Die Schwierigkeiten wachsen noch, wenn der Briefschreiber ein sehr junger Dichter ist, der sich selbst betrachtet und sich nach außen nur projiziert, um hier und da ein zeitloses Ereignis festzuhalten, den Lauf eines Flusses, die Linie eines Gebirges, ein Gewitter, das Läuten der Glocken. Als ich Pasolinis Briefe zusammenzutragen begann, hegte ich die Hoffnung, daß mir einige dieser Schwierigkeiten erspart bleiben würden, konnte ich doch auf den kleinen Schatz persönlicher Erinnerungen zählen, die zumindest einen Teil jener Briefe auf die intime Atmosphäre einer Familie würden zurückführen können, der ich selbst angehöre.

An einem Märznachmittag, während meine Cousins Pier Paolo und Guidalberto im Hof mit meinen Schwestern spielten, wurde ich im Haus der Familie in Casarsa geboren. Es war das Jahr der »großen Kälte«, in dem es reichlich schneite, und die Kinder hatten einen großen Schneemann mit Kohlenaugen gebaut. Meine Cousins habe ich bis zum tragischen Ende ihrer beider Leben nicht mehr aus den Augen verloren. Doch der wirkliche Schmerz nach ihrem zu frühen Verlust besteht darin, sich nun an sie mit allen Attributen ihrer glücklichen Jugend erinnern zu müssen. Ich war der Jüngste im Haus, und wenn die Schüchternheit mich in einem stillen Winkel verharren ließ, so war dies stets ein ausgezeichneter Beobachtungsposten.

Als Pasolini die ersten der in diesem Band enthaltenen Briefe schrieb, war ich elf Jahre alt, und so als hätte das Schicksal seinen Plan schon vorgezeichnet, beobachtete ich ihn voller Entzücken stundenlang, während er schrieb oder malte. Später würden wir dann zum Baden an den Tagliamento gehen. Die fünf Kilometer bis zu den duftenden Flußniederungen und dem glühenden Kiesbett legten wir mit dem Fahrrad zurück. Es roch dort nach dem Harz der

Büsche, nach den Akazienblüten, nach dem Wasser und dem Wind, die noch die Frische der nahen Berge bewahrten. Warum es diese Gerüche heute nicht mehr gibt, weiß ich nicht, und warum das Flußbett ausgetrocknet ist und sich in ein gleichförmiges, ödes Land ohne Wasser verwandelt hat, auch nicht.

Im folgenden Jahr war ich Besitzer einer kleinen Enten- und Gänsezucht geworden. Um diese hungrigen Tiere zusammenzuhalten und auf die Weide zu führen, stößt man einen Lockruf aus. Die Gänse lockt man mit: »viri, viri«; die Enten mit: »buti, buti«. Meine Enten und Gänse, die Lockrufe und vor allem die Ausflüge an den Tagliamento sind in einigen Briefen und in den ersten Gedichten Pasolinis beschrieben. Das meinte ich mit ›kleiner Schatz persönlicher Erinnerungen‹.

Mütterlicherseits gehört unsere Familie dem Stamm eines alten Bauerngeschlechts aus dem westlichen Friaul an, den Colùs. Zur Unterscheidung haben die verschiedenen Familien einen zusätzlichen Namen: da sind die *Cheba*, die *Socolari*, die *Brovàt*, die *Grata*. Wir sind die *Batistòn*. Viele Dinge, die mit dieser Familie zu tun haben, sind in die Briefe, in die Gedichte und später in die Bilder der Filme eingeflossen. Der Gemüsegarten von Casarsa, zum Beispiel, ist in all seiner aromatischen Frische für einige Szenen des *Decameròn* und der *Erotischen Geschichten aus 1001 Nacht* nachgebaut worden; und Laura Betti, die in *Teorema* eine Bauernmagd spielt, hat in ihrer Gestalt die armen friaulischen Bäuerinnen von früher aufleben lassen, die sich zwar nicht von grünen Brennesseln nährten wie der tibetanische Weise Milarepa, aber gewiß dieselbe heilige Ehrfurcht vor der Natur besaßen.

Eine große Briefsammlung bezieht das Gefühl der Freundschaft und des Altruismus mit ein, vielleicht das einzige Gefühl, das das Leben zu schildern versteht. Der größte Teil von Pasolinis Briefen ist an Freunde und Freundinnen gerichtet, und daß er diese Adressaten persönlich kennengelernt hat, war dem Herausgeber eine weitere Hilfe.

Vor allem die verehrten großen Meister, Longhi und Contini. Und dann die lieben Bologneser Freunde, die Genossen von der Redaktion von ›Officina‹, die jungen Leute aus dem Friaul und die anderen, denen Pasolini im Lauf seines Lebens begegnete und die stets im Mittelpunkt seines Interesses standen. Auch einige unerschrockene Frauen, die ein über Freundschaft hinausgehendes Gefühl mit Pasolini verband.

Man besäße gern ein paar Gewißheiten mehr, um die Frage zu beantworten, ob es legitim ist, Briefe zu sammeln und zu veröffentlichen, diese aus einem bestimmten Moment heraus entstandenen Schriften, die fast nie für eine Veröffentlichung gedacht sind. Eine mögliche, rasch zusammenfassende Antwort, die, glaube ich, für diese Briefsammlung zutrifft, aber nicht unbedingt für andere, liegt darin, daß diese Briefe sich beständig in chronologischen Sequenzen anordnen. Was im Augenblick des Zusammentragens wie ein formloses Durcheinander wirkte, hat sich schließlich aufgrund eigener innerer Energien von selbst geordnet. Aus den Gruppen von Briefen, die jeweils zu den verschiedenen Zeitabschnitten gehören, sind so biographische Sequenzen geworden, die durch die Tiefe des Blickes nach innen und durch die im Augenblick ihres Geschehens geschilderten Begebenheiten viele Hypothesen und mehr als eine biographische Gewißheit zulassen, während sie sich gleichzeitig mit Fragen oder Bestätigungen in Pasolinis gesamten kulturellen Absichten verzweigen.

Außer dem Dank an die Adressaten, die oft auch durch zusätzliche Korrespondenz mit dem Verlag Einaudi und dem Herausgeber viele Fakten erhellt haben, gilt meine Dankbarkeit zuallererst Laura Betti und den Mitarbeitern des Fondo ›Associazione Pier Paolo Pasolini‹, die in Rom das vollständigste Archiv seines Werkes eingerichtet haben; Gian Carlo Ferretti, der großzügig seine Zeit darauf verwendet hat, den Briefwechsel aus der Epoche der Zeitschrift ›Officina‹ wieder zu lesen; Stefano Casi für die Überprüfung der Datierungen des Pasolinischen Theaters und Mario Infurna als erstem Leser.

Dankbar erwähnt seien außerdem Silvio Bertoldi, Enzo Bianco, Agostino Contò, Andrea Di Cesare, Graziella Chiarcossi, Andreina Ciceri, Luciano De Giusti, Lino Di Solighetto, Maria Ida Di Giammarco, Gianfranco Ellero, Giorgio Faggiu, Antonello Fancello, Agnese Iucisa, Guido Maestrello, Anna Raffetto und Tiziano Rizzo.

Nico Naldini

Die Briefe

AN FRANCO FAROLFI – PARMA

[Casarsa, August 1940]

Lieber Franco,

für mein langes Schweigen entschuldige ich mich nicht mit meiner Faulheit, da die Faulheit als Entschuldigung nur unter alten Verwandten *entschuldbar* ist; erst habe ich es wegen der Abreise nach Casarsa aufgeschoben, Dir zu schreiben, dann wegen der Hochzeit meiner Cousine Anni[1], dann, um Paria und Emilietta zu schreiben, denen ich dringendere Dinge zu sagen hatte.

Ich bin leer und energielos. Die Ereignisse verstreichen wie immer fad, manchmal rührend. Die Hochzeit ist eine schöne Sache, hat mich aber nur in meinen Ideen gegen das Heiraten bestärkt. Casarsa hat mich enttäuscht, wie mich ja übrigens jede Sache enttäuscht, während sie ist, und wenn sie vorbei ist, weine ich ihr nach: jetzt kann ich alles haben, was das Land mir bieten kann: Frieden, Mädchen, Sammlung, Wiesen, Müßiggang, Trinkgelage, und wirklich ist all dies in meinem Besitz, aber es ist sporadisch, verwässert von einer Flut leerer und unfruchtbarer Stunden. Und wie sehr werde ich im kommenden Winter den gegenwärtigen Tagen nachweinen, wie es mir immer geschieht! Hoffentlich kommt Paria, wenn man mit einem Freund zusammen ist, kann man auch die gewöhnlichsten und leersten Minuten ausnützen.

Eine schöne Sache jedenfalls habe ich erlebt, man hätte sie fast für einen Traum halten können: die Reise von S. Vito hierher, mit dem Fahrrad (130 km): sie gehört zu jener Art von Ereignissen, die ohne die Hilfe der Stimme und des Ausdrucks nicht erzählt werden können. Das Morgengrauen, die Dolomiten, die Kälte, die Männer mit gelben Gesichtern, die fremden Häuser und Kirchhöfe, der fremde Akzent, die vom Sonnenaufgang überstrahlten Gipfel und Nebeltäler.

Ich lese gerade ein Buch, das mich begeistert, *Hyperion* von Hölderlin; es berührt Probleme und ein *Werden* von Gefühlen und geistigen Situationen, die für mich eine sengende Realität sind; oft kommt es mir vor, als hörte ich mich selber sprechen.

Was die Mädchen angeht, bräuchte ich nur zu wählen: Du gehst auf der Straße, siehst zwei schwarzhaarige Mädchen, schaust sie an, und sie sagen zu dir: »Ciao, bel putel!« [Hallo, Kleiner!]. Es gibt mehrere echt hübsche; aber meine Teilnahmslosigkeit und meine Skepsis *siegen* über jedes andere Gefühl, und ich warte auf wer weiß was, vielleicht auf Paria.

Ich gehe wie gewohnt zum Fußballspielen, aber sogar das macht mir nicht mehr so viel Spaß wie früher.

Nach dem, was ich Dir schreibe, könnte es aussehen, als sei ich traurig, zurückgezogen und pessimistisch, dabei war ich noch nie so fröhlich und voller Appetit: vielleicht kommt es daher, daß ich immer weniger intelligent (im gängigen Sinn des Wortes) und immer mehr wie *Brauselimonade* werde, jedenfalls erscheint es mir so.

Ich umarme Dich,

Grüße an Deine Familie.

P. P.

Beim Empfänger.
Handgeschrieben.

[1] Annie Naldini.

AN FRANCO FAROLFI – PARMA

[Bologna, Winter 1941–I]

Lieber Franco,

natürlich beginne ich damit, Dir die Gründe aufzuzählen, deretwegen ich ziemlich lange Zeit gezögert habe, Dir zu antworten: es sind zwei: 1.) habe ich mich hemmungslos dem Laster hingegeben, einen Artikel für Architrave[1] und ein Hörspiel für den Radiowettbewerb zu schreiben. 2.) habe ich eine Woche Grippe gehabt mit den üblichen, lästigen Krankheitsanzeichen, die jede geistige und körperliche Tätigkeit verhindern und beeinträchtigen. Jetzt, da ich der Genesung entgegengehe, ist mir, als sei ich aus einem vereisten Rohr herausgekommen.

Ich bin froh wie ein Schaf, weil ich mich körperlich recht gut fühle, und wenn ich mich sehr gut fühlen würde, wäre ich lustig wie ein Rentier. A propos Rentiere, ich habe einen nordischen Film gesehen: *Laila,* der wunderbare Vorzüge und unüberwindbare Mängel auf sich vereint. Der Regisseur ist ein Dichter, der nicht mit der Kamera umgehen kann: er ahnt wunderschöne Sequenzen, und manchmal realisiert er sie. Der Schnitt ist plump. Insgesamt hat der Film mich sehr beunruhigt und meiner Phantasie neue Gegenden erschlossen (ich träume von Rentieren, Schneeschmelze, Fjorden, Wolfsrudeln und dem folkloristischen Leben der jungen Leute, die sich im Frühling mit Halsketten schmücken und, in Pelze gekleidet, mit süßester Stimme singen, während sie mit den Füßen im glitzernden Schlamm planschen).

Danke Umberto für die Glückwunschkarte, auf die ich nicht antworten konnte, da ich keine Adresse von ihm kenne. Sprich Dich mit ihm ab, frag ihn, wann er in Bologna ist, um wieviel Uhr usw., und sag ihm, er soll mich zu Hause besuchen, natürlich, wenn er über genügend Zeit verfügt: schreib mir, wann er das alles machen kann, und ich werde ihn erwarten.

Heute hatte ich beschlossen, Dir zu schreiben, daß Du nach Bologna kommen sollst: aber ich habe eine Karte von der Miliz erhalten, mit der ich aufgefordert werde, am 17. zur Dienststelle zu kommen, um Näheres über das Zeltlager zu erfahren, für das ich mich angemeldet habe. Über all das werde ich Dich noch genauer unterrichten.

In diesen letzten zwanzig Tagen (ausgenommen die letzten: Grippe) war mein Leben friedlich und, warum nicht, sympathisch. Wir bildeten eine angenehme Gesellschaft, ich, Paria, Manzoni (der intelligenter und gewinnender als früher geworden ist) und Melli (der wieder Literatur studiert und besserer Laune ist). Zuerst haben wir zusammen Korbball gespielt, was mir immer noch sehr viel Spaß macht. Dann haben wir das Theater zum Abgott unserer Gedanken erhoben: Wir haben beschlossen, eine Compagnie zu gründen und eventuell in der *Casa del Soldato* aufzutreten. Noch ist alles in der Schwebe: bisher haben wir nur unter uns vieren Stücke von Tragödien und Komödien aufgeführt (je zwei und zwei, abwechselnd). Ich verfalle oft in lüsterne Gedanken, doch was das Handeln angeht...

Ich habe *Heute abend wird aus dem Stegreif gespielt* von Pirandello gesehen (wie ich Dir vielleicht schon mitgeteilt habe) und *Unsere kleine Stadt* von Wilder. Eine sehr interessante Aufführung, diese letztere, die sehr lange Diskussionen verdient, weil sie originelle und notwendige Probleme berührt, vor allem was die bühnenbildnerische Technik betrifft. Falls Du sie auch gesehen hast, werden wir uns in aller Ruhe mündlich darüber austauschen können.

In letzter Zeit habe ich mich mit Schwung der Musik gewidmet. Für mich ein Ereignis von außergewöhnlicher Bedeutung: Beethoven. Ich habe in diesen Tagen im Radio die 4., die 6., die 7. und die 8. Symphonie gehört. Ich habe sie fast ganz aufmerksam angehört und überaus großen Genuß und Trost empfunden: Gefühle, die ich bei einem Kunstwerk aus dem Bereich des Theaters, der Lyrik oder der Malerei etc. empfand, habe ich nun endlich auch bei der Musik empfunden. Ich habe meine rein hedonistische, zufällige, labile Auffassung von Musik zu einer »Vision« erhoben, die ich als »spektakulär« bezeichnen könnte. Und ich habe radikal gewisse Überzeugungen verändert: z. B. suche ich in der Musik nicht mehr, wie ich Dir einmal sagte, die objektive, beschreibende Musik, sondern die Musik, die um ihrer selbst willen lebt: kein Schauspiel von Gestalten oder menschlichen Charakteren oder von Naturschönheiten, sondern ein Schauspiel, das aus der Gegenüberstellung rein musikalischer Gefühle lebt. (All das gilt natürlich für die symphonische Musik oder die Kammermusik etc., nicht für die melodramatische Musik.) Nun, es gelingt mir nicht vollkommen, mich auszudrücken, weil es das erste Mal ist, daß ich über musikalische

Dinge schreibe, und mir der rechte Ausdruck fehlt: doch ich möchte Dir sagen, wieviel schöner es ist, in einer Musik bewußt das zu begreifen, was der Komponist hat ausdrücken wollen, und nicht, mehr oder weniger vergeblich und dilettantisch, unsere bildlichen oder sentimentalen Vorstellungen mit den musikalischen Vorstellungen des Schöpfers in Einklang zu bringen, sondern in uns das Gefühl unter der Faszination der Musikalität vibrieren zu lassen, ohne auf zu einfache, bildlich vorgestellte Notbehelfe zurückzugreifen. Denn sollten wir, wenn man bei einem Maler dessen *Malerei* bewundert und nicht die moralischen, repräsentativen, der Erinnerung dienenden Aspekte, die in seinem Bild enthalten sein mögen (siehe Croce), bei einem Musiker nicht einfach seine Musik bewundern, als solche, abgesehen von dem, was möglicherweise damit beschrieben werden soll (etwas, das bei großen Musikern sowieso nie vorkommt)?

Während ich früher, um eine Musik anzuhören und zu verstehen, Bilder und Gefühlsduseleien zu Hilfe nehmen mußte, habe ich nun bemerkt, daß das gar nicht nötig ist: es gibt in uns durchaus etwas Musikalisches, das direkt zu Gefühl wird, ohne Sentimentalität zu brauchen, und Musik bleibt, ohne Bilder zu brauchen. All das kannst Du testen, indem Du Beethoven hörst: hör Dir irgendeinen Satz aus irgendeiner seiner Symphonien an: Du wirst eine solche Kraft des Gefühls hören, eine solche Leidenschaft, daß es Dich rührt, und Du weißt nicht warum. (Du stellst Dir gewiß nicht verführte und verlassene Jungfrauen vor oder einen eifersüchtigen Liebhaber oder ein mißhandeltes Kind oder eine liebende Mutter), und doch bist Du gerührt von der Folge von Fragen und Antworten, von den einander nacheilenden Tönen, Du bist gerührt, obwohl Du nichts beschrieben siehst (beschrieben im üblichen Sinn des Wortes, versteht sich). Die Tatsache ist die, daß der Schmerz, das Problem, die Sehnsucht (nenn es, wie Du willst) der Beethovenschen Seele sich in Musik ausgedrückt hat, und die Musik bringt (vermittels jenes *rein* musikalischen Etwas, das in uns vorhanden ist und nur gepflegt werden muß) jenen Schmerz, jenes Problem, jene Sehnsucht in uns erneut zum Erzittern.

Deshalb ist *rein* deskriptive Musik keine große, sondern nur mittelmäßiger oder durchschnittlicher Hedonismus: deshalb gibt es nichts Häßlicheres als die lautmalerische Musik, die in vom EIAR [der Rundfunkanstalt] *organisierten* Konzerten leichter Unterhaltungsmusik überhand nimmt.

Deshalb ist auch von denen, die ich gehört habe, Beethovens 6. die, die mir am wenigsten gefällt: denn in ihr sind noch, wie man es auch drehen und wenden mag, einige beschreibende Überbleibsel, die nicht voll und ganz in »Musik als solche« verwandelt wurden (der Kuckuck, der Donner, ein vom Gewitter umgestürzter Baum etc.); während ich bisher am liebsten von allen die 7. mag, die »Apotheose des Tanzes«, die vieldeutigste, die am wenigsten definierbare: alles in ihr ist einzig Musik und Rhythmus (der zweite Satz ist für mich die größte Musik, die je geschrieben wurde).

Was die Opernmusik angeht (die mich allerdings weniger begeistert), müßte ich wieder weit ausholen: ich werde Dir nur kurz sagen, daß mir scheint, als finde bei ihr das Gegenteil dessen statt, was in der symphonischen Musik geschieht, denn der Gesang muß weniger schöne Musik, schöne Melodie sein, als vielmehr dazu dienen, einen Charakter darzustellen und eine Leidenschaft auszudrücken; die musikalische Begleitung schließlich muß eine Atmosphäre beschreiben und ebenfalls menschliche Gefühle und Leidenschaften vermitteln. Daher irren die, die behaupten, man solle Opern lieber im Radio hören, um die Musik besser genießen zu können: die Oper ist entstanden, um gesehen und nicht nur gehört zu werden, denn die Musik versteht sich hier nicht als rein musikalischer Selbstzweck, nicht als Ausdruck ihrer selbst, sondern als musikalische Interpretation und Ausdruck einer sichtbaren Handlung. All dies mehr in der Theorie als in der Praxis, denn sehr oft haben sich die Komponisten der rein musikalischen Eingebung hingegeben und ihre Personen samt allem übrigen vergessen (ein Fehler speziell der italienischen Musik mit ihren eingängigen Motiven). Gewiß habe ich mich in einige Widersprüche verwickelt, die ich ausräumen könnte, aber mir fehlen Zeit und Raum. Heb diesen Brief auf, denn ich denke, daß ich ihn eines Tages gern wiedersehen würde, weil es die ersten Samen eines musikalischen Gedankens sind, der sich in mir entwickelt. Die Klage Margheritas aus Boitos *Mefistofele* ist sehr schön. Wie rhetorisch, dürr und ideenarm Puccini ist!

Grüße an die Deinen, an die Freunde.

Ich umarme Dich Pier Paolo

Beim Empfänger. Handgeschrieben.

1 Zeitschrift der Guf (Gioventù Universitaria Fascista [Faschistische Studentenorganisation]) Bologna, die ab Dezember 1940 erschien.

AN FRANCO FAROLFI – PARMA

[Bologna, Winter 1941–II]

Lieber Franco,

gestern habe ich Deinen Brief erhalten und heute habe ich Umberto gesehen: Dein Brief hat mich sehr zum Lachen gebracht, armer Franco, frierst Du so sehr?

Mit Umberto habe ich ziemlich lange gesprochen, aber nicht in aller Ruhe, weil Serra dabei war, dann haben wir Sgardi getroffen etc. etc.: ich hoffe, daß ich mich in den nächsten Tagen öfter mit ihm unterhalten kann.

Debussy kenne ich wenig, aber das Wenige gefällt mir sehr: mehr kann ich nicht sagen.

Wie Umberto Dir schon gesagt haben wird, ist es wegen des enorm hohen Preises unmöglich, nach S. Vito zu fahren: Ich rate Dir, mit der Miliz von Parma hinzufahren, wenn Du kannst; das werden wir sehr wahrscheinlich tun (allerdings ist das Vergnügen dann höchstens halb so groß). Emilietta hat mir geschrieben, und ich habe ihr geantwortet. Die Gazzotti versucht, wie man so sagt, mit mir anzubändeln: ich muß ihr nicht ganz gleichgültig sein. Franchina ist in Rom, und ich habe die Gazzotti nach ihrer Adresse gefragt. Die Magri (erinnerst Du Dich?) ist gestorben.

Für den ersten Augenblick von guter Laune und Müßiggang habe ich schon einen Annäherungsversuch geplant: Ich nähere mich ihr (irgendeinem hübschen Mädchen), nehme grüßend den Hut ab und halte ihn ihr an den Mund mit den Worten: »Spucken Sie hinein.« Sie spuckt natürlich nicht hinein, und ich danke ihr für den Gefallen, den sie mir tut, indem sie nicht hineinspuckt. Dann zeige ich, daß ich mich ihr verpflichtet fühle und den Gefallen erwidern muß: ich mache eine Bewegung, als wollte ich ihr auf den Fuß treten, aber im letzten Augenblick trete ich doch nicht darauf. »Jetzt sind wir Freunde«, werde ich zu ihr sagen, »denn Leute, die sich gegenseitig Artigkeiten und Gefallen erweisen, sind Freunde.« Und so werden wir dann singend durch die Alleen schlendern und Liebesworte flüstern.

Umberto hat mir von Ibsen und Benassi erzählt: ich teile seine Meinung über Memos schlechte Interpretation nur bedingt: sie ist auf jeden Fall besser als die berühmte und klassische von Zacconi: die des ersten sündigt weniger mit ästhetisierender Oberflächlichkeit, als die des zweiten mit psycho-physiologischer Inszenierung sündigt.

Meine beiden Gedichte[1] gefallen mir nicht mehr: sie gehören zu den ganz widerlichen, nur der erste und die letzten beiden Verse von »Invettiva« erscheinen mir schön. Nachdem Du Baudelaire liest, ist es vielleicht richtig, daß Du etwas von einem verdammten Dichter an mir findest; doch zwischen meiner und solcher Dichtung besteht ein grundsätzlicher Unterschied: bei mir stellt die verdammte Dichtung nur eine sprunghafte Zufälligkeit dar, während sie bei den verdammten Dichtern Programm, Substanz, Wesen ist. Was schließlich Soffici und die Futuristen angeht; davon ist gar nichts vorhanden: wenn überhaupt, gibt es im ersten einen Anklang an Ungaretti (nicht begrifflich, sondern lautlich). Aber sie verdienen absolut keine weiteren Worte.

Paria fühlt sich seit drei oder vier Tagen nicht wohl: heute habe ich ihn nicht gesehen, was heißen will, daß er sich noch nicht erholt hat.

Ich bin nun ganz in Anspruch genommen von einer neuen Beschäftigung, der Italienisch-Übung: Tassos Reime nach dem S. Anna[3]: die Bibliographie ist endlos, es sind nun schon insgesamt vier Stunden Bibliotheksarbeit, nur um zu notieren und nachzusehen, welche Bücher es zu diesem Thema gibt. Es ist die klassische Universitätsarbeit, rein im Hinblick auf Rhetorik und Gelehrtheit gemacht, die ich verabscheue und Prof. Calcaterra[2] mutig ins Gesicht hinein verreißen werde, wenn ich mein Referat halte. Ich verehre Cézanne, ich habe starke Gefühle bei Ungaretti, beschäftige mich mit Freud, was soll mir an den Tausenden von vergilbten und tonlosen Versen eines späten Tasso gelegen sein?

Ich gehe oft Korbball spielen: ich bin zwar eine Niete, aber es macht mir viel Spaß. Der Sport ist wirklich mein reinster, beständigster, unmittelbarster Trost. Nun habe ich unbändige Lust, zum Skifahren zu gehen: ich träume von den Dolomiten, wie von einem sonnenbeschienenen Land hoch über den Wolken, das von Rufen und Gelächter widerhallt. Erinnerst Du Dich, wie oben auf den Gipfeln der Wind Schneegestöber aufwirbelt, wenn alles wolkenlos ist? Und an die holzgetäfelten Zimmerchen, die Dorfkinder und all die anderen wunderbaren Dinge? Denk außerdem daran, daß wir unser zwanzigstes Lebensjahr ohne ein Tanzfest verbringen. Es ist traurig, um nicht zu sagen ekelhaft: aber wir sind ja männlich und kriegerisch.

Ich lege diesem Brief ein Gedicht bei, das ich vor etwa einem Monat geschrieben habe; ich zwinge Dich nicht, es zu lesen, aber ich denke, daß es Dich wahrscheinlich interessiert; und dann interessiert vor allem mich Dein frisches und spontanes Urteil. Ich habe es in einem jener Augenblicke geschrieben, den die Klassiker »furor poetico« zu nennen pflegen: ich schrieb, ohne zu wissen, was ich schreiben würde und wie es weitergehen würde, und doch kamen die Verse klar aus mir heraus, wie vorherbestimmt. Ich war traurig und voller unbekannter Wünsche: schreibend habe ich mich ausgetobt. Als ich dieses Gedicht nach einiger Zeit wiederlas, habe ich die seelische Verfassung wiedergefunden, die mich dazu inspiriert hat. Es ist nur eine Stimmung: den Titel und die Bedeutung habe ich ihm hinterher gegeben. Die erzählerische, logische Bedeutung liefert die Legende von dem Flötenspieler, der die Kinder eines Dorfes hinter sich herlockt, indem er sie verzaubert, und sie dann in eine Höhle sperrt; die allegorische Bedeutung ist: der Flötenspieler stellt den geheimen Übergang von der Naivität zur Arglist, von der Vorpubertät zur Adoleszenz dar.

All das, ich wiederhole es, ist sekundär und nachträglich; es läuft parallel zur hauptsächlichen Bedeutung, aus der heraus das Gedicht entstanden ist, nämlich Trauer um die verlorene Kindheit und Verherrlichung der gewalttätigen, sinnlichen Jugend.

Die Zauberflöte

Da ist der Winter, hör, wie er kommt!
der Wind bläst; die Wolken, gezaustes Meer,
öffnen die Augen und flieh'n ohne Ruh':
es bedecken mein Antlitz die Haare jener nackten,
eisigen und flüchtigen Träume! Auf den Hügeln ist
[Schlamm,
feucht krümmen den Rücken die Schluchten, die Höhlen
und Moospolster riechen nach Toten.
Oh, flüchten will ich von hier und fortgeh'n
auf die wohlwollenden Rücken jener Berge,
wo, gekrönt von grünen Eidechsen
und tropfenden Knospen,
die Sonne den Frühling an der Hand führt,
Zweige schwenkend und Pfirsichlaub!
Oh, fest will ich in meinen Händen halten
das durchbohrte Schilfrohr, und so süß soll es erklingen
über Ebenen und Plätze, Schluchten und Schilf,

üppiges Land und bestellte Gärten,
Dörfer, Straßen und fort über taunasse Obsthaine,
so süß soll es erklingen und so schön soll er gehen,
mein erwachsener Knabenkörper,
daß die Schar der Jungen nicht zögert,
weder verächtlich noch feindselig, mir zu folgen
mit schwankendem Schritt. Singen sollen sie dann mit mir
die Melodien, tanzen sollen sie alle mit mir
im Blütenkranz, alle verwirrt von ganz neuer Liebe.
Spiele, o meine zarte, tanzende Flöte!
Bewundert ihr, Knaben, meinen wendigen Schritt?
Ins Blaugrüne hinten will ich den kleinsten bringen:
dort soll er mit den Händen spielen zwischen der Girlande,
[mit der ich mich gürte,
aus weißen Blüten. Gehen wir, meine zarte Herde:
der Berg ist groß, feucht der Wald.
Ich werde euch zu meinen Sklaven machen, und der Schönste
(wer von euch?) wird mit glänzendem Haar
aufrecht bei meinem Kelche stehn.
Es ist Frühling. Ich bin der Fürst. Gehen wir.
Süß ist der März eurer Glieder,
zarte, aus dem Wald geflohne Vögel!
Vernehmt ihr nicht die Klage der Mütter?
Sie weinen über den leeren Betten!
Doch laßt uns gehen, es ist Frühling, und der Donner grollt,
und mit jedem Schritt rückt die Stunde ferner...
Jungfräulich seid ihr, noch ohne Geschlecht, und wagt nicht,
[mir ins Gesicht zu sehn:
das unkeusche Geheimnis meines erwachsenen Lebens
[schämt sich!
Mit dem Klang meiner Flöte will ich euch erzählen
von der begehrlichen Gewalt *vergangener* Nächte Nacktheit.

Viele Grüße und alles Gute für Deine Familie.
Ich umarme Dich — Pier Paolo

PS.: Ich denke, Deine Eltern wollen, daß Du Weihnachten mit ihnen verbringst, sonst würde ich Dir sagen, Du sollst bald nach Bologna kommen: unser Zeltlager beginnt nämlich erst Anfang Januar. Und wenn keiner (von uns dreien) zum Skifahren geht, werden wir trotzdem frohe Tage hier in Bologna miteinander verbringen.

PS.: Ich freue mich für Dich, weil Du in Umberto einen sympathischen neuen Freund gefunden hast.

Beim Empfänger.
Handgeschrieben.

1 Gedichte, die einem vorigen Brief an Farolfi vom Herbst 1940 beigelegt waren.
2 Carlo Calcaterra, Dozent für italienische Literatur an der Universität Bologna, bei dem Pasolini dann seine Doktorarbeit über Pascoli einreicht.
3 Irrenanstalt in Ferrara, wo Tasso sieben Jahre, bis 1586, eingesperrt war (Anm. d. Übers.).

[Bologna, Frühling 1941]

Zwei- und dreimal lieber Franco,

heute haben wir Dienstag, den 1., und heute kam Dein Brief, in dem Du mir mitteilst, daß wir uns spätestens heute morgen unter der Ghirlandina hätten treffen sollen. Wie Du siehst, ist das astronomisch unmöglich. Andererseits hätten wir uns sowieso nicht treffen können, aus zwei Gründen: 1. weil ich am dritten eine Prüfung habe und miserabel vorbereitet bin, 2. weil mich seit zwei Tagen unsägliche Bauchschmerzen plagen, die mich zwingen, mit Bauchbinde und voller Vorsicht das Haus zu hüten.

Leb wohl, Modena! Aber vor den jeweiligen Sommerferien können wir uns trotzdem sehen und zwar so: auf dem Weg nach Ancona kannst Du ein bis zwei Tage bei uns Station machen (ich würde gern sagen: eine Woche, aber mit diesen Ausweisen!). Schreib sofort genau den Tag und die Stunde Deiner Ankunft hier.

Paria ist gestern abgefahren. Serra wollte am dritten reisen. Carlo fährt morgen. Wir fahren am 10.; wann Melli fährt, weiß man (wie immer) nicht.

Ich bin absolut idiotisch, aber so, wie sich einer idiotisch benimmt, der im Lotto gewonnen hat; endlich beginnen die Bauchschmerzen wegzugehen, und das macht mich ganz euphorisch.

Was die Jungfrauen angeht, verbringe ich schmachtende Stunden voller süßester Träume, die ich mit kläglichen, nein, dummen Anfällen von Aktivität und Phasen äußerster Gleichgültigkeit abwechsle: Vor drei Tagen sind Paria und ich in die verborgenen Tiefen eines lustigen Freudenhauses abgestiegen, wo fette Mütter und der Atem nackter Vierzigjähriger uns sehnsüchtig an die Gestade der unschuldigen Kindheit haben denken lassen. Untröstlich haben wir dann unseren Harn abgeschlagen.

Die Freundschaft ist eine sehr schöne Sache. In der Nacht, von der ich Dir gesprochen habe, haben wir in Paderno zu Abend gegessen, sind dann im mondlosen Dunkel nach Pieve del Pino hinaufgestiegen und haben eine Unmenge Glühwürmchen gesehen, die Feuerwäldchen in den Sträucherwäldchen bildeten, und wir beneideten sie, weil sie sich liebten, weil sie einander mit Licht und Liebesflügen suchten, während wir teilnahmslos und lauter Männer auf unfruchtbarer Irrfahrt waren.

Da habe ich gedacht, wie schön doch die Freundschaft ist, und die Gruppen zwanzigjähriger Jünglinge, die mit ihren unschuldigen männlichen Stimmen lachen und sich nicht um die Welt rund um sie kümmern, weiter ihr Leben leben und die Nacht mit ihren Rufen erfüllen. Ihre Männlichkeit ist ein Potential. Alles in ihnen verwandelt sich in Lachen, in Gelächter. Nie erscheint ihr männliches Ungestüm klarer und überwältigender als dann, wenn sie wieder wie unschuldige Knaben wirken, weil in ihrem Körper stets ihre vollkommene und muntere Jugend präsent ist. Auch wenn sie von Kunst oder Poesie sprechen. Ich habe junge Leute über Cézanne sprechen sehen (und sehe mich selbst auch so), und es war, als sprächen sie von einem Liebesabenteuer, mit strahlendem und beunruhigtem Blick. So waren wir in jener Nacht; wir sind dann die Seiten der Hügel hinaufgeklettert, zwischen den Dornenranken, die abgestorben waren und deren Tod lebendig schien, wir sind an Obsthainen und Bäumen voller Sauerkirschen vorbeigekommen und schließlich auf einem hohen Gipfel angelangt. Von dort sah man deutlich zwei sehr ferne und wilde Scheinwerfer, mechanische Augen, vor denen es kein Entrinnen gab, und da erfaßte uns schreckliche Angst, entdeckt zu werden, während Hunde bellten, und es kam uns vor, als seien wir schuldig, und wir flohen auf dem Bergrücken, dem Hügelkamm. Dann haben wir eine andere grasbewachsene Lichtung gefunden, von so kleinem Ausmaß, daß sechs unweit voneinander stehende Pinien genügten, sie zu umsäumen; dort haben wir uns in Decken gewickelt hingelegt, und während wir angenehm miteinander plauderten, hörten wir den Wind in den Wäldern schlagen und toben, und wir wußten nicht, wo wir waren und welche Orte uns umgaben. Bei den ersten Zeichen von Licht (die etwas unsagbar Schönes sind) haben wir die letzten Tropfen Wein aus unseren Flaschen getrunken. Die Sonne sah aus wie eine grüne Perle. Ich habe mich nackt ausgezogen und zu Ehren des Lichts getanzt; ich war ganz weiß, während die anderen, in die Decken gewickelt wie Peones, im Wind zitterten. Dann haben wir im Licht der Morgenröte gekämpft bis zur Erschöpfung; dann haben wir uns hingelegt und zu Ehren der Sonne ein Feuer entzündet, aber der Wind hat es uns ausgeblasen... Es sind noch viele Dinge geschehen, die ich Dir hier aus Zeit- und Platzmangel nicht sagen kann: ich werde es so bald wie möglich tun. Auf Wiedersehen, bis bald. Grüße an Umberto und Deine Familie.

Ich umarme Dich

PPP

Beim Empfänger.
Maschinengeschrieben.

[Poststempel: Casarsa, 1. August 1941]

Liebe, tief betrübte Freunde,

dieser Brief von mir wird ein Schrei des hoffnungsfrohen Optimismus sein: es macht nichts, daß die Zeitschrift[1] erst an einem unbestimmten und sehr fernen Datum erscheinen kann; besser für unsere Vorbereitung, unsere Ernsthaftigkeit, unsere Reife; wenn sie in zwei Jahren herauskommt, werden Serra und ich Lehrer sein und verdienen; wir werden alle vier eine mindestens 15mal so entwickelte Persönlichkeit haben; denkt nur, welche Entwicklung die Bildung von Heranwachsenden wie uns in zwei Jahren (oder auch einem) nehmen kann! Wir werden immer mehr zum Brennpunkt der kulturellen Probleme im heutigen Italien vordringen, wir werden klarer und tiefer zu sehen verstehen. Außerdem müssen wir uns ganz offen sagen: waren wir darauf vorbereitet, die Last und die Verantwortung für eine Zeitschrift über ein Jahr und mehr hinweg zu tragen? Du, Serra, für die Literatur, ich für die Kunst usw.? Nein, außer wir hätten uns wider besseres Wissen Sand in die Augen gestreut.

Auf einer Sache möchte ich jedoch besonders beharren: auf der Ausdauer. Ich für meinen Teil kann Euch versichern, daß ich sie haben werde, denn dies ist nunmehr mein Ideal, ja mehr noch, der Punkt, an dem meine empirischen und meine höheren Ideale sich begegnen; und so, glaube ich, ist es auch für Euch. Wir werden uns gedulden, uns aufreiben und vorbereiten müssen. Wir werden uns jeden Überrest von Egoismus und Ehrgeiz austreiben müssen, der bis jetzt noch, sagen wir die Wahrheit, das vollkommene Gleichgewicht gestört hat: wir müssen vier sein für »Eredi«, doch was die Reinheit angeht, wie ein einziger.

Meine Sicherheit und mein Optimismus haben keine Erschütterungen erlitten: Ich fühlte mich auf das und anderes vorbereitet. All dies nimmt uns, außer es gibt diesbezüglich noch eine Ministerialverordnung, keineswegs die Möglichkeit, Bücher herauszubringen[2]: übrigens waren wir uns ja schon darüber einig, daß wir jeweils jeder ein Viertel der zur Veröffentlichung eines Buches nötigen Summe bezahlen. Darauf werden wir noch mit genaueren Argumenten im September zurückkommen. (Mir schwebt sogar schon die Idee eines Buches mit anthologischem Charakter vor [kritisch-poetisch], das zum Beispiel heißen könnte: *Sul concetto d'eredismo*; aber auch die Diskussion darüber vertagen wir.) Abschließend gesagt, wäre ich der Meinung, daß jeder auf eigene Faust arbeiten sollte, ohne sich um die obligaten Artikel etc. zu kümmern.

Zu den Gedichten: An »Unsere Stunde« nichts auszusetzen: es ist ein vollkommenes kleines Ding; »Weinlese« ist ebenfalls in sich geschlossen, wenn auch etwas minderwertiger im Ton; zwei Sachen gefallen mir nicht sehr, und dennoch wüßte ich nichts anderes vorzuschlagen, nämlich: »das Kommen« der heiligen Bilder, das etwas farblos ist; und der alte Ritus »der Völker«, was einen leicht rhetorischen Klang hat. In »Mai«, das mir beim Wiederlesen noch schöner erscheint als die ersten Male, kann das »silbern« meines Erachtens ruhig stehenbleiben, auch wenn es gewiß nicht sehr neu ist. (Was den »sanften Feind« hier anlangt, so erinnere ich mich nicht recht, aber es kommt mir vor, als hätte ich jenes »süß und feindlich« geschrieben, bevor ich den Brief mit Lucianos Gedicht erhielt.) Auch Francos[3] Gedichte erscheinen mir beim Wiederlesen nach einiger Zeit schöner; zwei Ratschläge: in »Oben am Fenster« würde ich Dir raten, den mittleren Teil, ich weiß nicht, wie, flüssiger zu machen, er zieht sich etwas in die Länge und dadurch verliert das Gedicht an Unmittelbarkeit; in »Wie eine junge Göttin« tätest Du gut daran, meine ich, etwas mehr Reime anzuwenden, die den *arcaismo eredistico* (die Archaik der Erben) des Gedichts mit mehr Eleganz rechtfertigen würden.

Eure Beurteilungen meiner Gedichte waren mir sehr willkommen, mehr die Einwände als das Lob, denn alle haben ins Schwarze getroffen, fast alle Stellen, die Ihr mir zu verändern geraten habt, waren schon vorher von mir umformuliert worden. Ich schicke Euch die Korrekturen nicht (außer einer: Casarsa[4], die radikal ist), weil das zu lang wäre: in Bologna, in Bologna!

Hier ist der Packen der letzten Gedichte, abgeschrieben ohne Unterscheidung von gut gelungenen und schlecht gelungenen:

1 Leben im Sommer[5]

Der Hitze stiller Donner
und uralter Wind, Sommer uralt
Dunst der Sonne, die alt von blinder
Hast,

Guido scheucht das Meer der Gänse
auf in grauem Schrecken des Hungers
man hört seinen Ruf: Viri
viri! Die Gans hat ihr Leben gelassen.
Über die Wärme beklag ich mich nicht. Ich habe
schon Frost ertragen. Jedes Ding nehme ich von dir an,
[Leben.
Schreite voran, Tag.

2 *Ländliche Komik* (Experiment)

Oh ländliche Freude, du beunruhigst und rufst
glucksende Stimme zum Lob:

Quak, Hof, Tenne, Hecken voll grünem
Staub, das Gänsevolk, da, quak,
lebenskarg, stumm auf dem Weiher,
die Enten ziehn raschere Kreise.
Viri viri ist für die ersten
der ›liebevolle‹ Lockruf, buti
buti, für dich, Wasserente.

Quak, quak, du umstreichst mich nicht,
Apoll mit dem grünen Mantel, du,
endlich gewogen, eilst du nicht flüchtig,
dann, schmerzlichen Schritts, sondern verweilst,
und lachst mit mir, fröhlich, beim Klang
dieser ländlichen Rufe.

3 *Elegie* (für die Freunde aus Casarsa)

Heute bist du kühl für mich, Licht meines Dorfes,
Lichthügel, muntere Flüsse und der Dinge Schritt
freundlich und klar unter den fernen Maulbeerbäumen und
[Reben.

Wenn ich über die Tenne gehe, trete ich auf dich,
o kühlstes Licht, gebreitet zu unsrer Erfrischung,
so heiter wie noch nie.
Rinnendes Wasser
wir sind schmiegsam in deinen Händen;
dir zugetan ist das Entlein am Ufer
und besingt dich verzückt, die Gans aber schweigt.

Und schon war es Nacht, Nacht war's voller Blitze,
und auf den Feldern dräuende Wolken und Hunde,
Nacht, betrunken waren wir glücklich,
ich danke dir, daß du mir dörfliche Freunde
und Wein und die rauhe Glut des Lachens geschenkt.

Wein, du hast mich dem Leben vermählt;
und nun, da sich in frischem Licht gelöst hat
der Sturm des Dunkels, die längst schon vergangene Nacht,
lebe ich nicht mehr fern, über der Mühsal
der Menschen, die rund um mich vielfach erklingt:
die Freundschaft eint mich, das Herz, und dies Licht,
das nicht verloren ist auf unseren sanftgewellten Feldern.

4 Morgens in Casarsa (Neufassung)

Nun, da das Begräbnis der Sonne, morgens,
fremde Arbeit auf den Feldern, lastet
auf den Liedern, die der Bauer verschweigt,
weh, weh,
verhüllt elender Nebel, Apoll, deinen Blick,
du spiegelst das Zeichen der Sonne,
wie immer weichst du mir aus, doch fliehst du,
nun, mit des Ochsenkarr'n Schritt.

Berstende Wagen verliern sich
auf den unbekannten Feldern.
Du bestiehlst mir die Leute,
Gesichter seh ich keine. Nur
die Henne.

Holzhacker und Karrenlenker
tauschen Grüße, der Tag
geht weiter, den Takt schlagen verstreut
die Geräusche der Arbeit, ich stimme ein Lied auf dich an
verzweifelt erheb ich mich, Sonne.

O Rosenkranzbeter, vorbei
ist der Mai! freundliche Leute
ich bin einer der Euren! und du, Erde,
gleichst mir nicht,
und darum lieb ich dich.

Wiederkehren wird
der Abend, ein Abend der Lieder.

5 *Maria*

Vor Zeiten, das Gesicht des Tages
stand still – und schwach war das Gackern der Hühner –
da sprach ich zu Maria:

»Maria, bist du der liebe Schatten,
den dieser abendliche Regen zu uns führt?«

und auf den Balkonen wie Blitze
die Rufe der Knaben.

Doch, schmucklose Gärten, o Abend,
der du aus bittren Wolken regnest, und Wind
über den Dächern unserer Häuser,
es ist nicht Zeit für mich zu lieben!

Heitre Blitze, Rufe der Knaben,
einen Kranz von Rufen dir, doch du hörst mich nicht,
Maria, ich verschmähe die Liebe, hoch oben
bin ich, auf den Schwüngen des trägen Windes
der den Flug der Augen verlangsamt und Moos
wachsen läßt auf den erloschenen Lippen.

6 *Reise eines Mädchens*

Maria, oh, nimm auf deine Reise das Zeichen
deiner sanftmütigen Augen mit und die Morgenröte
deiner Haare und die milde Ruhe, die dir eignet,
Frau aus herben Landen.

Mit der Hand schirm ich die Augen vor der Sonne, in weiter
[Ferne,
oh Frau mit dem Rosenkranz,
ich lasse deiner Wege dich gehen,
will nicht Sklavin dich machen meiner Worte.

Entschuldigt die entsetzliche Schrift. Ich warte ungeduldig auf Eure opera omnia. Roversi soll auch etwas schreiben, Herrgott.

Fußball: Azzano-Casarsa: 4–1; Camino-Casarsa: 1–4. Leider habe ich die Zeitung verloren, in der ich als linker Flügel im Spiel gegen Azzano erwähnt wurde.

Es lebe der Dreisprungsieger Serra.

Es lebe der Sport und der *eredismo*.

Wißt Ihr, was eine CA 313 ist? Eine »Macchi?« Wißt Ihr, was Holme sind, Tragrippen, Klappen? Ich könnte schwören, Ihr wißt es nicht. Ich bin völlig eingetaucht in das Studium dieser Dinge, die die Luftfahrt betreffen, falls es Euch interessiert.

Beim Empfänger.
Handgeschrieben; auch an Leonetti und Roversi adressiert.

1 Die Zeitschrift »Eredi«, die wegen der Ministerialverordnungen über den Verbrauch von Papier nicht erscheinen konnte. [»Eredi« – Die Erben – sollte *»sul concetto d'eredismo«* aufbauen, d.h. Dinge veröffentlichen, die an dem archaischen literarischen Erbe traditionswahrend anknüpften (Anm. d. Übers.).]
2 Die Bücher erscheinen im darauffolgenden Jahr bei der Buchhandlung Antiquaria in Bologna (Francesco Leonetti, *Sopra una perduta estate*; Roberto Roversi, *Poesie*; Pier Paolo Pasolini, *Poesie a Casarsa*; Luciano Serra, *Canto di memorie*).
3 Leonetti.
4 Bezieht sich auf »Morgens in Casarsa«, das in der Erstfassung des vorhergehenden Briefes den Titel »Casarsa« hatte.
5 Mit einer Variante im Vergleich zur Fassung im vorherigen Brief.

AN LUCIANO SERRA – BOLOGNA

Casarsa, – letzte Tage –
[Poststempel: Casarsa, 16. September 1941]

Meine lieben Freunde,

seit mindestens vier Tagen bin ich jeden Morgen ganz sicher, daß ich einen Brief von Euch bekomme und warte darauf. Und jeden Morgen kränkt es mich sehr, daß ich keinen bekomme. Er ist die einzige Verbindung zur »schmutzigen Krankheit des Lebens, das wieder beginnt«; ich hätte unbedingt einen Brief gebraucht in diesen Tagen; nun, da ich klar und deutlich die Farbe des Todes auf allem sehe, was mich umgibt.

Dies ist also der letzte Brief, den ich Euch aus Casarsa schreibe; Samstag werde ich in Bologna sein, und nach dem Abendessen komme ich, wie früher, bei Euch vorbei, um Euch abzuholen.

Erwartet mich also bei Euch zu Hause, Samstag nach dem Abendessen.

Die Gedichte, die ich Euch schicke, sind Vorboten meiner selbst, ich weiß nicht, was ich von ihnen halten soll; vielleicht sind auch sie von den Farben des Todes geprägt.

Ich fühle mich losgelöst und fremd vor allem, was mir vorher Anlaß zu Vertraulichkeit und Fröhlichkeit gab; geradezu vergessen. Gestern abend – sehr trauriger Abend, kalt, noch nicht dunkel – habe ich auf dem Platz die Militärkapelle spielen gehört, und das Stimmengewirr der Leute rundum, und das Gelächter, und es ist mir vorgekommen, als berührte ich körperlich den Tod.

Ich fühle mich schon losgerissen und längst vergangen herumirren wie ein Schatten, während das gewohnte Leben hier ganz unbekümmert genau wie üblich weitergeht.

Doch auch Bologna, wo ich seit vielen Jahren Wurzeln geschlagen und Erinnerungen verankert habe, wo ich alte Gewohnheiten habe und Dinge, die sich nach einem inzwischen liebgewonnenen und zu einer Quelle von Sehnsucht gewordenen Brauch wiederholen, ist ein sehr schmerzliches Ziel für mich: diese Rückkehr, die sich nun seit vielen Jahren immer gleich vollzieht, in den noch nicht erloschenen Sommertagen, in der sanft fahlen Septembersonne, ist mir jedesmal eine wahrhafte Qual. Und nicht einmal für meine Dichtung habe ich die mindeste Hoffnung; denn wie gewohnt, versetzt mich die Septemberzeit in einen ästhetisierend-sentimentalen Gefühlszustand, der sich in fügsam schwachsinnigen Wortspielen erschöpft. Zum Glück habe ich Euch; doch auch Ihr, ich weiß nicht, warum, zögert, mir zu antworten.

Auf Wiedersehen bis ganz bald.

Ich umarme Euch zärtlich

Pier Paolo

PS.: Auch wenn ich dieser Tage oder selbst morgen einen Brief von Euch erhalte, werde ich nicht antworten, weil es zeitlich nicht mehr hinkäme; ich werde es mündlich tun.

Liebesgebet

an Luciano*

An dem barmherzigen Quell**, dem wir alle entstiegen,
versammelt sich jede Schönheit, die man hier sieht.
mehr als andres, bei den umsichtigen Menschen
keine andre Probe noch andre Früchte
des Himmels auf Erden haben wir;
und wer*** euch liebt, läßt gläubig euch
eingehen zu Gott und süß werden den Tod.
Michelangelo

Hartes Martyrium schließt mich ein,
doch ich verzweifle nicht: wärst du nicht lebend Gestein
für mich, durchbrächst du die Leere,
die mich umfängt****.

Für dich, süße Farben im Laub;
für dich, sinnvolle Laute: leidender Wind
über geschlossenen Mauern, sagt
seinen mehrfachen Tod, glättet
den Himmel mit fahlen Lichtern und prägt
die Farben des Unglücks ihm auf, uns wäre es
willkommne Gefährtin, zwischen den Blumen einsam
Ikone kalter Gräser.
Komm näher. Der Wasser, der Dörfer
und der Erde Einsamkeit verscheuchst du,
du schneidest dein Lächeln
in meinen Gedanken. Wo kein Freund
vordringt (sondern nur, und von fern,
mich begreift), wo jeder Mensch

in einem anderen Leben lebt, da kannst
nur du, du allein, mir nahestehn, Gefährtin sein,
hier zwischen diesen Wiesen
und Häusern, wo ich vergeblich mich ans Leben
der andern zu binden suche,
auf Brüder in Christo hoffe.

* »Diogenes suchte den Menschen, ich möchte die Frau suchen.«
** Der göttliche Ursprung.
*** Die liebende Schönheit.
**** Diese drei Verse müssen in anderer Schrift gedruckt werden.

*Tagesanbruch an den Orten der Kindheit**

Conegliano, leicht an Jahren
oben am Hügel, mit unsteten Spuren ersteig ich
deine Straßen, und mich ekelt
die zarte Feigheit der Kindheit,

die ich, verschämter Knabe,
in dieser Luft ausatmete.

Zur verlassnen Morgendämmerung heimischer Herde
bin ich zurückgekehrt und fasse den Tau,
hier, am alten Hoftor
des Gymnasiums.

War ein Traum jene Zeit,
als ich diese aufgehende Sonne nicht sah,
diesen Hügel,
wo geschäftige Herden weiden?

O weh, aber neu ist das Glöckchen mir nicht,
das nun für andere Knaben läutet!

* Sehr marginales Gedicht, oben auf einem Hügel im Stehen geschrieben, auf dem Platz vor dem Schloß in Conegliano. Es war frühmorgens, und ich befand mich dort, weil ich auf den Anschlußzug nach Belluno wartete.

Gebet an den Nicht-Geglaubten

»Ich spreche zu dir, Herr, von jeder Prüfung mein
außer deinem Blute, macht nichts den Menschen selig:
Miserere über mich, denn ich bin geboren
nach deinem Gesetz; und nicht Neues geschehe.«
Michelangelo

Nicht noch einmal mit abwesenden Augen zu betrachten,
was doch nur dahinstirbt, liegt mir am Herzen,
auch nicht das nackte Sich-Verzehren jeder Jahreszeit,
zu wissen, daß der Augenblick kommt,
der kaltes Aufklaren bringt
und Vogelsterben auf den Ästen.
Nicht mit rohem Lachen die Zeit
zu beweinen, mit abwesenden Augen,
während ich merke, wie über dir, und rund umher
kalte Gräser um sich greifen.
Mag zittern in der trockenen Erde
das Wasser, die Gesichter durchdringen
der harte Himmel,
es schmerzt mich nicht, auch nicht
die Dächer durchstoßenden Schreie, o Rücken
der Erde, die ferne sich krümmt
und weint über die fühllose Hast der Menschen.
Vereine du, der Eine, diese uneinigen
Überreste, die ich liebend entstelle
durch zu viel Liebe und Haß. Regier du
mich, beherrsch mich, ans dunkle Kreuz schlage mich
meine Zukunft. Möge ich mich in Dir vergessen,
aufhören, Wunden zu spüren bei jedem Anblick,
daß mich nicht verletze die Zeit in ihrem Wandel,
das schneidende feindliche Gelächter der Menschen.

In Dir bereuen mög ich

»Gib, daß ich auf deinen Weg zurückfinde,
wie bekleidet mit himmlischen Federn
Herr, und führe mich auf deine Weide und
gib mir Herberge.« Tasso

Mit hartem Gelächter meide ich Laubwerk,
wo sich dunkel Qual birgt, die mich schneidend überkommt.
Doch ich spüre sie nicht, und sie drängt,
daß ich immer und anderswo als in mir selbst
sie empfinde. O Körper, o Liebe, o unbekannter
Altar, o du, der aufrecht stehnbleibt,
wo der Mensch betet und sich beugt!
Löse du sie, auf daß ich im lärmenden
Trubel der Menschen mehr von mir selbst
verströme, und weniger frage und denke,
mehr Leben gebe als suche.
Nicht, daß ich einsam gehe, Tote
zu entdecken in steinigen Morgenröten,
und tot sei, und tot mir zu kurzem Licht
ein Tag wiedergeboren werde in mir, mit schmerzlichem
Leuchten dunkel sich wieder entzünde.
Nacht sei nicht die Nacht, wo der Himmel
sich erhellt und ich Lichter neuen Unglücks sehe,
mich klarer erkenne in wahrhafter Wüste.
Auferstehen möge ich zu neuem Leben, denn weckt
meinen Zorn meine Sünde (vielleicht nennst Du es so),
wo soll ich bereuen, wenn nicht in Dir? Und Du demütige mich,
so daß verstört, der anderen Vorübergehen
auf der Erde mir keine Wüste sei.
Doch ich erwache wieder, und in diesem kalten Licht,
das wieder zwischen den Bäumen und Mauern heraufzieht,
verbrenne ich, und kehre zur Sünde zurück
und bereue nicht. Jener Flamme folg ich,
die verschlossnes Schweigen in mir, Gefallnem, entzündet.

Abendsturm

(Zu vergangenen Herbsten neigt sich die Zeit)

Abgemähte Felder, menschenleer in der Blässe
der Luft, da, nun verläßt euch
auch der einzige Freund, der Bauer.

Allein bleibe ich, und was bin ich, wo der Abend dunkelt:
hab ich je Frieden von euch erbeten, Bäume?
Mich je über eure Heiterkeit beklagt?

Nun beschneidet der Wind eure glücklichen
Äste! Glücklich sind sie in der Stille
des Sturms.

Doch über mir winde sich Dunkel,
Himmel, wenn ich hier unsicher falle
ins von meinen kindlichen Füßen
getretene Gras*.

* Ins Gras, das ich trat, als ich Kind war.

PS.: Ich habe noch einen Tag mit dem Abschicken dieses Briefes an Euch gewartet; so habe ich Euren erhalten, aber die Antwort wäre zu lang, also werde ich sie Euch mündlich geben.

Die Nachricht, die Übung am 20. vorlegen zu sollen, hat mich erschreckt: In einem anderen Brief hatte Luciano mir geschrieben, der 25. genügte. Ich kann sie nun einfach nicht vor dem 23. abgeben (Mon. 21. werde ich damit verbringen, sie abzutippen). Hoffentlich nehmen sie sie trotzdem noch an.

Bis jetzt bin ich ganz zufrieden mit ihr.

Beim Empfänger.
Handgeschrieben; auch an Leonetti und Roversi adressiert.

AN LUCIANO SERRA – BOLOGNA

[Poststempel: Porretta Terme, 10. Juli 1942]

Lieber Luciano,

ich bin zermürbt vom Dasein: es ist dies einer jener unbestimmten Augenblicke, in denen die Poesie wie eine ferne Erinnerung wieder auftaucht, und die einzige vorhandene und sichere Empfindung ist die der eigenen menschlichen Einsamkeit.

Ich sehe gerade einen Knaben, der in zwei Krügen Wasser vom Brunnen geholt hat: er geht in der klaren Luft seines Dorfes, das ein mir unbekanntes Dorf ist. Doch er, der Knabe, ist eine mir bestens bekannte Gestalt, ebenso wie der Himmel, der mit Grabessüße verblaßt, und die Häuser, die sich allmählich dem Schatten ergeben, während auf dem kleinen Platz alles von einem quälenden Trompetenklang übertönt wird. Der Tag neigt sich dem Ende zu, und ich erinnere mich an die endlose Zahl von Tagen, die ich auf diese Weise habe sterben sehen seit den fernen Zeiten in Idria und Sacile, die Du, Luciano, nie kennenlernen wirst: damals war ich ein Junge, und jetzt bin ich ein Toter. Doch der Abend läßt nicht ab, die Dörfer der Welt mit ihren kleinen, keuschen und beinahe feierlichen Plätzen in einem durchdringenden Duft von Gras und stehendem Wasser zu umzüngeln. Soeben tritt eine Frau auf den Balkon hinaus und stößt einen Schrei aus, der mich erschaudern läßt: »Sooohn!« So war es damals auf dem kleinen Platz von Sacile, wenn ich mit den Freunden herumtrödelte.

Und nun bin ich hier, wie weit weg und wie verwandelt: mein Leben, dem Anschein nach ohne Trauer, ist an die Ränder der Existenz gestoßen.

Heute hat mich meine Mutter besucht und ist vor kurzem wieder abgefahren. Wenn ich an sie denke, spüre ich, wie die Liebe mich schmerzhaft durchzuckt; sie hat mich zu lieb, und ich sie auch. Ich bin Dichter für sie. Vor einigen Tagen hat sie mir einen Brief geschrieben, der mir ein heftiges Weinen im Hals hat aufsteigen lassen.

Ich lache und leide mit höchster Entschlossenheit. Das Lachen ist wahrhaftig, das Leiden ist angeboren. Ich und Du, wir glauben ans Lachen: an das Leben mit geschwellten Segeln; an die Zukunft in Ruhe und Frieden. Wir sind Dichter. Unser Ehrgeiz ist Bewußtsein unserer selbst. Die Zukunft ist sicher. Ich habe an meinen Händen den Schmutz von zwei Tagen: Das Heerlager ist eine Hölle, aber ich lebe für die Erinnerung. Ich spüle die Blechnäpfe: entsetzliche Sache! Die ganze Nacht Wache stehen: entsetzliche Sache! Dies sind, unter dem Gesichtspunkt der Bequemlichkeit, die schlimmsten meines Lebens. Aber das Leben schlägt überall seine Wurzeln, und der Schwanz wächst ihm wieder nach wie bei den Eidechsen. Ich lebe.

Mit den Druckfahnen bin ich recht zufrieden[1]: ich werde viele typographische Veränderungen anbringen, und auch Korrekturen im Text (was die Übersetzungen betrifft).

Bertos Büchlein[2] hat mir sehr gefallen: wir werden uns noch ausführlich darüber unterhalten.

Schreib mir. Ich höre jetzt auf, weil ich zum Umfallen müde bin.

Ich umarme Dich

Pier Paolo

Beim Empfänger.
Handgeschrieben.

1 Bezieht sich auf *Poesie a Casarsa*, op. cit.
2 Bezieht sich auf *Poesie* von Roversi, op. cit.

[Bologna, Juli/August 1942]

Liebster Luciano,

wie geht es Dir? Mir ziemlich schlecht, da mich ein – nicht schlimmer – Zusammenbruch beutelt. Ein Hoch auf mein Büchlein[1]. Ich habe mehrere lobende Briefe erhalten, darunter diesen von G. Contini: »Lieber Pasolini, gestern habe ich Ihr *Poesie a Casarsa* erhalten, es hat mir so gut gefallen, daß ich gleich eine Rezension an Primato geschickt habe, falls sie sie wollen.«[2] Zwei Tage war ich glücklich; und nun fange ich an, den Schatten des »Excelsior« zu spüren. Schreib mir, Du lieber und unersetzlicher verdammter Kerl, aber nicht über Frappé.

Ich umarme Dich

Pier Paolo

P.P. Pasolini, Nosadella 48 Bologna

Beim Empfänger.
Handgeschriebene, an das Universitätsmilitärlager in Sassuolo geschickte Postkarte.

1 *Poesie a Casarsa*, op. cit.
2 Sie erscheint dann nicht in »Primato«, sondern im »Corriere del Ticino« vom 24. April 1943.

[Casarsa] 12. [August 1942]

Liebster Luciano,

ich bin in Casarsa, in meinem Zimmer, an meinem geliebten Schreibtisch, und alles hier ist für mein Gelehrtendasein vorbereitet.

Ich habe angefangen, Dir zu schreiben, weil mir, während ich ein Buch von Tecchi las, das ich hier noch frisch und aufgeschlagen unter meiner Linken liegen habe, etwas eingefallen ist, was vielleicht wichtig ist. Es ist folgendes:

Vielleicht besitzen wir eine Seele als Möglichkeit, und diese Möglichkeit macht den Menschen im allgemeinen dem Tier überlegen. Doch diese Möglichkeit setzt sich nur bei denen um, die »im Leben nach Höherem strebten«, und nur in ihnen kann sie unsterblich sein oder jedenfalls etwas, das das Fleisch überdauert. Bei den anderen besteht vielleicht nach dem Tod für kurze Augenblicke oder sehr kurze Zeit ein göttlicher Geist weiter, der sich dann auflöst und in die Erde fällt, für immer erloschen.

Das ist Rhetorik, nutzlose Konstruktion und Fragment, aber auch einer der Mythen, die hier in Casarsa reichlicher und spontaner in mir entstehen als an jedem anderen Ort der Welt.

Hier in Casarsa befinde ich mich in einem vollkommenen richtigen Maß, in dem Traurigkeit und Freude sich in sich und gegenseitig die Waage halten. Mittlere Zuneigung (verglichen mit der mütterlichen) für die Verwandten; mittleres Leben in Einsamkeit; mittleres Leben in der Gemeinschaft; die Bücher, aus dem Regal in Bologna gerissen, leben hier in einer anderen Luft, die im Vergleich zu ihnen dunkel ist, und funkeln darin wie strenge Sternbilder.

Welchen Genuß ich empfinde, wenn ich sie so ausgewählt in einer Reihe dastehen sehe! Ich habe wirklich eine wunderbare Auswahl getroffen! Wie ich es liebe, mit kundigen Händen jene intakten, rauhen und glänzenden Seiten zu berühren, saftig und voll von klaren und deutlich belegten Begriffen, von denen ein jeder dazu beitragen wird, meine Seele um etwas zu bereichern, so daß ich mich jeden Tag dem Vortag überlegen fühlen kann.

Die verstandesmäßigen Gegensätze und Spannungen haben, als atemlose und unfruchtbare Suche, fast wie durch

Zauberei aufgehört; ich höre mich immerzu süß dahinleben, und ich bin immer klar, wie wenn man im Sommer aus einem wohltätigen Mittagsschlaf erwacht und es noch nicht Abend ist, und die Luft festlich glitzert durch fernes Stimmengewirr.

Ich gehe von einer Stunde zur anderen, von einem Gedanken zum anderen, voller Einfalt, beinahe, als wäre ich wieder zum Kind geworden. Doch ist diese eine recht weise und nachdenkliche Kindheit! Ich messe die Zeit, die vergeht, und das Leben, das sie begleitet, nicht meines, sondern das aller Leute, die ich kenne und nicht kenne, die rund um mich leben. Mein zum Himmel geöffneter Balkon, die Dächer, der Hof, es ist wie der Puls, an dem ich die Existenz des ganzen Dorfes schlagen fühle.

Ein Tag ist herumgegangen, und ich erhalte Deine Karte. Ich bin pleite, jedenfalls beinahe, ich werde meiner Mama sagen, daß sie Dir das Geld schicken soll.

Es ist Sonntagmorgen: erinnere Dich an den dritten Teil der Litanis[1]. Jene Zeit ist zurückgekehrt: doch es ist Schicksal, daß alles Veränderungen erleidet (Erdrutsche, würde Montale sagen), aber hier in Casarsa geschehen zwar Veränderungen, aber die Dinge bleiben sich im wesentlichen gleich. Was für ein häßliches Dorf Casarsa ist! Es gibt einfach nichts. Alles Moral, keine Schönheit: die dörfliche Ungezogenheit der Buben, die Boshaftigkeit der Mädchen, der graue, schwere Staub der Straßen. Alles hat das Geheimnis eingebüßt, mit dem die Kindheit es umgab, und liegt nackt und schmutzig vor mir: doch dies ist ein neuer Zauber, ein neuer Traum, und ein neues Geheimnis. Ich bin in eine erwachsene Kindheit eingetreten, da ich nun nicht mehr der anderen nachtrauere.

Ich umarme Dich

P. P.

Beim Empfänger.
Handgeschrieben.

1 »Li litanis dal biel fi« (Die Litanei vom schönen Knaben), in *Poesie a Casarsa*, S. 16–19, jetzt in *La nuova gioventù*, op. cit., S. 12–15 [dt.: in *Unter freiem Himmel*, Wagenbach, Berlin 1982].

[Poststempel: Casarsa, 24. April 1943]

Sehr geehrter Herr Contini,

Ihre Anteilnahme am Geschick meines ersten Büchleins[1] ist mir wirklich ein großer Trost. Und Sie werden verstehen, daß das, was mir am Herzen liegt, Ihr Urteil, Ihre Achtung ist, nicht, daß die Rezension in »Primato« oder sonstwo gedruckt wird.

Nach langer Abwesenheit in mein Dorf zurückgekehrt, schreibe ich weiter, und wie ich hoffe, mit klarerem Bewußtsein dessen, was ich tue: Erfahrungen und Schmerzen sind dazugekommen, die ganz anders sind als vor einem Jahr!

Ich soll Ihnen auch seitens meiner Mama danken, die gewiß ehrgeiziger ist und sich mehr Anerkennung wünscht – für mich – als ich selbst.

Ich danke Ihnen noch einmal und grüße Sie herzlich.

Ihr

Pier Paolo Pasolini

PS.: Könnten Sie mir die Adresse des »Corriere Ticinese« mitteilen? Ich würde mir gern die Ausgabe mit der Rezension schicken lassen, denn ich bin natürlich sehr begierig, sie zu lesen.

Beim Empfänger.
Handgeschrieben.

1 Vgl. Brief an L. Serra vom Juli-August 1942.

AN FRANCO FAROLFI – PARMA

[Casarsa, Frühjahr 1943]

Lieber Franco,

offenbar sprechen wir zwei verschiedene Sprachen. Ich bin nun schon so weit fortgeschritten in meinem Traum, daß ich nicht weiß, wie meine Stimme die erreichen kann, die mich nicht begleiten. Jetzt bin ich ziemlich ruhig: die Handgriffe des Lichtanschaltens und des Papiersuchens haben die Raserei meiner Gedanken gebremst; aber ich bin noch frisch von der Casarseser Nacht, ich habe sie leidend auf diesen Straßen zugebracht, auf denen ich seit Jahren herumlaufe. Ich möchte mit Dir reden, jetzt; doch nichts als Wörter werden zu Dir dringen, und noch dazu verfälscht von der Aufrichtigkeit, zu der ich mich Dir gegenüber verpflichtet fühle.

Deine ganze Antwort auf meinen Brief verfolgt einen Weg, den ich schon kenne, wie die tausend anderen, die ich vorhersehe: aber *ich kann mich nicht damit abfinden*. Bleib einen Augenblick bei diesen Worten und stell Dir vor, daß ich sie Dir in einem Moment höchster Ehrlichkeit, ohne Zuneigung und ohne Posen, so laut ich kann, entgegenschreie. Und Du dagegen sprichst mir, genauso wie die anderen, denen gegenüber ich diese Themen anschneide, von einer Möglichkeit, sich abzufinden und nicht zu denken, daß die Männer ein Geschenk der Natur erhalten haben. Dein ganzer Brief wird von dieser unlogischen Möglichkeit, sich abzufinden, im Gleichgewicht gehalten. Nun gut, man sieht, daß, ebenso wie im Stofflichen, alle Ungleichgewichte wettgemacht werden, auch in den Dingen des Geistes vielleicht ein solches Gleichgewicht besteht, durch das eine, nehmen wir an, von sehr vielen Geistern nicht gedachte oder schlecht gedachte Sache dann von einer Minderheit gedacht und durchlitten werden muß, aber mit solcher Intensität und Treue, daß das Mißverhältnis ausgeglichen wird. Du wirst es nicht glauben, aber Schopenhauer mag, wie Du denkst, Momente der Stasis gehabt haben (essen, heiraten), ich habe solche Momente nicht. Jedes Bild dieser Erde, jedes menschliche Gesicht, jeder Glockenschlag trifft mich ins Herz und verletzt mich mit beinahe physischem Schmerz. Ich habe keinen Augenblick Ruhe, weil ich immer in die Zukunft geworfen lebe: wenn ich ein Glas Wein trinke und laut mit den Freunden lache, *sehe* ich mich trinken und *höre* mich schreien, mit einer unermeßlichen, bitteren

Verzweiflung, mit einer vorzeitigen Sehnsucht nach dem, was ich tue und genieße, einem ununterbrochenen lebendigen und schmerzlichen Bewußtsein der Zeit.

Doch ich bin weder krank noch verrückt: ich bin normal und heiter, nicht nur dem Anschein und meinen äußeren Gesten nach, sondern auch in meinem Inneren. Und ich glaubte – das habe ich Dir geschrieben –, daß diese »Heiterkeit« einer grundsätzlichen und gesunden Ausgeglichenheit meines Geistes zu verdanken sei. Doch vermutlich verdanke ich meine Rettung (daß ich nicht manisch werde, mich nicht verzehre) meiner Phantasie, die zu jedem Gefühl ein *konkretes* Bild zu finden weiß und es, so erscheint es mir, einschließt, es hindert, hemmungslos in meinem Gehirn weiterzuarbeiten.

So entspricht dem schmerzlichen und unausgesetzt durchlittenen Drängen der Empfindungen methodisch in mir eine poetische Neuordnung, die, wenn zu sonst nichts, wenigstens dazu dient, den Strom meines immer in Bewegung befindlichen Gefühls zu kanalisieren und einzudämmen. Letztes Mal habe ich Dir mitgeteilt, was ungefähr den Gegenstand meiner Gedanken bildet. Du wirst es nicht glauben, wenn ich Dir sage, daß ich mich zwinge zu weinen ...[1]

... Du siehst, wie alle Dinge, die durch die Möglichkeit, sich abzufinden und sie anzunehmen, den Menschen selbstverständlich werden, für mich in abstruser und schmerzlicher Weise für die Gedanken offen sind: meine Existenz ist ein ununterbrochener Schauder, schlechtes Gewissen oder Sehnsucht. Ich habe sogar eine ganze Stunde damit verbracht, meine Hände zu betrachten, weil mich der Skrupel überfallen hatte, daß der Mensch im Augenblick des Todes nicht weiß, was für Hände er gehabt hat: er hat sich immer damit abgefunden, welche zu haben, er hat sich zu sehr an sie gewöhnt; er denkt nicht daran, daß zwischen den *unendlich* vielen Händen diese die seinen sind.

Ich bin recht fröhlich wieder aufgewacht und komme zum Schluß. Wenn es darum geht, eine logische, d.h. philosophische Rechtfertigung der Existenz zu suchen, damit fange ich gar nicht erst an. Solche abstrakten Sachen wie Gott, Natur, Wort interessieren mich nicht. Die Philosophen interessieren mich überhaupt nicht, außer in bestimmten poetischen Abschnitten. Ich finde, es gibt nichts Eitleres und Schmerzlicheres, als eine seit Jahrhunderten benutzte Sprache auszuleihen und mich ihrer für eine erneut abstrakte philosophische Konstruktion zu bedienen. Um so mehr, als ich eine Art Trost und Gleichgewicht aus den poetischen Bildern schöpfe, wie ich schon sagte. Die einzige Philosophie, die ich mir sehr, sehr nahe fühle, ist der *Existentialismus* mit seinem poetischen (und mir ebenfalls sehr nahen) Begriff der »Angst« und seiner Gleichsetzung von Existenz und Philosophie. (Lies E. Pacis Buch *L'Esistenzialismo*, C. E. D. A. M. Padua, in dem Du, glaube ich, eine Bibliographie findest.)

Gestern abend habe ich (wer weiß, wie es ihn hierher verschlagen hat) *La tragedia di Jegor* gesehen, das muß dieser Film sein, von dem Du und Umberto mir erzählt habt. Es ging mir nicht gut, und diesen Film zu sehen, hat mich vollkommen geheilt. Schon lange hatte ich keine so reine und uneigennützige Begeisterung mehr für Werke anderer empfunden (weder für *Gli angeli del male* noch für *Il porto delle nebbie*[2]). Die Naivität und Rhetorik des Inhalts werden durch eine so originelle, frische, poetische Technik aufgewogen (fast lauter Großaufnahmen), wie es mir schon lange nicht mehr untergekommen war.

Schreib bald, ich umarme Dich, grüße die Deinen

Pier Paolo

Beim Empfänger.
Handgeschrieben.

1 Fehlende Seite.
2 *Les anges du péché* [dt.: *Das Hohelied der Liebe*] von Robert Bresson und *Quai des brumes* [dt.: *Hafen im Nebel*] von Marcel Carne.

Casarsa, 4. Juni [1943]

Liebster Franco,

der Augenblick müßte eigentlich wunderschön sein für mich. Wenn ich ihn mir vor einem Jahr vorgestellt hätte, hätte ich mit Rührung und Freude daran gedacht. Gattos Besprechung in der »Ruota«[1], eine Rezension im Friaulischen Philologenbulletin[2], und vor allem ein wunderbarer Artikel von Contini: »An der Grenze der Dialektdichtung«[3]; die Aufforderung, an verschiedenen Zeitschriften wie »Eccoci«, »Spettacolo«, »Signum« etc. mitzuarbeiten; diese ganzen Erfolge müßten mich fröhlich stimmen. Doch statt dessen bin ich todtraurig, leidend, enttäuscht. Lieber Franco, *wir*, ausgerechnet *wir*, einundzwanzig Jahre alt sein: es ist ein Wunder, eine kalte Dusche, an die ich mich nicht gewöhnen kann. Das ganze Leben hat sich verändert, wir sind keine Heranwachsenden mehr; die Gesichter, die Gesten, die wir jetzt haben, sind nun definitiv – die unseren, aus den unendlich vielen, die wir hätten haben und erhoffen können. In der Ewigkeit hat sich diese unsere kurze und flüchtige Erscheinung auf der Erde in unsere Augen, unsere Haare, unsere Worte gekleidet, und wir sollten diese Attribute nicht im absoluten Sinn gebrauchen? Jetzt sitze ich am Tisch und schreibe: sind das die Gesten von mir als Einundzwanzigjährigem, die bleiben werden in der Geschichte meines so grauenhaft kurzen, dem TODE zugeneigten Lebens, die Gesten des grünen und fröhlichen Lebensalters? Doch wo ist ihr wahrer Sinn, was trennt sie von ihrer Absolutheit? Ich kann mich nicht damit abfinden, angekommen zu sein: nicht mehr wachsen und besser werden zu müssen. Mein Körper. Erinnerst Du Dich an ihn, als wir im Gymnasium waren, auf den emilianischen Straßen?... Und schon sind auch wir so weit, uns zu erinnern und zurückzusehen, erbärmliche Dinge, die ich bei anderen verachtete, als Dinge, die mir niemals passieren würden, mir, dem ewigen Jüngling. Und nun, lieber Franco, bist Du ein Herr von 21 Jahren, mein Freund, und wir erinnern uns gemeinsam an vergangene Zeiten, die Zeiten im Gymnasium... Siehst Du denn nicht, daß das lächerlich ist, daß das falsch klingt bei uns beiden? Wie haben wir uns verraten, Franco, nicht dies ist unser Leben, nicht so sollten wir miteinander reden nach den Versprechen, die wir uns in Sasso, in der Via Nosadella gaben. Gestern habe ich den Brunnen von Venchiaredo gesehen, wo der junge Ippolito Nievo das Gras zerdrückt und geatmet hat; *er* war damals jung, *er* lachte, *er* dachte nicht im entferntesten daran – und wäre es nicht lächerlich gewesen, wenn er es gedacht hätte?–, daß auch für ihn der Tod würde kommen müssen. Und in der Tat ist er gekommen. Ich kann nicht leben, weil es mir nicht gelingt und nicht gelingen wird, mich daran zu gewöhnen zu denken, daß es auch für mich eine Zeit, einen Tod gibt.

So mitten in diese Gedanken geworfen, die, gib acht, mich nicht verlassen.

Beim Empfänger.
Handgeschrieben, unvollständig erhalten.

1 Vgl. »La Ruota«, I, 1943.
2 Vgl. *Su »Poesie a Casarsa«* von Ercole Carletti, in »Ce fastu?«, Bollettino della Società Filologica Friulana, 31. Dezember 1942.
3 Vgl. »Corriere del Ticino«, 24. April 1943. Continis Rezension von *Poesie a Casarsa* wird später noch einmal veröffentlicht in »Il Stroligùt«, Nr. 2, April 1946.

[Poststempel: Casarsa, 4. Juni 1943]

Liebster Luciano,

wir müßten uns sehen und sprechen, ich habe Dir unendlich viel zu erzählen von neuen Gefühlen und Qualen. Mein Leben hat sich ganz erneuert; ich bin noch weiter gekommen. Neues Wunder, die würdigen Gesichter der Menschen, die Jungen, die Stunden des Tages zu sehen. Nie habe ich so sehr um nichts gelitten wie in diesen Monaten. Doch das sind allgemeine Redensarten, die auf mich, auf Dich und auf Signor Luigi passen könnten. Ich würde sehr gern mit Dir sprechen, hätte Dir ein ganzes neues Schmerzsystem zu eröffnen. Über die »Via Appia«, die ich an Architrave schicken werde, allerdings habe ich diesbezüglich nichts mehr gehört, weder was mich betrifft noch Facchini etc.

Ich arbeite weiterhin sehr viel und kann es gar nicht erwarten, Dir meine letzten friaulischen Hefte vorzulesen; Dir kann ich mich erklären, Luciano, und ich kann Dir sagen, daß meine Phantasie in den letzten Monaten sehr gereift ist und ich zu einer Klarheit der Erfindung gelangt bin, die mich bestärkt zu leben und mich oft begeistert. Ich habe zahllose Mythen erfunden. Ich habe eine legendäre Geschichte dieser Orte konstruiert, die es davor nicht gab; und ich hoffe, daß ihr eines Tages ein Wert zuerkannt wird... Doch lassen wir das. Ich bin aufgefordert worden, mit Gedichten am Friaulischen Philologenbulletin[1] mitzuarbeiten; Paolo Grassi hat mich eingeladen, bei Eccoci und bei Spettacolo mitzuarbeiten. Die schönste aller Nachrichten aber, die ich geben kann, ist, daß im »Corriere Ticinese«[2] ein wunderbarer Artikel über mich von Contini erschienen ist (bald wird er auch in einer Universitätszeitung veröffentlicht). Der Titel lautet: »An der Grenze der Dialektdichtung«. Ich hoffe, daß ich ihn Dir bald zu lesen geben kann.

Giovanna Bemporad ist eine Woche hierher nach Casarsa gekommen; sechs zusammen verbrachte Tage.

Was Deine Physiognomie und Deine Poesie angeht, kommst Du mir vor, als hätte man Dich zum Frischhalten auf Eis gelegt; das Eis wäre der Barras.

Ich umarme Dich sehr fest Pier Paolo

Beim Empfänger. Handgeschrieben.

1 »Ce Fastu?«, publiziert in Udine.

2 »Corriere del Ticino«, op. cit.

[Casarsa, 19. Juni 1943]

Jedesmal, wenn ich die Totenglocke höre und mich nach dem Toten erkundige oder sein Leben rekonstruiere (Knabe, Jugendlicher, Bäder im Fluß, Prozession mit Kerze in der Hand), erscheint es mir unmöglich, von dem Punkt jenseits des Todes nicht das ganze Leben zu sehen, es schon vorbei und vollendet zu sehen, Geste für Geste, eine Kette von lauter vorstellbaren Tagen, von Überraschung zu Überraschung, von Verwunderung zu Verwunderung: sich am Punkt des Todes zu befinden und nicht einmal die Zeit gehabt zu haben, das Knabenalter vollkommen abzuschließen.

Heute früh im Morgengrauen bin ich von einigen Stimmen geweckt worden: warme, deutliche, klare, süße Stimmen. Es waren Stimmen von achtzehnjährigen jungen Burschen, die der Tochter meiner Cousine liebevoll Glück wünschten, einen Tag ist die Kleine alt, gestern geboren, und ich habe sie schon als junges Mädchen geträumt; und mit ihr mein altes Gesicht. Ich soll nicht daran denken? Lächerlich? Aber haben wir nicht die eindeutigen, grausamen Beispiele von Leuten, die uns auf die Welt haben kommen sehen und uns nun abseits zusehen, wie wir jung sind, vor unseren Augen? *Ich kann mich nicht damit abfinden.* Niemals, in keinem Augenblick meines Tages: der Sommer, der vergeht; der Weizen, gestern und vorgestern blondwogend auf der Erde, und nun geschnitten und gedroschen; die plötzliche Erinnerung an Sergio als Kind, der im Fluß mit mir badete, und nun ist er jung, grau und häßlich. Wir versinken in einem Sumpf von Gesichtern, Händen, Locken, Stimmen. Enorm, unlogisch, unaussprechlich absurd sind die Beziehungen, die die Menschen miteinander verbinden: denk Dir, zum Beispiel, welche Beziehung bestehen kann zwischen einem toten Offizier (dessen Begräbnis mit Fanfare und Kränzen ich gesehen habe) und zwei Knaben, die auf einer Wiese spielen (die ich gleichzeitig sah)? Es ist die gleiche Beziehung, die mich mit einer Wespe verbindet.

Ein kurzer Moment des Waffenstillstands, alles ist neu. Jede Geste, die die Leute um mich herum machen, ist für mich ein Stich ins Herz: sie verlangt eine neue Einordnung in mein Bild von der Welt. Jede Totenglocke macht mich leiden, als wäre ein Angehöriger von mir gestorben, soviel Achtung und Liebe hege ich für das Leben, daß ich auch das eines Unbekannten unmittelbar so sehe, als wäre es mir greifbar nahe gewesen. Ich sehe ihn als Kind und als Jugendlichen, und wie er, an Festtagen, Vergnügungen sucht, als wäre jener Moment ewig und der wichtigste aller Momente: und nun ist er alt geworden und gestorben. Der Krieg ist mir nie in so ekelhafter Weise grauenerregend erschienen wie jetzt: hat man denn niemals daran gedacht, was ein Menschenleben ist?

Ich habe nicht direkt auf Deinen Brief geantwortet: Du bist einer von den zweien oder dreien, bei denen ich mich aussprechen kann, und ich tue es von ganzem Herzen. Ich glaube, daß Deine Unzufriedenheit den gleichen Ursprung hat wie meine und sich mit anderen Attributen umgibt. Ich glaube sehr, daß eine wirklich geliebte Frau viel von unserer Zeit ausfüllen kann, uns eine sichere Stütze sein kann, wie nicht einmal die Mutter oder die Geschwister es vermöchten. Der nackte Leib ist der wahrste, und seine Umarmung ist die einzige Brücke, die über den Abgrund der Einsamkeit gelegt werden kann, welche uns voneinander trennt.

Einstweilen bin ich »von einer Traurigkeit ohnegleichen«, schrieb ich an meinen Onkel, ständig im Kampf mit den Ereignissen des Lebens, zu schön und süß, als daß man sie genießen könnte. Die Hoffnung auf irgendeine Zukunft hilft mir nichts, weil ich die Gegenwart zu sehr liebe, ich liebe sie mit der gleichen Heftigkeit wie die Erinnerung, das Gedächtnis. Was immer mir begegnen mag, ich werde glücklich darüber sein, denn ich würde am liebsten regungslos in diesen Tagen, in diesem Alter, in diesem Unglück verharren. Statt dessen ziehen die Tage unter meinen Füßen hin, ohne mich zu berühren, eher den Wolkenschatten ähnlich, die über die Kiesel am Tagliamento hinwegziehen, als irgendeiner konkreten Sache, *die man leben könnte.* Wenn ich in bestimmten Augenblicken nicht in eine Art Verzauberung oder Wahnsinn verfalle, muß ich dafür meinem Wesen danken, das seiner Natur nach gesund, unbeschwert und heiter ist...

Von Paria heißt es offiziell, er sei in Gefangenschaft. Sein Bild, dort in Rußland, losgelöst von seinem Leben, wie in einer anderen Welt, wo man nur leidet und sich schmerzlich erinnert, macht mir ununterbrochen Angst.

Ich umarme Dich zärtlich. Grüße die Deinen.

Pier Paolo

Beim Empfänger.
Handgeschrieben; Blätter eines unvollständig erhaltenen Briefes.

[Poststempel: Casarsa, 24. Juni 1943]

Lieber Luciano,

hier komme ich zu Dir, frisch wie eine Rose. Ich habe zehn Minuten Freiheit; ich warte auf die Nachrichten im Radio, denn anschließend gehe ich zum Tagliamento: Braungebrannt und beinahe nackt werde ich dort der Sonne meine Gesten eines badenden Jungen zuwerfen. Ich werde vertraulichen Umgang mit der Sonne haben; ich werde das Gras mit Füßen treten, als ob es lebendig wäre und mich zu stechen versuchte, gemäht und zart.

Ich bin frei und gesund: es ist eine Woche der Unbeschwertheit, der Sorglosigkeit, der Herzlichkeit. Das ist ein Gesicht von mir, das ich sehr liebe, das aber nicht der wahren Wirklichkeit meines Wesens entspricht, und Du weißt es, es ist zwecklos, daß ich es Dir noch einmal sage. Die Unbeschwertheit hat das Gesicht eines Mädchens aus Valvasone angenommen, dick und gefällig, das zwischen einer Magnolienblüte und einem rotwangigen Apfel schwankt. Ich küsse sie allabendlich und halte ihren Atem an, und sie verlangt nichts weiter dafür, als daß ich sie lustig unterhalte.

Es sind schöne Abende, Luciano. Aber ich weine nicht – wie ich, verdammter Kerl!, es immer tue – um ihre schon vergangene Schönheit, um die wohl bewußte Flüchtigkeit. Die Tage ziehen nicht mehr wie Schatten über meinem Kopf dahin, sondern es ist ein einziger, endloser Tag, in dem ich frohgemut mitschwimme. Meine Angst, die Tage um Tage anhält, ist schrecklich, aber auch meine Unbeschwertheit ist nicht gewöhnlich.

Ich arbeite viel, nicht mit Hingabe, sondern beinahe mit Ironie.

Doch denken wir nicht an diese Dinge. Als ich angefangen habe zu schreiben, sang ich:

c'al sedi clar il seil
soreli sensa nûl[1].

Nun hätte ich keine Lust mehr zum Singen. Deine Schuld. Durch Dich habe ich an Renato Fucini gedacht.

Ich habe Lust, im Tagliamento zu sein, meine Gesten eine nach der anderen in die glänzende Höhlung der Landschaft zu schleudern. Der Tagliamento ist hier sehr breit. Ein riesiger steiniger Strom, weiß wie ein Skelett. Gestern bin ich, ein junger Einheimischer, mit einem noch jüngeren Einheimischen namens Bruno[2] auf dem Fahrrad hingefahren. Die ausländischen Soldaten[3], die sich dort wuschen, haben verwundert unseren raschen und unverständlichen Reden gelauscht, und fast beschämt haben sie zugesehen, wie wir uns unverzüglich in das eisige und für sie geheimnisvolle Wasser gestürzt haben. Wir sind allein geblieben, und das Gewitter hat uns überrascht, mitten in dem riesigen Flußbett. Das Gewitter war bläulich wie ein erigierter Penis. Wir sind geflohen – uns rasch ankleidend –, aber auf halber Brücke hat der Wind uns aufgehalten. Der Tagliamento war verschwunden, wie mitten im Nebel. Die rasende Wut, mit der der Wind in den Himmel hinauffuhr, blendete uns. Und der Himmel, zuvor schwarz und gelb, war ganz weiß geworden. Alles hat sich fast plötzlich beruhigt. Als wir mit Mühe und Not auf der anderen Seite der Brücke ankamen, war der Tagliamento hinter uns noch ein wenig aufgewühlt und sandig. Bruno atmete auf. Drei, vier Zigeunerwagen flohen wie wir vor dem Gewitter, das nunmehr mit ein paar tröpfelnden Schauern in Richtung Codroipo brauste. In einem hellblauen Wagen spielte ein Zigeunerjunge anhaltend auf einer Trompete.

Ich küsse Dich.

Pier Paolo

Beim Empfänger.
Handgeschrieben.

1 [klar sei der Himmel / Sonne wolkenlos]

2 Zu Bruno, vgl. *Amado mio*, Garzanti, Mailand 1982, S. 46ff. (dt. Ausgabe *Amado mio*, Wagenbach, Berlin 1984) und Nico Naldini, *Nei campi del Friuli*, Scheiwiller, Mailand 1984, S. 23–24 (dt.: *In den Feldern Friauls. Die Jugend Pasolinis*, ComMedia & Arte, Stuttgart 1987).

3 Deutsche.

[Casarsa, August 1943]

Lieber Luciano,

ich glaube, Dich hat eine weitreichende Verblödung erfaßt. Und ich werde dem Militär die Schuld daran geben. Was redest Du da von »Guerillakämpfern« und »Guerillakriegen«[1]: ich weiß nicht, ob ich lachen oder wütend werden soll. Wenn Du Dein Blut gering achtest, schone es vorerst, und vergieße es, wenn überhaupt, für etwas Besseres als im Kleinkrieg mit den guten Kroaten. Italien wird noch Blut brauchen, und wie: aber es ist mein Land, das damit getränkt werden muß. Es braucht eine Überschwemmung mit Blut – oder Tränen –, die ein Jahrhundert monarchistischer, liberaler, faschistischer und neoliberaler Fehler auslöscht.

Italien muß sich von Grund auf erneuern, ab imo, und dazu braucht es uns ganz dringend, weil wir innerhalb der erschreckenden Unbildung der ex-faschistischen Jugend eine ziemlich gut vorbereitete Minderheit darstellen. Und dafür klage ich Dich an (oder muß ich vielmehr, wie ich hoffe, die langen Monate der Verdummung beim Militär dafür verantwortlich machen?), weil in Deinem Brief nicht eine Andeutung steht, die nach Politik schmeckt, nicht ein Wort des Schmerzes oder der Freude über den Anbruch der Freiheit. Und zu denken, daß für mich dagegen, auch für meine einzigartige und ganz intime dichterische Erfahrung, diese Tage von ungeheurer Tragweite sind.

Die Freiheit ist ein neuer Horizont, den ich mir zwar vorstellte, wünschte, der aber nun, in seiner allerersten Verwirklichung, so unvorhergesehene und rührende Aspekte zeigt, daß ich mich fühle, als wäre ich wieder Kind geworden. Ich habe etwas Neues in mir aufsteigen und sich behaupten gefühlt, etwas von ungeahnter Bedeutung: den politischen Menschen, den der Faschismus mißbräuchlich erstickt hatte, ohne daß es mir bewußt war.

Nun erscheint mir mein Leben länger: die rhetorische *Jugend* des Faschismus ist nämlich noch nichts als ein Zustand von Unerfahrenheit, und deshalb müssen all diese »*wir jungen Leute*« der früheren Blätter der Guf [faschistische Studentenorganisation] sich zu Recht eine ganz neue Bildung aneignen. Und die Geschichte scheint näher gerückt zu sein mit ihren vor einem halben Jahrhundert geschehenen

Tatsachen, die wir mit solcher Sorglosigkeit und Vorläufigkeit kannten. Glaubst Du mir, Luciano?

Ein frischer Geruch nach Toten steigt mir in die Nase; in den Friedhöfen der Renaissance ist die Erde gerade erst aufgegraben worden, und die Gräber sind neu. Und wir haben eine echte Aufgabe, in dieser schrecklichen italienischen Misere, eine Aufgabe, bei der es nicht um Macht oder Reichtum geht, sondern um Erziehung, um *Zivilisation*.

Ich küsse Dich.

Viele liebe Grüße an die Deinen

Pier Paolo

Beim Empfänger.
Handgeschrieben.

1 »Der eingangs gemachte Vorwurf bezieht sich auf die von mir gemachte Mitteilung, daß wir uns in der Offiziersanwärterschule auf den Guerillakrieg vorbereiteten; der knapp vor dem 25. Juli geschriebene Brief war, glücklicherweise, würde ich sagen, mit Verspätung bei ihm eingetroffen, denn aus P.s Ressentiment gegen mich ganz Unschuldigen heraus entstand seine bewundernswerte politische Stellungnahme« (L. Serra in Pasolini, *Lettere agli amici*, op. cit., S. 55, Anmerkung).

AN LUCIANO SERRA – BOLOGNA

[Casarsa, Februar/März 1944]

Liebster Luciano,

wer weiß, warum ich Dir heute abend schreibe; alles hätte ich gedacht, außer, daß ich Dir heute abend schreiben würde. Die Nachtstunde schlägt, die Sterne knarren am Himmel, der in der Mitte sehr dunkel ist, während er unten, zum Horizont hin, weißlich leuchtet. Der Mond wird aufgehen. Ein Tag vorbei, die Jugend vorbei. Welche Dürre! Mit dem Brennen auf der Haut, das vom langen Streunen in der Sonne zwischen den trockenen Maulbeerbäumen und den feuchten Primelchen herrührt, spüre ich in meinem Körper die Dürre einer fast adoleszenten Langeweile, das Gefühl, die Jahre vertan zu haben. Ich weiß nicht, ob wir uns wiedersehen werden, alles stinkt nach Tod, nach Ende, nach Erschießung. Wozu kommt Telmon[1] nach Casarsa? Weißt Du, daß er mir in einem unsagbaren Ton eine überaus merkwürdige Mitteilung gemacht hat? Jedesmal, wenn ich daran denke, wächst mein Staunen. Sergio in Casarsa? Kommt er oder kommt er nicht? Warum schreibt er nicht? Ich würde ihn mit offenen Armen empfangen.

Der Krieg stinkt nach Scheiße. Die Menschen sind so angeekelt, daß sie zu lachen anfangen und sagen möchten: »Das gilt nicht!« Doch sie warten, ich weiß nicht, worauf: daß das Faule abfällt. Das Faule ist wenig, aber es stinkt wie Scheiße. Und ich gehe über die leeren Felder spazieren, mit hier und da ein paar Primelchen, einigen Streifen von stechendem Grün vor dem Schnee des Monte Cavallo, der mit seinen weißen Gipfeln in der blauen Luft schwebt. Allein wandre ich über die Felder und gehe, gehe umher in dem leeren, unendlichen Friaul. Alles stinkt nach Schüssen, alles verursacht Übelkeit, wenn man daran denkt, daß die da[2] auf diese Erde scheißen. Ich möchte auf die Erde spucken, diese Idiotin, die immer weiter grüne Grashälmchen und gelbe und blaue Blumen und Knospen an den Erlen hervorbringt; ich möchte auf den Monte Rest spucken, in weiter Ferne am Ende des Friauls, am Adriatischen Meer, unsichtbar hinter der Ebene; und auch auf die Gesichter dieser Casarseser, dieser Italiener, dieser Christenmenschen. Alles stinkt nach Gewehrsalven und nach Füßen. Was bindet mich an diese Erde? Hab keine Angst, Luciano, denn ich bin auch selber stinkig genug, um fähig zu sein, mich nicht an diese ganze Scheiße gebunden zu fühlen. Morgen (in sechzig Jahren; darauf lege ich Wert) wird uns eine Grube gegraben: das wäre keine Neuigkeit, wenn ich nicht mit DIESEN Augen gesehen hätte, wie eine Tote hinuntergelassen wurde, von der ich wußte, daß sie lebendig gewesen war[3]; und da habe ich in jenem Körper, der abwärts glitt, diese ganze Scheißmenschlichkeit ermessen; es kommt jemand (der Tod), hält dir die Nase zu, und du spürst nichts mehr. In meinem Dorf wird es Frühling.

Ich küsse Dich

Pier Paolo

Beim Empfänger.
Handgeschrieben.

1 Sergio Telmon, damals führendes Mitglied der Aktionspartei.
2 Die deutschen Soldaten.
3 Bezieht sich auf den Tod der Großmutter mütterlicherseits, Giulia Zacco, der ihn zu den Gedichten *I pianti* inspirierte, Edizioni dell'»Academiuta«, Casarsa 1949 [dt.: »Die Totenklage«].

Versuta, 21. August [1945]

Liebster Luciano,

ich habe Deinen Brief vom 14. Juli erhalten, der mir sehr lieb, sehr tröstlich war. Versuche, mir oft zu schreiben, auch wenn die Post so langsam ist. Wie viele Dinge Du mir von Dir sagst, und ich habe Dir von mir nichts zu erzählen, und das einzige, das weißt Du[1]. Das Unglück, das meine Mutter und mich betroffen hat, ist wie ein riesiger, schrecklicher Berg, den wir überqueren mußten, und je weiter wir uns nun davon entfernen, um so höher und entsetzlicher erscheint er uns am Horizont. Ich kann nicht darüber schreiben, ohne zu weinen, und alle Gedanken kommen mir wirr hoch wie die Tränen. Zu Anfang habe ich nur ein Grauen, einen Widerwillen zu leben empfinden können, und der einzige unerwartete Trost war, an die Existenz eines Schicksals zu glauben, dem man nicht entfliehen kann und das deshalb menschlich gerecht ist. Du erinnerst Dich an Guidos Begeisterung, und der Satz, der Tage um Tage in mir hämmerte, war dieser: Er hat seine Begeisterung nicht überleben können. Dieser Junge war von einer Großmut, von einer Tapferkeit, von einer Unschuld, die kaum zu glauben sind. Und wieviel besser ist er gewesen als wir alle; ich sehe jetzt sein Bild lebendig vor mir, mit seinem Haar, seinem Gesicht, seiner Jacke, und spüre, wie mich eine so unsagbare, so unmenschliche Angst packt. Ich glaube, ich werde Dir nichts zu dem Artikel sagen können, den Du zu schreiben gedenkst[2]; meine Mutter hantiert nebenan in der Küche, und ich muß qualvolle Anstrengungen machen, damit sie mich nicht weinen sieht. Der einzige Gedanke, der mich tröstet, ist nun nicht die Vorstellung, daß man weise sein muß, daß man darüber hinwegkommen und sich abfinden muß; sich abzufinden, ist Egoismus; ist grausam, unmenschlich. Nicht das ist es, was man dem armen Jungen geben muß, der gebeugt dort unten in jenem schrecklichen Schweigen liegt. Man müßte fähig sein, ihn immer ohne Ende zu beweinen, denn nur dies könnte ein wenig der Unermeßlichkeit des Unrechts gleichkommen, das ihn getroffen hat. Und doch ist unsere menschliche Natur so, daß sie uns erlaubt weiterzuleben, uns sogar in manchen Augenblicken wieder aufzurichten. Deshalb ist der einzige Gedanke, der mich tröstet, der, daß ich nicht unsterblich bin;

daß Guido nichts anderes getan hat, als mir großmütig um wenige Jahre vorauszugehen in jenes Nichts, zu dem ich unterwegs bin. Es ist mir nun so vertraut; die schreckliche dunkle Ferne oder Unmenschlichkeit des Todes hat sich für mich so aufgehellt, seit Guido sie betreten hat. Jenes Unendliche, jenes Nichts, jenes absolute Gegenteil haben nun ein bekanntes Gesicht; Guido, mein Bruder, ist dort, verstehst Du, der zwanzig Jahre lang immer bei mir gewesen ist, im selben Zimmer geschlafen, am selben Tisch gegessen hat. Es ist also nicht so unnatürlich, in jene für uns so unvorstellbare Dimension einzutreten. Und Guido ist so gut, so großmütig gewesen, es mir zu zeigen, indem er sich für seinen größeren Bruder geopfert hat, den er vielleicht zu lieb hatte, an den er zu sehr glaubte.

Deshalb kann ich Dir sagen, Luciano, daß er sich den Tod gewählt hat, ihn gewollt hat; und zwar vom ersten Tag unserer Unterwerfung an. Am 10. September 43 hatten er und ein Freund von ihm schon mehrmals ihr Leben aufs Spiel gesetzt, um im Lager der Luftwaffe in Casarsa den Deutschen Waffen zu stehlen; so ging es den ganzen Herbst 44[3], und im Laufe einer dieser überaus gefährlichen Unternehmungen hat sein Freund Renato[4] eine Hand und ein Auge verloren, ohne daß sie deswegen davon abgelassen hätten; im Gegenteil, das ganze Frühjahr[5] hindurch haben sie nachts während der Ausgangssperre Propagandazettel ausgelegt und an die Mauern geschrieben (an der Mauer eines eingestürzten Hauses von Casarsa liest man noch in seiner Schrift: Die Stunde ist nahe). Und Du, Luciano, wirst Dich noch an unsere Festnahme erinnern, bei der man mich anklagte, an jener Propaganda schuld zu sein; statt dessen war es Guido. Von jenen Tagen an wurden wir ständig nervenzerrüttend überwacht. Wir schliefen oft in Versuta; Guido hatte inzwischen schon längst den Entschluß gefaßt, ins Gebirge zu gehen. Und in den letzten Tagen im Mai 44 machte er sich auf, ohne daß man ihn irgendwie dazu hätte überreden können, sich in Versuta versteckt zu halten, wie ich es dann ein Jahr lang gemacht habe. Eines Morgens sehr früh habe ich ihm geholfen abzureisen. Wir hatten eine Fahrkarte nach Bologna gekauft und allen gesagt, das sei das Ziel seiner Reise. Es waren die Tage schlimmsten Terrors und schärfster Überwachung. Und seine Flucht war ziemlich dramatisch. Auf einem Feld hinter dem Bahnhof haben wir uns verabschiedet und geküßt; und es war das letzte Mal, daß ich ihn sah. Er fuhr nach Spilimbergo; und schließlich gelangte er nach Pielungo, wo er in die Division Osoppo eintrat. Danach begannen seine legendären Unternehmungen, die ich nicht genau kenne. Seine Briefe waren selten und dunkel. Zu jener Zeit war die Anzahl Patrioten auf den Carnia-Bergen noch sehr gering; Guidos Abteilung bestand aus sechs oder sieben Mann, die so tun mußten, als seien sie eine Kompanie, mit rasenden, unglaublichen Märschen über die Berge. Im September hat meine Mama ihn besucht; da war er in Savorgnano del Torre, oberhalb von Tricesimo. Dort ging es ihm gut, die Partisanen waren gut organisiert und die Moral sehr hoch. Im Oktober und November kam dann die Offensive der schwarzen Brigaden und der Deutschen; eine denkwürdige Offensive, die die Friauler nie mehr werden vergessen können. In jenem grauenvollen Durcheinander hat Guido entsetzliche Augenblicke durchmachen müssen; und sie bleiben bezeugt in einem langen, sehr interessanten Brief, den er mir geschrieben hat[6]. Schließlich reorganisieren die Partisanen sich; Guido ist mit seinem Freund Roberto d'Orlandi, »Gino« und »Enea« in Musi. Aus dieser Zeit stammt seine heldenhafteste Unternehmung (wir haben Januar 1945); sein Kommandant »Gino« hat mir ans Herz gelegt, ich solle ja nicht mit den außerordentlichsten Adjektiven geizen, wenn ich über Guido schriebe. Er hat ihn in Aktion gesehen, und ich wiederhole das, was er gesagt hat, ohne Dir seine Bewunderung und seine Rührung vermitteln zu können. Kurz, Guido und Roberto haben allein etwa hundert Kosaken standgehalten, die Musi durchkämmten; sich den Berg hinauf zurückziehend, schossen sie mit der Ruhe und Kaltblütigkeit alter Veteranen, sie, die neunzehnjährigen Jungen; und obwohl sie fast in einen Nahkampf verwickelt waren, verloren sie keinen Augenblick den Kopf und leisteten Widerstand, bis die Kosaken sich zurückzogen. Einen Monat später, das heißt am 7. Februar[7], war Guido tot; dabei hätte er doch hier sein können, glücklich, ruhmreich, mit seiner Fahne, bei seiner Mama. Doch die Ereignisse haben sich ihm so dargestellt, daß er zwischen seinem Leben und der Freiheit zu wählen hatte. Und er hat die Freiheit gewählt, was Aufrichtigkeit, Freigiebigkeit, Opfer bedeutet. Seit einigen Monaten war eine Gruppe Verräter bemüht, die Sache jener Freiheit zu verraten und sich an Tito zu verkaufen; die Mitglieder der Osoppo-Abteilung in jener Gegend, angeführt von De Gregoris (Bolla) mit seinem Stab, dem Guido angehörte, wollten sich den slawisch-kommunistischen Forderungen, in die Reihen unseres Feindes Tito überzuwechseln, nicht beugen. Dies schon seit November 44; nun hatte sich die Lage verschärft, als ziellos, ohne einen ersichtlichen Grund außer ihrem Haß und ihrem abstoßenden Egoismus, eine Gruppe von Arbeitslosen und Verbrechern, die bei den Garibaldinern der Gegend unter Waffen standen, so tun, als seien sie einer Razzia entkommen, und sich von Bolla und seinen Männern aufnehmen lassen; dann, plötzlich, werfen sie die Maske ab, erschießen Bolla, stechen ihm die Augen aus; massakrieren Enea, nehmen all die anderen armen Jungen, etwa 16 oder 17, gefangen und werden sie einen nach dem anderen umbringen; das geschah in Malghe bei Musi[8]. Mein Bruder befand sich an jenem Tag mit Roberto und anderen in Musi und wollte gerade zu Bolla, um ihm einige Befehle zu überbringen; und da hören sie die ersten Schüsse und sehen einen flüchten, der ihnen sagt, sie sollen davonlaufen, umkehren, da sei nichts zu machen. Alle lassen sich zum Rückzug bewegen. Aber mein Bruder und Roberto nicht; sie wollen nachsehen gehen, ihre Hilfe bringen, die armen Jungen. Aber angesichts der hundert und mehr Verräter haben sie aufgeben müssen. Nach einigen Tagen haben die wahrhaft heldenmütigen jungen Männer, nachdem sie aufgefordert worden waren, in die garibaldinisch-slawischen Verbände einzutreten, sich geweigert mit der Begründung, sie wollten für Italien und die Freiheit kämpfen, nicht für Tito und den Kommunismus. So sind sie alle barbarisch ermordet worden. Die Beerdigung der exhumierten Leichname hat einige Monate später, nach der Befreiung, mit großer Feierlichkeit in Udine stattgefunden; jetzt liegt Guido auf dem Friedhof von Casarsa.

Guido war Mitglied der Aktionspartei. Und aus jenem Brief, den ich schon erwähnte, schreibe ich Dir, Luciano, eine Stelle ab, die Dich betrifft: »Ich schicke Dir ein Exemplar des Programms der Aktionspartei, der ich mit Begeisterung beigetreten bin. Alle, die ich von der Aktionspartei kennengelernt habe, sind überaus rechtschaffene, sanfte und aufrechte Menschen: echte Italiener. Enea ähnelt sehr stark Serra!« Er hatte Dich sehr gern, Luciano; und das schreibe ich Dir weinend. Er hat sich als Decknamen »Ermes« zugelegt, zur Erinnerung an Parini, von dem Ihr mir noch immer nichts mitteilt. All diese Liebe, die der Junge mir und meinen Freunden entgegenbrachte, all seine Achtung vor uns und unseren Gefühlen (für die er gestorben ist) quälen mich nun beständig; ich würde mich ihm gern in irgendeiner Weise erkenntlich zeigen können. Sein Martyrium darf nicht unbekannt bleiben, Luciano. Versuche Du inzwischen, etwas zu schreiben, das würde auch unserer armen Mama eine große Freude bereiten, sie will um jeden Preis einen Grund dafür haben, weswegen ihr Sohn gestorben ist. Ich kann nicht in diesem Ton weiterschreiben, weil ich fühle, wie mir die Angst hochkommt.

Enea (Gastone Valenti), der, der Dir ähnelte, war aus Udine. Er ist gestorben mit dem Ruf »Es lebe Italien, und es lebe die Freiheit«, und dann, niedergemetzelt, hatte er noch die Kraft zu flüstern: »Sagt den Meinen, daß ich für die Aktionspartei sterbe.« Von diesen Umständen bewogen, bin auch ich dieser Partei beigetreten.

Schreib mir bald, Luciano; und zeige indessen diesen Brief all unseren Freunden, denn ich fühle mich nicht in der Lage, jedem einzelnen von ihnen zu schreiben. Sag, daß er für sie genauso ist wie für Dich, und daß sie mich entschuldigen mögen. Schickt, wenn Ihr könnt, eine Zusammenfassung an Farolfi und an Mauri.

Ich küsse Dich und mit Dir alle

Pier Paolo

Beim Empfänger.
Handgeschrieben.

1 Bezieht sich auf den Tod des Bruders Guido am 12. Februar 1945.
2 Vgl. *Ricordo di Guido* von L. Serra in »Giustizia e Libertà«, Bologneser Wochenzeitschrift der Aktionspartei, vom 18. September 1945.
3 Soll heißen »Herbst 43«.
4 Renato Lena.
5 Frühjahr 44.
6 Vgl. Nico Naldini, *Pier Paolo Pasolini. Eine Biographie*, Wagenbach, Berlin 1991, S. 83.
7 Spätere Informationen ergeben, daß das Datum von Guidos Tod der 12. Februar ist.
8 Malghe di Porzùs (Udine).

Versuta, 6. Dezember [1945]

Liebe Silvana,

nach so vielen Monaten vollbringe ich nun die unglaubliche Tat, Dir zu schreiben. Doch ich versichere Dir, daß kein Tag vergangen ist, an dem ich nicht diese Absicht gehegt hätte. Ich entsinne mich sogar, daß ich in diesem September nahe daran war, Dir einen überaus poetischen Brief über die Apfelernte zu schreiben, die wirklich etwas ganz Außergewöhnliches gewesen ist; Dir diesen Brief nicht geschrieben zu haben, bereue ich in einem fort.

Nun gibt es keine Apfelernte mehr, auch keine Feigenernte und keine Weinernte, ich habe keine Schüler mehr und befinde mich auch nicht mehr im Zustand jener absoluten Einsamkeit, die eine präzise, mitteilbare Tatsache war. Ich müßte Dir von mir erzählen, das heißt, von einer Unendlichkeit. Ich werde mich darauf beschränken, Dir eine Sache mitzuteilen, deren Interpretation wahrhaftig leichtfällt, nämlich daß die Rückkehr meines Vaters mich in einen Seelenzustand versetzt hat, der konfus ist, aber weniger unerträglich als in den vergangenen Monaten.

Hingegen wäre ich Fabio[1] gern näher. Ich bin nicht fähig, ihm zu schreiben; es gibt unendlich viele Möglichkeiten, mich an ihn zu wenden, und unsere Freundschaft hat solch einen Bruch erlitten, daß ich außerstande bin, die richtige zu wählen. Versichere ihm jedoch, was er ja auch ganz genau weiß, daß ich unsere Freundschaft als eines der kostbarsten Dinge betrachte, die mir im Leben begegnet sind. Und daß ich ihn in mir trage, nur mit ungeheurer Zartheit an sein Bild rühre, fast aus Furcht, es zu zerbrechen. Er ist so verletzlich, jener Fabio, der die Via Castiglione entlangging! Er war leicht wie ein Fächer. Nun hat das Verstreichen der Jahre, das ihn zum Mann gemacht hat (nichts anderes als das, so denke ich gern, bedeutet seine religiöse Krise), ihn für mich auf eine Art Podest der Ferne gestellt, doch werde ich mich wohl früher oder später entschließen müssen, ihn dort herunterzuholen. Indem ich ihn hierher einlade zu mir, wie wir schon sagten; jetzt wird die Ankunft meines Vaters mich eine Zeitlang beschäftigen; aber ich hoffe, daß ich Fabio in ein paar Wochen schreiben kann, zu mir nach Versuta, wo alles sehr unbequem ist, zu kommen, wenn er möchte. Das wird für alle beide sehr nützlich sein.

Deinem Onkel[2] gegenüber habe ich mich wie ein Flegel benommen. Ich hätte ihm schreiben müssen, um ihm für seine Freundlichkeit zu danken, hätte ihm Manuskripte schicken müssen. Aber nichts war's; schuld ist die Doktorarbeit, über Pascoli, die mich sehr beschäftigte (eine Auswahl seiner Gedichte, die, glaube ich, wirklich neu ist). Seit ich nun, am 26., die Prüfung mit Auszeichnung bestanden habe, habe ich meine wirre Freiheit wiedergefunden. Ich werde Deinem Onkel meine *Poesie a Casarsa* korrigiert und reichlich erweitert zuschicken, da mir von allen Seiten gesagt wird, sie müsse wiederaufgelegt werden. Dein Onkel wird vielleicht einen kommerziellen Mißerfolg befürchten, aber ich glaube, daß man sie im Friaul verkaufen könnte. All das werde ich Deinem Onkel genauer erklären, wenn ich ihm in einigen Tagen das Manuskript zusende und gleichzeitig schreibe.

Liebe Grüße

Pier Paolo

Grüße Deine ganze Familie und Michele[3].

Bei der Empfängerin.
Handgeschrieben.

1 Fabio Mauri, Silvanas Bruder.
2 Der Verleger Valentino Bompiani.
3 Michele Ranchetti, Jugendfreund von Silvana und Fabio Mauri.

AN FRANCO DE GIRONCOLI – CONEGLIANO[1]

[Versuta, 7. Dezember 1945]

[...]

Was meine friaulische Dichtung angeht, mache ich gerade eine leichte Vertrauenskrise durch; ich denke, daß hier im Friaul recht wenige, und auch solche, die vom besten Willen beseelt sind, einen kulturellen Weitblick besitzen, der es ihnen gestattet, richtig einzuschätzen, was ich tue. Sie leben außerhalb des italienischen und europäischen poetischen Klimas, in einer Art philologischer Gefühlsduselei, weshalb der uneigennützige Akt der Poesie sie kalt läßt. In meiner dichterischen Produktion sehen sie nichts weiter als ein elegantes Dokument über den aktuellen Zustand der Casarseser Redeweise, oder auch die Möglichkeit einer Erneuerung der friaulischen Literatur in vage »modernem« Sinn. Sie erfassen die Hauptsache nicht, derentwegen mein Friaulisch (und das ihre) eine geschichtslose Sprache ist, aus den Gewohnheiten herausgerissen, eine Art Lethe, diesseits dessen wir einen kurzfristigen, aber in sich absoluten Frieden finden. Ich wünsche mir sehr, daß Sie arbeiten, daß Sie bald soweit sind, uns eine neue kleine Sammlung vorzulegen; Ihre Stimme macht mir Mut, als einzige im ganzen Friaul.

[...]

Auszug.

1 Veröffentlicht im »Corriere del Friuli«, November 1976.

AN SERGIO MALDINI – UDINE

Versuta, 27. Dezember [1945]

Lieber Sergio,

mit großem Interesse habe ich Deinen Fortsetzungsbrief gelesen. Ich freue mich über Deinen kritischen Geist: alles, was Du in meinen Gedichten erfassen konntest, hast Du erfaßt. Sie sind nur ein winziger Ausschnitt aus meiner tagtäglichen Arbeit, bei der mir nicht einmal eine Stunde lang das Gefühl der Unendlichkeit, die in mir ist, und der Unverhältnismäßigkeit zwischen meiner Erfahrung und jeder anderen Sache auf der Welt abhanden kommt. Mich lebendig und als solcher von allem, was ich hätte sein können, verschieden zu fühlen – diese leichte Verrückung, die ich betont habe bis zum Rimbaudschen »dérèglement de tous les sens« (lang, unermeßlich, unvernünftig), siedelt mich gleich anfangs auf einer Höhe an, die ich mit keinem Zugeständnis an die Sinne verraten will, obwohl auch die bei mir ganz ungeheuerlich entwickelt sind. An diesem Punkt könnte ich einen Diskurs über meine friaulische Dichtung einfügen, die eine Hingabe an die Sinne, an den unbefangensten und vielleicht tiefsten Atem des Fleisches angesichts der Unsagbarkeit gewisser geheimnisvoller Beziehungen (von Namen, Stunden, Bildern, Zuneigungen und anderen Dingen, die es im Wörterbuch nicht gibt) darstellt. Aber die italienische Dichtung, meine *diarii*[1], die meine allerhöchste dichterische Anstrengung bezeugen, entspringen einer Reife, die Du Dir vielleicht nicht vorstellen kannst. Zusammen mit meiner Erfahrung von absoluter, makabrer Einsamkeit, die mich zu gewissen unerwarteten mystischen Eröffnungen hingeführt hat (das augustinische In-sich-selbst-Zurückkehren, in den noch nicht erweiterten Raum des eigenen *Lebens*, bis zu solch tiefen Wüsten, von wo aus die Welt, noch einmal geprüft, wieder in ihrer ursprünglichen und schrecklichen Objektivität erscheint), hat sich gleichzeitig eine ästhetische Erfahrung vollzogen, die eine dauernde, letzte Rettung vor dem »Nichts« darstellte. Wie alle Dichter von Novalis bis Baudelaire, in denen sich das Bewußtsein der Poesie als Dichtung durchsetzt, bin ich vom Mystizismus ständig in den Ästhetizismus gerutscht, so daß die Tätigkeit des Gedichte*schreibens*, der Versbildung, eine absolute, fast unverhältnismäßige Funktion in mir gewonnen hat. Da die Dinge so liegen, wie sollten mir noch Augenblicke der Hingabe möglich sein? Ich kann nunmehr nur nach Vollkommenheit streben; ich weiß, daß ich nur noch in dem schreiben kann, was Du passend »secondo tempo« [zweite Zeit] nennst, und was eben die *heitere Gelassenheit* der ganzen großen italienischen Dichtung ist. Von dieser heiteren Gelassenheit, die ja eins ist mit der stilistischen, formalen Fähigkeit, habe ich vielleicht ein übermäßiges Bewußtsein (ich schreibe Verse, seit ich sieben Jahre alt bin) und halte jeden Versuch für nichtig, der sich mit einem minderen, wenn auch durchaus gestatteten Ausdruck zufriedengibt (Montale, und weiter unten Pascoli). Deshalb müßte eine richtige Beurteilung jener Verse von mir, die Du gelesen hast, historisch angelegt sein und in eine Art Studie eingefügt werden, die etwa heißen könnte »Entwicklung des freien italienischen Verses von Leopardi über Pascoli bis Ungaretti...«; Du kannst dies als eine der Verschrobenheiten ansehen, die die Autoren gewöhnlich beim Betrachten ihres eigenen Werkes haben. Doch mir scheint, daß im wesentlichen etwas Wahres daran ist. Nicht umsonst, siehst Du, bin ich in Italien vielleicht der einzige – ich hoffe, zugestandenermaßen – von denen, die Verse schreiben, der weder Montale nachahmt, noch Saba, noch andere Unbedeutendere (Betocchi, Penna usw. usw.), noch die französischen Symbolisten, noch schließlich die besten Romantiker, für die man Leopardi nennen kann, Foscolo, vielleicht, und auch einen gewissen ambitionierten Pascoli mit manchen seiner ausgezeichneten Elfsilber.

Ich bemerke, daß ich das getan habe, was ich nicht wollte, das heißt, daß ich einen beliebigen Diskurs über meine Dichtung versucht habe, und zwar mit rascher Feder, wobei ich in unerträglicher Weise schematisiert habe. Ich hoffe, es ist das erste und letzte Mal: so etwas verbittert mich.

Was Dein Buch angeht, habe ich vielleicht aus einer Art Schamgefühl heraus Dir im letzten Brief[2] nicht deutlich genug zu verstehen gegeben, daß ich es durchaus positiv einschätze; daß ich es als ausgezeichnete Vorbereitung für einen Roman betrachte und zugleich als schon abgeschlossene und zufriedenstellende Lektüre. Ich wiederhole es Dir, seit langem habe ich nicht mehr mit so viel Interesse zeitgenössische erzählende Prosa gelesen. Der Satz »Natürlichkeit Deiner Begierde« soll Dich nicht kränken: es handelt sich vielleicht um ein Mißverständnis, und ich will es aufklären: Natürlichkeit bedeutete für mich Normalität, Gesundheit, Ruhe.

Menichinis[3] Dichtung enttäuscht mich, sie scheint mir ohne Biß. Es ist das erste Mal, daß ich nicht den Mut besitze, dem Autor mein genaues Urteil abzugeben: Ich bin sicher, daß es Menichini sehr bitter ankäme, wenn ich ihm sagte, daß mir seine Dichtung mechanisch vorkommt, daß er noch nicht genau überdacht hat, warum er eigentlich schreibt; er ist zu begeistert, offenherzig, ehrgeizig, und eine kalte Dusche würde ihm schaden. Was soll ich tun? Falsche Komplimente machen? Danach ist mir nicht. Die allgemeinen menschlichen Empfindungen aus ihrem Lauf herauszureißen, um sie zwangsläufig in die Bahnen der Intelligenz zu lenken, ist in Europa schon seit einigen Jahrzehnten üblich; und es sieht ganz danach aus, als sei er ein Epigone. Dennoch versteht er es, schöne Bilder zu machen, sein Durst nach Poesie, so heftig und verlangend, hilft ihm manchmal. Und Deine Meinung?

Du beklagst Dich über Dein Leben, deutest an, Du habest einen winterlichen »spleen«. Ich bin für all das fast unempfindlich geworden, obgleich mir das unerhört vorkommt. Mir ist, als verstünde ich mich zu gut auf diese Qualen, dieses Unbehagen, dieses Sich-Verrennen in den Sinnen. Möglich, daß es keinen anderen Weg gibt als diesen? Ich versuche ihn. Vielleicht siehst Du deshalb *zu viel* Ordnung, zu viel Abstand in meinen poetischen Bildern ... Wir leben, lieber Sergio, wir sind am Leben, verstehst Du? Und leider ist es, wie Rilke sagt: »*Dies*, wie ist es möglich zu leben, wenn doch die Elemente dieses Lebens uns völlig unfaßlich sind? Wenn wir immerfort im Lieben unzulänglich, im Entschließen unsicher und dem Tode gegenüber unfähig sind, wie ist es möglich dazusein?«*

Herzliche Grüße

Dein Pier Paolo

Beim Empfänger.
Handgeschrieben.

1 Vgl. *Diarii*, Edizioni dell'»Academiuta«, Casarsa 1945.
2 Vom 20. Dezember 1945.
3 Dino Menichini, Dichter aus Udine.
* Vgl. Rainer Maria Rilke, *Briefe*, Insel, Wiesbaden 1980, S. 510 (Anm. d. Übers.).

[Versuta, 17. Januar 1946]

Liebe Pina,

heute ist St. Antonius, ich sitze immer noch an meinem Schreibtisch hier in Versuta. Sie können sich besser als jeder andere vorstellen, wie ich in dieser Einsamkeit bin.

Es ist ein dunkler Tag, durchfurcht von einem keuchenden Wind, der von den unsichtbaren Bergen herunterkommt und unerschütterlich auf diese Fernen hinweist. Hinter der Mauer, die uns trennt, singt Carmela mit einer Kinderstimme: in diesen spärlichen Klang mischen sich das dumpfe Geräusch der Pumpe und die kalten Schläge der Glocken von Versuta, ohne Echo. Schade, daß ich ausgerechnet heute früh auf die Idee gekommen bin, Ihnen zu schreiben: ich habe etwas zu spät bemerkt, daß Feiertag ist, und sofort hat mich jenes widerliche Gift, das Sie kennen, angefüllt wie eine farblose Flüssigkeit, und alle meine Gefühle schwimmen regungslos obenauf.

Sie wissen, daß wir uns noch unendlich viel zu sagen haben, daß das vor mehr als einem Jahr begonnene Gespräch weitergeht auf gewissen eigenen, unsichtbaren Wegen, leichter wird oder sich auflädt je nach Argumenten oder Erinnerungen, einem regulären Ablauf in der Zeit folgend. Nur unser Tod wird es an irgendeinem Punkt unterbrechen (doch wenn es einen Gott gibt, wird dieser Punkt kein Zufall sein!).

Gewiß, wenn unser Gespräch sich im Laufe der Zeit entwirrt, löst sich natürlich etwas, das spüre ich. Daß wir darauf verzichtet haben, uns viele Dinge zu sagen, abgesehen von den vielleicht zu vielen, die wir uns gesagt haben, ist wahrscheinlich ein Glück, weil sich so unsere gegenseitigen Bilder nicht abgenutzt haben, sondern einen unerschöpflichen Rest von Verzauberung bewahren.

Feigheit, Scham, Hindernisse erweisen sich jetzt als Mittel einer unbeirrbaren Notwendigkeit, die uns wie ein Strom umgerissen, getrennt, in einem Strudel isoliert hat. Deshalb fühle ich mich immer noch sehr gerührt von dem Bild, wie Sie Bach spielen; Sie haben ein überaus solides Gebäude in meinem Leben errichtet.

Entschuldigen Sie, Pina, ich kann (und will) mich nicht der Fülle der Erinnerungen oder Beschwörungen hingeben.

In unserer ganzen außergewöhnlichen Freundschaft hat ja in mir die Seite meines Charakters überwogen, mit der ich auf meine übermäßige Empfindsamkeit reagiere; und natürlich wird auch die Reaktion, wenn man nicht sagen kann, daß sie ebenfalls übertrieben ist, zumindest als inkohärent, verwirrend empfunden.

Schreiben Sie mir. Ich grüße Sie, auch seitens meiner Mama, die Ihnen schreiben wird, herzlich,

Ihr

Pier Paolo

Bei der Empfängerin.
Handgeschrieben.

Versuta, 27. März [1946]

Sehr geehrter Herr Contini,

hiermit danke ich Ihnen noch einmal für Ihren letzten Brief[1] und ihre letzten Urteile. Ich bin in der seelischen Verfassung dessen, der alles beginnen muß und doch schon weiß, wie alles enden wird. Es ist brutal, das zu sagen, aber ich setze nur trügerische Hoffnung auf jene Empfindungen, die mir sagen, daß ich lebendig bin – direkte, körperliche Empfindungen und Hingabe, die mich zur Genauigkeit des Tagebuchs führen. Diese Einsamkeit, wollte ich Ihnen sagen, ist also nicht erzwungen, sondern freiwillig, obgleich ich weiß, daß es eine Sackgasse oder, sagen wir es ruhig, Sünde, Egoismus ist. Das Nicht-Ertragen einer Begrenzung und auch eines zu weiten Horizonts, ein nicht resignierter Agnostizismus, ein übermäßiges Gewöhntsein an Proustsche Experimente. Doch es ist sinnlos, daß ich Ihnen diese Dinge sage; ich weiß, Sie denken sie sich sowieso, denn sie gehören ins obligatorische Gepäck.

Ich habe gelacht über meinen armen Sempione; es ist ein so mit Geographie beladener Name, daß er wirkt, als hätte Cattaneo ihn erfunden. Aber ich gehe recht unzart mit meinen poetischen Erfindungen um und werde sehen, wie ich ihn beseitigen kann, obgleich ich denke, daß ich nicht der einzige bin, der ihn für einen Berg hält.

Die anderen Mitglieder der Academiuta *gibt es*, zumindest physisch; aber außer einem oder zweien sind es ganz junge Mittelschüler. Wenn Sie jedoch Zeit haben, versuchen Sie, die Sachen meines Cousins Domenico Naldini und die von Bortotto noch einmal anzuschauen; ein origineller Ansatz ist vielleicht enthalten. Wahrhaftig, wie nützlich wäre unserem winzigen félibrige Ihre Hilfe; ich will Ihnen sogar, schauen Sie, eine Idee hinwerfen, die sich, wer weiß, mit der Zeit als gar nicht so abwegig und unfruchtbar erweisen könnte: Was würden Sie davon halten, daß der Stroligùt (eventuell mit verändertem Namen) eine kleine, aber mehr poetische als philologische Zeitschrift für alle ladinischen Mundarten würde? Ich denke an jenes gigantische Werk von Ascoli, in dem eine ideelle Kurve das Engadin mit dem Friaul verbindet, in dem all »jene *s* am Ende, jene Gaumenlaute, jene Diphtonge« von einem beunruhigenden Hochgebirgsduft umweht zu sein scheinen. Chur und Cividale besitzen zweifellos einen unbekannten Reiz. Sie wären als einziger geeignet, eine solche Zeitschrift zu betreuen, deren Spektrum von der konventionellen Philologie bis zum Ton der erlesensten Avantgarde-Zeitschriften reichen könnte. Der Stoff wäre nicht sehr umfassend; aber unbekannt, aufregend. So könnte sich vom Herzen der Schweiz bis zu den Bergen bei Görz jene ideale und abstrakte Region abzeichnen, auf deren Vorhandensein Ascoli hingewiesen hatte. Außerdem könnte man noch alle minderen Sprachen Rumäniens zum Mitmachen auffordern... Das ist die Idee, die ich seit einigen Jahren hege und die ich allein nie umsetzen könnte. Sehen Sie nun selbst, ob sie wirklich so absurd ist.

Ich habe an Falqui geschrieben, daß Sie bereit wären, Ihren Artikel noch einmal in Poesia[2] veröffentlichen zu lassen.

Entschuldigen Sie diesen langen Brief; ich habe leider viel freie Zeit, habe aber gewiß nicht den Anspruch, Ihnen die Ihre zu stehlen.

Ich grüße Sie herzlich
Ihr sehr erg.

Pier Paolo Pasolini

Beim Empfänger.
Handgeschrieben.

1 Nicht mehr aufgefunden.
2 Von Enrico Falqui geleitete Zeitschrift.

Rom, 25. Oktober [1946]

Mein lieber Tonuti,

ich hätte Dir gern früher geschrieben, auch damit Du die Möglichkeit hättest, mir zu antworten. Aber ich habe nie einen freien Augenblick gehabt, das heißt, einen Augenblick Ruhe.

Diesmal habe ich Dir nichts Großartiges zu beschreiben: ich habe nämlich Menschen kennengelernt, keine Kunstwerke. Ich habe mich mit einigen Schriftstellern und Literaten von hier getroffen, und diese Begegnung ist überhaupt nicht mit der mit Michelangelo oder Piero della Francesca zu vergleichen. Dennoch ist mir gestern etwas Rührendes passiert. Während ich auf einer Tiberbrücke auf einige Freunde wartete (es war Nacht), ist mir die Idee gekommen, eine Treppe hinunterzusteigen, die zum Wasser führt. Ich setzte das, was ich gedacht hatte, sogleich in die Tat um und fand mich auf einem Fleckchen Sand und Schlamm wieder. Es herrschte große Dunkelheit; über meinem Kopf sah ich undeutlich die Bögen der Brücke und an den Ufern entlang Scheinwerfer, eine unendliche Zahl von Scheinwerfern. Ich stand etwa zwanzig Meter unter dem Niveau der Stadt, und ihr Lärm drang gedämpft zu mir wie aus einer anderen Welt. Ich hätte wirklich nicht geglaubt, daß es im Herzen einer Metropole genügen würde, eine Treppe hinunterzugehen, um in die absoluteste Einsamkeit zu kommen. Die Straßenbahnen fuhren quietschend über meinem Kopf vorbei, ich aber war unter vier Augen mit dem Tiber, dem jahrhundertealten Tiber, der seine trüben Wellen und seine Reflexe dem Tyrrhenischen Meer entgegenwälzte. Doch das Seltsame war dies, daß ich nicht dachte, am Tiber von heute zu stehen, sondern an dem von vor zweitausend Jahren, und mir war, als sähe ich, mit der Klarheit einer Halluzination, Horatius Coclites[1], wie er den Fluß durchschwamm.

Es erscheint mir unmöglich, daß es Versuta gibt und daß ich in wenigen Tagen (Mittwoch) auch dort sein werde. Ich habe mich diesmal sehr zerstreut und an ein intellektuelles und geselliges Leben gewöhnt, das in Versuta, leider, einfach nicht realisierbar ist. Wenn Du wüßtest, wie mikroskopisch klein und absurd Versuta mir vorkommt, wenn ich von hier aus daran denke! Jedenfalls hat es für mich unersetzliche Vorzüge. Hier lebt man zu sehr mit dem Gehirn und sehr wenig mit dem Herzen: das einzige Gefühl der Leute von hier ist, im besten Fall, Ehrgeiz, und im allgemeinen die Gier nach Genüssen und Geld.

Auf baldiges Wiedersehen also.

Grüß mir sehr Deine Familie.

Pier Paolo

Beim Empfänger.
Handgeschrieben.

1 Legendärer römischer Held, der angeblich allein die Etrusker von Porsenna daran gehindert hat, eine antike hölzerne Brücke über den Tiber zu überqueren, so daß die Römer sie abbrechen konnten (Anm. d. Übers.).

AN FABIO LUCA CAVAZZA – BOLOGNA[1]

Casarsa, Weihnachten 1946

»Giovanna, was schreiben wir dem kleinen Cavazza?«

»Wir schreiben, daß die Hühner alle Gutsbewohner sind, daß sie Gefühle und Zuneigungen und gräßliche Angst vor dem Tod haben wie die Menschen, daß sie unter sich machen wie wir.«

»Solche häßlichen Sachen sagen wir Luca nicht, sonst kriegt er heute abend nämlich sein geschmortes Huhn nicht runter.«

»Gut, dann reden wir von der Zukunft.«

»Fabio Lucas Zukunft hat ja der der Hühner nichts voraus: auch er wird im Topf enden.«

»Ach ja? Vielleicht, weil er, so rot und fett, ganz schmackhaft sein kann, wenn man ihn ißt. Ich behalte mir das beste, magerste Stück vor: den Hintern.«

»Je nachdem. Angenommen, wir machen einen Braten aus ihm, dann schneiden wir den Hintern ab und legen ihn beiseite, um am nächsten Tag eine Brühe zu kochen.«

»Nein, ich bitte dich, morgen könnten wir tot sein, es ist besser, sich heute den Bauch vollzuschlagen. Aber nehmen wir ihn ruhig als Braten, Luca ist ja wie gemacht dafür. Und wen laden wir zu dem Festschmaus ein?«

»Na Fabio, Gigi, Ricci, Silvana[2] laden wir ein. Und Falzone auch, was meinst du?«

»Aber ja, armer Kerl. Schließlich ist er mit einer Ausgabe des Setaccio auf der Birne gestorben. Und laden wir auch Vighi;[3] ein?«

»Nein, Vighi hat zu mir gesagt, daß er fasten will. Hör mal: was reichen wir dazu? Pilze könnten gut passen, meine ich.«

»Nein, Pilze mag ich nicht, vor allem giftige. Lieber Kartoffeln mit viel Sauce oder gebraten und Spinat. Aber wäre es nicht besser, ihn leben zu lassen, den armen Kleinen?«

»Puh! Wie brenzlig es riecht; das muß Cavazzino sein, der im Topf anbrennt. Warte mal, ich gehe kurz umrühren. Wo waren wir stehengeblieben? Ach, die Pilze. Ja, Giovanna, tun wir Pilze rein; aber giftige, damit wir alle sterben.«

»Ich habe keine Lust, so jung und schön zu sterben; stirb du, wenn es dir so gefällt, du bist ja so häßlich und haarig, daß ich dich nicht einmal tot essen möchte.«

»Also, sollen wir uns von ihm verabschieden?«

»Ja.«

»Grüße und Küsse.«

»Eine Umarmung und eine ganz süße Ohrfeige.«

Beim Empfänger.
Handgeschrieben.

1 Dialog zwischen Pasolini und Giovanna Bemporad.
2 Die alten Freunde vom »Setaccio«: Fabio Mauri, Mario Ricci, Silvana Mauri.
3 Alberto Vighi.

Casarsa, 15. August 1947

Liebste Silvana,

Dein Brief ist, gestern, auf meinen Schreibtisch gefallen wie ein Stein; er war mir einerseits so unerklärlich, so unlesbar (Fabios Typhus) und andererseits so tröstlich (die Zeichen Deiner Freundschaft), daß ich ganz benommen war und meine Reaktion einfach in einem langen Herzklopfen bestand. Auch jetzt weiß ich nicht, auf welchen Deiner beiden Briefe ich antworten soll... Doch ich sage Dir gleich, und Du wirst es Dir schon gedacht haben, daß mich die Nachricht von Fabios Krankheit sehr bestürzt hat: nicht so sehr wegen der Krankheit, die man zum Schweigen bringen kann, indem man sie durchaus für heilbar hält, sondern wegen ihrer bedrohlichen Anspielung auf ein erbarmungsloses und feindlich gesinntes Schicksal. Ich, der ich mich so mit Fabios Schicksal verbunden fühle, habe diesen neuen Schlag wie aus meinem Inneren und nicht von außen kommend gefühlt. Und meine erste Regung war, mich in dieses absurde Etrurien aufzumachen, wo Ihr Euch vergraben habt, und meinen armen Fabio eilends zu umarmen.

Dir gegenüber, Silvana, werde ich nicht mit zwei Worten auskommen, um den Preis, aus diesem Brief eine Quelle des Kummers anstatt des Trostes zu machen; aber ich muß Dich irgendwie zurückgewinnen, muß aus meiner unaussprechlichen (und lächerlichen) heiteren Gelassenheit heraustreten, zu der die Casarseser Felder, mein zu jugendliches Aussehen etc. beitragen. Jener absurden heiteren Gelassenheit, die uns so viele Augenblicke unerklärlichen und grausamen Unbehagens eingetragen hat; erinnerst Du Dich noch an unser Gespräch im Wartesaal in Casarsa, während wir den Zug versäumten? Und an meine häßliche Schweigsamkeit auf der Spanischen Treppe? Und an die rote Ecke meines Hefts[1], das mir aus der Tasche hervorsah und Dir diesen schmerzlichen Stich versetzte? Alles Formen jenes Schweigens, jenes unbekannten Inneren, jenes wüstengleichen Bereichs in mir, in dem Du die Orientierung verlorst, vielleicht manchmal beleidigt, daß ich Dich nicht führte und jene Art beharrlicher Feigheit ablegte.

Doch gehen wir einen Schritt zurück: erinnerst Du Dich an meinen letzten Brief, in dem ich Dir jenen gräßlichen

Traum beschrieb? Nun gut, jetzt habe ich jene Form von Traurigkeit und Protest wieder überwunden; ich bin zu meiner Fröhlichkeit zurückgekehrt... zu meiner heiteren Gelassenheit. Grund dafür ist meine Rückkehr zu jenem berühmten roten Heftchen, in dem ich, ich weiß nicht wem, die Angelegenheiten meines grausam privaten, intimen Lebens schilderte, dessen Unaussprechlichkeit mich Dir gegenüber zu einem so wenig männlichen und ehrlichen Benehmen verleitet hatte. Nun habe ich den Faden meiner Erzählung mit neuem Bewußtsein wiederaufgenommen: ich habe verstanden, daß die *Unfreiwilligkeit* meiner Seiten nicht so sehr auf einem psychologischen Mechanismus beruhte, als vielmehr auf einem sehr ausgeprägten, aber wenig bewußten moralistischen Anspruch. Aus diesem Anspruch heraus habe ich mich heute entschlossen, Dir gegenüber deutlich zu werden, sogar um den Preis, Dich zu verlieren. Gleich bei meinen ersten Begegnungen mit Dir wirst Du verstanden haben, daß hinter meiner Freundschaft etwas mehr war, aber *nicht viel anderes*; eine Sympathie, die an Zärtlichkeit grenzte. Doch etwas Unüberwindliches, sagen wir ruhig, Monströses schob sich zwischen mich und meine Zärtlichkeit. Erinnere Dich noch an eines, Silvana, und dann wirst Du endlich verstanden haben: blick noch einmal zurück auf uns zwei in jenem Restaurant auf der Piazza Vittorio, vor unseren »Calzoni«, und erinnere Dich daran, mit welcher Wärme ich Deine homosexuelle Freundin verteidigt habe. Beunruhige Dich um Himmels willen nicht bei diesem Wort: denk daran, daß die Wahrheit nicht in ihm liegt, sondern in mir, daß ich schließlich, trotz allem, reichlich belohnt werde durch meine joy, durch meine Freude, die Neugierde und Liebe für das Leben ist. All dies soll Dir einzig dazu dienen, Dir bestimmte Zurückhaltungen, bestimmte Formen von Unverständnis, bestimmte Ausweichmanöver und falsche Unschuldsbeteuerungen von mir zu erklären, die Dir vielleicht (ich sage, vielleicht) wehgetan haben. Ich bilde mir nicht ein, so wichtig für Dich gewesen zu sein, daß ich Dich ernstlich verletzt habe; ich hege, diesbezüglich, nur einige Vermutungen. Dennoch glaube ich, daß Du diese plötzliche Offenheit nicht tadeln wirst, sondern sie sogar für notwendig hältst, stimmt's? Denn ich muß noch eines hinzufügen, was schließlich der wahre Grund dieser ganzen Erklärung ist: Du bist die einzige Frau, für die ich etwas empfunden habe und empfinde, was der Liebe sehr nahe kommt, sicherlich eine außergewöhnliche Freundschaft.

Habe ich Dich noch einmal verletzt, Silvanuta? Wirst Du mir verzeihen? Dieser hingeworfene, überstürzte, unerwartete Brief kann Dich nur verbittern, womöglich entsetzen, gewiß; doch wie hätte ich unsere Beziehungen in dem Zustand, in dem sie waren, weiterführen können? Alles wurde davon verfälscht, sogar Fabio; man mußte diese Lösung, diesen Eingriff vornehmen; glaubst Du nicht? Hatte ich Dir übrigens nicht schon unzählige Male wiederholt, daß Du die einzige Person wärest, der ich mein Heft vorgelesen hätte? Und daß ich es einzig und allein deshalb nicht tat, um Dich nicht mit einer Bürde zu belasten, die ich allein tragen mußte?

Nun scheint es mir, als sei dies der geeignete Augenblick; im Schatten von Fabios Krankheit wirst Du mit mehr Zärtlichkeit als Schmerz an den Freund denken können, der sich Dir geöffnet und, mit sich selbst, unsere gesamte gemeinsame Vergangenheit einer richtigen Interpretation zugänglich gemacht hat. Nun, Silvana, bist Du nolens volens in den kleinen Kreis der lebensbestimmenden Intimität, ins Kämmerlein des Ich eingetreten; und so werde ich die Zuneigung, die ich für Dich empfinde, auf Dich lenken können, ohne die Verwirrung des auf frischer Tat ertappten Kindes zu fühlen... Ich weiß nicht, wie Du mir antworten wirst oder was Du denken wirst: erinnere Dich jedenfalls daran, daß dieser Brief im Grunde gar nichts zu sagen hat: ich bin nämlich derselbe, den Du in Bologna, in Macugnaga, hier in Rom gesehen hast... Wann werden wir uns treffen? Dann, ja, dann werden wir endlich miteinander sprechen können; wir werden miteinander sprechen, bis wir verrückt werden. Oh, wie mußtest Du jenen Pier Paolo hassen, der Dich analog mit seinem Schweigen, vor dem Küchenofen in Macugnaga, während Du die Hände ins warme Wasser tauchtest, gepackt von der Lebendigkeit Deiner Worte! Das wird nicht mehr vorkommen.

Urplötzlich fällt mir nun ein, daß ich heute nacht von Dir geträumt haben muß: wir waren in Macugnaga, aber in einem glücklichen, marmorgleichen Macugnaga: einem Macugnaga ohne den Monte Rosa und ohne Gebirgsbach. Jene Wohnzimmerecke hat in meinem poetischen Gedächtnis offenbar den Geruch von Holz, die Farbe des Sofas, des Tischchens gären lassen... bis eine Art Marmor- oder Ambrosiasubstanz daraus wurde, in der wir, Du und ich, ruhig und vergnügt diskutierten. Was soll ich Dir noch sagen? Alles andere ist so farblos geworden nach der heftigen Gemütsbewegung, die mich diesen Brief hat schreiben lassen! Nun denke ich an Fabio, erbittert, daß ich nichts für ihn tun kann; versuch, mir ausführlich von ihm zu berichten, Silvana; ich möchte wissen, wie sein Zustand in diesen letzten Monaten war, wie er die Krankheit aufnimmt. Glaubst Du, daß er sich über einen Brief von mir freuen würde? Aber wenn ich nichts von ihm weiß, kann ich ihm nicht schreiben.

Ich bin auch sehr besorgt um Deine Mama und Deinen Papa; ich sehe sie in meinen Eltern gespiegelt. Ich erwarte also sehr bald einen Brief von Dir, der mich im Herzen eines unveränderten und oft sehr süßen Lebens erreichen wird.

Ich umarme Dich

Pier Paolo

Bei der Empfängerin.
Handgeschrieben.

1 Die »Roten Hefte« waren Pasolinis Tagebücher jener Zeit, in denen er – ein *diario sentimentale* – seine intimsten Gedanken und Erlebnisse festhielt. Vgl. hierzu die Biographie von Nico Naldini, *Pier Paolo Pasolini. Eine Biographie*, op. cit. (A. d. Übers.)

[1948]

Liebe Giovanna,

ich weiß nicht, welche Sorte sündiger Engel Deine postalische Botschaft auf meinem Schreibtisch niedergelegt hat. Nun gut, am Ende von Venedig kommst Du nach Casarsa und verbringst hier zwei oder drei jener für uns typischen Tage.

Hast Du irgendwelche schönen Neuigkeiten? Mein Leben ist eine Dancing-Terrasse, wo die Tänzer, wenn sie sie verlassen, um aufs WC zu gehen, nicht zurückkommen, weil sie in einem schwarzen Ammoniak ertrunken sind.

Viele Grüße.

Bis bald

Pier Paolo

Bei der Empfängerin.
Handgeschrieben.

[Casarsa, September 1948]

Lieber Franco,

Du weißt nicht, welche Erleichterung und welche Art Glücksgefühl Du mir mit Deinem Brief verschafft hast. Ich war tausendmal daran, auf den zu antworten, in dem Du mir Deine Krankheit mitteiltest, und konnte es nie, nicht aus Feigheit, sondern aus Egoismus. Ich war vielleicht glücklich, wer weiß, ich entsinne mich nicht mehr. Nun, da potentiell auch Du ruhig und voller Leben bist, kann ich Dich von gleich zu gleich behandeln und Dir selbst in der verrücktesten Weise antworten. Was ich Dir als erstes zu sagen habe, ist dies: ich fühle wie nie zuvor meine Freundschaft für Dich, ich wünsche mir sehr, Dich zu sehen. Es wird, denke ich, nicht wie beim letzten Mal in Bologna eine Begegnung sein, die von der Verantwortung belastet ist, *sich wiederfinden* zu *müssen*. Wir können einander nun rückhaltlos vertrauen; wer weiß, was aus uns wird (wenigstens aus mir... Du wirkst sehr rein und, wie soll ich es Dir sagen?, dostojewskijanisch).

Es ist mir nie passiert, in einer Tasche hunderttausend Lire zu vergessen (aus dem einfachen Grund, daß ich nie so viel besessen habe, ich bin ja ein bettelarmer kleiner Lehrer), aber ich stelle mir vor, daß unsere Freundschaft ein wenig so ist, als fände man zufällig in einer alten Tasche hunderttausend Lire, die man vergessen hat. Was tun wir damit? Geben wir sie so unbeschwert wie möglich aus, ohne Sorgen oder Sehnsucht: komm Du mich besuchen oder sag mir, ob ich zu Dir kommen soll.

Was ich Dir als zweites zu sagen habe... ist, daß ich den Lebensabschnitt beendet habe, in dem man glaubt, weise zu sein, weil man die Krisen überwunden oder gewisse schreckliche Bedürfnisse (sexuelle) der Adoleszenz und der ersten Jugend befriedigt hat. Ich bin bereit zu versuchen, mir wieder Illusionen zu machen und Wünsche zu hegen; ich bin endgültig ein kleiner Villon oder ein kleiner Rimbaud. In diesem Seelenzustand könnte ich, wenn ich einen Freund fände, auch nach Guatemala oder nach Paris gehen.

Meine Homosexualität ist nunmehr seit mehreren Jahren Teil meines Bewußtseins und meiner Gewohnheiten geworden und nicht mehr ein Anderer in mir. Ich habe viele Skrupel, Unduldsamkeiten und Vorstellungen von Anstand überwinden müssen... doch schließlich ist es mir, wenn auch blutend und narbenbedeckt, gelungen zu überleben und sowohl die Ziege als auch die Kohlköpfe zu retten, das heißt den Eros und den Anstand.

Versuche, mich gleich und ohne zu viele Vorbehalte zu verstehen; es ist eine Klippe, die Du umschiffen mußt, ohne Hoffnung, zurückkehren zu können. Akzeptierst Du mich? Gut. Ich bin sehr verschieden von Deinem Gymnasial- und Universitätsfreund, stimmt's? Aber vielleicht viel weniger als Du glaubst, vielleicht bin ich sogar dem Pier Paolo jener Zeit viel zu ähnlich geblieben (falls es sich bei mir, klinisch gesehen, um einen Fall von Infantilismus handelt). Hätte es in diesen letzten Monaten nicht eine unentschuldbare und seltsame Trockenperiode gegeben, würde ich Dir sagen, daß die Dichtung immer noch mein Bereich ist (um nicht gar zu sagen, Berufung oder Zuflucht oder hygienische Regel). Meine Gedichte sind unglaublich durcheinander und außerdem gefallen sie mir nicht; deshalb schicke ich sie Dir nicht.

Lieber Franco, ich danke dem Schicksal dafür, daß Du wieder aufgetaucht bist (bist Du übrigens kahl? Ich warne Dich, Du bist mir als »blond« erschienen), ich bin voller Frische und Erwartung.

Ich umarme Dich mit Zuneigung

Pier Paolo

PS.: Beim Durchlesen des Briefes habe ich bemerkt, daß ich zu schroff war; es ist eine Frage von Maß und Anstand: man darf das Verständnis der anderen nicht so ausnützen! Übrigens sind wir einmal in Montagnola spazierengegangen, weißt Du noch?, aber damals war ich noch nicht menschlich genug, um die Menschlichkeit in jeder Form anzunehmen. Jetzt aber genug, Du würdest mich auch langweilen, wenn Du mir zuviel von Deiner Lungeninfiltration erzähltest.

Vielleicht interessiert es Dich, etwas über meine Familie zu erfahren: meinem Vater geht es etwas besser, meiner Mutter wie üblich, ich mache mir etwas Sorgen, weil ich auf meine Ernennung zum Lehrer warte, wehe, wenn ich keine Stelle bekäme. Im allgemeinen, abgesehen von den ruhigen und schrecklichen Bewußtwerdungsprozessen, gewissermaßen einer monatlichen Menstruation, lebe ich in einer Art Glücksgefühl, bin sogar ganz von der Obsession dieses unmittelbaren, sinnlichen Glücksgefühls erfaßt.

Beim Empfänger.
Maschinengeschrieben mit Unterschrift von Hand.

[Casarsa, März 1949]

Liebste Silvana,

Du hast in Lerici gesagt, daß wir zwei nun weniger das Bedürfnis haben, miteinander zu sprechen. Ja, Du hast zweifelsohne recht, aber warum sollte man es zugeben? Ich habe sehr oft gespürt, daß ich, wenn mir ein Gefühl oder ein Bedürfnis abhanden gekommen ist, so tun kann als ob: und das ist nicht Scheinheiligkeit, sondern eine Fähigkeit. Es handelt sich um eine Art Zwischenreich, in dem ich als Regent die Macht übernehme; und wenn jenes Gefühl oder jenes Bedürfnis dann wieder herangewachsen ist, fängt es wieder selber zu herrschen an. Es versteht sich, daß man solche Fähigkeiten nicht anwendet, wenn es nicht die Mühe wert ist; und glaubst Du, unsere Freundschaft sei es nicht wert? Ich glaube doch; was die Vergangenheit angeht, stellst Du für mich einige der ungetrübtesten Stunden meines Lebens dar, und vor allem meine einzige Vertraute; was die Zukunft betrifft... Machen wir keine Vorhersagen und strapazieren wir nicht unsere »Erfahrung«, es ist immer möglich, daß uns ein Restchen Verrücktheit geblieben ist. Als wir uns getroffen haben, haben wir wenig gesprochen, mit all dem Lerici rundherum; außerdem konnten wir uns ja nicht einbilden, die notwendige Wärme künstlich herzustellen, und haben von Zinsen gelebt. Aber dennoch, wie wunderbar dieses Meer und diese gräßlichen Narzissen!

Es ist fast zwei Monate her, daß wir uns gesehen haben, aber ich versichere Dir, es kommt mir vor wie eine Ewigkeit. Vielleicht wegen jener leichten Veränderung, die ich an Dir und Deiner Familie wahrgenommen habe (Ornellas Kind[1], Luciano, der nun »groß« und enttäuscht ist).

Wie sieht Deine Veränderung aus? Vielleicht gleicht sie der meinen; Du weißt schon, jene Erfahrung, von der wir sprachen, ich bin aber nicht so sicher, weil wir beide trotz allem sehr verschieden sind. Meine Krankheit besteht darin, daß ich mich *nicht wandle*, Du verstehst mich, nicht wahr? Und wenn man also manche Veränderungen in mir bemerkt, so sind sie rein oberflächlich, und es handelt sich um einen moralischen Verfall (doch dann müßten wir ganz anders darüber reden)... aber nein, nicht einmal in diesem Fall könnte ich schwören, daß dieser Verfall eine wesentliche Bedeutung hat. Ich habe viele Bedenken, viel Scheu verloren; ich habe zum Beispiel gelernt, ohne Liebe und ohne Gewissensbisse Liebe zu machen. (Da, schließlich doch eingestanden, meine Veränderung.) »Glücklich werden, ist eine Pflicht« (Gide), das war die einzige Pflicht in meinem Leben, und ich habe sie verbissen erfüllt, mit der Qual und der Unlust, die die »Pflicht« mit sich bringt. Wie ist er doch miserabel, Dein Freund, hm Silvana? Du dagegen hast Dich wirklich ein wenig gewandelt, und wenn Du wüßtest, wie ich Dich beneide! Seit beinahe einem Jahrzehnt stellst Du für mich eine Art Vorbild an Reinheit dar, die mir um so authentischer erscheint, je gewohnheitsmäßiger und angeborener sie ist. Nun sehe ich dich davongehen auf einem Weg, den eine Art betrübtes Leuchten überflutet, wo ich mich verlieren würde, scheu und gotteslästerlich. Nein, das hat nichts mehr mit meinem Minderwertigkeitskomplex oder meiner erotischen Besessenheit zu tun, diese Dinge sind selbstverständlich, sind Humus, Unterholz geworden, Angaben ohne direkten Wert; es ist das Individuum, das ich darauf aufgebaut habe und das im Grunde auch ein Meisterwerk hätte werden können, das mich nicht zufriedenstellt. Ist es möglich, daß die Tatsache, sich außerhalb der reinen Funktionalität der Natur zu befinden, letzten Endes nichts als Sehnsucht nach der Natur hervorruft? Na, reden wir nicht davon, Du langweilst Dich.

Zurück in Casarsa, hat mein gewohntes Leben mich geschluckt. Wie ein Stein, der ins Wasser fällt, habe ich ein paar konzentrische Wellen verursacht, danach hat sich die Oberfläche völlig geglättet. Unter Wasser lebe ich von entzückenden Heimlichkeiten, vollkommen glücklich darüber, versteckt zu sein.

Ich unterrichte, habe große Pläne (ein Theater und eine Unmenge schulbegleitender Sachen: der Schulrat hat beschlossen, aus der Schule in Valvasone eine Art Experimentalschule zu machen).

Auch im politischen Bereich arbeite ich viel; wie Du weißt, bin ich Sekretär der Sektion San Giovanni, und das nimmt mich sehr in Anspruch, mit Konferenzen, Versammlungen, Wandzeitungen, Kongressen und Polemiken gegen die Priester aus der Gegend hier, die mich von der Kanzel herab verleumden. Für mich ist es eine große Sache, an den Kommunismus zu glauben.

Was meine literarische Berufung angeht, so schöpfe ich geradezu aus dem Überfluß; die üblichen Verse auf friaulisch und auf italienisch, ein wenig Kritik und der Roman[2], der mich nach wie vor beschäftigt, ich kann Dir gar nicht sagen, mit wieviel Herzklopfen und wieviel Stunden höchsten Einsatzes.

Sonntags amüsiere ich mich; nun ist das Wetter schön, eine einzige blaue Plage. Am Sonntag werde ich wieder nach Malafiesta gehen. Bangen und Hohnlachen.

Nun, liebe Silvana, erwarte ich einen Brief von Dir. Gib acht, mir genügen auch zwei Zeilen: was Du machst, was aus Fabio geworden ist, wie es Deinen Eltern geht. Nach all dem Schlechten, was ich Dir über mich gesagt habe, kannst du nun auch dieses kleine Lob verkraften: ich, der Unstete, der Politheist, der Nomade, der Libertin bleibe in meinen Zuneigungen sehr treu. (Ein Lob? Abgesehen von dem lächerlichen Ton, in dem ich es mir ausgesprochen habe – »Ich bin niemals Faschist gewesen, Herr«–, bemerke ich, daß es nur ein weiteres Merkmal meiner Krankheit ist.)

Wie auch immer, antworte mir, und seien es auch nur zwei Zeilen, auf die paläozoische Zuneigung

Deines sehr ergebenen

Pier Paolo

Wenn Du dran denkst oder es nicht verloren hast, schick mir das Manuskript vom »Manuti«[3]: ich brauche es für den Roman. Wenn Du Vittorio Sereni siehst, frage ihn, ob er bekommen hat, was er von mir wollte (nämlich Verse für die Auswahl). Grüße alle wärmstens von mir, besonders Deine sehr liebe Mutter.

Bei der Empfängerin.
Maschinengeschrieben mit Unterschrift von Hand.

1 Ornella Mauri, Silvanas Schwester.

2 Vermutlich *Il sogno di una cosa* (Garzanti, Mailand 1962), [dt. *Der Traum von einer Sache*, Volk und Welt, Berlin (DDR) 1968 und Medusa, Berlin (West) 1983].

3 Vermutlich Entwurf von *Il sogno di una cosa*.

AN FERDINANDO MAUTINO – UDINE[1]

[Poststempel: Casarsa, 31. Oktober 1949]

Lieber Carlino,

vor etwa drei Monaten bin ich, wie Du vielleicht weißt, von einem Priester erpreßt worden: entweder ich hörte auf mit dem Kommunismus, oder meine Laufbahn als Lehrer wäre ruiniert. Ich habe diesem Priester durch die kluge Frau, die als Vermittlerin aufgetreten war, antworten lassen, wie er es verdiente. Vor einem Monat ließ mich ein mit Nico befreundeter christdemokratischer Abgeordneter auf sehr indirektem Wege wissen, daß die Christdemokraten meinen Ruin vorbereiteten: Aus reinem odium theologicum – das sind seine Worte – warteten sie wie die Hyänen auf den Skandal, den einige Gerüchte vorausahnen ließen. In der Tat, sowie das Ramuscello-Manöver geglückt ist, ebenfalls aus odium theologicum (sonst hätte es sich um eine nebensächliche Kleinigkeit gehandelt, eine Erfahrung, die jeder machen kann, im Sinn einer gänzlich inneren Angelegenheit), hat vermutlich der Befehlshaber der Carabinieri von Casarsa die Befehle ausgeführt, die er von der DC erhalten hatte, und sogleich die Parteioberen in Kenntnis gesetzt, die im Schulamt und in der Presse einen Skandal entfacht haben. Meine Mutter war gestern früh kurz davor durchzudrehen, mein Vater ist in einem unbeschreiblichen Zustand: ich habe ihn die ganze Nacht weinen und seufzen gehört. Ich bin ohne Stelle, das heißt, aufs Betteln verwiesen. Das alles einfach, weil ich *Kommunist bin*. Die teuflische christdemokratische Perfidie wundert mich nicht, was mich wundert, ist Eure Unmenschlichkeit; Du verstehst wohl, daß es Idiotie ist, von ideologischer Abweichung zu sprechen[2]. Trotz Eurer Meinung bin und bleibe ich Kommunist, im authentischsten Sinne dieses Wortes. Aber was rede ich, in diesem Augenblick habe ich keine Zukunft. Bis heute morgen hielt mich der Gedanke aufrecht, daß ich meine Person und meine Karriere der Treue zu einem Ideal geopfert hätte; nun habe ich nichts mehr, worauf ich mich stützen kann. Ein anderer an meiner Stelle würde sich umbringen; ich muß unglücklicherweise für meine Mutter weiterleben. Ich wünsche Euch, daß Ihr mit Klarsicht und Leidenschaft arbeitet; ich habe versucht, es zu tun. Deshalb habe ich meine Klasse und das, was Ihr meine bürgerliche Erziehung nennt, verraten; nun haben sich die Verratenen auf unbarmherzigste und schrecklichste Weise gerächt. Und ich bin mit dem tödlichen Schmerz meines Vaters und meiner Mutter allein geblieben.

Ich umarme Dich

Pier Paolo

Veröffentlicht in AA.VV., *Pasolini: cronaca giudiziaria, persecuzione, morte*, Garzanti, Mailand 1977.

1 Funktionär der kommunistischen Föderation von Udine.
2 Bezieht sich auf den Kommentar von Mautino (Carlino), der in »l'Unità« vom 29. Oktober 1949 veröffentlicht wurde.

AN TERESINA DEGAN – ROVEREDO IN PIANO (PORDENONE)[1]

[Poststempel: Casarsa, 10. November 1949]

Liebe Degan,

die Hintergründe[2] werde ich Dir mündlich erklären, außerdem kannst Du sie Dir ja vorstellen. Es war eine vollkommene, minuziöse und zeitlich erschreckend genau abgestimmte Arbeit: wir haben viel von ihnen[3] zu lernen. Was mich betrifft, bin ich zu verurteilen wegen meiner geradezu anstößigen Naivität. Es ist vielleicht schon spät, um noch dazuzulernen, aber die sieben oder acht mir noch gebliebenen Freunde wiederholen mir ständig, daß ich sehr jung bin und wieder auf die Beine kommen kann. Schöner Trost! Es hat einen Augenblick gegeben, zu dem ich in der bürgerlichen Jauchegrube hätte ertrinken können, doch jetzt fange ich mich allmählich wieder, und falls ich jemals Lebenskraft besessen habe, spüre ich sie nun auf meiner Haut wie einen neuen Anzug. Was mich, wie Du sagst, zu einem Verteidiger der arbeitenden Klassen gemacht hat, ist ein unverbrüchlicher Teil meines Denkens, und daran wird sich nichts ändern, hab' keine Angst.

Herzliche Grüße von Deinem

Pier Paolo Pasolini

Bei der Empfängerin.
Maschinengeschriebene Postkarte mit Unterschrift von Hand und dem Briefkopf: »Quaderno romanzo«.

1 Militante Kommunistin aus Pordenone.
2 Bezieht sich auf die Anklage wegen Verführung Minderjähriger.
3 Bezieht sich auf die katholisch-bürgerlichen Kreise in Udine.

[Casarsa, 31. Dezember 1949]

Liebster Franco,

in einigen Tagen werde ich Dir ausführlicher schreiben; jetzt nur zwei Worte: Durch einen Skandal im Friaul infolge einer Klage, die wegen Verführung Minderjähriger gegen mich angestrengt wurde, habe ich meine Stelle als Lehrer verloren.

Zum Glück haben wir uns diesen Herbst geschrieben, so wird die Sache Dich weniger wundern. Das Faktum, das mich den Ruin meiner Karriere und diese entsetzliche biographische Erschütterung gekostet hat, ist an sich nicht sehr ernst oder wichtig: es wurde alles aus politischen Gründen aufgebauscht. Die Christdemokraten und Faschisten in Udine haben die Gelegenheit genutzt, um mich aus dem Weg zu schaffen, und sie haben es mit abstoßendem Zynismus und Geschick gemacht. Aber das werde ich Dir ein andermal erzählen.

Heute ist der letzte Tag des Jahres: vor mir liegt nichts, ich bin arbeitslos; ohne die geringste Hoffnung auf eine Beschäftigung, mein Vater ist körperlich und moralisch in dem Zustand, den Du kennst. Selbstmordstimmung. Ich arbeite verbissen an einem Roman herum[1], auf den ich meine ganzen, auch praktischen Hoffnungen setze; ich weiß, daß es verrückte Hoffnungen sind, dennoch füllen sie mich irgendwie aus. In meiner Lage konnte ich natürlich nicht nach Parma kommen. Wer weiß nun, wann wir uns sehen werden, und das tut mir unendlich leid, weil ich immer spüre, daß ich Dich sehr gern habe.

Ich küsse Dich

Pier Paolo

Beim Empfänger.
Maschinengeschrieben mit Unterschrift von Hand.

1 *Il sogno di una cosa.*

AN SILVANA MAURI – MAILAND

Rom, 10. Februar 1950

Liebste Silvana,

heute morgen hatte ich beschlossen, Dir noch einmal zu schreiben, weil ich meinen letzten Brief[1] bereut hatte, er war etwas zu voll von Verzweiflung; ich hoffe, Du hast ihn mir verziehen. Heute war ich, ohne einen Grund, weniger bedrückt, empfand einige Grade weniger Trostlosigkeit. Jetzt ist schon Abend, und ich sitze hier mit Deinem Brief vor Augen. Weißt Du, ich wohne ganz nah beim Ghetto, zwei Schritte von der Cola di Rienzo-Kirche entfernt: erinnerst Du Dich? Ich habe inzwischen schon zwei- oder dreimal unseren Rundgang von '47 wiederholt, und obgleich ich jenen Himmel und jene Luft nicht mehr gefunden habe – vom entsetzlichen Grau des Ghettos zum Weiß von San Pietro in Montorio; die Jüdin, die neben einer Kette vor der dunklen Tür sitzt; das Gewitter mit Harzgeruch, und dann Villa Giulia und Palazzo Farnese, jener Palazzo Farnese, den es nicht noch einmal geben wird, so als hätte das Licht nach dem Gewitter ihn in einen Schleier gemeißelt –, habe ich mich betäubt und getröstet.

Auch jetzt brummt mir noch der Kopf von dem Geschrei am Campo de' Fiori, während es zu regnen aufhörte. Aber diese Wärme, die mich durchströmt wie eine Erholung, verdanke ich Deinem Brief: Er liegt hier, verschmiert mit Lippenstift und Creme vom Karneval in Versuta und den Blumen auf der Spanischen Treppe. Damals, 1947, hat mein Abstieg begonnen, der nach Lerici[2] zum Absturz wurde: über mich zu urteilen, gelingt mir noch nicht, auch nicht, wie es leicht wäre, schlecht über mich zu urteilen, doch ich denke, es war unvermeidlich. Du bittest mich, mit Wahrhaftigkeit und *Schamgefühl* zu Dir zu sprechen: das werde ich tun, Silvana, aber mündlich, wenn es möglich ist, von einem Fall wie dem meinen mit Schamgefühl zu sprechen: vielleicht habe ich es zum Teil in meinen Gedichten getan. Seit ich nun in Rom bin, genügt es, daß ich mich an die Schreibmaschine setze, damit ich zittere und nicht einmal mehr denken kann: die Wörter haben irgendwie ihren Sinn verloren. Ich kann Dir nur sagen, daß ich das ambigue Leben – wie Du es richtig nennst –, das ich in Casarsa führte, auch hier fortsetzen werde. Und wenn Du an die Etymologie von ambigue denkst, wirst Du sehen, daß einer, der eine doppelte Existenz lebt, nur ambigue sein kann.

Deshalb bin ich manchmal – und in diesen letzten Zeiten häufig – eisig, »böse«, meine Worte »tun weh«. Das ist keine »maudit«-Haltung, sondern das bedrängende Bedürfnis, die anderen nicht zu täuschen, das auszuspucken, was ich *auch* bin. Ich habe keine religiöse und moralistische Erziehung oder Vergangenheit gehabt, scheinbar: aber jahrelang bin ich das gewesen, was man den Trost der Eltern nennt, ein vorbildlicher Sohn, ein idealer Schüler... Diese Tradition der Aufrichtigkeit und Redlichkeit – die keinen Namen oder Glauben verkörperte, aber mit der anonymen Tiefe einer natürlichen Sache in mir verwurzelt war– hat mich lange Zeit daran gehindert, den Urteilsspruch anzunehmen. Du mußt Dir meinen Fall ein wenig so vorstellen wie Fabios, ohne Psychiater, Priester, Behandlungen und Symptome und Krisen, der mich aber, wie bei Fabio, entfernt, abwesend gemacht hat. Ich weiß nicht, ob es noch gewöhnliche Maßstäbe gibt, um mich zu beurteilen, oder ob man nicht vielmehr auf die außergewöhnlichen zurückgreifen muß, die man bei Kranken anlegt. Meine scheinbare Gesundheit, mein Gleichgewicht, meine unnatürliche Widerstandsfähigkeit können täuschen... Doch ich sehe, daß ich noch einmal nach Rechtfertigungen suche... Entschuldige – ich wollte nur sagen, daß es mir nicht immer möglich ist oder sein wird, mit Schamgefühl von mir zu sprechen: es wird mir vielmehr oft nötig sein, mich an den Pranger zu stellen, weil ich niemanden mehr täuschen will – wie ich im Grunde Dich getäuscht habe und auch andere Freunde, die nun von einem alten Pier Paolo sprechen oder von einem Pier Paolo, der sich erneuern muß.

Ich weiß nicht genau, was ich unter Scheinheiligkeit verstehen soll, aber inzwischen graut mir davor. Schluß mit den halben Worten, man muß dem Skandal ins Auge sehen, hat, meine ich, der heilige Paulus gesagt... Ich glaube – diesbezüglich–, daß ich gerade deshalb in Rom leben möchte, weil es hier weder einen alten noch einen neuen Pier Paolo geben wird. Die, denen wie mir das Schicksal zuteil wurde, nicht nach der Norm zu lieben, messen der Frage der Liebe schließlich zuviel Gewicht bei. Ein Normaler kann sich in die Keuschheit schicken – schreckliches Wort–, in die verpaßten Gelegenheiten: aber in mir hat die Schwierigkeit zu lieben das Bedürfnis zu lieben zur Obsession gemacht: die Funktion hat das Organ hypertroph werden lassen, als die Liebe mir in der Adoleszenz wie eine unerreichbare Chimäre vorkam: als dann mit der Erfahrung die Funktion wieder ihre richtigen Proportionen angenommen hat und die Chimäre bis zur erbärmlichsten Alltäglichkeit entweiht worden war, da war das Übel schon eingeimpft, chronisch und unheilbar. Ich fand mich mit einem riesigen mentalen Organ für eine nunmehr vernachlässigbare Funktion wieder: so sehr, daß ich erst gestern – bei all meinem Unglück und meinen Gewissensbissen – eine unbändige Verzweiflung empfand um einen Jungen, der auf einem Mäuerchen saß und von der fahrenden Straßenbahn für immer und allerorts zurückgelassen wurde. Wie Du siehst, spreche ich mit äußerster Aufrichtigkeit zu Dir, und ich weiß nicht, mit wie wenig Schamgefühl. Hier in Rom kann ich besser als anderswo die Möglichkeit finden, ambigue zu leben, verstehst Du mich, und gleichzeitig die Möglichkeit, vollkommen aufrichtig zu sein, niemanden zu täuschen, wie es mir schließlich in Mailand passieren würde: vielleicht sage ich Dir das, weil ich entmutigt bin und Dich nur auf den Sockel stelle als diejenige, die allein verstehen und mitleiden kann: aber ich habe einfach bisher niemanden gefunden, der so aufrichtig wäre, wie ich es möchte. Das Sexualleben der anderen hat bei mir immer Scham über mein eigenes hervorgerufen: ist denn das Übel ganz und gar auf meiner Seite? Es erscheint mir unmöglich. Versteh mich, Silvana, das, was mir jetzt am meisten am Herzen liegt, ist, mir und den anderen gegenüber klar zu sein: von einer grausamen Klarheit ohne Halbheiten. Es ist die einzige Möglichkeit, die Verzeihung jenes schrecklich anständigen und guten Jungen zu erlangen, der weiterhin auch noch in mir ist. Doch von all dem – was Dir jetzt ein wenig dunkel bleibt, weil es zu konfus und rasch gesagt wurde – werden wir noch ausführlicher sprechen können. Ich glaube also, daß ich in Rom bleiben werde – diesem neuen Casarsa –, um so mehr, als ich keine Absicht hege, Literaten kennenzulernen oder auch bloß zu sehen, das sind Menschen, die mich immer in Angst und Schrecken versetzt haben, weil sie immer Meinungen verlangen, während ich keine habe. Ich beabsichtige zu arbeiten und zu lieben, das eine so verzweifelt wie das andere. Aber dann wirst du mich fragen, ob das, was mir zugestoßen ist – Strafe, wie Du zu Recht sagst –, mir gar nichts genützt hat. Doch, es hat mir genützt, aber nicht, um mich zu verändern, und noch viel weniger, um mich zu erlösen: es hat mir genützt, um zu verstehen, daß ich den Grund berührt hatte, daß die Erfahrung erschöpft war und ich von vorn beginnen konnte, aber ohne die gleichen Fehler zu wiederholen; ich habe mich von meinem Rest an bösartiger und versteinerter Perversion befreit, nun fühle ich mich leichter, und die Libido ist ein Kreuz, kein Gewicht mehr, das mich zum Grund hinabzieht.

Ich habe noch einmal durchgelesen, was ich Dir bis jetzt geschrieben habe, und bin sehr unzufrieden damit: vielleicht findest Du es auch wieder grauenhaft, so wie den Brief nach Lerici, aber halte Dir vor Augen, daß ich damals meinen Abstieg in Richtung Mißtrauen, Ungläubigkeit, Ekel begann, während ich jetzt wieder daraus aufsteige, oder es zumindest hoffe. Du wirst erkennen können, wieviel Pathologisches und Fiebriges noch in meinen Worten steckt, welche Spuren meine Verzweiflung in diesen Tagen noch darin hinterläßt. Andere Sätze wirst Du nicht wortwörtlich nehmen dürfen. Z.B. »Rom, dieses neue Casarsa« ist ein Satz, bei dem Du nicht mutlos die Hände sinken lassen sollst, auch wenn er etwas hassenswert ist: es hat auch ein gutes Casarsa gegeben, und das ist es, was ich wiedererlangen will. Diese letzte Krise meines Lebens, äußerliche Krise, die die Kurve der inneren Krise nachzeichnet, welche ich Tag für Tag hinausschob, hat, so hoffe ich, ein gewisses Gleichgewicht wiederhergestellt. Es gibt Augenblicke, in denen das Leben offen daliegt wie ein Fächer, man sieht alles darauf, und dann ist es zerbrechlich, unsicher und zu groß. Versuche, in meinen Behauptungen und meinen Geständnissen diese Totalitäten andeutungsweise zu erkennen. Mein zukünftiges Leben wird gewiß nicht das eines Universitätsprofessors sein: ich stehe nunmehr unter dem Zeichen Rimbauds oder Campanas oder auch Wildes, ob ich will oder nicht, ob die anderen es akzeptieren oder nicht. Es ist unbequem, anstößig und unzulässig, aber es ist so: und ich *resigniere nicht*, genau wie Du. Aus bestimmten Worten von Dir (»... von Dingen, die Dich Schmerz gekostet haben, wenn sie Dich wirklich Schmerz gekostet haben«) entnehme ich, so scheint es mir, daß auch Du, wie viele andere, den Verdacht hegst, in meinem Fall seinen Ästhetizismus oder Selbstgefälligkeit im Spiel. Aber Du irrst Dich, Du irrst Dich gewaltig. Ich habe gelitten, was man überhaupt leiden kann, ich habe meine Sünde nie angenommen, ich habe mich meiner Natur nie gefügt und mich auch nicht daran gewöhnt. Ich war dazu geboren, heiter, ausgeglichen und natürlich zu sein: meine Homosexualität war eine Zugabe, war außerhalb, hatte nichts mit mir zu tun. Ich habe sie immer neben mir gesehen wie einen Feind, ich habe sie nie in mir empfunden. Erst in diesem letzten Jahr habe ich mich etwas gehenlassen: aber ich war niedergeschlagen, meine familiäre Situation war katastrophal, mein Vater tobte und war niederträchtig bis zum Erbrechen, mein armseliger Kommunismus hatte dazu geführt, daß ich von einer ganzen Gemeinde gehaßt wurde wie ein Ungeheuer, und es zeichnete sich auch ein literarisches Scheitern ab: da war die Suche nach einer unmittelbaren Freude, einer Freude, um darin zu sterben, der einzige Ausweg. Dafür bin ich erbarmungslos bestraft worden. Doch auch darüber werden wir sprechen, oder ich werde Dir mit mehr Ruhe darüber schreiben, jetzt habe ich Dir zu viele Dinge zu sagen. Eine Einzelheit will ich gleich noch zu diesem Thema hinzufügen: Es war in Belluno, als ich dreieinhalb Jahre alt war (mein Bruder sollte noch geboren werden), da empfand ich zum ersten Mal jene überaus süße und gewaltsame Anziehung, die von da an in mir war, immer gleich, blind und finster, wie ein Fossil.

Sie hatte damals keinen Namen, war aber so stark und unwiderstehlich, daß ich einen für sie erfinden mußte: nämlich »teta veleta«, und das schreibe ich Dir zitternd, solche Angst macht mir dieser schreckliche Name, erfunden von einem dreijährigen Kind, das in einen dreizehnjährigen Jungen verliebt war, dieser Name wie für einen Fetisch, uranfänglich, widerwärtig und zärtlich. Von da an eine ganze Geschichte, ich überlasse es Dir, sie Dir vorzustellen, wenn Du kannst. Mit etwa neunzehn, kurz bevor wir beide uns kennenlernten, erlebte ich eine Krise, die um ein Haar genauso geworden wäre wie die von Fabio: statt dessen hat sie dann in eine nicht allzu schwere Neurose, in einen Zusammenbruch, in einen bedrängenden Selbstmordgedanken (der mich noch immer häufig überkommt) und dann in die Genesung gemündet. '42 in Bologna, entsinnst Du Dich?, war ich wieder gesund wie ein Fisch und vollständig wie ein Baum. Aber es war eine Blüte, die nicht dauern sollte.

Du warst für mich etwas Besonderes und anderes als alles übrige: so außerordentlich, daß ich keine Erklärung dafür finde, nicht einmal eine jener verhüllten und so konkreten Erklärungen, die wir in unserem inneren Monolog aufschnappen: in unseren schlauen Denkmanövern. Seit Du mir in Bologna die Tür geöffnet hast, wenige Tage nachdem ich Fabio kennengelernt hatte, und mir in Gestalt einer »Madonna aus dem dreizehnten Jahrhundert« erschienen bist (ich glaube, daß ich es Dir gesagt habe), seitdem bist Du, bei Malga Troi, in Mailand, nach dem Krieg, bei Bompiani, in Versuta, in Rom, für mich immer die Frau gewesen, die ich hätte lieben können, die einzige, die mir begreiflich gemacht hat, was die Frau ist, und die einzige, die ich bis zu einer gewissen Grenze geliebt habe. Du verstehst, was diese Grenze ist: aber nun muß ich Dir sagen, daß ich sie manchmal, ich weiß nicht wie noch wann, übertreten habe, schüchtern, wahnsinnigerweise, aber ich habe sie übertreten. Wenn Du an eine ähnliche Situation denken willst, denke an die »Enge Pforte«: aber ich habe Dir nie etwas von meiner Zärtlichkeit gesagt, weil ich mir selbst nicht traute. Verlange nicht, daß ich noch mehr hinzufüge, versteh mich. In meinem letzten Brief habe ich Dir geschrieben, daß Du die einzige unter all meinen Freunden warst, der ich mich anvertrauen konnte: und dies einfach, weil Du die einzige bist, die ich wirklich liebe, bis zur Aufopferung. Für Dich, um Dir Hilfe und Trost zu sein, würde ich alles tun, ohne einen Schatten von Unentschlossenheit oder Egoismus.

Dein Brief hier bewegt mich nun schmerzhaft, wenn ich ihn ansehe, ich spüre Tränen in meinen Augen: ich denke an das, was ich verloren habe, an die Vergeudung meines Lebens, da ich es nicht verstanden habe, Dich darin aufzunehmen.

Ich kann diesen Brief nicht weiterschreiben: die anderen Dinge, die ich Dir sagen wollte, werde ich Dir morgen schreiben. Ich könnte nur weiterschreiben, wenn ich mich ganz hingeben könnte, aber ich kann nicht, es muß in mir noch so viel Eis schmelzen. Verzeih mir, wenn ich Dir noch einen abscheulichen Brief geschrieben habe, doch wenn ich mit Güte schreiben könnte, mit all der Güte von früher, dann wäre dieser Brief nicht nötig gewesen. Ich bin wütend auf mich und meine Ohnmacht, während ich Dir gern meine ganze Zärtlichkeit und meine Zuneigung sagen würde.

Ich umarme Dich

Pier Paolo

Bei der Empfängerin.
Maschinengeschrieben mit Korrekturen, Datum und Unterschrift von Hand.
Antwort auf einen Brief von Silvana Mauri, der am 2. Februar 1950 eingeworfen wurde und einen zuvor am 23. Januar geschriebenen enthielt.

Brief vom 2. Februar:

Lieber Pier Paolo,

siehst Du diesen Brief, so ganz verschmiert mit Lippenstift und Creme? Es ist der, den ich Dir als Antwort auf Deinen ersten Brief schrieb, gleich nachdem ich ihn erhalten hatte, um Dir vor Deiner Reise Mut zu machen, und den ich gestern geheimnisvollerweise im Papierkorb wiedergefunden habe. Während ich mich schon wegen der Gedichte umhörte, war ich wenigstens beruhigt, daß Du diesen Brief erhalten hättest. Nun schreibe ich Dir in Eile, um Dir zu sagen: 1) daß Du nicht zeigen sollst, daß Du es weißt, es aber *fast* sicher ist, lies sicher, daß Mondadori Deine Gedichte veröffentlicht; 2) daß Du mir im rechten Moment den Roman schicken sollst; 3) daß Du mich immer über Deine Ortswechsel auf dem laufenden halten sollst, damit ich Dich nicht aus den Augen verliere und Dir schreiben kann; 4) geh in meinem Namen zu Brianna Positano Carafa, Via Principessa Clotilde 7, erzähl ihr nichts von Dir, sie kennt Dich durch mich, *geh hin*, weil sie Dir vielleicht helfen kann, Deine Mutter unterzubringen.

Ich werde Dir bald weitere Adressen von Leuten außerhalb der Literaturkreise schicken, Menschen, denen ich vertraue und die Deiner Mutter eine Hilfe sein können. Schreib mir inzwischen sofort. In ein paar Tagen werde ich die endgültige Antwort wegen der Gedichte bekommen und Dir gleich schreiben, so daß Du heraufkommen könntest, um Deinen Verleger kennenzulernen und eventuell etwas Geld zu erhalten. Aber jetzt schreib mir erst einmal.

Ciao, ich umarme Dich Silvana

Und umarme herzlichst Deine liebe, arme Mama.

Brief vom 23. Januar:

Lieber Pier Paolo,

immer und manchmal leidenschaftlich habe ich mir gewünscht, Dir nach Deinem lieben und schönen Besuch in Lerici (der sich genau in diesen Tagen jährt) zu schreiben, um Dir die ausgezeichneten Neuigkeiten über Fabio mitzuteilen, über mich (ich heirate im April), um Dich und Deine Antwort besser zu verfolgen und nicht noch einmal das Schweigen überhand nehmen zu lassen, das bereitwillig jeden Schwung begräbt. Aber auf jenen Brief von Dir, ich weiß nicht, ob Du Dich daran erinnerst, so grauenvoll eisig, habe ich nichts zu antworten gewußt [bezieht sich auf den Brief vom März 1949]. Worte findet man immer, aber wozu? wenn es ein Spiel wird, das wir inzwischen nur zu gut beherrschen. Ich war betrübt, denn mir schien es, als sei diese Gewissensprüfung zu leicht, zu endgültig, zu dunkel für mich, die ich noch gewöhnt war, von Gefühlen, Hoffnungen, Gewissensbissen und Schmerz zu sprechen, und ich konnte mich nicht freimachen von dem Eindruck, ich sähe Dich verloren, falsch, in einer Sackgasse, so als wären Du, das liebe Friaul, der Schmerz Deiner Mutter, Dein Kommunismus, die exemplarische Schule, Dein Gewissen zu durch und durch literarischen Fakten geworden, ein gut genutzter Stoff für Deine Intelligenz, aber nur noch statisch (der Stoff, nicht die Intelligenz), drauf und dran auszutrocknen wie ein abgestorbenes Blatt.

Was dann im Lauf des Sommers geschehen ist, hat mir nur Schmerz bereitet, weil ich sah, wie brutal Du bestraft wurdest, eine vernichtende Konsequenz, die jedoch wenigstens dazu gut sein wird, Dich aus den abgenutzten und ambiguen Gleisen Deines Lebens in Casarsa zu heben, an dem Du absurderweise so gehangen hast. Lieber Piero, wenn Du wüßtest, welche Schwierigkeit ich empfinde, mich von so weit weg mit Worten zwischen Dingen zu bewegen, die Dich Schmerz gekostet haben, wenn sie Dich wirklich Schmerz gekostet haben, und in welcher Weise schließlich weiß ich nicht. Aber wie kann ich nicht reagieren, nicht fürchten, wenn ich Dich gern habe? Abends vor dem Einschlafen schreibe ich Dir im Geist lange, lange Briefe, und es mag die konfuse Klarheit des Halbschlafs sein, aber Du weißt, wie es passiert, die Empfindsamkeit und die Liebe haben dann keine Grenzen und Hindernisse beim Verstehen, mir ist, als erkennte ich vollkommen Deinen Fehler, nicht Deine Schuld, und den Anfang eines neuen Pier Paolo. Doch hinterher bei Tageslicht bemerke ich, daß ich zu wenig weiß, um Dir mit Überzeugung schreiben zu können. Warum bist Du von Brescia nicht hergekommen? Ich habe jeden Tag die Berichte über den Prozeß in Porzus gelesen, ich habe Deinen Namen unter denen der Zeugen gelesen und erwartete Dich. Vielleicht ist Dir das nicht wichtig, aber ich hätte gern, daß wir miteinander sprechen, lange, daß Du mir dabei gegenübersitzt und Dich verteidigst, mir erklärst, ohne noch etwas zu verschweigen, und wenn die Zeit uns viele Dinge genommen hat, so hat sie uns doch wenigstens diese großartige uneingeschränkte Möglichkeit gewährt, aufrichtig miteinander zu sprechen, und die Immunität in der Zuneigung und in der Freundschaft, eine Immunität, lieber Piero, jedoch ohne Resignation meinerseits. Denn wenn Resignation dabei wäre (dazu bin ich gar nicht fähig, das weißt Du, bei Menschen, die ich liebe), würde ich Dir überhaupt nicht schreiben. Ich spreche nicht von Erlösung, sondern nur von Hoffnung, auf ein Leben, das nicht elende Vergeudung ist. Nun sage ich Dir nur, daß es mir gut erscheint, wenn Du von Casarsa fortgehst, ich weiß nicht, was der Libanon Dir bietet, aber gewiß warne ich Dich davor, nach Rom, nach Florenz, nach Venedig zu gehen, Städte, die zu fürchten sind, wo Du den Abdruck längst toter Leben wiederfinden würdest und Szenerien, bereit, Dich aufzunehmen wie einen blassen Widerschein, ich sehe Dich in diesen Städten getötet ohne Blutvergießen, so geh doch lieber nach Bologna, komm lieber nach Mailand, in diese so häßliche, unvollkommene, erdrückende Stadt, die nichts begünstigt, die unnachsichtig ist und in der Du Freunde fändest, die Dich gern haben. Inzwischen werde ich sehen, was man für die Gedichte tun kann, die Du mir gesandt hast, und ich will Dir gleich sagen, wie die Dinge stehen. Obgleich ich seit zwei Monaten wieder im Verlag [Bompiani] arbeite, habe ich nie gehört, daß Danilo Dolci auch nur erwähnt worden wäre, was mich maßlos verwundert. Ich habe der Sache nicht sogleich auf den Grund gehen können, weil ich seit drei Wochen mit hohem Fieber und einer hartnäckigen Bronchitis zu Bett liege, und ich habe die Absicht, mich persönlich darum zu kümmern, sowie ich in einigen Tagen in den Verlag zurückkehren werde.

Ich denke, daß die »Anthologie christlicher Dichtung« Teil einer Reihe von Veröffentlichungen zum Heiligen Jahr ist, und die sind, soweit ich weiß, noch etwas durcheinander und à coté. Wie ich Dir schon gesagt habe, es ist beschämend, aber vorerst weiß ich sonst nichts. Was den *Usignolo della*

Chiesa Cattolica angeht, setzte ich wenig Hoffnung auf Onkel Valentino [Bompiani], der einen hartnäckigen Widerwillen und ein zähes Desinteresse an den Tag legt, wenn es um Lyrik geht, der Verlag hat ja nie Gedichtbände herausgebracht, außer Padre David [Turoldo] und Paola Masino, aus Gründen, die nichts mit Kunst zu tun hatten. (Auch Valéry, das stimmt, aber vor vielen Jahren.) Ermächtigst Du mich also, es anderswo zu probieren? Bei Mondadori zum Beispiel? Der junge Mann [Ottiero Ottieri], den ich heiraten werde, der so alt ist wie Du und lieber unterrichten würde als in einem Verlag zu arbeiten, ist, fluchend, bei Mondadori. Und ich kann es auch, vielleicht mit Erfolg, woanders versuchen, weil Du es bist, sonst wäre es umsonst. Aber sowie Du den Roman fertig hast, laß ihn mir zukommen, wenn Du ihn nicht schon jemandem schicken willst. Das lege ich Dir ganz dringend ans Herz. [...]

Nun, lieber Piero, lasse ich Dich, ich habe Fieber und bin ein wenig müde von dieser harten Schreibmaschine, schreib mir ausführlich, ich bitte Dich, mit Wahrhaftigkeit und Schamgefühl, über Dich, was Du im Libanon machen würdest, ob Dir wenigstens der Roman gefällt, ob Du leidest, ob Du nicht leidest; ich bitte Dich. Sowie ich wieder in den Verlag gehe, werde ich Dir etwas schreiben. Einstweilen umarme ich Dich Silvana

1 Bezieht sich auf einen Brief an Silvana Mauri vom 27. Januar 1950.
2 Vgl. Brief an dieselbe vom März 1949.

[Rom,] 11. Februar 1950

Liebe Silvana,

ich setze meinen Brief von gestern fort, seltsamerweise immer ruhiger. Die plötzliche Loslösung aus meiner Welt hat mich isoliert in einer anderen Welt, die mir leer und unwirklich vorkommt. Im übrigen verstehe ich durch das absolute Fehlen von rückwärtsgewandtem Bedauern, wie überholt Casarsa längst war. Was mich im Grunde genommen jetzt am meisten besorgt, sind die praktischen Probleme: und an der Schwerfälligkeit und Schwierigkeit meines gestrigen Briefes wirst Du erkannt haben, wie mir die wesentlichen Probleme in diesem Augenblick zwischen den Fingern oder im Hals zerbrechen wie ein mechanisch wiederholtes »mea culpa«.

Es kommt mir vor, als sei alles im Friaul geblieben, wie die Landschaft. Rom breitet sich um mich aus, als wäre es ebenfalls ins Leere gezeichnet, besitzt aber dennoch eine starke tröstliche Kraft: und ich tauche in seine Geräusche ein, ohne so meine falschen Töne zu hören.

Gestern hat mir Sereni geschrieben und mich ebenfalls angespornt zu hoffen: in diesen letzten beiden Tagen hat die Wichtigkeit, von Mondadori publiziert zu werden, wieder die richtigen Ausmaße angenommen: ich hoffe so glühend und verzweifelt darauf, daß ich es mir nicht einzugestehen wage. Außerdem muß ich unbedingt anfangen, Privatunterricht zu geben: da ich in den ersten Monaten als Gast bei meinem Onkel wohne, ist es nicht ganz so dringend, daß ich eine feste Anstellung finde: allerdings, je kürzer diese Wartezeit voller Ängste ist, desto besser ist es für alle. Du sagtest in Deinem letzten Brief, Du wolltest mir Adressen schicken: wenn die Personen, die Du meinst, mir Nachhilfestunden verschaffen können, dann bitte ich Dich, sie mir bald zu nennen: ich kann das Nichtstun nicht mehr aushalten, denn Schreiben gelingt mir körperlich nicht, wie ich Dir schon gesagt habe. Kennst Du Angioletti? Caproni hat mir gesagt, daß Angioletti beim Rundfunk ist und gut bezahlte Arbeit (verschiedene Kulturnotizen für die Sendungen) verschaffen kann, anscheinend ist es gar nicht so leicht für ihn, solche Zulieferer zu finden (auch Caproni hatte es gleich wieder satt), aber für mich wäre es in diesen Tagen eine ideale Beschäftigung. Wenn Du die Möglichkeit hast, mich mit Angioletti bekannt zu machen, tu es, ich bitte Dich. In dem anderen Brief habe ich Dir gesagt, daß ich mit den römischen Literaten nichts zu tun haben wollte: ich habe übertrieben. Ich werde mich nur mit denen in Beziehung setzen, die mir »gut« erscheinen, verstehst Du mich, mit denen, die die Sachen frontal angehen. Caproni und Angioletti scheinen mir zwei solche zu sein. Meine Mutter kommt vielleicht bei einer sehr netten Frau aus Ferrara unter: die Stellung wäre ausgezeichnet: aber falls die Sache nicht klappen sollte, würde ich mich ohne weiteres an Deine Freundin wenden. Wie soll ich Dir danken, Silvana? Nie werde ich Dir dankbar genug sein. Zudem muß ich Dich nun auch noch um Ratschläge bitten, denn ich vertraue sehr auf Deinen Instinkt und auf Deine Erfahrung.

Die Romane, die ich schreibe, sind drei. Erschrick nicht. In diesen letzten Monaten habe ich nichts anderes getan als schreiben, manchmal zehn Stunden am Tag. Erinnerst Du Dich an die roten Hefte[1], die aus meiner Tasche hervorsahen in jener Nacht, in der Du den Zug versäumt hast? Es waren die Tagebücher meiner Liebe zu Tonuti. Ich habe sie '46 begonnen, als sie schon zu Ende war, und habe in unregelmäßigen Abständen bis '48 weitergeschrieben: das ergab schon ein Bändchen von etwa hundert Seiten.

Aber ich war nicht zufrieden damit. Chronologisch bin ich ja von der Lyrik zur Prosa übergegangen, und das war mein erstes Prosagestammel. In den vergangenen Monaten habe ich das Buch wiederaufgenommen, habe das Tagebuch mit Erzählung in der dritten Person abgewechselt: kurz, ich habe die Begebenheit objektiviert (im niedrigeren Sinn dieses Wortes, ich weiß nicht, ob auch im höheren Sinn), indem ich die Namen der Protagonisten und der Orte geändert und alles mit geringerem Bekennerdrang und größerer Freiheit der Erfindung rekonstruiert habe. Doch dem Buch, das auf 200–250 Seiten kommen müßte, fehlen noch zwei oder drei Kapitel. Der Titel ist *Atti impuri*[2].

Das zweite Buch trägt den Titel *Amado mio*: es ist in gewisser Weise die Fortsetzung von *Atti impuri*, aber mit noch mehr Phantasie von der Biographie befreit. Die Hauptfigur gleicht mir noch weniger als die von *Atti impuri*: ihrem Wesen nach ist sie sogar sehr verschieden von mir. Für den dargestellten Burschen ist eine Verurteilung implizit: allerdings wird seine Liebe zu einem Knaben erzählt wie eine Legende, hat genau die Dauer einer kurzen Geschichte: auch wenn die typographische Länge etwa zweihundert Seiten umfassen wird. Es ist mein »böses« Buch, das Buch, das weh tut. Die Handlung spielt zum Teil im Friaul (erinnerst Du Dich, was ich Dir über Malafiesta gesagt habe?) und zum Teil in Rom, dem Rom der Stadtteilkinos, in Trastevere, auf Baustellen und auch in der Via del Tritone. Ich denke, daß dies mein unbedeutenderes Buch ist, aber, in seinen Grenzen, das gelungenste. Auch deshalb fehlen mir die letzten drei Kapitel.

Schließlich gibt es noch den Roman, auf den ich alles setze: *La meglio gioventù*[3], der sich sehr von den anderen beiden unterscheidet, sehr komplex ist: um Dir in etwa eine Vorstellung zu machen, mußt Du an eine höchst merkwürdige Kreuzung – in dostojewskischer Erzählmanier – zwischen Proust und Verga denken, nicht ohne einige Elemente jener babylonischen, exzentrischen und zusammengesetzten Sprache, für die in Italien als herrliches Exemplar C. E. Gadda steht. Die Handlung ist sehr verwickelt und sehr alltäglich. Kennt Du *Cronache di poveri amanti*? So ähnlich, aber mit dem Vorhandensein der Zeit, die in Pratolinis buntgewirktem Teppich fehlt. Die Begebenheiten habe ich Dir, glaube ich, in Lerici erzählt, aber in diesen Monaten habe ich sie noch ausgeschmückt und vervollständigt. Zu den Protagonisten kommen noch drei junge Leute aus dem Volk (einer geht klandestin nach Jugoslawien, einer in die Schweiz[4], und einer arbeitet in einem Steinbruch: und stirbt zuletzt; die beiden anderen kommen noch entmutigter und hungriger zurück. Das sind wahre Begebenheiten, auch wenn ich sie frei zusammengefügt habe), so daß die Liebesgeschichte von Don Paolo (der einen Jungen namens Cere liebt, welcher mit dem Vater nach Amerika geht, worauf Don Paolo während eines Streiks Nello, Ceres Bruder, mit seinem Körper schützt und stirbt), die spirituelle Geschichte von Renata (die Don Paolo liebt) – bedenke aber, daß weder Don Paolos Liebe, noch Renatas Liebe ausgesprochen werden, der Leser muß sich alles ganz von selbst zusammenreimen –, und die schließlich, weil sie Kommunistin ist, aus dem Friaul, wo sie unterrichtet, vertrieben wird und, bevor sie geht, ein Fest organisiert, dessen Erlös für den Prozeß von Nello, einen unmoralischen, fanatischen Lügner, bestimmt ist, und die religiöse Geschichte von Aspreno[5] (in dem ich Fabio andeute, einfach wegen der Erfahrung, die ich mit ihm gemacht habe, denn als Fall ist Aspreno ganz anders als Fabio) in die die Angelegenheiten der ganzen bäuerlichen Jugend des Friauls eingebettet sind

(Jahrgang '27, »der verliebte Jahrgang«, wie auf den Mauern von S. Giovanni geschrieben stand).

Ich habe Dir die Geschichten nur eben skizziert, wie Du Dir vorstellen kannst, sind sie viel verwickelter und ausführlicher geschildert.

Ich habe schon mehr als die Hälfte des Buches geschrieben: ich rechnete damit, es vor meinem Weggang aus Casarsa zu beenden. Statt dessen sitze ich nun hier, unfähig, einen klaren Absatz zu schreiben. Doch ich hoffe, daß meine Erschöpfung vorübergeht. Falls die Fähigkeit zu schreiben wiederkommt, welches Buch rätst Du mir dann zu Ende zu bringen? Nun kann mir nur noch der Auftrag eines Verlegers die Kraft geben zu arbeiten und eine Sache fertigzumachen. Ich hätte nie geglaubt, daß die Dinge so enden würden: andererseits entdecke ich darin eine unvermutete Würde.

Zu Fabio würde ich Dir gern viele Dinge sagen und Dich vieles fragen: aber ich habe Angst, dieselbe Sorte Angst, die ich empfinde, wenn ich an Mondadori denke: das Gehirn antwortet nicht und hüllt sich beschwörend in Dunkelheit. Ich gestehe Dir, daß ich mir den neuen Fabio nicht vorstellen kann, und daß der Gedanke an ihn in jenem außergewöhnlichen Dorf[6] mir mehr Unruhe als Freude bereitet. Jedenfalls bin ich Euretwegen froh, wegen Eurer Erleichterung, die auch meine ist. Die Zeit wird Fabio eine Zukunft eröffnen, wie mir auch. Hoffentlich.

Ich umarme Dich mit großer Zuneigung

Pier Paolo

Bei der Empfängerin. Maschinengeschrieben mit Korrekturen, Datum und Unterschrift von Hand.

1 Vgl. Brief an Silvana Mauri vom 15. August 1947.
2 Vgl. *Amado mio* preceduto da *Atti impuri*, Garzanti, Mailand 1982 [dt.: *Amado mio. Zwei Romane über die Freundschaft*, Wagenbach, Berlin 1984].
3 Titel geändert zu *Il sogno di una cosa* [dt.: *Der Traum von einer Sache*].
4 In einem Brief an Contini von 1949 hatte Pasolini erwähnt, daß er die Geschichte eines jungen Friaulers, der auf seinem Weg in die Schweiz bei Contini vorbeigekommen war, in ein Romankapitel umarbeitet und vielleicht einige Auskünfte über die Landschaft bei Contini einholen möchte.
5 Don Paolo, Cere, Renata, Don Aspreno: Gestalten des Romans, deren Geschichten in der endgültigen Fassung wieder gestrichen werden.
6 Das »Villaggio del fanciullo« in Santa Marinella: »[Fabio] ist heiter, aktiv, lebendig, er lebt zwischen den ehemaligen Schuhputzerjungen von Santa Marinella, die ihn lieben, er malt [...].« (Aus Silvana Mauris Brief vom 23. Januar 1950.)

[Rom, Februar 1950–II]

Lieber N.,

erinnerst Du Dich an den Protagonisten von *Sotto il sole di Roma*? Nun gut, sein Bruder, siebzehn Jahre alt, viel schöner als er, ist mein Freund geworden. Wir haben uns gestern abend getroffen, durch die Vermittlung eines Gottes. Geschlafen habe ich überhaupt nicht, ich bebe noch ganz. Ich werde Geld brauchen: Nimm einen Packen Bücher (Laterza-Ausgaben, Philosophen), fahr unter einem Vorwand nach Padua und verkaufe davon für 3 oder 4 tausend Lire: sofort, und schick mir dann das Geld per Eilboten innerhalb der nächsten Woche: nicht als Postanweisung, sondern als Einschreibebrief.

Prof. Vacher[1] muß mir auch noch tausend Lire von der Schule geben: versuche, die auch zu bekommen, eventuell durch Scodellaro. A propos, wie geht es Sco. und D. Rossa[2]? Also, sei so gut. Rom ist göttlich. Ich muß unbedingt arbeiten und viel verdienen.

Ciao

P. P.

Beim Empfänger.
Maschinengeschrieben.

1 Sergio Vacher, Kollege aus der Mittelschule in Valvasone.
2 Scodellaro und Della Rossa, Schüler der Mittelschule in Valvasone.

[Poststempel: Rom, 28. August 1950]

Liebste Mammetta,

hier ist eine schöne Nachricht für Dich. Samstag habe ich folgendes Telegramm erhalten: »Ihr Gedicht Testament Coran[1] hat gewonnen, Jury einstimmig, zweiter Preis Lire fünfzigtausend nationaler Wettbewerb Cattolica. Wenn möglich Ihre Anwesenheit Sonntagnachmittag erbeten. Glückwünsche.«

Freust Du Dich? Ich war vor allem Deinetwegen froh und wegen der (zumindest vorübergehenden) wohltuenden Einflüsse auf Papa. Es ist auch ein schöner Erfolg, denn der Gewinner stand schon vorher fest, ich aber habe den zweiten Platz allein durch mein Verdienst gewonnen, wie die Einstimmigkeit der Jury zeigt.

Ich bin nicht nach Cattolica gefahren, um Ausgaben und Mühe zu vermeiden: um so mehr, nachdem ja die Reise nach Casarsa nun bald bevorsteht.

Deine letzte Karte hat mich sehr gefreut, da Du mir von Deiner Ruhe berichtest: abgesehen natürlich von Deiner abendlichen Schwermut, die ich in ihrer ganzen Tragweite und Wahrheit empfunden habe wie einen recht schmerzlichen Schauder.

Doch hast Du gesehen, wie schnell die Tage vergehen, wir haben schon Ende August: beinahe die Hälfte der Zeit unserer Trennung ist schon vorbei.

Was das Schlafen angeht, sei ganz ruhig: Penna hat mir reines Bienenwachs geschenkt, was man sich in die Ohren steckt (denk nur, wenn wir das in Casarsa gewußt hätten!), und damit schlafe ich morgens, solange ich will, in tiefste Stille gehüllt, immun gegen Paolos Weinen, Türenschlagen und die Nachrichten im Radio.

Ich küsse Dich tausendmal.

Pier Paolo

Beim Pasolini-Archiv.
Maschinengeschrieben mit Unterschrift von Hand.

1 Vgl. *La nuova gioventù*, op. cit., S. 117. [Dt. in: *Unter freiem Himmel*, op. cit., S. 25].

Rom, 5. November 1950

Sehr geehrter Herr Contini,

Sie brauchen ihre Schubladen in Domodossola nicht mehr nach den Kladden zu durchsuchen, von deren Übersendung ich eine sehr undeutliche Erinnerung habe: was ich benötigte, waren die »Ciants di un muart«[1], die als erstes zum Vorschein gekommen sind, als ich Ihren Umschlag öffnete. Was Ihre leichte Verspätung betrifft, so ist Penna mein Zeuge, daß ich nie an Ihrer Eilfertigkeit gezweifelt habe, sondern vielmehr um Sie in Sorge war wegen der unguten Dinge, die Sie mir in Ihren letzten Briefen über Ihre Gesundheit berichtet haben. Was mich betrifft, so *muß* ich mich Ihnen anvertrauen, und Sie werden mir verzeihen, wenn ich es auf schroffste und indiskreteste Weise tue. Also: Am 28. Januar sind meine Mutter und ich buchstäblich aus Casarsa geflohen und in Rom angekommen.

Mein Vater war – wie ich Ihnen, glaube ich, angedeutet hatte – mit einem »paranoischen Syndrom« als Alkoholiker aus der Gefangenschaft zurückgekehrt, kurz und gut so, daß er meiner Mutter das Leben unerträglich machte. (Nehmen Sie alle meine Worte in ihrem buchstäblichen und absoluten Sinn), und schon lange war das Zusammenleben mit ihm unmöglich. Dann bin ich zu Fall gebracht worden: eine Anzeige zu meinen Lasten wegen Verführung Minderjähriger, Anlaß war meine Liebesgeschichte mit einem Jungen aus einem Dorf bei Casarsa, Ramuscello. Die Sache wäre vielleicht, bzw. mit ziemlicher Sicherheit, unbemerkt geblieben, wenn ich nicht Kommunist gewesen wäre und deshalb den Haß aller wohlanständigen Friauler auf mich gezogen hätte. Die nicht kommunistischen Zeitungen haben einen Skandal sondergleichen im Friaul entfesselt: ich bin sofort aus der Partei ausgeschlossen worden, von der Schule verwiesen, an der ich unterrichtete etc.

Jetzt bin ich in Rom, wo ich seit mehreren Monaten vergeblich Arbeit suche: ich lebe auf Kosten eines Onkels von mir, und meine Mutter arbeitet als Gouvernante. Das sind meine »moralischen Unannehmlichkeiten«[2], wie Sie sehen, sehr belastend oder sogar zum Verzweifeln.

Ich danke Ihnen noch einmal sehr, für alles – für Ihre Freundschaft, deren Bedeutung für mich Sie sich vielleicht nicht vorstellen können, und grüße Sie mit Zuneigung.

Ihr

Pier Paolo Pasolini

Beim Empfänger.
Maschinengeschrieben mit Unterschrift von Hand.

1 »Canti di un morto« [Gesänge eines Toten], später veröffentlicht in der zweiten Abteilung von *La meglio gioventù*, op. cit.
2 »Vor einiger Zeit schrieb mir Bortolussi von schweren ›moralischen‹ Unannehmlichkeiten, die Sie dazu gezwungen hätten, Casarsa zu verlassen.« (Aus Continis Brief vom 18. Mai.)

[Poststempel: Casarsa, 28. Dezember 1950]

Liebstes Mamachen,

der Prozeß ist so gelaufen, wie man es vorhergesehen hatte: das heißt, die Mindeststrafe mit Straferlaß, was für die Zukunft praktisch keine Belastung darstellt, weil das polizeiliche Führungszeugnis sauber bleibt. In Casarsa die übliche Melancholie; aber mir scheint, daß es noch viele Freunde gibt. Ich werde Dir bald ausführlicher schreiben, weil Papa auf und ab geht und darauf wartet, daß ich fertig bin, um den Brief gleich einzuwerfen.

Tausend Küsse von Deinem

Pier Paolo

Viele Küsse und Grüße an den Onkel.

Beim Pasolini-Archiv.
Handgeschrieben.

[Rom, Januar 1952]

Lieber Spagnoletti,

ich danke Dir für Deine freundliche Karte: ganz bestimmt und gern (angesichts der Gesellschaft) werde ich einige Gedichte an den Herausgeber der Anthologie schicken, von dem Du mir schreibst. Leider muß ich mich auf ein kümmerliches Billett beschränken, weil es Abend ist und ich erschöpft bin; und ich weiß nicht, wann ich Dir mehr werde schreiben können. Ich stehe um sieben Uhr auf, fahre nach Ciampino (wo ich endlich eine Stelle als Lehrer habe, für 20.000 Lire im Monat), arbeite wie ein Wahnsinniger (die Pädagogik ist meine Manie), komme um 15 Uhr zurück, esse und habe dann zu tun mit der Anthologie für Guanda[1], zu der ich Dir nur sagen werde, daß ich mich in dem gleichen Seelenzustand befinde wie die Alte in Casarsa, die eines Tages, als sie ihre Tochter kämmte, nachdem diese monatelang krank auf einem Strohsack gelegen hatte, zweihundert Läuse gefunden und gesagt hat: »Lassen wir die anderen für morgen.«

Ich umarme Dich zärtlich, lieber Spagnoletti, und grüß mir Sereni (meinen Leidensgefährten, denn wenn es darum geht, uns zu bezahlen, scheinen Deine Landsleute jenes Überschwangs zu entbehren, der sie bei anderen Gelegenheiten kennzeichnet: als friaulischer Flüchtling verstehe ich in Dir sehr gut den Tarentiner Flüchtling).

Dein

Pier Paolo

Beim Empfänger.
Maschinengeschrieben mit Korrekturen und Unterschrift von Hand. Es ist die Antwort auf einen Brief vom 19. Januar 1952, in dem Spagnoletti ihm unter anderem schreibt: »Nun hör zu; ein Freund von mir, Piero Chiara aus Varese, der Kritiker bei der katholischen Mailänder Tageszeitung »Italia« ist, möchte gern ein Büchlein machen, um eine Gruppe junger Dichter vorzustellen; und zu diesem Zweck hat er sich nicht nur an mich gewandt, um mich einzuladen, mit den paar Bröckchen, die ich in diesen Jahren geschrieben habe, teilzunehmen, sondern auch, um ihn bei der Auswahl zu beraten. Ich habe gedacht, daß Du ihm etwa zehn Gedichte und eine Kurzbio/Bibliographie schicken könntest.«

1 Vgl. *Poesia dialettale del Novecento*, Guanda, Parma 1952.

[Rom, März 1952]

Liebster Nico,

entzückend die beiden Chioggianer Sachen (aber auch das auf italienisch: azur hat sich sehr gut aufgelöst in festlich). Du solltest einen kleinen Canzoniere im Dialekt von Chioggia schreiben. (Vielleicht wird Ciceri[1] ein neues, regelmäßig erscheinendes »Quaderno romanzo« finanzieren).

Es ist vollkommen zwecklos, Penna Gedichte zu schicken: er schert sich sowieso um nichts. Allerdings hat er immer noch vage im Sinn, über Dein Friaulisch zu schreiben (beachte, daß er seit mehreren Jahren keine Zeile geschrieben hat: es besteht also wenig Hoffnung). Weißt Du, daß der Held der Erzählung, die zu Unrecht als Tolstojs schönste betrachtet wird, an einer Wanderniere gestorben ist? Du bist blaß geworden, ich sehe es. Aber fürchte nichts: nach den künstlerisch beschriebenen Symptomen zu urteilen, handelte es sich wohl eher um Krebs. Doch Tolstoj wußte zu der Zeit noch nicht, daß eine Wanderniere harmlos ist. Ich freue mich über das Schicksal der *Pianti*: ich weiß nicht, ob Ideen von mir nützen könnten. Wenn ich eine äußern würde, wäre sie sicher längst überholt, hätten Deine Freunde sie auch schon gehabt. Sag ihnen jedenfalls, sie sollen versuchen, ein Hörspiel daraus zu machen, das ich dann vielleicht beim Radio unterbringen könnte (mit Verdienst für alle). Ich freue mich sehr, daß Du diesen Sommer nach Rom kommst. Was mich angeht, ich arbeite wie ein Wahnsinniger. Mach in den Briefen, die Du mir schreibst, immer eine Bemerkung zu meinem Vater (da er sie ja doch immer liest: Nachfragen, Grüße etc., Du weißt warum).

Ich umarme Dich zärtlich, mit allen Pier Paolo

Beim Empfänger. Maschinengeschrieben mit Korrekturen und Unterschrift von Hand. Antwort auf einen Brief vom 23. Februar 1952, in dem Naldini ihm u.a. schreibt:
»Meine Freunde und ich haben daran gedacht, in Venedig eine Theateraufführung Deiner *Pianti* zu organisieren. Nun sind die Dinge anscheinend gut vorangegangen: sie haben das Theater gefunden, klein aber chic, das Bühnenbild, die Musik.«

1 Luigi Ciceri, friaulischer Gelehrter, Verleger von *Tal còur di un frut* (*Dal cuore di un fanciullo*), Edizioni »Friuli« die Lingua friulana, Tricesimo 1953.

[Rom, Frühjahr 1952]

Lieber Spagnoletti,

ich möchte Dich um einen kleinen Gefallen bitten, vorausgesetzt, daß es Dich nicht mehr kostet als eine noch kleinere Mühe. Du müßtest Anceschi wissen lassen, daß der Essay über Ungaretti (»Un poeta e Dio«)[1], der unter einem Pseudonym am Wettbewerb für den Kritikerpreis »Le quattro arti« teilnimmt, von mir stammt. Natürlich nur, wenn Du nicht selbst teilnimmst und wenn Du meinst, daß es weder Dich noch Anceschi die *mindeste* Mühe kostet... Du verstehst, daß einem, der 21tausend Lire im Monat verdient und dafür fünf bis sechs Stunden am Tag in der Schule arbeitet, zum Teil verziehen werden kann, wenn er auf bestimmte Hoffnungen setzt und sich zu Machenschaften versteht, die ihn früher vor Empörung hätten erröten lassen.

Was machst Du? Ostern habe ich eine Karte von Dir erhalten (eine entzückende Karte, die auch bei meinen Eltern Rührung und Dankbarkeit hervorgerufen hat), danach habe ich nur indirekte Nachrichten rund um den bewegten Angelpunkt Deiner leidenschaftlichen literarischen Aktivität gehört. Über mich, über meinen plötzlichen Schiffbruch, gibt es, glaube ich, in diesen letzten Monaten nichts hinzuzufügen; ich warte auf den Sommer, damit ich ein wenig arbeiten kann. Es war mir noch nie in meinem Leben passiert, daß ich keine Zeit hatte zu schreiben: und jetzt sehe ich, zu welch entsetzlicher Unausgeglichenheit das führt, wie das ganze Lebensgefühl sinkt.

Ich umarme Dich herzlich, Dein

Pier Paolo Pasolini

Beim Empfänger.
Maschinengeschrieben mit Korrekturen und Unterschrift von Hand.

1 Vgl. *Passione e ideologia*, Einaudi, Turin 1985, S. 309–326.

[Rom, Juli 1952]

Liebe Silvana,

ich muß Dich um einen Rat bitten: ich möchte von Dir wissen, ob es Dir angebracht erscheint oder nicht, wenn ich Fabio schreibe, er möge sich darum kümmern, einen neuen Jungen in seinem Dorf[1] aufzunehmen. Es handelt sich um folgendes: Ich habe diesen Jungen in der Villa Borghese kennengelernt, am Abend des Premio Strega*, und dabei, als wir uns unterhalten haben, gleich seine Situation erfahren. Sein Vater ist tot (ich glaube, im Krieg gefallen), '48 ist dann die Mutter gestorben (er mochte sie offenbar sehr gern), die allerdings wieder geheiratet hatte: der Stiefvater hatte auch Kinder und hat diesen Eindringling völlig links liegengelassen. Und der hat jetzt weder Familie noch ein Dach überm Kopf: ab und zu arbeitet er als Elektriker, und in den Zeiten, in denen er verdient, schläft er bei einer Frau, die ihn fortjagt, wenn er kein Geld mehr hat. So verbringt er mehr als drei Viertel des Jahres im Freien, in dem Sinn, daß er keine Wohnung hat, und schläft und ißt in der Villa Borghese oder unter einer Tiberbrücke. Du verstehst, wozu das Elend einen zwingen kann: Ich weiß zum Beispiel, daß er einmal einem Schweizer Pilger einen Koffer gestohlen hat, was ihm ermöglicht hat, fünf oder sechs Monate zu leben, ohne noch mal zu stehlen. Doch ich versichere Dir, daß er kein Dieb ist. Er ist wie eine zerbrechliche Vase zwischen Eisenkrügen, dort in der Villa Borghese zwischen den echten Dieben, den echten Verbrechern. Er hat etwas schrecklich Ernstes, »Moralistisches«: er könnte so einer werden wie der Blonde aus Frosinone (erinnerst Du Dich?), ist innerlich schon ganz »erzogen«, in dem Sinn, daß er seine Mutter und die Erinnerung an ein normales Leben in sich trägt. Das nimmt ihm die Möglichkeit, einer vom Abschaum Roms zu werden, ein Dieb, ein Erpresser: aber es nimmt ihm auch die Freiheit. Ich kenne viele Diebe etc., die glücklich sind, auch wenn sie drei Tage nichts zu essen haben, und die sich dann, um zu essen, einen Blechnapf voll Suppe in einer Kaserne holen; sie sind frei, sie haben keine Erinnerungen, oder sie sind auf jene unbestimmte »sonnige« Weise glücklich, von der wir sprachen. Ich kenne die Armen dieser Sorte zu Hunderten, kann man sagen: aber es ist mir nie in den Sinn gekommen, mich an Fabio zu wenden; damit sie einen Ort hätten, wo sie schlafen und sich satt essen können, oder vor allem, damit sie umerzogen würden. Entweder hatten sie es nicht nötig, oder sie brauchten es zu sehr, ich weiß nicht. Dieser (er heißt Cristoforo, der Ärmste) liegt mir am Herzen. Stell Dir bloß vor, daß er mir, beispielsweise, zu verstehen gegeben hat, seine größte Qual (an jenem überaus heißen Nachmittag des Premio Strega) sei, daß er keine Seife habe, um sich zu waschen. (Denk an seine Garderobe, Silvana, ein Trikothemdchen, ein Paar Hosen und ein Paar Schuhe: das ist alles, was er besitzt. Er wäscht sich seine Kleider selbst am Tiber und wartet, nackt, bis sie wieder trocken sind). Nachts schläft er auf einer Bank in der Villa Borghese; angezogen, natürlich, und denk nur, daß eines Morgens, während er noch schlief, einer wie er (aber von der anderen Sorte) ihm die Schuhe geklaut hat, indem er sie ihm unbemerkt von den Füßen zog. Ich könnte Dir tausend weitere Episoden oder Situationen aus seiner Existenz erzählen: aber ich denke, daß es nicht nötig ist, daß Du erfaßt hast, was ich Dir sagen wollte, das ist ja im Grunde sehr kompliziert, weil jemandem, der mitten im bürgerlichen Leben steht, die notwendigen Daten fehlen, um die Wahrheit bestimmter Situationen zu begreifen, die er nur aus Zeitungsberichten kennt, durch entsetzlich konventionelle Benennungen, wo jeder Hauch von Wahrheit verlorengegangen ist. Du hast genug Phantasie, um diese Dinge in ihrer Wahrheit zu erahnen, auch wenn Du sie nicht aus der Nähe kennst: kurz, Du besitzt die Mittel, um sie menschlich zu sehen, auch wenn Dir ein paar Daten fehlen. Was ich unbedingt noch hinzufügen möchte, ist vielmehr, daß ich diesen Jungen nicht liebe (entschuldige, wenn ich so deutlich zu Dir spreche); sinnlich interessiert er mich nicht; mich interessiert sein Fall, und ich weiß nicht, was ich täte, um ihn aus seinem schrecklichen Zustand herauszuholen, dem eines Menschen, der sich, wenn er morgens beim ersten Licht in der Villa Borghese erwacht, sagt: »Wenn ich heute nicht stehle oder einen finde, der verkehrt herum ist, habe ich nichts zu essen.«

Ich wiederhole es, diese Überlegung stellen Hunderte von Jungen an, aber Cristoforo ist dabei voller Angst, *so wie wir es wären*. Jetzt erwarte ich eine prompte Antwort von Dir, Silvana: aber nimm's Dir nicht zu sehr zu Herzen, gräme Dich nicht: Denke in aller Einfachheit darüber nach, ob es möglich ist, diesen Jungen in Fabios Dorf aufzunehmen oder nicht. Wenn es nicht geht, tragen wir's mit Fassung; dann werden wir Cristoforo wieder seinem Schicksal überlassen, ich bin abgehärtet genug, um auch das zu akzeptieren...

Von mir habe ich Dir nichts Neues zu berichten: seit zwei Tagen habe ich Ferien, und jetzt warte ich darauf, diese Monate, rot und verwüstet, wie ein geschlachtetes Tier, unterwegs in den Vorstädten und am Tiberschlamm zu verbringen. Ich hoffe, daß ich auch ein wenig an meinem Roman[2] arbeite. Und Du? und Ottiero[3]?

Viele herzliche Grüße von Deinem

Pier Paolo

* Ich mache diese genaue Angabe mit dem Premio Strega, weil ich in der Nacht davor von Dir und Fabio geträumt hatte. Wir waren zuerst oben auf einem Hügel (vielleicht in etwa San Luca) oder einem Wohnhaus; dann sind wir mit einer Art rustikalem, großartigem Lift hinuntergefahren, der sich in weiten Bögen abwärts bewegte; da der Lift zu langsam ging, sind Fabio und ich ausgestiegen und vorausgelaufen. Fabio strahlte, und irgendwann, während wir vor dem großen Fahrzeug herliefen, von dem aus Du uns liebevoll zusahst, haben Fabio und ich angefangen, Ball zu spielen: es war ein wundervoller kleiner Ball, der in allen Regenbogenfarben glänzte.

Außerdem habe ich beim Premio Strega Luciano gesehen.

Bei der Empfängerin.
Maschinengeschrieben mit Korrekturen, Zusätzen und Unterschrift von Hand.

1 Vgl Brief vom 11. Februar 1950.
2 *Ragazzi di vita.*
3 Ottiero Ottieri, Silvanas Mann.

[Rom, Sommer 1952]

Liebste Silvana,

aus den Gründen, die ich Dir schon so oft gesagt habe, habe ich Dir nicht früher geschrieben: Dir zu schreiben, nimmt mich in Anspruch, und ich brauche einen freien Vormittag dazu; den habe ich bisher nie gehabt, auch weil unter anderem ein Cousin[1] von mir nach Rom heruntergekommen ist (der Dichter Nr. 2 der Familie), der mich sehr beschäftigt: ich befinde mich in einer ständigen, ermüdenden Spannung. Der Sommer ist für mich eine Wette, die ich nicht verlieren darf: ich zähle die Zeit nach Sommern, nicht nach Jahren.

Ich stürze mich Hals über Kopf hinein, mit einer wüsten, gleichgültigen Gefräßigkeit: ich esse nichts und sterbe vor Verstopfung, ich esse dauernd und bin leer. Die ersten Gewitter künden das Grab an, und ich erwarte sie mit einer inzwischen völlig mechanischen Bestürzung. Cristoforo[2] ist verschwunden: ich habe versucht, in der Villa Borghese Nachforschungen anzustellen, aber es war zwecklos, weil die anderen, die so wie er sind, ihn entweder nicht kennen oder sich überhaupt nicht darum kümmern, was ihm zustoßen kann, oder befürchten, daß ich mich nach ihm erkundige, weil ich bestohlen wurde oder ähnliches, und daher tischen sie mir die erstbeste Lüge auf, die ihnen durch den Kopf geht. Ich meinerseits habe ihn schon vergessen: ein Schicksal wird immer durch ein anderes Schicksal aufgewogen. Und Rom hat mich heidnisch genug werden lassen, um nicht an die Gültigkeit bestimmter Skrupel zu glauben, die typisch norditalienisch sind und in diesem Klima keinen Sinn haben; jetzt verstehe ich gewisse Haltungen voller Mitleid von Dir, so verschieden von meinen, so viel heroischer und positiver als meine (wenn auch ein wenig unschlüssig): Du hast Deine Ursprünge hier unten. Entsinnst Du Dich, wie wir (zu Zeiten, die mir sehr weit weg erscheinen) von Deinem Interesse an der »Beziehung« mit den anderen sprachen? Das war etwas, das für mich nach Geheimnis schmeckte, eingebettet in den »Mauri-Roman«: nun kann ich es besser fassen. Wer auf Grund ethnischer Tradition in einer Welt lebt, die von extrovertierten Menschen bevölkert ist, deren Geheimnisse, deren Anfälligkeiten sinnlich und nicht gefühlsmäßig sind, der kann nicht umhin, sich für die Beziehung als konkrete

Form eines an der äußerlichen Oberfläche gelebten Lebens zu interessieren, sozial im uranfänglichen Sinn des Wortes. Davon stammen vielleicht sowohl alle konventionellen Formen ab, die die konformistische römische und süditalienische Bourgeoisie kennzeichnen (und auch das Volk, aber auf eine poetischere Art: das Geschlecht, nicht die Religion, die Ehre, nicht die Moral...), als auch alle Formen »franziskanischer« Religiosität, ganz der Außenwelt zugewandt, aktiv, neugierig (siehe auch Fabio, dessen Berufung doch auch so ganz innerlich begann, wie Du ja weißt). Seit zwei oder drei Jahren lebe ich nun in einer Welt mit einem »anderen« Geschmack: ein Fremdkörper in dieser Welt und deshalb festgelegt, passe ich mich in einer sehr langsamen Bewußtwerdung an. Zwischen Ibsen und Pascoli (damit wir uns verstehen...) befinde ich mich hier in einem Leben, das ganz aus Muskeln besteht, umgestülpt ist wie ein Handschuh, in dem man immer alles erklären kann wie in einem dieser Schlager, die ich früher haßte, absolut bar aller Gefühlsduselei, in menschlichen Organismen, die so sinnlich sind, daß sie fast mechanisch wirken; wo man keine der christlichen Haltungen kennt, die Vergebung, die Milde usw., und der Egoismus erlaubte, männliche Formen annimmt. In der norditalienischen Welt, in der ich gelebt habe, gab es immer, oder zumindest schien es mir so, in der Beziehung zwischen Individuum und Individuum den Schatten eines Mitleids, das als Schüchternheit, Achtung, Angst, zärtliche Hingabe usw. Gestalt annahm: um sich in einer Liebesbeziehung zu binden, genügten eine Geste, ein Wort. Da das Interesse am Innerlichen, an der Güte oder Bosheit, die in uns sind, überwog, suchte man ja nicht nach einem Gleichgewicht zwischen Person und Person, sondern nach gegenseitigem Antrieb. Hier zwischen diesen Leuten, die vielmehr dem Irrationalen, der Leidenschaft hörig sind, ist die Beziehung dagegen stets klar definiert, gründet auf konkreteren Tatsachen: von der Muskelkraft bis zur gesellschaftlichen Stellung... Von der Hölle seiner Vorstädte umschlossen, ist Rom in diesen Tagen wundervoll: die schmucklose Unbeweglichkeit der Hitze ist genau das, was nötig ist, um seine Exzesse ein wenig zu dämpfen, um es zu entblößen und somit in seinen höchsten Formen zu zeigen. Ich dachte, wir würden es zusammen sehen... Aber Du hast etwas viel Besseres, dem Du Dich widmen mußt: etwas, was wie ein Wunder, was unsagbar[3] ist für mich, der ich so außerhalb aller Funktionen, so provisorisch und aus der Bahn geworfen bin; und mein Staunen ist um so tiefer und unbestimmter, da gerade Du es bist, die das Wunder wiederholt, daß Du es mit allen Anzeichen von Schrecken und Entzükken tust, die ich gut kenne, Dich in die Schemata der »anderen« versenkst durch jene Schwierigkeit, die Poesie ist. Das ist es, was nun in Deinem Leben zählt, was in unserer Beziehung zählt (und was mich vielleicht daran gehindert hat, Dir sofort zu antworten, aus einer Art Verwirrung und Befangenheit heraus, deren Gegenstand ich bin, und aus einer Art freudiger Erwartung, deren Gegenstand Du bist).

Alles andere hat recht wenig Wert. Sei nicht entmutigt, wenn ich etwas verspätet antworte: schreib mir, unterrichte mich laufend über Dein Leben und das Leben (das mir hinreißend vorkommt in seiner Zukünftigkeit, verstehst Du), das sich in Dir entwickelt.

Von mir habe ich Dir recht wenig mitzuteilen (der Dichter des Preises ist Ungaretti[4]; Anceschi kann Dir etwas dazu sagen, wenn Du ihn siehst): mein Leben ist wie üblich.

Viele herzliche Grüße, auch an Ottiero und die Deinen

Pier Paolo

Bei der Empfängerin.
Maschinengeschrieben mit Korrekturen und Unterschrift von Hand.

1 Nico Naldini.
2 Vgl. Brief vom Juli 1952.
3 Silvana wurde gerade Mutter.
4 Vgl. Brief an Spagnoletti vom Frühjahr 1952.

Rom, 21. Januar 1953

Lieber Contini,

Sie haben mein Buch vorgefunden wie einen alten, unerwarteten Freund: ich dagegen habe Sie dieses ganze Jahr stets an meiner Seite gehabt, das heißt, die ganze Zeit, die ich gebraucht habe, um die Anthologie zusammenzustellen.[1] Und sie werden das wohl merken: ich konnte selbstverständlich nicht jeden Augenblick die Quelle angeben, auch wegen der Undefinierbarkeit bestimmter Stellungnahmen von mir, die auf Sie zurückgehen, wegen der Unmöglichkeit, Seelenzustände zwischen Anführungszeichen zu setzen: einschließlich dem, mich meinem Vorbild so beschämend unterlegen zu fühlen.

Ihre denkwürdige Postkarte voller berühmter Unterschriften – von jenen Orten, wo die Friauler mich ausgestrichen und ersetzt haben – habe ich erhalten, ja: und schon längst wollte ich Ihnen antworten. Wissen Sie, daß zehn Jahre vergangen sind, seit Sie mir nach Bologna Ihren ersten kurzen Brief sandten, in dem Sie mir die Rezension der *Poesie a Casarsa* ankündigten? Der ganze Krieg und die Nachkriegszeit, und der Untergang der Nachkriegszeit: und wir beide, unbeweglich, in Bewegung mit der Zeit, auf zwei Gleisen, die so weit auseinanderliegen wie der Sempione und der Tagliamento, und so nah beisammen, denn es hat keinen Augenblick gegeben, kann man sagen, in dem ich nicht gespürt habe, wie Ihr erbarmungslos hellsichtiges und wunderbar gütiges Auge forschend auf den Zeugnissen meiner Verfehlungen und Tragödien ruhte. Entschuldigen Sie diese etwas freche Attitüde des Bilanzziehens: doch am Ende des Jahrzehnts verzeichne ich zu meinen Gunsten ein Gefühl der Freundschaft, das insgesamt gültig ist, nicht nur wegen der Spannung, die beinahe traurig ist, sondern auch wegen der Qualität. Ganz der Verdienst des Objekts, versteht sich. Haben Sie meine Karte aus Neapel erhalten? Wenn ich Ihnen nun noch sage, daß es sich um eine kleine »Vergnügungsreise« gehandelt hat, bedarf es keiner weiteren Worte, damit Sie daraus auf eine gewisse Besserung meiner Lage schließen können.

Jetzt lebe ich in Rom mit meiner Mutter und meinem Vater (der teilweise von seiner Krankheit geheilt ist oder, zumindest, seiner Krankheit entsprechend behandelt wird – so wie man mit einer geladenen Mine umgeht –: jetzt ist es fast rührend, wie er *durch mich* lebt); ich arbeite auch wie ein Neger, indem ich von sieben Uhr früh bis drei Uhr nachmittags in Ciampino unterrichte (für 20000 im Monat!), und außerdem arbeite ich auch ziemlich viel an meinen eigenen Sachen, vor allem an einem Roman, *Il Ferrobedò*[2]: Nachdem ich Penna ein wenig zurückgesetzt, verraten habe, bin ich nun sehr mit Caproni und Bertolucci befreundet (kennen Sie die beiden persönlich? Es sind, wie man so sagt, zwei Perlen), und, wenn auch mit viel weniger häufigem persönlichem Umgang, mit Gadda (der, wenn die gute Jahreszeit kommt, eine Reihe von Besuchen in der Vorstadt im Programm hat, mit meiner arabisch-italischen Wohnung in Ponte Mammolo als Ausgangsbasis, um sein *Pasticciaccio* zu Ende zu bringen). Hier haben Sie das neue, etwas weniger düstere Bild: aber aus Aberglauben bin ich vorsichtig mit meinem Siegesgesang...

Viele herzliche Grüße von Ihrem

Pier Paolo Pasolini

Beim Empfänger.
Maschinengeschrieben mit Datum, Unterschrift und Korrekturen von Hand.
Es ist die Antwort auf einen Brief von Contini, in dem dieser unter anderem schreibt: »...seit mehr als zwei Monaten war ich nicht mehr in Domodossola. Als ich gestern hinkam, erlebte ich die überaus freudige Überraschung (wie einer, der zurückkehrt, um einen alten Freund zu treffen), Ihre monumentale Anthologie vorzufinden, die dort mit einer Widmung, für die ich Ihnen dankbar bin, auf mich wartete... .«

1 *Poesia dialettale del Novecento*, op. cit.
2 Titel später geändert in *Ragazzi di vita*.

Rom, 10. Februar 1953

Liebster Leonetti,

zuerst habe ich Deinen Brief erhalten, der mich mit Rührung erfüllt hat. Vom »Sinn der Jahre« erfaßt, hätte ich beinahe geweint. Dann Deine beiden Bändchen[1], gerade heute, ich fand sie bei Tisch nach meiner Rückkehr aus der Schule: ich habe sie nur eben durchgeblättert und schon begriffen, daß ich einen Riesenartikel schreiben werde, einen häßlichen, weil er für eine unangenehme Illustrierte (Il Giovedì) bestimmt ist, aber publikumswirksam[2]. Ich habe Dir eine Unmenge Dinge zu sagen, über Dich, über uns, über unsere unvergeßliche und zu große Bologneser Zeit: seit Jahren schiebe ich eine schriftliche Aufarbeitung vor mir her, um sie aus der Welt zu schaffen, und es gelingt mir nie, so prall und nah ist sie mir noch. Ich wäre es wohl zufrieden, Dich und Roversi hier in Rom zu sehen, hoffentlich sehr bald sogar. Ich bin kein guter Esser und auch kein guter Unterhalter mehr, abgewrackt wie ich bin, enttäuscht, voll von einer inneren Klarheit, die zu nichts nütze ist außer dazu, Ruinen zu beleuchten: doch laß Dich nicht entmutigen, wir werden trotzdem zu Abend essen und plaudern. Ich werde einen Ochsen verspeisen.

Viele herzliche Grüße von Deinem

Pier Paolo

Beim Empfänger.
Maschinengeschrieben mit Datum und Unterschrift von Hand.

1 Vgl. *Antiporta* und *Poemi*, Libreria Palmaverde, Bologna 1952.
2 Vgl. *Il bolognese Leonetti* in »Il Giovedì«, 7. Mai 1953, und dann in *Passione e ideologia*, op. cit., S. 383–89.

AN CESARE PADOVANI – NOGARA (VERONA)

Rom, 16. Mai 1953

Lieber Cesarino,

entschuldige, wenn ich mich einfach unbekannt und ungebeten in Dein Leben einmische, sagen wir, in Dein literarisches Leben. Ich habe gerade (zufällig, weil ich nie solches Zeug lese) in »Oggi« einen Artikel fertiggelesen, der Dich betrifft: er ist recht pathetisch, um die Wahrheit zu sagen, und ein wenig demütigend für Dich. Versuche, Dich nicht angreifen zu lassen von der Schlechtigkeit dieser Leute, die zu allem fähig wären, nur um die Auflage einer Zeitung zu erhöhen, auch dazu (wie in Deinem Fall), sehr taktlose Exkurse in das Innenleben eines Menschen zu unternehmen und dabei den Umstand auszunützen, daß es das Innenleben eines Jungen ist… Paß auf; Deine Position ist sehr gefährlich: es gibt nichts Schlimmeres, als sofort zu einer »Ware« zu werden. Wenn Du ernsthaft malst und Gedichte schreibst, aus einem tieferen Grund und nicht nur, um Dich über Deine körperlichen Gebrechen hinwegzutrösten (oder gar, wie sie behaupten, aus therapeutischen Gründen…), dann hüte die Sachen, die Du machst, eifersüchtig, übe absolute Zurückhaltung damit: auch, weil Du ja noch ein Junge bist, und Deine Zeichnungen und Deine Gedichte nur das Produkt eines Jungen sein können. Abgesehen von, soweit ich weiß, Rimbaud und Mozart, sind alle Wunderkinder später mittelmäßig geworden, und ich denke, die einzige Möglichkeit, Dich davor zu bewahren, ist eben, daß Du Dich in Dich selbst verschließt und arbeitest, aber wirklich ernsthaft arbeitest.

Aber ich habe Dir nicht geschrieben, um Dir diese Dinge zu sagen: ich wollte mich nur mit Dir in Verbindung setzen, weil ich dem berüchtigten Artikel entnommen habe, daß Du Gedichte im Dialekt schreibst. Das macht mich unheimlich neugierig. Du mußt wissen, daß ich auch mit achtzehn angefangen habe, Verse im Dialekt (friaulisch) zu schreiben (allerdings hatte ich auch sehr früh begonnen, Verse zu schreiben, mit sieben Jahren: meine Krankheit war weder körperlich noch nervlich bedingt, sondern psychisch); ich habe dann weitergearbeitet in dem Versuch, mich nicht nur auszudrücken, sondern mich auch zu verstehen. Ein Dutzend Jahre ist seitdem vergangen, und nun, promovierter Literaturwissenschaftler und Lehrer (ich unterrichte solche Kinder wie Dich), bin ich mitten in meiner literarischen Arbeit. Ich schicke Dir einige Belege dafür: eine große *Antologia della poesia dialettale del '900*, die dieses Jahr beim Verlag Guanda in Parma erschienen ist, kann ich Dir nicht schicken, weil ich nur noch ein einziges Exemplar für mich habe.

All das schreibe ich Dir, damit Du über mich Bescheid weißt und mir ehrlich antwortest: warum schreibst Du im Dialekt? Oder wenn Du einfach nicht weißt, warum (es zu wissen, ist ein schwieriger kritischer Akt), warum liebst Du den Dialekt? Ich wäre Dir sehr dankbar, wenn Du mir antworten und mir eventuell ein paar Proben Deiner Dialektgedichte schicken würdest. Ich könnte sie völlig frei von aller journalistischen Schönfärberei, von der ich vorher sprach, beurteilen, und Dir eventuell den einen oder anderen Rat zur Technik oder Lektüre geben.

Ein Händedruck von Deinem

Pier Paolo Pasolini

Beim Empfänger.
Maschinengeschrieben mit Datum und Unterschrift von Hand.

Der Brief wurde nach der Lektüre eines Artikels in »Oggi« (21. Mai 1953) abgesandt. Cesare Padovani war fünfzehn Jahre alt. Durch eine bei der Geburt entstandene Gehirnverletzung waren sein Mund, sein rechter Arm und seine Beine gelähmt; unter großen Anstrengungen hatte er die Lähmung teilweise überwinden und lernen können, die linke Hand zu gebrauchen, um zu schreiben und zu malen.

Rom, 12. Juni 1953

Lieber Nico,

es tut mir leid zu wissen, daß Du im unanständigen Casarseser Sumpf steckst, was ja die Unmöglichkeit einschließt herauszukommen, und das ist Deine Schuld. Die einzige Art, da herauszukommen, ist zu arbeiten. Ich will mich hier nicht als Moralist aufspielen, aber ich bin wirklich zu der Überzeugung gelangt, daß die intensivste und sicherste Lust die ist, die man empfindet, nachdem man gearbeitet hat: der ganze Tag füllt sich und somit das ganze Leben. Ich empfinde jenes Gefühl von Unanständigkeit an den Tagen, an denen es mir nicht gelingt, etwas »Abgeschlossenes« zustande zu bringen: und manchmal bin gar nicht ich daran schuld, sondern einfach die Umstände. Du kannst Dir den ganzen Kalender mit »getaner Pflicht« füllen, warum machst Du es nicht? Letztendlich handelt es sich darum, einen leichten anfänglichen Ekel zu überwinden, die Fäulnis der Trostlosigkeit... Wenn Du wirklich nichts anderes tun kannst, schreib ein häßliches, verzweifeltes Gedicht, ein plumpes Stück Tagebuch: am Schluß springt schon etwas dabei heraus, was gilt. Kein Guicciardi, und nicht einmal eine Andeutung der anderen beiden Rezensionen. Es ist eine Schande. Außerdem warten Dell'Arco und ich darauf, daß Du uns sagst, wir sollen an Maier schreiben, und Du treibst dahin im niederträchtigsten Vergessen der Doktorarbeit. Hast Du gesehen, daß im »Giovedì« zu Bartolini das Stück von Colombi Guidotti herausgekommen ist, also wird Deines in »Letteratura« erscheinen. Grüße Bart.[1] vielmals und sage ihm, es sei nicht ausgeschlossen, daß auch ich im Laufe des Jahres an der einen oder anderen Stelle darüber schreibe. Ich bin immer verzweifelter mit Arbeit eingedeckt, so daß ich bald einen jener »Erschöpfungszustände« bekomme, auf die ich von der Höhe meiner Gesundheit bei den anderen immer so verächtlich herabgesehen habe. Da ist die Anthologie, da sind die Artikel für den Giovedì; neue Verpflichtungen für Paragone; zwei oder drei Stücke für den Rundfunk (unter anderem eine Erzählung, die mich wahnsinnig macht), und jetzt zeichnet sich auch noch eine andere Sache ab (zu anderen Zeiten wunderbar), nämlich das Drehbuch in Zusammenarbeit mit Gadda nach Erzählungen von Bandello... Naja. Zu all dem würde ich noch die Erzählung für Pordenone[2] (kein Stück aus dem »Ferrobedò«, nein; eher noch ein »Lied«[4] im friaulischen Milieu, das ich für Botteghe Oscure ins Auge gefaßt hatte) hinzunehmen, aber nur, falls Du mir wenigstens 95 Prozent Wahrscheinlichkeit zusichern würdest.

Ich umarme Dich zärtlich und mit Dir alle.

Pier Paolo

Beim Empfänger.
Maschinengeschrieben mit Datum und Unterschrift von Hand.

1 Elio Bartolini.
2 Um sich beim »Premio Pordenone« zu bewerben, der für erzählende Literatur verliehen wird.
3 Veröffentlicht in »L'approdo letterario«, April-Juni 1954, kommt dann mit Abwandlungen in *Il sogno di una cosa* vor.
4 Deutsch im Original (Anm. d. Übers.).

AN CARLO PASOLINI – ROM

Casarsa, 2. September 1953

ich habe einen Teil (30000) des Premio Pordenone gewonnen. Besser so als gar nichts.

Du wirst gesehen haben, daß ich einen Brief für Falqui dagelassen habe, und gewiß hast Du ihn schon eingeworfen.

In der Eile habe ich den Artikel über Cavani[1] mit den entsprechenden Gedichten auf einem Blatt, auf dem die Telefonnummer von Caproni stand, liegengelassen. Du müßtest Caproni anrufen, um Ulivis Adresse zu erfragen (die ich vergessen habe), und Ulivi das Päckchen zurückschicken: doch davor müßtest Du die drei Gedichte von Cavani, die mit einem kleinen Kreis bezeichnet sind, mit der Maschine abtippen.

Viele Küsse für Dich und die Mama

Pier Paolo

Bei den Erben Pasolini.
Handgeschrieben.

1 Zu Guido Cavani vgl. »Paragone«, Nr. 72, Dezember 1955.

Rom, 29. September 1953

Liebster Spagnoletti,

es ist Schicksal, ich muß meine Briefe immer damit beginnen, wegen der Verspätung um Verzeihung zu bitten. Aber Du weißt sehr wohl, daß dieser Brief in mir schon sehr lang, sehr liebevoll fertig war, bevor er sich in diesem außer verspäteten auch fatal unvollständigen konkretisierte (aber glaub mir, ich mache qualvolle Tage durch, um Guanda rechtzeitig die neue Anthologie[1] schicken zu können: und es ist wahnsinnig viel Arbeit: in zwei Tagen habe ich zum Beispiel dreitausend Villotten durchlesen und auswählen müssen!). Was Du über meine Kritik sagst, stimmt genau (nicht das Lob, das, fürchte ich ängstlich, verdiene ich nicht, sondern die psychologische Haltung von mir als Schreibendem). Man könnte eine lange innere Geschichte daraus ableiten. Bis zur Banalität vereinfacht: Ich wäre ein introvertierter Mensch, klinisch auf eine narzißtische Phase »fixiert«, d.h. nicht mit kognitiven Fähigkeiten, mit Fähigkeit zur Objektivierung, kurz, zum historischen Bewußtsein, ausgestattet. Dies biologisch; aber natürlich habe ich niemals beabsichtigt, der Natur nachzugeben, und so bin ich schließlich, durch eine Wechselfolge dramatischer innerer und auch anderer Ereignisse, »intelligent« geworden (wie alle mir sagen), während ich vorher nur »empfindsam« war. Natürlich weist meine Kritik Spuren dieses Leidensweges auf, so ersetze ich zum Beispiel Tiefe mit Scharfsinn etc. etc. Es ist für mich auf jeden Fall ein Sieg, auf den ich stolz bin: ich empfinde wirkliches »Interesse« für die Welt, für das, was mich umgibt, und im besonderen für die Bücher, die ich begutachte.

Es tut mir wahrhaftig leid, daß Dein Besuch in Rom sich verzögert. Ich denke, daß wir uns wirklich sympathisch sind, und daß diese Sympathie danach verlangt, durch Gewohnheit und Abneigungen gefestigt zu werden... Doch Du arbeitest ja viel, und ich verfolge Deine Arbeit: was eine sichere Art ist, einander nahe zu sein. Viele gute Wünsche für die Umgestaltung des Romans[2] und vor allem für den neuen Sohn (ein Glückwunsch, der mich erschüttert und beinahe ein kosmisches Weinen in mir auslöst). Ich würde mich glücklich schätzen, ein Büchlein für Serenis Reihe[3] vorzubereiten, besonders wenn Du und er mir bei der Auswahl helfen würdet, für die es mindestens vier Möglichkeiten gibt... Sag mir außerdem, wenn Du kannst, vorher wegen der Notiz im Approdo[4] Bescheid, denn ich möchte meinerseits dem guten Ciceri Bescheid sagen.

Eine zärtliche Umarmung von Deinem

Pier Paolo Pasolini

Beim Empfänger.
Maschinengeschrieben mit Datum und Unterschrift von Hand.

1 *Canzoniere italiano*, op. cit.
2 Vgl. *Le orecchie del diavolo*, Sansoni, Florenz 1953.
3 Bezieht sich auf eine im Namen Serenis ausgesprochene Einladung von Spagnoletti, eine »plaquette« italienischer Verse in einer Reihe der Edizioni della Meridiana in Mailand zu veröffentlichen. Ausgewählt wurde dann »Il canto popolare«, der 1954 erschien. [Dt. in: Pier Paolo Pasolini, *Gramsci's Asche*, Piper, München 1980].
4 Spagnolettis Rezension im Rundfunk über *Tal còur di un frut.*

AN VITTORIO SERENI – MAILAND

Rom, 5. Dezember 1953

Lieber Sereni,

ich schicke Dir einstweilen diese beiden »plaquettes«, sie sind, wie Du gewünscht hast[1], nicht anthologisch, sondern »Abteilungen« des Buches, stellen eine einzige Periode dar, die zudem bei beiden die gleiche ist: die Jahre unmittelbar nach dem Krieg, die ich im Friaul auf dem Land, das trifft besser zu als in der Provinz, verbrachte. Du weißt nicht, in welchem Meer von Ekel ich geschwommen bin in diesen Tagen, während ich die Auswahl vorbereitete: nicht, daß ich jene Jahre und jene Dichtung ablehne, aber die Sachen sind – für mich, nicht für die anderen, falls jemand meine Geschichte nicht kennt – wirklich vorbei. Ich wunderte mich, als Contini mir damals über meine Dekadenz schrieb, mich ein wenig wegen meiner Verfluchtheit auf den Arm nahm: denk nur, ich merkte das gar nicht. So geblendet war ich von meiner psychischen Abnormität, von der Fortdauer meines ganz privaten und unmitteilbaren Jungenlebens, von der Ungebildetheit des dörflichen Milieus, das mich umgab, wo ich kein Provinzler war (obgleich meinem Dandytum von damals Provinzialismus anhaftete), sondern ein Mystiker... Zu diesem nicht religiösen Mystizismus trug auch meine narzißtische Fixierung – ich meine das im klinischen Sinn – bei: durch sie lebte ich immer dem verpflichtet, was eine alte Religion »den Doppelgänger« nennt; und verschärft wurde die Spaltung noch durch meine sehr empfindliche, verzweifelte und naive Moralität – der Moralität eines nicht katholischen, aber, natürlich ohne daß es mit Croce zu tun hat, und so, wie mich ein Bourgeois bezeichnet hätte, »idealistischen« Jungen: daher lebte ich in einem manischen, beinahe abergläubischen Zwiegespräch mit meinem Gewissen, geführt nach den Regeln einer fast jesuitischen Kasuistik. Ich wechselte, wie es in der Adoleszenz geschieht, zwischen extremer Fröhlichkeit, in mir war die poetisch-religiöse »joy« der Provençalen, und Zuständen extremer Trostlosigkeit. Keine objektiv-realistische Fähigkeit also: die Welt war unerkennbar, außer in ihrer legendären und poetischen Gestalt. Daher kommt vielleicht eine gewisse größere Gültigkeit meiner friaulischen Dichtung, in der die Umwelt rein poetisch war, aber überhaupt da war...

Mein Gott, was für eine Tirade... Aber sieh es mir nach; ich habe, ich weiß nicht warum, ein wahnsinniges Bedürfnis, mich zu rechtfertigen, mich reinzuwaschen von all dem sündigen Irrationalen und von der Zärtlichkeit, die ebenfalls noch in mir besteht, für meine jugendlichen Abenteuer von damals. Von denen ich mich keineswegs ganz befreit habe, im Gegenteil, in diesem Brief zum Beispiel finden sich noch Spuren davon...

Nun, ich weiß nicht, bis zu welchem Grad diese Erfahrung von mir dokumentarisch ist und also für Deine Reihe in Frage kommen kann. Vielleicht eignet »Il canto popolare« sich besser (aber ich hege unendliche Zweifel, hier anderer Art): und wenn Du meine letzten Sachen vorziehst, warum könnten wir dann nicht »L'Appennino« (erschienen in Paragone, in der vor- oder vorvorletzten Nummer) und »Picasso« (erschienen in der letzten Ausgabe von »Botteghe Oscure«[2]) zusammentun? Hast Du sie gelesen? Wenn Du meinst, dabei könnte ein interessanteres Büchlein herauskommen, laß es mich wissen. Und es würde mich trösten, weil es sich um schon veröffentlichte und erprobte Lyrik handelt...

Entschuldige den sehr langen, erstickenden Brief und empfange meine herzlichsten Grüße.

Dein

Pier Paolo Pasolini

Beim Empfänger.
Maschinengeschrieben mit Korrekturen, Datum und Unterschrift von Hand.

1 In einem Brief vom 12. November 1953 hatte Sereni ausdrücklich gebeten um »...einen [aus dem Gesamtwerk herausgehobenen] Aspekt oder eine Gruppe von Gedichten, die einer genauen und eindeutig begrenzten Periode zuzuordnen sind: *keine* allgemeine kleine Anthologie«.

2 Vgl. »Paragone«, Dezember 1952; und »Botteghe Oscure«, XII, 1953. [Dt. in: Pier Paolo Pasolini, *Gramsci's Asche*, op. cit.]

Rom, 1. Februar 1954

Lieber Sereni,

ich bin froh über Deine Wahl; ich bin auch für »Il canto popolare«, obgleich er noch zu neu ist, als daß ich ihn auch von meiner eigenen Warte her beurteilen könnte. Generell ist es mir, falls die Gefahr besteht, daß alles Prosa ist, das heißt, daß ich – unverhüllt und schamlos – falle, lieber, wenn das bei der Beichte meines Verhältnisses zur Außenwelt geschieht, als bei meiner *Autobiographie*. Du behauptest, ich hätte Mut: mag sein, ich wäre froh darüber..., doch fürchte ich, daß ich zu bestimmten Entscheidungen *gezwungen* bin, gezwungen von einem Übermaß, von einer Gewalt, die beständig in meiner Psyche herrschen: sowohl damals, als ich mich vor allem für meine innerlichen Vorgänge interessierte, als auch jetzt, da ich mich auf das Äußere geworfen habe, weil ich versuchen will, so viel ich irgend kann, von diesem *nicht ich* kennenzulernen, das mir so lieb ist, dessen Gegebenheiten gegenüber ich so voller (angesichts meiner unglücklichen Erlebnisse und Existenzschwierigkeiten ungerechtfertigter) Dankbarkeit und Liebe bin.

Ich bemerke nun, daß ich, obgleich ich mich noch in denselben Jahren geformt habe wie Du, in der Tat nie nach der »Dichtung« gesucht habe, auch wenn ich von der Sehnsucht nach dieser Suche durchdrungen war und bis zu den Haarspitzen im Bewußtsein der Autonomie der Kunst lebte. Ich wiederhole es Dir: zu stark war damals die Gewalt meines psychologischen »Falles« (sinnlich und moralisch), zu stark ist nun die Gewalt meiner mehr oder weniger normal wiederhergestellten Beziehungen zur geschichtlichen Welt. Ich konnte nicht an die Dichtung denken (obwohl ich es zu tun vermeinte), wenn ich unter solchen Umständen die Feder in die Hand nahm bzw. nehme. Und wenn Du wüßtest, wie ich Dich um Dein Maß, Deine Ruhe, die Fülle zwischen Deiner affektiven Situation (die immer so mit dem psychologischen Hintergrund harmoniert) und Deinen Versen beneide... Wie auch immer, was den »Canto popolare« angeht, hoffe ich, falls er etwas taugt, daß er nicht wegen bestimmter Stellen der Landschaftslyrik wichtig ist, pathetisch, weil sinnlich und nostalgisch »L'Italia« nachahmend, sondern wegen eines anderen Pathos, das ich Dir nicht zu definieren wüßte, von dem ich aber sagen würde, daß es nicht mehr sinnlich und nostalgisch ist (zumindest in jenem Sinn). Was den Maler betrifft, weiß ich wirklich nicht, wen ich vorschlagen soll. Wäre Zigaina Dir recht?

Danke und liebevolle Grüße von Deinem

Pier Paolo Pasolini

Beim Empfänger.
Maschinengeschrieben mit Korrekturen, Datum und Unterschrift von Hand.
Beantwortet nachstehenden Brief von Sereni:

Mailand, 27. Januar 1954

Lieber Pasolini,

entschuldige, aber ich habe erst heute abend den »Canto popolare« noch einmal aufmerksam lesen können. Grosso modo ist meine Meinung folgende: in *Lingua* und auch in dem Teil der *Autobiografia*, den Du mir gesandt hast, ist Poesie enthalten oder jedenfalls direkter spürbar. Hier ist auch die Gefahr, vorgehalten zu bekommen, daß keine Poesie darin ist, oder nur dort, wo Deine Verse uns ins Klima des kleinen Poems »L'Italia« zurückversetzen. An dieser Stelle möchte ich den recht müßigen Vergleich nicht fortsetzen, sondern vielmehr sagen, daß außer Deinem üblichen Mut auch noch der vorhanden ist – ich weiß nicht, wie rar bei Dir, jedenfalls ziemlich rar über einem bestimmten Niveau –, die Gefahr in Kauf zu nehmen, häßliche Verse zu machen, wenn damit eine Sache gesagt werden kann, die dringlich ist und die, würde sie nicht gesagt, den schöneren Versen einen guten Teil ihrer Bedeutung nehmen würde. Ich weiß nicht, ob der »Canto popolare« in sich »das Licht dessen, der ist, was er nicht weiß«, trägt, aber heute ist er für mich interessanter als *Lingua*, wie ein wenig [unleserlich]. Ich bin also für den »Canto popolare«, und auch Saba hat »La Brama« und »L'Uomo« geschrieben, und man kann heute nicht umhin, diese Gedichte zu lesen, um viele Sachen von ihm zu verstehen.

Ich weiß jetzt nicht, was Luraghi und Guazzoni davon halten werden, das heißt die beiden Verleger-Herausgeber. Möglich, daß sie sich für *Lingua* einsetzen, aber ich werde meine These vertreten.

Wenn alles gut geht, müßte man Ende März herauskommen können. Ist Dir das recht? Was die Einzelheiten angeht, werde ich Dir einen verbindlichen Brief und – wenn möglich – einen kleinen Vorschuß schicken lassen, sowie alles feststeht.

Denk bitte inzwischen über ein Bild nach, das in das Bändchen hineinpassen könnte und das Du bei einem Dir genehmen Maler anfordern kannst.

Danke und einen lieben Gruß von Sereni

Wenn Du Bertolucci siehst, grüße ihn, aber sag ihm auch, daß ich sein Schweigen schwerlich entschuldigen werde. Grüß auch Bassani von mir, dem ich vielleicht bald schreiben werde.

Rom, 1. September 1954

Lieber Marin,

diesmal ist es nicht so, daß mir die Zeit fehlt, davon habe ich im Überfluß: aber ich bin auf morbide Weise faul, unfähig, mich irgendeiner Form von Schreiben zu widmen, aus einer Art angstvoller Ungeduld, einem Widerwillen heraus. Ich weiß nicht, was das ist: vielleicht eine Reaktion auf die übermäßige Arbeit in der letzten Zeit. Hoffentlich bleibt das nicht so: es ist schrecklich. Ich habe immerzu ein schlechtes Gewissen: die Ferien sind zwecklos gewesen, ich habe sie nicht einmal nutzen können, um mich gut auszuruhen, da mich die Sorge um diese Art Impotenz quälte. Zu denken, daß ich mit so vielem gerechnet hatte: die Anthologie zu beenden, den Roman fertigzuschreiben[1]... Und statt dessen nichts, in verzweifelndster Weise gar nichts. Und auf meinem Tisch liegt ein Haufen Briefe, die ich beantworten muß: Deiner obenauf. Es hat mich mit Rührung erfüllt, was Du mir in bezug auf meinen Cousin mitteilst[2]: wegen Deiner so unerschrockenen, wachsamen, unaufhaltsamen Güte. Leider kenne ich Nicos Situation: er selbst kannte sie allerdings auch, und ich denke, er hätte mehr Geduld mit seinem Direktor haben, alles schlucken müssen. Entschuldige, aber ich habe ein gewisses Recht so zu reden, weil ich mich ein wenig in der gleichen Lage befinde: immer hin und her zu fahren nach Ciampino, wie ich es mache, für 25 000 Lire im Monat, ist unerträglich. Und doch ertrage ich es... Nach dieser indirekten Strafpredigt an Nicos Adresse muß ich jetzt wohl zur Sache kommen. Dein Plan ist der beste, wie soll ich Dir danken? Ich bin Dir unendlich dankbar dafür. Ich werde mitmachen und Nico einige Zeit nach Rom kommen lassen, damit er mich in der Schule vertritt, denn da ich im Sommer so wenig getan habe, werde ich meine Arbeiten im Herbst vorantreiben müssen. Was meinen Onkel betrifft, denke ich, daß er im großen und ganzen bereit ist zu helfen: allerdings bin ich nicht die geeignete Person, ihn darum zu bitten. Als ich vor drei Jahren eine viel schlimmere Phase durchmachte als die, die Nico gerade durchmacht, hat nämlich mein Onkel mir geholfen und dafür beträchtliche Opfer gebracht. Wie kann ausgerechnet ich ihn jetzt noch einmal um solche Opfer bitten? Ich kann die Bitte um Hilfe unterstützen, falls sie von

Nico selbst oder von seiner Mutter gestellt würde. Im übrigen ist sicher, daß mein Onkel ihnen zur Zeit hilft.

Falqui habe ich jetzt sehr lange nicht gesehen: aber in ein paar Tagen werde ich ihn anrufen, um ihn nach Neuigkeiten zu fragen: Du mußt bedenken, daß dies eine tote Zeit ist, was Briefe angeht, weil alle Ferien machen. Was Gadda angeht, er ist sehr niedergeschlagen: er fühlt sich einsam und unglücklich. Kürzlich eines Abends sagte er mit einer gewissen Bangigkeit zu mir, trotz seines gewohnten Humors, daß er Angst hätte, zu sterben wie De Gasperi... Ich fürchte sehr, daß ihm nicht danach zumute ist, nach Triest zu kommen. Am ersten Tag, an dem ich ihn bei guter Laune antreffe, werde ich ihn fragen, was er von Deiner Einladung hält. Ich werde nicht ins Friaul hinauf kommen. Wir sehen uns dann hoffentlich hier in Rom.

Erhalte inzwischen die herzlichsten Grüße von

Deinem Dir immer mehr zugetanen

Pier Paolo Pasolini

Beim Empfänger.
Maschinengeschrieben mit Datum und Unterschrift von Hand.

1 Der *Canzoniere italiano* und *Ragazzi di vita.*
2 Nico Naldini.

Rom, 10. September 1954

Lieber Marin,

auch diesmal habe ich mich etwas verspätet mit der Antwort auf Deinen Brief, der so viele gute Nachrichten enthielt. Hoffentlich geht auch für Nico alles gut und er kann, wenn etwas Ruhe eingekehrt ist, endlich promovieren. Danach soll er nach Rom kommen, mit meiner und meines Onkels Hilfe wird er schon etwas zu tun finden: die staatlich anerkannte Schule zum Beispiel, in der ich arbeite, zieht in ein neues, dichter bevölkertes Viertel um und wird sich vergrößern...

Ich antworte Dir auch deshalb erst jetzt, weil Bassani mich in seinem Auto auf eine entzückende Rundreise durch Mittelitalien mitgenommen hat: Florenz, Arezzo, Assisi, Perugia, Todi, Spoleto... auf den Spuren Giottos und Pieros[1]... Ich bin gestärkt zurückgekehrt: hoffentlich kann ich nun wieder arbeiten, ich brauche es dringend: wenn die Unfähigkeit vom August angehalten hätte, wäre ich bestimmt krank geworden. Die einzige Möglichkeit, sich zu erlösen, ist zu arbeiten: sonst hat das Sündigen keinen Sinn, es ist die Hölle auf Erden.

Ich habe gesehen, daß im III. Programm, in der Reihe »Kleine Anthologie«, eine Sendung über Dich angekündigt ist. Außerdem habe ich das Stück für »Paragone« keineswegs vergessen: und Spagnoletti, der nach Rom ziehen wird, war sehr beeindruckt von Deinem Buch und wird bestimmt darüber schreiben. Leg also jede Verzagtheit ab und versuche, Dich auch wieder an die Arbeit zu machen...

Ich sende Dir meine besten Wünsche und die zärtlichsten Grüße, Dein Pier Paolo

Beim Empfänger.
Maschinengeschrieben mit Datum und Unterschrift von Hand.
Es ist die Antwort auf einen Brief vom 3. Sept. 1954, in dem Marin u.a. schreibt: »... Ich habe, genau wie Du – und es ist seltsam, gestern schrieb mir Santarcangeli das gleiche–, einen völlig unfruchtbaren Sommer gehabt. Auch ich mit tiefer moralischer Depression, und noch dazu habe ich den Glauben an den Wert meines Werks verloren. Bis hin zur Verzweiflung. Und ich habe keine Ferien gehabt, und es ist, als hätte ich die Erde seit hundert Jahren nicht gesehen. Nico hat mir *La meglio gioventù* gezeigt, ein herrlicher Band voller schöner Sachen.«

1 Vgl. *La Ricchezza*, in *La religione del mio tempo*, Garzanti, Mailand 1961. [Dt. in: *Unter freiem Himmel*, op. cit.]

AN ANTONIO ALTOVITI – LONDON[1]

Rom, 10. September 1954

Liebster Antonio,

danke für Deinen reizenden Brief. Du weißt nicht, wie sehr Du mich gerührt hast.

Ist es möglich, daß unsere Zeit schon so fern ist? Während ich Dir schreibe, komme ich mir vor wie die Gestalt eines Gedichts von Kavafis. Und Rom, rundherum, ist immer gleich: voller Wunder. Du weißt nicht, was weiße Bluejeans sind...

Ich umarme Dich fest, Dein

Pier Paolo

Beim Empfänger.
Maschinengeschrieben mit Datum und Unterschrift von Hand.

1 Antonio Altoviti, Filmausstatter aus Rom.

Rom, 26. Oktober 1954

Lieber Betocchi,

ich hoffe, Ihr habt mich nicht für einen Krypto-Kommunisten gehalten… Oder für einen Marxisten (wenn ich nur einer wäre!). Meine Position ist die eines Menschen, der ein Drama durchlebt: ich empfinde die bürgerlichen Vorstellungen in mir als entleert und mich reduziert auf rein Irrationales und christliche Liebe. Das ist eine Feststellung, keine These. Andererseits ist nichts an die Stelle jener Schemata getreten: es gibt kein anderes, nennen wir es grob umrissen so, Ideal, das mir für die Reinheit meines inneren Lebens dienlich wäre. Deshalb schaue ich mit Neugierde und Bangen auf das marxistische Ideal. Und das ist auch eine Feststellung. Ich weiß nicht, will nicht, kann nicht wählen. Aber da ich nicht wähle, lebe ich nicht ganz: ich lasse mich gehen in einer nur rein sinnlichen Liebe zur Welt, in einer vage christlich angehauchten Nächstenliebe. Wie kann man andererseits nicht bemerken, daß die bürgerliche Welt (und der gehöre ich durch Geburt und Erziehung bis in die tiefsten Wurzeln an) ihre historische Grenze überschritten hat, nur noch von ihrer Institutionalisiertheit lebt, nicht mehr von Geschichte? Sehen Sie nur die Korruption, die Scheinheiligkeit, die Konventionalität, die Trägheit, die Grausamkeit, den Egoismus, die um uns herrschen, in dieser italienischen Provinz der bürgerlichen Welt… Sehen Sie nur, wie die christlichen Werte in einer »Kirche« erstarrt sind, an die Sie glauben, der gegenüber Sie aber nicht so blind sein können, daß Sie etwa ihre einfachen Priester, nein, das sage ich gar nicht, aber die vatikanischen Oberhäupter nicht verurteilen – und nicht den grauenhaften reaktionären Geruch wahrnehmen, der von der Höhe des Petersdoms bis in die ärmlichsten Pfarrsprengel im Appennin den gesamten Kirchenkörper umweht… Ich glaube, daß sowohl ich, als auch Sie und Luzi »für das Volk« sind: stimmt's? Nun sehe ich, daß aus dem modernen Volk eine Partei geboren worden ist und mit ihr eine Ideologie und daher potentiell eine Kultur. Eine Kultur bringt als solche notgedrungen den Begriff von Realität wieder ins Spiel. Sind Sie wirklich zu sich selbst klar gewesen, als Sie in Ihrem Brief geschrieben haben: »Ich glaube nicht, daß die marxistische Kultur die Realität voll und ganz interpretiert, und man weiß, daß dies von dem Umstand abhängt, daß man sich zuvor darüber verständigen muß, was die Realität eigentlich ist«? Sie sind nicht klar gewesen, denn es ist offensichtlich, daß Sie, wenn Sie *vorher* festlegen, was die Realität ist, eine kulturelle Handlung vollziehen: in einem Kulturkreis, der *vor* dem Marxismus angesiedelt ist, nämlich dem bürgerlichen und katholischen: und somit ist ihr Anliegen ein reiner flatus vocis, da auf die Frage »Was ist die Realität?« ihre bürgerliche und christliche Kultur die Antwort schon bereithält. Und auf dieser Grundlage kann die etwaige marxistische Interpretation *nur abgelehnt werden.* Nun beneide ich Sie und die Angehörigen Ihrer Generation, die jene Antwort schon bereithalten: und ich beneide diejenigen, die an die noch potentielle Antwort der Philosophie von der marxistischen Gesellschaft glauben. Ich befinde mich im Leeren, weder hier (obgleich noch hier durch die Gewalt der Erinnerung, durch den Zwang einer Kindheit und einer Erziehung), noch dort (obgleich schon dort mit meinem Streben, mit der Sympathie für ein Leben, das sich erneuert und das einen Glauben anbietet, und sei es nur dadurch, daß es im Gange ist). All das ist skandalös: erstens, weil es einen Verrat an meiner Klasse beinhaltet und somit an vielen derjenigen (wie Sie), die die einzigen sind, mit denen ich einen Dialog der Liebe führe; zweitens, weil es keine Lösung gibt, weil der Mut fehlt zu einer endgültigen und männlichen Entscheidung für die andere Klasse und ihre Partei. Aber eine aufrichtige Position ist immer skandalös, das ist einer der unumstößlichen Grundbegriffe des Christentums, nicht wahr? Mir fehlt es nicht an Mut, ich fühle nur, daß in diesem Augenblick eine Entscheidung eine Verzweiflungstat wäre: eine irrationale Tat, die eine Form von Mystizismus verlangen würde, wenn ich mich für »dort« entschiede, eine Verzichthandlung, gefährlich und lasterhaft, wenn ich mich endgültig »hier« niederließe – um erlesene katholische und bürgerliche Ekstasen zu genießen. Vielleicht habe ich mich in meinem Artikel[1] nicht so gut ausgedrückt: doch Sie werden sehen, daß all dies besser in einem kleinen Gedicht gesagt ist, das ich gerade korrigiere und noch einmal durchsehe, und das bald irgendwo erscheinen wird[2]... Im übrigen mißfällt es mir keineswegs, daß mein Artikel Anlaß zu Zweifeln und Diskussionen gegeben hat: es war genau das, was ich, wenn auch nicht absichtlich, bezweckte. Wir haben uns schon so oft recht gegeben, wir waren so oft völlig einer

Meinung... Die schönen Zeiten sind vorbei.
Lassen Sie sich liebevollst die Hand drücken von Ihrem
Pier Paolo Pasolini

Beim Empfänger.
Maschinengeschrieben mit Korrekturen, Datum und Unterschrift von Hand.
Betocchi hatte am 19. Oktober 1954 geschrieben:

Lieber Pasolini,
[...]Ich gestehe es, was mich betrifft, ist es ein Artikel, der mir Zweifel einflößt: ich glaube nicht, daß die marxistische Doktrin die Realität voll und ganz interpretiert, und man weiß, daß dies von dem Umstand abhängt, daß man sich zuvor darüber verständigen muß, was die Realität eigentlich ist. Außerdem erscheint mir Luzis Bemerkung, daß der Marxismus sich nicht so sehr mit der Realität als solcher, sondern vielmehr mit ihrer Dynamik beschäftige, nicht so beiläufig wie Dir; mir scheint im Gegenteil, daß diese Bemerkung genau ins Schwarze trifft.
Ich stehe immer noch tief in der Schuld wegen Deines Buches, Vigorellis Artikel hat mir das deutlicher gemacht denn je.
Ich danke Dir von Herzen auch im Namen der Freunde: und sei aufs herzlichste gegrüßt von Deinem Betocchi

Am 14. November 1954 antwortet Betocchi auf Pasolinis Brief vom 26. Oktober:

Mein lieber Pasolini,
Dein Brief vom 26. Oktober verdiente gewiß eine etwas promptere Antwort. Aber inzwischen fehlt die Zeit zu allem. Gott wird uns verzeihen, wenn wir von den Bedürfnissen überwältigt werden. Und nicht einmal mehr die Zeit haben, das Gute vom Bösen zu unterscheiden. Wenn der Hauptakzent unseres Lebens auf dem Problem der ewigen Rettung des einzelnen läge, und dadurch auf dem Problem der Rettung aller, für die jeder von uns verantwortlich ist, dann, sei ganz ruhig, würdest Du Dich nicht bürgerlich fühlen, was dasselbe ist, wie »die bürgerlichen Vorstellungen« in sich als entleert zu empfinden. Es wird niemals möglich sein, daß eine Kultur die Welt interpretiert, auch die katholische nicht, wenn sie sich darauf beschränkt, eine Kultur zu sein. Christus allein interpretiert die Welt, das heißt, lebt sein Leben ganz zur Aufhebung des Dramas von Gut und Böse: verliert man das aus dem Auge, oder setzt man an seine Stelle irgendein anderes Ziel als das, zu leben und dabei mit Christi Herz in dem unseren zu kämpfen, während wir wissen, daß wir hier sind, um eine Gerechtigkeit zu säen, die positiv nichts weiter ist als die Gerechtigkeit, die den Verdiensten der Seelen widerfährt (und die Verdienste sind nichts als ein Leben mit Christi Herzen in dem unseren), verliert man das Gefühl aus dem Auge, daß wir nur für dieses Drama leben, dann entstehen offenbar all die Schwierigkeiten, von denen Du Dich gebeutelt fühlst.
Ich habe keine Kultur, mein lieber Pasolini, ich bin ein Mensch. Alle Auffassungen sind Kultur, aber bei Christus gibt es keine Auffassungen. Es gibt

nur das Evangelium, und Leben. Die Kultur tritt in das christliche Leben ein wie eine Schwester, nicht wie eine Ehefrau; man kann sich auch mit Hilfe der Kultur retten, aber aus Gründen der Brüderlichkeit, nicht weil man ein Recht darauf hat oder mit Gewalt. Kommunisten und Bürgerliche sind genau dasselbe. Es empfahl sich für Christus, von Samaritern und Pharisäern zu sprechen, als er sich der Dummheit der Welt mit ihren ungefähren Begriffen verständlich machen wollte.

Man muß in keinem Bereich Entscheidungen treffen. Man muß Christ sein in der vollen Freiheit, die von einem Bereich auf den anderen übergreift. Man muß als Christ sprechen und die Ausdrucksweisen der beiden widerstreitenden Parteien ablehnen.

Dein Stück erscheint in der Nummer von La Chimera, die gerade herauskommt, mit einer kleinen Nachbemerkung von Luzi. Ich habe sie nicht gelesen, aber ich weiß, daß es eine freundschaftliche Bemerkung ist. Und sei beruhigt, daß Deine Position nicht mit einer kommunistischen Position verwechselt worden ist. Wir haben uns überhaupt nicht geirrt. Es war gar nicht möglich.

Gott segne Dich, wie es Dein guter Wille verdient. Sei zärtlich umarmt von Deinem, da die Wahrheit ein Geheimnis ist, immer wenig klaren

Betocchi

1 Vgl. *Forse a un tramonto*, op. cit.

2 Vgl. »Le ceneri di Gramsci« in »Nuovi Argomenti«, November 1955–Februar 1956. [Dt. in: *Gramsci's Asche*, op.cit.]

Rom, 6. November 1954

Sehr geehrter Doktor,

Bertolucci sagt mir, Sie warteten darauf, daß ich mich melde. Wie das? Ich fühle mich etwas befangen, aus verschiedensten Gründen. Ich hatte Ihnen eine lange Erzählung versprochen, *Le zoccolette del Mandrione*, und vielleicht, falls es mir gelänge, meine unzeitgemäßen und naiven Skrupel zu überwinden, *Il Ferrobedò*[1]. Doch abgesehen von den Skrupeln habe ich einfach faktisch keine Zeit zu arbeiten. Wissen Sie, daß ich für ein Gehalt von fünfundzwanzigtausend Lire in Ciampino unterrichte und dafür morgens um sieben losfahre und mittags gegen zwei zum Umfallen müde zurückkomme? Um leben zu können, muß ich daher Auftragsarbeiten annehmen: und zusätzlich habe ich gerade einen Berg Druckfahnen auf dem Tisch liegen: eine Anthologie der Volksdichtung, die ich für Guanda zusammenstelle, sie ist sehr kompliziert und nimmt mich stark in Anspruch. Sie verstehen, daß ich unter diesen Bedingungen zur Zeit nicht für mich arbeiten kann: an dem, was mir am meisten am Herzen liegt. Es ist der ewige Widerspruch. Und entschuldigen Sie meinen Ausbruch... Mich plagt auch noch eine andere Art von Skrupeln: die Furcht nämlich, daß Ihnen mein Roman am Ende nicht gefällt. Deshalb sende ich Ihnen lieber gleich eine Probe: das sechste Kapitel, das vielleicht das beste ist und unter dem Titel »Ragazzi de vita« in »Paragone« erschien.[2] Bitte lesen Sie einstweilen diese Seiten...

Seien Sie sehr herzlich gegrüßt von Ihrem

Pier Paolo Pasolini

Beim Empfänger.
Maschinengeschrieben mit Datum und Unterschrift von Hand.

1 *Ragazzi di vita.*
2 In »Paragone« (Oktober 1953) veröffentlicht, wird es später das vierte Kapitel von *Ragazzi di vita.*

[Rom, November 1954]

Sehr geehrter Garzanti,

von vielen Seiten habe ich Komplimente für »Regazzi de vita«[1] bekommen: aber das Vergnügen, das Sie mir bereitet haben, mit dem distanzierten und beiläufigen Ton des Verlegers, hat mir sonst keiner gemacht... Und entsprechend wächst meine Sorge um die zukünftigen Entwicklungen... In großen Linien ist der Roman fertig: in meinem Kopf ist alles ganz klar (leider: denn so entsteht ein Mißverhältnis zwischen der Seite, die ich schon im Kopf habe, und der Seite beim Akt des Geschriebenwerdens). Um genau zu sein: der Roman besteht aus neun Kapiteln, von denen das I., das IV. (Regazzi de vita), das VI. vollständig sind; das III., das V., das VII. und das VIII. sind geschrieben, müssen aber noch in Ordnung gebracht und vervollständigt werden: das II. und das letzte müssen fast ganz noch ausgeführt werden. Da ich mich (und geben Sie acht, ich bin nicht faul) und diese Art Arbeit kenne, denke ich, daß ich noch etwa fünf bis sechs Monate brauchen werde (melius abundare), denn diesen Monat kann ich weniger daran arbeiten, weil ich andere Sachen fertigmachen muß.

Erschrecken Sie nicht (vom kommerziellen Standpunkt her): aber es ist unmöglich, die Handlung von »Ferrobedò« anständig zusammenzufassen, weil es keine Handlung im herkömmlichen Sinn gibt. Würde man zusammenfassen, bestünde die Gefahr, eine Reihe von Fakten aufzuzählen, und man bekäme den Eindruck eines Bilderteppichs. Meine erzählerische »Poetik« besteht (wie Sie in »Regazzi de vita« gesehen haben) darin, die Aufmerksamkeit mit unmittelbaren Angaben zu fesseln. Und das gelingt mir, weil diese unmittelbaren Angaben in einen idealen erzählerischen Aufbau oder Bogen eingepaßt sind, der dann mit dem moralischen Inhalt des Romans übereinstimmt.

Diesen Aufbau könnte man mit dem allgemeinen Tenor erläutern: die Nachkriegszeit in Rom, ein Bogen vom hoffnungsvollen Chaos der ersten Tage nach der Befreiung bis zur Reaktion der Jahre 50–51. Es ist ein genauer Zeitabschnitt, der den Übergang des Protagonisten und seiner Gefährten (Riccetto, Alduccio usw.) vom Kindheitsalter bis zur frühen Jugend umfaßt: oder vielmehr (und hier ist die

Übereinstimmung vollkommen) vom heroischen und amoralischen Alter zum schon prosaischen und unmoralischen Alter. »Prosaisch und unmoralisch« wird das Leben dieser Jungen (die der faschistische Krieg hat aufwachsen lassen wie die Wilden: als Analphabeten und Delinquenten) durch die Gesellschaft, die auf ihren Lebensdrang noch einmal autoritär reagiert: indem sie ihre moralische Ideologie oktroyiert.

Passen Sie auf, all dies besteht »vor« dem Buch: ich greife als Erzähler nicht ein. Genauso, wie ich nie direkt den Faschismus der Verantwortung am Bau jener Konzentrationslager anklage, welche die Römischen Vorstädte sind, oder auf die jetzige Verantwortung der Regierung zu sprechen komme, die das Problem nicht gelöst hat. All dies ist in die äußerlich chaotische, innerlich geordnete Menge der Fakten eingebunden.

»Il Ferrobedò« ist die römische Verballhornung von Società Ferro Beton, eine Eisenbetonfirma, die zwischen Monteverde Vecchio und Monteverde Nuovo in der Nähe des Vororts Donna Olympia (»den Wolkenkratzern«) eine große Fabrik hat. Dies ist die Matrix, die Umgebung, in die die Kindheit von Riccetto und den anderen eingebettet ist: zur Zeit der Befreiung ist sie ein Symbol für Verwüstung und Verwahrlosung: von den Deutschen zerstört, von den Leuten geplündert, dreckig, baufällig. Gegen Ende des Romans werden wir sie dann renoviert und wieder aufgebaut wiedersehen: als Symbol der Rückkehr zur Ordnung (nur ein Wächterhäuschen dort in der Nähe steht noch vollgeschissen und verlassen herum). (Beachten Sie, ich wiederhole es, daß diese Symbolik vollkommen in der Erzählung aufgeht.)

Zweiter Bezugspunkt, symbolisch gesehen (und nur für ein Schema nützlich), ist folgender: Riccetto fährt im ersten Kapitel mit einigen Freunden auf dem Tiber Boot – er ist »ragazzino«, ein kleiner Junge, aber schon mit allen Niedrigkeiten vertraut, ein Dieb, skrupellos etc. – und stürzt sich an einem bestimmten Punkt ins Wasser, um eine Schwalbe zu retten, die unter dem Ponte Sisto zu ertrinken droht. Im letzten Kapitel ertrinkt ein kleiner Junge, Genesio (eine der am »plastischsten« herausgearbeiteten Gestalten des Romans), im Aniene, und Riccetto, schon fast erwachsen, rührt keinen Finger, um ihn zu retten. Zwischen diesen beiden Momenten spannt sich der ganze erzählerische Bogen, von dem ich sprach, mit einem großen Andrang von Geschehnissen, kleinen Begebenheiten, Gestalten, Episoden »in progress«, im Mittelpunkt Riccettos (unsinnige und sich zum Gegenteil auswirkende) Umerziehung in der Besserungsanstalt von Porta Portese.

Das I. Kap. (»Der Ferrobedò«) erzählt die frühe Kindheit von Riccetto und C., mit Seitenblick auf die Deutschen, die Engländer, die Unterwelt der ersten Nachkriegszeit, die Korruption; Schauplätze: Donna Olympia und Ciriola.

Das II. Kap. (Titel steht noch nicht fest): fährt fort mit der Schilderung der Verbrecherwelt von Donna Olympia (Riccetto ist mit einer Gruppe von Betrügern zusammen, die das Spiel mit der gezinkten Karte machen), den ersten sexuellen Erfahrungen des dreizehnjährigen Riccetto (Dirnen und Homosexuelle) bis zum »Einsturz von Donna Olympia«, das heißt der Grundschule, wo die Familien von Riccetto und den anderen Jungen zusammengepfercht lebten.

Das III. Kap. »Eine Nacht in der Villa Borghese«. Riccetto zieht nach dem Einsturz in eine richtige Vorstadt, nach Tiburtino, wo er noch schlimmere Freundschaften schließt. Er lebt außer Haus, stiehlt oder Schlimmeres: einmal erlebt er finanziell glanzvolle Augenblicke, dann wieder muß er Hunger leiden, zum Essen zu den Mönchen gehen usw.

Das IV. Kap. ist »Regazzi de vita«.

Das V. Kap., »Die heißen Nächte«, ist die Geschichte von zwei ausführlicher geschilderten und bedeutenderen Diebstählen (begangen mit einer Gruppe kleiner Krimineller aus Torpignattara, die in der Villa Borghese schon bekannt sind). Zwischen dem ersten und dem zweiten Diebstahl lernt er (in pikaresk-boccacciohafter Manier, die zusammenzufassen hier zu lang wäre) ein Mädchen kennen und behauptet, er sei in sie verliebt, nur um ins heroische »Cliché« des Vorstadthalbstarken zu passen. Er beschließt, ebenfalls aus Exhibitionismus, ein ordentlicher Mensch zu werden, und organisiert inzwischen, um einen kleinen Ring für das Mädchen zu »verdienen«, den zweiten Diebstahl: bei dem alle seine Gefährten geschnappt werden; er entkommt, wird aber halbtot vor Müdigkeit und Hunger (durch Umstände, die zusammenzufassen hier ebenfalls zu lang dauern würde) aufgegriffen und in Porta Portese ins Gefängnis gesteckt für eine Straftat, die er nicht begangen hatte.

Mit Kap. VI (»Das Bad am Aniene«) beginnt der zweite Teil des Romans: seit dem letzten Ereignis sind etwa anderthalb bis zwei Jahre vergangen. Riccetto bleibt vorerst ein wenig im Hintergrund, während bestimmte Freunde von ihm aus Tiburtino hier hervortreten: Alduccio, Begalone, Cacciotta. Es ist der Tiefpunkt der Erzählung: die Vulgarität, die unmoralische Haltung all dieser Jungen (und zum Baden haben sich Dutzende von ihnen am Aniene eingefunden) wirkten endgültig und zum Verzweifeln. Nachdem sie die Größeren geplagt haben, verbrennen die Kleinsten Piattoletta, ein armes rachitisches Kind, »ein Opfer«, »ein Subjekt«, beim Spiel auf dem »Monte del Pecoraro« bei lebendigem Leib, indem sie als angebliche Rothäute einen Scheiterhaufen anzünden (im Roman wird allerdings nicht gesagt, daß es stirbt, es erleidet schwere Verbrennungen).

Das VII. und das VIII. Kap. (»Im Zentrum von Rom«) folgen Alduccio und Begalone auf ihrer lasterhaften Wanderschaft durch die nächtliche Stadt. Beide stammen aus grauenhaften Familienverhältnissen. Alduccio wird von seiner Mutter gehaßt, weil er nicht arbeitet. Angesichts der Gegenden und der Kreise, in denen sie sich bewegen, ist die sexuelle Begierde immer so leicht und hemmungslos bei ihnen, obsessiv. Beim Ponte Garibaldi treffen sie Riccetto und erleben mit ihm ein zwielichtiges Abenteuer, das sie in die Gegend von Donna Olympia (menschenleeres Baugelände) zur renovierten Ferro Beton führt. Sie treiben etwas Geld auf: damit gehen sie zum Campo de'Fiori, in ein Freudenhaus an der Via dei Cappellari. Alduccio macht dort eine schlechte Figur. Als er heimkommt, findet er die streitende Familie in einer Obsession von Elend und Haß. Er versetzt seiner Mutter einen Messerstich (ihre Kleider sind in Unordnung wie bei einer Hure).

Das IX. Kap. (»La commare secca«/»Der Knochenmann«, was ein Ausdruck von Belli ist, um den Tod zu bezeichnen). Wir sind wieder am dreckigen Anieneufer. Wie üblich Dutzende von Jungen. Alduccio versteckt sich dort im Unterholz. Aber wir werden später erfahren, daß seine Mutter nicht tot ist. Es sind auch einige kleine Jungen vom Ponte Mammolo dort verborgen (einer etwas zivilisierteren Vorstadt, wo Arbeiter und Kleinstbürger wohnen), die von den Jungen aus Tiburtino beschuldigt werden, Piattoletta verbrannt zu haben. Genesio, der Älteste der Geschwister, will die Großtat vollbringen, durch den Fluß zu schwimmen: und er ertrinkt dabei. Riccetto ist schon nicht mehr von den anderen zu unterscheiden, anonym: ein junger Mann, oder jedenfalls beinahe, der beim Ponte Mammolo als Handlanger arbeitet, eingeschlossen in den Egoismus, in die Unsauberkeit einer Moral, die nicht die seine ist.

Wie Sie sehen, gibt die Zusammenfassung nicht viel her: weil sie Ereignisse hervorhebt und unendlich viele Dinge vernachlässigt, denen im Roman die Funktion zukommt, »Spannung« zu erzeugen, was bei herkömmlichen Erzählungen mit anderen Mitteln bewirkt wird. Aber setzen Sie dieses abgehackte Gestammel, das weder Hand noch Fuß hat, mit dem erzählerischen Rhythmus von »Regazzi de vita« in Beziehung.

Entschuldigen Sie die chaotische Eile, mit der ich geschrieben habe: aber ich ertrinke in Arbeit.

Mit herzlichsten Grüßen und Dank von Ihrem

Pier Paolo Pasolini

Beim Empfänger.
Maschinengeschrieben mit Korrekturen und Unterschrift von Hand.

1 Vgl. Brief an Garzanti vom 6. November.

Rom, 17. November 1954

Liebster Betocchi,

es gibt nichts, woran ich mehr glaube, als an das, was Sie in Ihrem Brief schreiben[1]: die Freiheit des Ichs in Richtung Tief-Hoch, die eine metahistorische Richtung ist. Und das ist es, was mich nicht Kommunist sein läßt. Doch betrifft dies im Grunde mich selbst, meine persönliche Rettung: Erinnern Sie sich zufällig daran, was ich in meinem kleinen Poem über Picasso schrieb?[2] (Wenn eine Gesellschaft dazu bestimmt ist unterzugehen, *ist* unausweichlich, daß sie untergeht: ein Mensch nie)... Nun hätten wir uns (das ist immer so) über die Begriffe einigen müssen: ich verstand unter »Kultur« die Geschichte, wie sie sich derzeit manifestiert: daher ist jede Tat – im Grunde auch die rein praktischste – eine kulturelle Tat. Hat man diese Identifizierung Kultur-Geschichte vorgenommen, ist klar, daß unseresgleichen – der Nächste – auf dieser Ebene leben, und daß wir auf dieser Ebene unsere Liebe veräußern und greifbar machen müssen: eben die metahistorische Liebe Christi. Geben Sie acht, Christus hat, mit seiner Menschwerdung, die Geschichte akzeptiert: nicht die archäologische Geschichte, sondern die Geschichte, die sich entwickelt und also lebt: Christus wäre nicht universell, wenn er nicht in jeder historischen Phase anders wäre. Für mich bedeuten die Worte Christi: »Liebe deinen Nächsten wie dich selbst« im Augenblick folgendes: »Mach Strukturreformen«. Die Seele der anderen ist wichtiger als unsere eigene. Und darum bin ich überzeugt, daß es das Drama einer Wahl gibt: es handelt sich darum zu wählen, welchen Weg man einschlägt, damit die Gesellschaft zivilisierter und ökonomisch besser organisiert wird: das ist der erste Schritt, aber er ist wesentlich. Ich glaube, daß keine bessere Möglichkeit besteht, das Scherflein Liebe auszugeben, das wir besitzen... Ich danke Ihnen sehr, lieber Betocchi, und grüße Sie herzlich (mit Luzi), Ihr

Pier Paolo Pasolini

Beim Empfänger. Maschinengeschrieben mit Korrekturen, Datum und Unterschrift von Hand.

1 Bezieht sich auf Betocchis Brief vom 14. November.
Vgl. Brief an Betocchi vom 26. Oktober 1954.

2 Vgl. »Picasso« in »Botteghe Oscure«, XII, 1953; dann in *Le ceneri di Gramsci*, Garzanti, Mailand 1957.

[Poststempel: Bari, 28. Januar 1955]

Ihr Lieben,

gestern bei der Abreise habe ich – *natürlich!* – vergessen, Euch zu sagen, daß ich Sonntagabend gerne Elsa Morante und Moravia mit Zigaina und (wahrscheinlich) den Bassanis zum Essen einladen möchte. Wir wären genauso viele wie an dem Abend, an dem die Longhis gekommen sind. Also: vor allem anderen soll Mama eine Gewissensprüfung vornehmen und abwägen, ob ihr danach ist, in Ruhe die neue tour de force anzugehen.

Dann müßte Papa sofort Elsa Morante anrufen und sie fragen, ob sie und Moravia am Sonntagabend frei und verfügbar sind (Zigaina muß Montag abreisen, und ihm – sag ihr das – läge sehr viel daran, noch einen Abend zusammen zu verbringen).

Ich schreibe Euch per Eilboten und hoffe, daß Ihr die Sache so morgen früh erfahrt, anstatt morgen nach dem Mittagessen bei meiner Ankunft (wegen des Einkaufens).

Die Reise war ausgezeichnet, die Typen aus Bari sehr sympathisch und die Borboni ein Schauspiel.

Ich küsse Euch

Pier Paolo

Beim Pasolini-Archiv.
Handgeschrieben.

Rom, 28. Februar 1955

Ihr Lieben,

ich habe mit allen gesprochen, und alle waren sehr dafür, um einen diplomatischen Ausdruck zu benutzen: aber ich würde sogar sagen, insgeheim waren sie begeistert.

Was Titel[1] angeht, habe ich Romanò, Bertolucci, Bassani und sogar Gadda mit angesprochen, aber bisher, nichts. Ich lege Euch eine Liste[2] bei, der Genauigkeit halber, mache Euch aber darauf aufmerksam, daß mir keiner davon gefällt.

Ich habe mit Weaver[3] gesprochen wegen der Umfrage beim amerikanischen »Folder«: es geht. Gestern habe ich bei Falqui »Arlecchinata«[4] gesehen: ich habe es noch nicht bekommen und warte ungeduldig drauf...

Was meinen Artikel für die erste Nummer angeht, habe ich folgendes gedacht: eine Poetik oder ein Programm aufzustellen oder irgendwie einen Überblick zu geben, in der ersten Nummer, ist etwas, das einem auf den Wecker geht: es entspricht zu sehr den Erwartungen, ist zu naheliegend, wenn es direkt und offiziell gemacht wird. Daher habe ich gedacht, alles, was ich gerne sagen wollte, unsere Position etc., wäre wirksamer und konkreter, wenn indirekt ausgedrückt, vermittelt: ich gedachte also, mit einem Artikel über Pascoli[5] (im hundertsten Geburtsjahr) zu beginnen: erstens ist es ein wichtiges literarisches und kulturelles Ereignis (so kommt man ohne Umschweife zur Sache), dann ist Pascoli Emilianer, und eine gewisse emilianische Färbung ist gar nicht schlecht in einer Zeitschrift, die im Historischen scharf sein will und nicht etwas, das Gramsci dekadent oder kosmopolitisch nennen würde: schließlich und vor allem ist Pascoli, wenn man ihn in Funktion zur speziell zukünftigen linguistischen Ausrichtung durchleuchtet, ein ausgezeichneter Aufhänger, um einen Gesamtüberblick über das zwanzigste Jahrhundert zu geben, mit Urteilen, die aus Fakten abgeleitet sind, und nicht nur mit polemischen oder pamphletartigen Leitartiklersentenzen. Jedenfalls werdet Ihr das Stück zur abgemachten Zeit zu Gesicht bekommen und beurteilen, ob es geht oder nicht. Ich warte auf baldige Nachricht von Euch und umarme Euch inzwischen zärtlich, Euer

Pier Paolo

Bei Francesco Leonetti.
Maschinengeschrieben, Datum und Unterschrift von Hand; an Leonetti und Roversi geschickt.

1 Bezieht sich auf den Titel der Zeitschrift, die in Vorbereitung ist und dann »Officina« (Werkstatt) genannt wird.
2 Das Blatt ist verloren gegangen.
3 William Weaver, Musikwissenschaftler und Übersetzer italienischer Lyrik und erzählender Literatur ins Amerikanische.
4 Vgl. *Arlecchinata* von F. Leonetti, Sciascia, Caltanisetta 1955.
5 Vgl. *Pascoli* von P. P. Pasolini, in »Officina«, Nr. 1, Mai 1955.

[Rom, Februar/März 1955]

Appetit[1]

Obwohl der Polizeiarzt es nicht glaubt
hab ich, verrückter Kerl von einem ehemaligen
[Offiziersanwärter,
Appetit, und was für einen!
Sieben Straßenbahnen, etwa zwanzig Mopeds (davon
neunzehn sehr weit weg)
viele Autos, die viel Sonne lieben
Fünfundzwanzig ist er? – heißt der Refrain – er ist schon alt
Also, seit ich weiß, daß die Seher
ein achtzehnjähriges Opfer bestimmt haben
sitze ich hier und zittere beim Gedanken, daß es mich trifft,
aber das nimmt mir nicht den Appetit
Was Dänemark angeht, lieber Paolo, bin ich entschieden
[dafür
(man muß Ruhe zeigen)

P. P. P.

Beim Empfänger.
Maschinengeschrieben mit einem handschriftlichen Zusatz und Unterschrift.

1 »Zu jener Zeit bereitete ich mich mit vielen Unsicherheiten und Ängsten auf eine Reise nach Dänemark vor (in einer Studiengruppe, die die Coop. und ihre Gemeinschaftszentren untersuchte)«. (Aus einem unveröffentlichten Bericht von Paolo Volponi).

[Rom, März 1955]

Ihr Lieben,

ich antworte Euch zusammen, natürlich. Einverstanden mit dem langen und sehr lieben Brief von Leonetti: Ich habe die Antipoesie betont, bin ein wenig in die Rolle des Teufels geschlüpft. Daher ist es richtig, daß Ihr das Gleichgewicht wiederherstellt: Während ich auf die Geschichte bzw. auf den historischen Augenblick hinzielen werde, da ich die Dichtung als einen Beitrag zur Kenntnis und zum Ausdruck desselben begreife, werdet Ihr auf das Absolute, auf das Außerhistorische setzen, da Ihr die Dichtung als »Wahrheit« begreift.* Dieses zweite Moment ist auch in mir vorhanden, versteht sich, voller Kraft: so wie ich hoffe, daß das erste in Euch ist. Das Ergebnis, das daraus hervorgeht, ist, scheint mir, die Linie unserer Zeitschrift. Was die typographische Aufmachung angeht, werde ich ehrlich sein: die, die Ihr anstrebt, befriedigt mich nicht, denn sie ist, wie Romanò es genannt hat, extravagant und anomal, und, füge ich hinzu, neigt deshalb zu einer Form von Erlesenheit, in der sich das literarische otium verdichtet. Das Format, das Ihr mir schickt, ist wunderschön, aber nur, wenn es um zwei Finger verbreitert wird. Ich versichere Euch, daß es sich auch, wenn es zwei Finger breiter ist, noch bequem in die Tasche stecken läßt. Und auch, was das Frontispiz betrifft, versucht, einfacher zu sein. Aus Euren Gedichten, die mir sehr gut gefallen haben, würde ich folgende auswählen: Roversi: »Das Pferd«, »Männer im Wirtshaus«, »Peripherie«. Leonetti: »Lied auf der Geige«, »Chor der Arbeiter«, »Abschied«[1]. Fortini hat mir geschrieben, daß er im großen und ganzen die Mitarbeit annimmt. Ich warte auf die Antwort von Calvino und Sereni, die hoffentlich positiv ausfällt. Bertolucci und Caproni sind unser: Und Romanò ist uns so nahe, daß man beinahe erwägen könnte, ob man ihn mit in die Redaktion hineinnimmt. Doch wir werden sehen. Das Stück über Pascoli ist fast fertig, es muß noch gefeilt, ergänzt und abgeschrieben werden. Natürlich handelt es sich um einen Pascoli, der mit Blick auf die stilistische Institution und die Kultur des frühen zwanzigsten Jahrhunderts dargelegt wurde, in seiner propädeutischen und paradigmatischen Funktion für die spätere Zeit. Ich umarme Euch herzlich.

Euer

P. P. P.

* Titel, die mir beim Schreiben dieser Zeilen gekommen sind: »Der Beitrag der Poesie«. »Wissen und Ausdruck«, oder einfach »Wissen«. Titel, den mir Bassani vorgeschlagen hat: »Die reale Welt«.

Bei Francesco Leonetti.
Maschinengeschrieben mit Initialen von Hand.

1 »Officina« Nr. 1, Mai 1955, in der einige dieser Gedichte veröffentlicht wurden.

AN BIAGIO MARIN – TRIEST

Rom, 18. März 1955

Lieber Marin,

danke für Deinen lieben, und um so lieberen, da ein wenig ungerechten Brief: doch gerade aus Tiraden wie den Deinen, aus egoistischem Schweigen wie dem meinen entstehen die helldunklen Schwankungen einer echten Zuneigung. Das weißt Du wohl. Meinerseits, wirst Du sagen, ist es jedoch zu bequem, es zu wissen und nichts dafür zu tun. Was Dein Buch angeht, so wisse vor allem, daß ich es im Radio besprechen werde: es sollte diesen Monat sein, wird jedoch erst nächsten Monat stattfinden: aus Gründen, die nicht von mir abhängen. Und was meine Arbeitsbelastung angeht... glaub mir, sie ist fatal und gerechtfertigt. Ich habe keine Wurzeln praktischer und finanzieller Art auf dieser Erde: bis gestern unterrichtete ich, wie Du weißst, und machte mich dabei fertig für 25000 Lire im Monat. Jetzt gibt es einen Verleger, der meinen Roman will und mich bezahlt, und mir Übersetzungen im Ausland zusichert, es gibt einen Produzenten, der Drehbücher bei mir bestellt, die RAI [Italienische Rundfunkanstalt] und Zeitschriften, die Artikel von mir wollen: und ich kann und darf nichts ablehnen, weil noch nichts sicher ist, alle Wege rundum sind offen, aber keiner ist der einzige. Es ist ein schwieriger, dramatischer und schöner Augenblick für mich: wenn ich ihn überstehe, bin ich gerettet. Und ich muß ihn überstehen: für meine Mutter und meinen Vater, die mich in gewisser Weise versorgt sehen wollen und – da sie intelligent sind – nicht bloß rein praktisch, obwohl das wesentlich ist. Wie könnte ich sie enttäuschen? Ginge es nur um mich, ich könnte auch leben wie Dino Campana. Mich interessiert, bevor ich sterbe, die Welt, in der ich bin, zu »verstehen«, nicht sie durch irgendeinen Besitz zu genießen, der nicht der der Liebe sei. Also verbringe ich Wochen mit ununterbrochener, erdrückender Arbeit (ein Roman, eine Anthologie, an der ich in den Fahnen noch endlos weiterarbeite, ein Drehbuch, ständig neue Artikel, und jetzt, außerdem, die Redaktion einer neuen Poesiezeitschrift, die bald in Bologna herauskommen wird). Deshalb bin ich scheinbar so abwesend: und Du mußt mich ermutigen, nicht mir Vorwürfe machen. Ich umarme Dich mit größter Zuneigung,

Dein Pier Paolo

Bei den Erben des Empfängers.
Maschinengeschrieben mit Datum und Unterschrift von Hand.
Es ist die Antwort auf einen Brief vom 16. März 1955, in dem Marin unter anderem schreibt: »Seit eineinhalb Jahrhunderten hab ich nichts mehr von Dir gehört. Ich weiß, daß Du viel zu tun hast, eine Flut, die Dich überrollt. Das Seltsame ist, daß alle ringsum so viel zu tun haben, daß ihnen für ihre eigene Menschlichkeit kein Raum bleibt.

Ich bin noch ein Mann aus anderen Zeiten, in denen man Zeit hatte, in denen es Raum gab für das Gespräch, und auch Raum für die Betrachtung. Mir imponiert diese ganze Geschäftigkeit nicht, und wenn ich Dir die Wahrheit sagen soll, ich habe sie sogar ein wenig im Verdacht. Jedenfalls ist sie mir fremd. Ich bin wohl dem Gesetz der Pflanzen näher. Die allerdings, nach ihrer langen Winterruhe stets unbeirrbar, sicher wieder blühen. [...] Ich habe etwa hundert neue Gedichte zur Verfügung. Was, denkst du, soll ich tun? Sie nach umsichtiger Auswahl drucken lassen, wirst Du vermutlich sagen. Von wem? Soll ich wieder zu Dell'Arco gehen oder die Editionen in Treviso ausprobieren? Oder soll ich, auf den Preis achtend, bei irgendeiner Druckerei arbeiten lassen, die anständig druckt? Die »Sénere« haben keinen Anklang gefunden. Du selbst hast sie ignoriert. Aber ich werde anklopfen, mit meinen Gedichten, bis mir aufgetan wird.«

1 Vgl. *Sénere colde* (Heiße Asche), »Il Belli«, Rom 1953.

Rom, 13. April 1955

Sehr geehrter Garzanti,

hier also pünktlich der Roman.[1] Die Kopie, die ich Ihnen schicke, ist ein wenig verschmiert mit Korrekturen, aber es gibt einfach nicht die Zeit, sie noch einmal abzutippen ... Außerdem sind etwa dreißig Wörter unterstrichen, was bedeutet, daß sie auf Verbesserung oder Korrektur warten, die ich in den Fahnen anbringen würde. Ich habe gearbeitet wie ein Tier, und Sie können es sich vorstellen: jetzt kann ich nichts über meine Arbeit sagen, ich bin weder zufrieden noch unzufrieden, ich bin einfach erschöpft. Doch ich hoffe von ganzem Herzen, daß sie Ihnen nicht mißfällt: und sei es nur wegen der Dankbarkeit, die ich Ihnen schulde. Was die Schimpfwörter angeht, habe ich, wie Sie sehen, weidlich von Pünktchen Gebrauch gemacht: ich könnte (natürlich schweren Herzens) noch mehr einsetzen, wenn Sie es für angebracht halten. Die Jargonausdrücke scheinen mir alle verstehbar oder intuitiv erfaßbar zu sein: wenn man sie an manchen Stellen nicht versteht oder nicht intuitiv erfaßt, ist das nicht wichtig, weil es sich in solchen Fällen um einen Farbtupfer handelt, um einen Ausruf, der durchrutscht, ohne die allgemeine Klarheit zu beeinträchtigen, scheint mir.

Erhalten Sie die herzlichsten Grüße von Ihrem
sehr ergebenen

Pier Paolo Pasolini

Beim Empfänger.
Maschinengeschrieben mit handschriftlichem Datum und Unterschrift.

1 *Ragazzi di vita.*

Rom, 11. Mai 1955

Sehr geehrter Garzanti,

hoffentlich erhalten Sie diesen Eilbrief und den begleitenden Eilbrief mit den geänderten Fahnen, bevor Sie nach Rom aufbrechen, damit keine Zeit verloren geht.

Wie Sie sehen, habe ich alle unflätigen Wörter streng einheitlich durch Pünktchen ersetzt. Ich habe die gewagtesten Episoden abgemildert (Nadia in Ostia etc.: aber nicht die mit dem »Schwulen«, weil mir alle Freunde dazu geraten haben, und auch aus innerster Überzeugung), ich habe beachtlich gekürzt (aus dem II. Kapitel habe ich zwei oder drei Seiten – die kleinen Geschichten vom Riccetto – herausgenommen, aus dem VI. zwei Seiten und die ganze kurze Episode mit der kleinen Nutte im VII.), ich habe den Titel »Il Dio C...« gestrichen und das VIII. Kapitel mit dem davor verschmolzen. Kurz, ich habe alles getan, was ich tun konnte, mit viel gutem Willen. Ich hoffe, daß Sie mir das anrechnen. Dann habe ich dazu beigetragen, die Erzählung zu verdeutlichen (so daß sie weniger bestürzend und also weniger schwerverdaulich wirkt), mit kleinen Hinzufügungen, Daten usw. Abschließend: was den kommerziellen Erfolg angeht, weiß ich nicht, was ich sagen soll, da bin ich nicht bewandert: ich kann Ihnen aber sagen, daß ich Ihren plötzlichen Pessimismus hinsichtlich der, sagen wir so, handwerklich-stilistischen Realisierung nicht teile. Es ist ein Fehler zu glauben, daß der Roman stark gekürzt werden müsse (über die vernünftigen Streichungen, die ich vorgenommen habe, hinaus), weil gerade seine wuchtige und obsessive Konstitution entscheidend wichtig ist (vom künstlerischen Standpunkt her gesprochen): mit verringertem Umfang würde er ein neorealistisches Produkt, »abgespeckt«, wie Gadda sagt. Haben Sie Vertrauen: wenn er nicht die Auflage von Parise[1] erreicht, wird er doch ein vieldiskutierter Roman und somit nicht nur von Feinschmeckern gelesen werden. Es wird auf jeden Fall ein guter verlegerischer Coup (wenn auch nicht unter rein quantitativem Gesichtspunkt. Andererseits... alle guten Dinge sind drei... hoffentlich...). Sowohl Sie als auch ich haben in diesen Tagen (für mich waren sie geradezu dramatisch: Denken Sie nur, daß ich die Schule aufgegeben habe, ohne Arbeit dastehe und dieser Roman mein einziger Hoffnungsschimmer war...) Erfahrungen gesammelt mit dem Für und dem Wider: beide sehr heftig. Es wird ein aufregendes Abenteuer werden.

Empfangen Sie die herzlichsten Grüße von Ihrem

Pier Paolo Pasolini

PS.: Ich lege Ihnen diesen Ausschnitt aus dem »Messaggero« von gestern bei. Er könnte nützlich sein. Könnte man ihn nicht statt der üblichen Schmonzette auf die Umschlagklappe drucken?

Beim Empfänger.
Maschinengeschrieben mit Datum, Unterschrift, Korrekturen und Postskriptum von Hand.

1 Bezieht sich auf *Il prete bello* von G. Parise, Garzanti, Mailand 1954.

Rom, 19. Mai 1955

Ihr Lieben,

entschuldigt, daß ich Euch in Sorge gehalten habe: gleich, nachdem ich »Officina«[1] erhalten hatte, wollte ich Euch ein jubilierendes Telegramm schicken. Dann war der Augenblick vorbei – wie es so geht–, und ich bin in eine Reihe schrecklicher Tage mit Garzanti gestürzt: irgendwann sah es so aus, als sollte der Roman[2] nicht mehr veröffentlicht werden (wegen der Empörung der Buchhändler): ich habe Korrekturen und Kürzungen vornehmen müssen: und dabei fünf Kilo abgenommen. Es war mit die schlimmste Zeit meines Lebens. Gestern bin ich aus Mailand zurückgekommen und habe auf den Zwischenaufenthalt in Bologna verzichtet (der vom letztenmal war zu schön). Ich versichere Euch, daß Officina in diesem Rückschlag der einzige Trost war. Das Heft gefällt mir immer noch sehr gut. Ich finde keine Schönheitsfehler. Man muß so weitermachen (typographisch gesehen, sollte man allerdings versuchen, den Namen des Autors besser vom Titel abzusetzen). In diesen Tagen werde ich das kleine Poem[3] in Ordnung bringen; Romanò sitzt schon an der Arbeit für seine Analyse[4]; heute gehe ich zu Gadda und lasse mir die Fortsetzung geben[5].

Was die Verteilung betrifft: ich habe ein paar Kreuzchen ausgestrichen und viele andere zu denen, die Ihr gemacht habt, hinzugefügt; und ich habe die einzigen beiden Adressen dazugeschrieben, die ich wußte.

Ich umarme Euch mit aller Zuneigung.

Pier Paolo

Bei Francesco Leonetti.
Maschinengeschrieben mit Datum und Unterschrift von Hand.

1 Vgl. »Officina«, Nr. 1, op. cit.
2 *Ragazzi di vita.*
3 »I campi del Friuli«, op. cit.
4 *Analisi critico-bibliografiche*, op. cit.
5 Bezieht sich auf die zweite Folge von *Il libro delle Furie*, op. cit.

AN SILVANA MAURI – MAILAND

Rom, 23. Mai 1955

Liebste Silvana,

ich hätte nie geglaubt, daß die Wiederaufnahme unserer Korrespondenz in diesem prosaischen kurzen Brief bestehen könnte: noch dazu nehme ich an, er steht in krassem Widerspruch zu all Deinen augenblicklichen Interessen: es ist eine Bitte, eine Art Bettelei... Ich möchte nämlich, Daß Du Deinem Onkel Bompiani und Camilla Cederna zwei Zeilen schreibst und ihnen vorschlägst, beim Premio Strega für mich zu stimmen... Dein Onkel hat keine Gegenwartsautoren, daher denke ich nicht, daß ich mit meinem Ansinnen ins Fettnäpfchen trete... Ich mache dramatische Wochen durch: zuerst mit den moralistischen Korrekturen am Roman, im letzten Augenblick angebracht, mit Livio[1], der mit den Füßen aufstampfte: jetzt mit der Furcht, daß der Roman zu große Empörung auslöst oder gar einen Prozeß wegen Beleidigung der Moral nach sich zieht, und einstweilen, daß meine Teilnahme am Premio Strega mit einer ganz schlechten Figur endet. Nimm noch hinzu, daß ich keine Stelle mehr in der Schule habe, aus dem Drehbuch nichts wird und Garzanti sich beschämend kleinlich gezeigt hat. Ein hübsches Bildchen, hm? Dennoch bin ich recht stark und leichtsinnig und mache mir weiterhin Hoffnungen und Arbeitsprogramme. Und Du und Ottiero[2]? Wie geht es mit den ersten Annäherungsversuchen an Pozzuoli? Ich bin sehr neugierig auf Deine Berichte: aber in jedem Fall bin ich immer noch fest entschlossen zu kommen und einen der nächsten Sonntage bei Euch zu verbringen, möglichst mit Fabio[3], wie es abgemacht war.

Ich umarme Dich und Ottiero zärtlich
Dein

Pier Paolo

PS.: Viele Küßchen für die Kleine.

Bei der Empfängerin.
Maschinengeschrieben mit Datum und Postskriptum von Hand.

1 Livio Garzanti.
2 Ottiero Ottieri, Silvanas Mann.
3 Fabio Mauri.

[Rom, Juli 1955]

Liebster Franco,

es war, als hättest Du es geahnt: mir erschien es absurd, daß Du so besorgt warst, ob ich am 7. auch hier zu Hause wäre... Und jetzt bin ich wirklich nicht da. Die Sache kam blitzartig und unvorhersehbar: eine Filmgesellschaft – die Sache ist in zwei oder drei Tagen zustande gekommen – schickt mich nach Südtirol, um ein Drehbuch für einen Film mit Trenker[1] zu schreiben, in einer Rekordzeit. Das Skript muß Ende des Monats fertig sein, deshalb muß ich sofort abreisen: genau gesagt, fahre ich am Dienstag (und verzichte auch auf das Fest des Premio Strega, obgleich ich, wie Du vielleicht weißt, im ersten Wahlgang unter die ersten fünf gekommen bin, die das Rennen zu machen hoffen). Es tut mir wirklich leid, Dir diesen Verrat anzutun: ich reise mit einem Stachel im Herzen. Aber ich hoffe, daß sich wieder eine Gelegenheit bieten wird. Versuch, es mir nicht übelzunehmen: wirklich, es ist nicht meine Schuld.

Und empfange die herzlichste Umarmung von Deinem

Pier Paolo

PS.: Verfehle jedenfalls nicht, bei meinen Eltern vorbeizugehen und ihnen Deine Braut vorzustellen: sie werden überglücklich darüber sein.

Beim Empfänger.
Maschinengeschrieben mit einer Hinzufügung und Unterschrift von Hand.

1 *Il prigioniero della montagna* [dt.: *Flucht in die Dolomiten*].

AN WILLIAM WEAVER – FORT ROYAL (USA)

Rom, 4. Juli 1955

Liebster Bill,

hier hast Du meinen Roman[1]: wie Du siehst, ist es die zweite Auflage, und er hat schon eine kurze, aber verwickelte und aufregende Geschichte. Viel Begeisterung, ein paar entsetzliche Verleumdungen, Publikumserfolg, Diskussionen, Podiumsgespräche: er gehört zu den ersten fünf Anwärtern auf den Premio Strega etc. Ich hoffe sehr, daß er Dir gefällt und Du Lust hast, ihn zu übersetzen: Garzanti und Knopf sind immer noch in Verbindung.

Was das übrige angeht: was soll ich Dir sagen? In diesen letzten Monaten war ich von dem Roman bestimmt: erst mußte ich ihn fertigmachen, dann machte er mich fertig. Jetzt bin ich auf dem Weg nach Bozen wegen eines Drehbuchs: einen Monat werde ich dort oben verbringen, im verdammten Norden, gepeinigt von der Idee, den rasenden und wunderbaren römischen Sommer hinter mir zu lassen. Die Jungen sind noch schöner: und es sind Tausende, von der Sonne aus ihren Löchern gelockt. Sie fallen wie Heuschreckenschwärme am Tiber und in Ostia ein, und nachts an der Tiberpromenade. Dieses Jahr sind sie alle amerikanisch gekleidet: mit Cowboyhosen und atomic blue Trikothemden, und das Geheimnis des Geschlechts ist noch tiefer, leichter und quälender. Ich werde Dir aus Bozen die Adresse von dort oben schreiben, aber Anfang August werde ich, so Gott will, wieder in meinem Reich sein. Und Du? Ich hoffe, ausführliche Nachrichten von Dir zu erhalten: ich bin krankhaft neugierig zu erfahren, was Du tust, in Amerika. Du hast keine Ahnung, wie fern, unwirklich und riesig Amerika mir vorkommt: ich habe noch genau die gleiche Empfindung wie mit acht Jahren. Seit ich Dich kenne – aus Fleisch und Blut, und noch dazu hab ich Dich gern –, ist diese Empfindung nicht mehr haltbar: da ist ein Mißverhältnis, das mich sehr amüsiert, und auch rührt. Ich fordere Dich also dringend auf, mir ein Lebenszeichen zu geben von dort unten, aus der anderen Welt, von der anderen Seite des Erdballs, vom anderen Ende des Seins, vom Gegenteil der Geschichte und der Armut...

Ich umarme Dich mit großer Zuneigung, Dein

Pier Paolo Pasolini

Beim Empfänger.
Maschinengeschrieben mit Datum und Unterschrift von Hand.
Als Antwort auf diesen Brief schreibt Weaver ihm am 7. Juli unter anderem: »Ich danke Dir unendlich, daß Du mir den Roman[1] geschickt hast. Ich erwarte ihn gespannt und brenne darauf, ihn zu lesen. Sein Erfolg freut mich riesig, wie Du Dir wohl vorstellen kannst, ich hoffe, Du hast alle Kritiken usw. aufgehoben. Im September wirst Du sie mich lesen lassen. Ich wäre sehr glücklich, ihn zu übersetzen, wie ich Dir schon gesagt habe, wenn Du es mir zutraust. Deshalb wäre es, wenn Knopf entschlossen ist, ihn zu nehmen (oder sich gerade entscheidet), nicht schlecht, wenn Garzanti einen Brief schriebe, in dem er meinen Namen nennt. Ich könnte dann im August mit ihnen sprechen, wenn ich ein paar Tage in New York bin, bevor ich aufs Schiff gehe.

Lieber Pier Paolo, ich würde Dir so gern einen sehr *amerikanischen* langen Brief schreiben, um all Deine Neugierde zu befriedigen, aber leider ist das Leben, das ich führe, so uninteressant und so wenig typisch, daß ich Dir nicht einmal eine Vorstellung von Virginia vermitteln würde, selbst wenn ich Dir alle meine Handlungen von morgens bis abends aufzählte [...] Nicht einmal in New York habe ich ein sehr sinnliches Leben geführt. Ich war eine Woche dort und hatte so viele Freunde, die ich seit Jahren nicht sah, daß ich fast die ganze Zeit mit ihnen verbrachte. Gewiß, an Unkeuschheit schlägt New York Rom tausendmal; man kann nicht aus dem Haus gehen, ohne seltsame Begegnungen zu erleben. Die Theater, die Konzerte, *alle* Kinos sind ununterbrochene *fêtes galantes*.«

1 *Ragazzi di vita.*

AN SUSANNA UND CARLO PASOLINI – ROM

[Poststempel: Bozen, 7. Juli 1955]

Meine Liebsten,

alles geht sehr gut. Trenker[1] ist sympathisch, die Berge rundum auch. Ich schicke Euch die 250 tausend; entschuldigt die Eile, aber ich bin in der Post und draußen warten sie auf mich.

Ich umarme Euch mit aller Liebe und küsse Euch

Pier Paolo

Beim Pasolini-Archiv.
Handgeschrieben.

1 Vgl. Brief an Farolfi vom Juli 1955.

Ortisei, 17. Juli 1955

Liebster Bill,

ein kurzes, rasches Briefchen einstweilen, während ich auf die Antwort von Garzanti warte, dem ich sofort entsprechend geschrieben habe, wie Du es vorgeschlagen hast.

Dein süßer häuslicher Brief hat mir größte Freude gemacht: er ist eine kleine Odyssee im Vergleich zur Ilias der Western.[1]

Ich sitze hier oben zwischen fiesen und majestätischen habsburgischen Bergen: als ihr Gefangener, wie der Gefangene aus unserem Film, und schlimmer. Jedenfalls ist die Luft gut: ich arbeite und esse. Die kleinen Deutschen sind schön bis acht Jahre (zu wenig): dann beginnen sie, SS-Männern zu gleichen. Keuschheit, also. Das New York, das Du mir geschildert hast, ist mir sehr nahegegangen.

Schreib mir bald und sei liebevollst umarmt von Deinem

Pier Paolo

(Villa Trenker, Ortisei).

Beim Empfänger.
Handgeschrieben.
In seiner Antwort auf diesen Brief schreibt Weaver am 4. August unter anderem: »Gerade heute morgen habe ich *Ragazzi di vita* ausgelesen. Jetzt, wo ich es ganz gelesen und *sehr, sehr* bewundert habe, kann ich die enormen Schwierigkeiten ermessen, mit denen sich ein amerikanischer Übersetzer wird auseinandersetzen müssen. Aber wenn Du mich willst und Knopf auch, werde ich es mal versuchen.«

1 Vgl. Brief an Weaver vom 4. Juli.

Ortisei, 21. Juli 1955

Sehr verehrter Professor,

mit Verspätung habe ich hier oben in Ortisei Ihren Artikel[1] über *Ragazzi di vita* gelesen und kann Ihnen gar nicht sagen, wie er mich gefreut hat. Seit ich arbeite – seit 1942 also –, habe ich mir, glaube ich, keine kritische Stellungnahme mehr gewünscht als die Ihre. Es war eine Art unausgesprochene und ein wenig pathetische Wette mit mir selbst, von DEM Autor gelesen zu werden, der zusammen mit Ungaretti mein erster war, zur Zeit des Bologneser Gymnasiums: und der mich praktisch eingeweiht hat in die Lust an der Literatur. Seitdem sind mehr als fünfzehn Jahre vergangen, und was für Jahre, voller unterschiedlichster und heftigster Erfahrungen: aber Ihre Gewaltlosigkeit, ihre einfache und zärtliche Liebe zur Literatur bleiben für mich ein unauslöschliches Paradigma. Und ich bin glücklich, daß ich Ihnen all diese Dinge jetzt sagen kann, sei es auch in wenigen Zeilen und mit der dummen Schamhaftigkeit, die ich in solchen Fällen nie überwinden kann. Nun arbeite ich hier mit Bassani an einem Drehbuch; doch ich hoffe, daß ich, eben mit Bassani, bald nach Viareggio komme, um Ihnen die Hand zu drücken, das ist wirklich mein sehnlichster Wunsch.

Ihr sehr ergebener

Pier Paolo Pasolini

Beim Archivio Contemporaneo Gabinetto Vieusseux, Fondo De Robertis, Florenz.
Handgeschrieben.

1 Vgl. die Rezension von Giuseppe De Robertis in »Tempo illustrato« vom 21. Juli 1955.

[Poststempel: Ortisei, 23. Juli 1955]

Liebste Pitinicia,

ich hoffe, Dich mit diesem Brief schon in Casarsa anzutreffen. In dem Fall wünsche ich mir, daß Du eine gute Reise gehabt hast und nicht in den Zug nach Sestri Levante eingestiegen bist... Wie kommt es Dir vor, nach fünf Jahren wieder in Casarsa zu sein? Casarsa – scheint mir – hat sich verändert, ist unsympathischer geworden mit diesem modernen Gehabe, findest Du nicht? Schreib mir ausführlich, Du hast ja die Zeit dazu – natürlich nur, wenn Du Lust hast. Ich kann es gar nicht abwarten, Dich wiederzusehen: und zum Glück bin auch ich ein wenig abgelenkt durch die viele Arbeit, sonst würde ich den Gedanken, daß wir so lange getrennt sind, nicht aushalten.

Viele, viele Küsse

Pier Paolo

PS.: Grüß mir natürlich alle in Casarsa. Es ist seit vielen Tagen nicht mehr kalt.

Beim Pasolini-Archiv.
Handgeschrieben.
Die Mutter antwortet ihm am 28. Juli: »Du hast ganz recht: Casarsa hat sich sehr verändert: Ich kenne fast niemanden mehr. Es gefiel mir früher viel besser: der stille kleine Platz, wo auf einer Seite der Quellbach vorbeifloß, der bei Nordwind über die Ufer trat, und der steinerne Brunnen mit der Kette und dem Flaschenzug in der Mitte, über den die Zweige einer Weide herunterhingen, und die armseligen Häuser aus Feldsteinen, zwischen denen mir die Apotheke vorkam wie ein Schloß und unser Haus, obgleich kaum weniger ärmlich als die anderen, mir ein Palast zu sein schien. Wenn ich noch das Casarsa von früher finden will, muß ich auf die Landsträßchen und zum Friedhof gehen, wo ich sicher bin, die alten Frauen anzutreffen, die meine Freundinnen sind.«

AN SUSANNA PASOLINI – CASARSA

Ortisei, 28. Juli 1955

Liebste Cicciona,

wie geht's? Kommt es Dir immer noch so vor, als seiest Du nie aus Casarsa weggewesen? Das ist ein Eindruck, den man vielleicht im ersten Augenblick hat, dann beginnt man nach und nach, den Abstand zu spüren. Denkst Du wirklich, daß wir drei dort glücklich gewesen sind? Vielleicht nicht, da man ja nie glücklich ist: auch damals hatten wir unsere unglücklichen Momente oder waren uns zumindest nicht klar über unser natürliches Glück: und dies genügte, um jene Zeit allen anderen gleich werden zu lassen. Die Schlußfolgerung lautet, daß es immer besser ist, der Vergangenheit nicht nachzuweinen: und das Glück in den Gefühlen zu suchen, nicht in bestimmten Zeitabschnitten. Ich sage das auch wegen Guido, es ist besser, ihn nicht an eine bestimmte Zeit gebunden zu sehen, sondern frei und gegenwärtig in den Gefühlen. Was Dich betrifft, versuche unbedingt, Dich auszuruhen, nichts zu tun, zu schlafen, zu essen und gegen Abend über die Felder spazierenzugehen.

Ich arbeite viel, aber das Klima ist gut, und abends gehe ich dann meinem Vergnügen nach, zum Tanzen in überaus eleganten Hotels zwischen Brenner und Cortina. Bis bald also (allerhöchstens eine Woche bis zehn Tage) und

viele, viele Küsse

Pier Paolo

Beim Pasolini-Archiv.
Handgeschrieben.
Es ist die Antwort auf einen Brief der Mutter vom 25. Juli: »Ich bin schon viermal auf dem Friedhof gewesen; ich werde jeden Tag hingehen, um Guido auch von Dir zu grüßen und mich Punkt für Punkt an unser Leben zu erinnern, als wir alle drei glücklich waren.«

Rom, 3. September 1955

Lieber Fortini,

vor allem danke ich Dir für Deine wunderschöne Rezension von *Ragazzi di vita*[1]: und sie erscheint mir um so schöner, da sie als letzte kommt, nach einer Reihe von Artikeln, die mehr oder weniger plump oder zustimmend damit ringen, glanzlos und konformistisch die Richtung einzuschlagen, die Du mit soviel klarem und sprühendem Verstand vertreten hast. In sehr vielen Dingen hast Du recht: nur den Begriff von »Volk«, den Du mir zuschreibst, möchte ich mit Dir diskutieren. Ich müßte mehr Zeit haben (wie immer, seit einiger Zeit, leider, schreibe ich Dir beinahe heimlich; ich arbeite immer noch im Höllenkreis des Films), aber einstweilen will ich Dir folgendes sagen: was in *Ragazzi di vita* vorkommt, ist nicht das Volk, sondern das Lumpenproletariat: in Bologna oder in Mailand ist das etwas völlig anderes, und es würde mir nicht im Traum einfallen, es mit soviel treulosem Leichtsinn darzustellen: es gibt eine norditalienische »kommunale« Kultur und eine mittel- und süditalienische papistische oder byzantinische oder monarchische Kultur: das weißt Du genau. Ich weiß nicht, ob Du je in »Paragone« mein kleines Poem »L'umile Italia« gelesen hast, das genau diesen Unterschied zum Gegenstand hat. Das Volk, das im *Canto popolare* singt, ist das Volk, wie es vor der Industriekultur war: während der Schlußgesang (der Schlager) dessen, der »das ist, was er nicht weiß«, sich eben auf das Lumpenproletariat an der Schwelle zum Klassenbewußtsein bezieht, das zwischen dem Aniene und Eboli lebt...

Ich danke Dir auch sehr für den schönen und bewegenden beigelegten Text: er wird zusammen mit Deinen Versen in Nr. 3 von »Officina« erscheinen. Entschuldige den entsetzlichen, schlampigen und ungepflegten Brief: aber ich schaffe es nicht, mit mehr Ruhe zu schreiben. Ich kann es kaum erwarten, ein wenig ökonomisch gefestigt zu sein, damit ich einem Brief wie diesem ganze Nachmittage widmen kann...

Einen liebevollen Gruß von Deinem

Pier Paolo Pasolini

Beim Empfänger. Maschinengeschrieben mit einer Korrektur, Datum und Unterschrift von Hand.

1 In »Comunità«, op. cit.

Rom, 6. Februar 1956

Lieber Ferretti,

danke für Deinen Brief aus Perugia. Ich beneide Dich. Du bist dabei, die Welt zu entdecken: welch ein Rausch in Deinem Auf und Ab zwischen Zentrum und Peripherie, in einer Stadt, die zudem objektiv herrlich ist, auch für einen, der zehn Jahre älter ist als du. Etwas komisch Dein Skrupel in bezug auf die »Kultur«: werde Dir doch darüber klar, daß es auch ein kultureller Akt ist, wenn Du in Perugia »Klosterdüfte« riechst: in einem anderen Kulturkreis hättest Du sie nicht gerochen, glaubst Du das? Denk daran, daß ein Arbeiter aus Sansepolcro, der zwar Dein Zeitgenosse, aber auf einer unterschiedlichen kulturellen Ebene angesiedelt ist, nicht in der Lage wäre, sie wahrzunehmen, außer auf naturalistische Weise, und sie deshalb nicht erwähnen würde, linguistisch wären sie für ihn unwirksam. Er ist nicht von spätromantischen und von dekadenten Strömungen berührt worden. Er ist – wenn überhaupt – direkt von der Volkskultur zur marxistischen Kultur übergegangen. Dies sind Dinge, die weder Falqui noch die Klassizisten hören möchten. In einem Stück für die Rubrik im »Paragone« vom Februar[1] habe ich ein paar Zeilen über Dich geschrieben: oder vielmehr vorausgeschickt, weil ich im Begriff stehe, die Anmerkung für »Officina« zu schreiben.

Was Deine »Ode« betrifft, gestehe ich Dir (und Du verzeih mir meine Schwäche: es kommt ja nicht alle Tage vor, daß man Gegenstand einer Ode ist), daß ich sehr neugierig darauf bin, sie zu lesen. Schickst Du sie mir?

Ich grüße Dich herzlich, Dein

Pier Paolo Pasolini

Beim Fondo Ferretti, Jesi.
Maschinengeschrieben, Datum und Unterschrift von Hand. Auf dem Briefpapier von »Officina«.

Es handelt sich um die Antwort auf folgenden Brief von Ferretti vom 30. Januar:

Lieber Professor,

dies ist ein etruskischer Brief. Zur Selbstkasteiung bin ich seit 15 Tagen in Perugia.

Perugia: 100000 Einwohner; viele wunderschöne Frauen; ein Labyrinth von Gassen; Klosterdüfte; Weltstadtmanien. Es besteht nicht einmal die Gefahr, sich zu verlaufen: wenn man bergab geht, kommt man immer zur Peripherie, wenn man den Weg nach oben nimmt, kommt man unweigerlich im Zentrum heraus (das so groß ist wie der Boden eines Cognacglases).

1 Skrupel und 2 Hoffnungen: – als ich »Officina« las, ist mir der Verdacht gekommen, daß Kultur etwas Lebendiges ist und keine mumifizierte Asche. (Ich hoffe, daß das nicht übermäßig schlimm ist); – im ersten Monat des neuen Jahres habe ich ein langes Gedicht geschrieben (*Ode an Pier Paolo Pasolini*[2]). Bisher sind die »menschlichen Gestalten«, die mich inspiriert haben, Sie und Cannarozzo (abgesehen von der Masse anonymer und geschichtsloser Menschen). Ich hoffe, daß diese »Fähigkeit« Sie nicht beleidigt (vgl. *Lettere a Pier Paolo Pasolini* von M. Ferretti, op. cit., S. 68).

1 Nicht veröffentlicht.
2 Vgl. »Dalla ›Ode a un amico‹« in »Officina«, Nr. 5, Februar 1956.

AN EMILIO PAPA – BOLOGNA

Rom, 11. Februar 1956

Verehrter Papa,

hiermit melde ich mich. Ich melde mich, sonst nichts. Mit einem »offenen Brief«, wenn Sie so wollen. Nur schwerlich passiert es mir, Fragen wie der Ihren auszuweichen (außer es handelt sich eindeutig um Belästigungen): doch diesmal spüre ich, daß ich nicht dazu tauge. Nicht tauge, sage ich, was eine Antwort auf Ihre Umfrage angeht. Sonst würde ich versuchen, es hinzukriegen. Mein Urteil über die zeitgenössische Dichtung wäre, in unserem Fall, weder das Urteil eines Versemachers noch das eines Kritikers: gerade weil ich das eine und das andere mache, ich weiß selbst nicht recht, warum; vielleicht, weil ich mich seit vielen Jahren zwanghaft getrieben fühle, unbedingt und unter allen Umständen »Zeugnis abzulegen«. Deshalb könnte ich, selbst wenn ich Ihnen antworten wollte, nur analytisch vorgehen, nacheinander die Beispiele abhandeln, als Objekte einer Liebe, die zu einer undifferenzierten stilistischen Liebe wird, zu einem Interesse an allen Phänomenen: eine Tendenz, und zwar ausgelöst von der gegenteiligen Tendenz – aber identisch, da identisch erzeugt –, die Dinge nach einem Werturteil anzuordnen und einzustufen. Doch möchte ich Ihnen sagen, daß dieses Werturteil nicht literarischer Art wäre, daß es nicht jenem auf ontologische Weise literarischen Moralgesetz gehorchen würde, das die Entwicklung der poetischen Neuerungen des zwanzigsten Jahrhunderts bestimmt hat: es wäre vielmehr politischer Art. Und ich fürchte, daß die »zeitgenössische Dichtung« recht schlecht dabei wegkäme, als Produkt einer Gesellschaft, einer Nation: vom Experimentalismus zu Anfang des zwanzigsten Jahrhunderts über die Restauration zwischen den beiden Kriegen bis hin zum Neoexperimentalismus dieser letzten zehn Jahre. Dennoch – das braucht nicht extra hinzugefügt zu werden – hat es kleine und große Dichter gegeben. Aber das Urteil über jeden einzelnen kann anders ausfallen als das Urteil über die gesamte dichterische Epoche; obgleich der Spitzersche »Zirkel im Verstehen«[1] unweigerlich durch sie hindurch führt.

Herzliche Grüße von Ihrem

Pier Paolo Pasolini

Beim Empfänger.
Maschinengeschrieben mit Datum und Unterschrift von Hand.
Es ist die Antwort auf die Einladung, an einer Umfrage über die zeitgenössische italienische Dichtung teilzunehmen, deren Ergebnisse in der von Francesco Flora herausgegebenen Zeitschrift »Letterature moderne« veröffentlicht werden sollten.

1 Deutsch im Original (Anm. d. Übers.)

Rom, 6. März 1956

Liebster Calvino,

Deine beiden Briefe, der »offizielle Verlagsbrief« und der »persönliche«, haben mich mit Freude erfüllt. Was den ersten betrifft, muß ich allerdings leider ablehnen: ich habe mit Mondadori für die Reihe »Specchio« vor einem Jahr einen Vertrag für ein Buch, »L'umile Italia«, unterschrieben, das genau die sieben kleinen Poeme von »L'Appennino« bis »Le ceneri« enthält: nun habe ich dieses Buch zwei oder drei Tage vor Ablauf des Termins leider schon an Mondadori geschickt. Und ich habe es bereut, denn auch Garzanti, dem ich sehr eng verbunden bin (er zahlt mir ein Gehalt, damit ich an dem zweiten Roman weiterschreiben kann), will es jetzt um jeden Preis haben. Es hat sich so ergeben, was soll man da machen! Und dabei war es während der Adoleszenz mein ganzer Traum, meine Verse bei Einaudi zu publizieren (damals waren die »Occasioni« erschienen und Pintors Rilke).

Was Deinen zweiten Brief angeht, so müßte meine Antwort einen ganzen Band füllen. Aber ich überspringe alles, was ich Dir zur Anthologie sagen könnte, die Du, in ihren Absichten, als Dichter verstanden hast. Nur eine Bemerkung über eine gewisse Schwierigkeit meiner Schreibweise als Kritiker. Ich glaube, daß sie wenig gemein hat mit Garboli, Citati etc., was den Ursprung betrifft: denn ich habe '40–41 begonnen, kritische Sachen zu schreiben, nicht erst ein paar Jahre nach '45. Wie Du siehst, arbeite ich schon sehr lange: und bestimmte Traumata aus der Zeit, in der man sich literarisch geformt hat, sind schwer heilbar: das »Allusiv-Hermetische«, das Du in meiner Kritik noch durchhörst, ist vorerst, glaube ich, ein unvermeidliches Merkmal, das nur langsam erlöschen wird. Zudem bringt mein Hang zur Stilkritik – Spitzer-Devoto-Contini – mich ebenso unvermeidlich zu einer gewissen Schwierigkeit für nicht in die Fachsprache Eingeweihte (die jedoch sehr bequem ist und einem lange, ungefähre Umschreibungen erspart). Zu *Le ceneri di Gramsci* [dt.: *Gramsci's Asche*] hast Du sehr richtige Sachen gesagt: der Gramsci und Togliatti innewohnende Shelleyismus und der meridional-römische Geschmack der gesamten italienischen Arbeiterbewegung (Verschmelzungen und Zwitter, die die Antithese vereiteln würden, die ich in dem

Gedicht gerade als Gegensatz dramatisch ausgedrückt habe) ist etwas, das ich als objektiv real akzeptiere. Nur daß es für Dich auch in Deinem Innersten gilt, subjektiv, und für mich nicht. Und nicht wegen größeren Moralismus' meinerseits, aus dem heraus ich keinen Kompromiß, keinen Zwitter, keine Versöhnung akzeptieren kann. In gewissem Sinne bist Du viel rigider und moralistischer als ich. Aber in Dir hat eben, sei es aufgrund Deiner Psychologie als auch Deiner persönlichen Geschichte, ein solcher Kontrast keinen Sinn, er stellt sich als zwecklose Zeitverschwendung dar. Doch an einer solchen Vorurteilslosigkeit hemmen mich: 1.) Eine literarische Ausbildung, die vielleicht früher begann als Deine: ich war ab '37 schon mitten in der hermetisch-dekadenten Initiation, und zwar mit meiner üblichen Heftigkeit und Unersättlichkeit. 2.) Die Außergewöhnlichkeit meines Eros, der während meiner gesamten Adoleszenz und frühen Jugend ein massives und schweres Trauma darstellte. Tatsachen, dieses I. und II., die schwindelerregend rasch das bißchen Shelleyismus ansteigen lassen, das in Dir vorhanden sein kann – wie in Gramsci und Togliatti... Bis daraus nicht mehr eine vernachlässigbare Komponente, sondern eben eine antithetische »Quantität« wird. 3.) Die Tatsache, daß mein Bruder von den Kommunisten getötet worden ist, und sei es auch von Titos oder zu Tito übergelaufenen. Mein Bruder war das hochherzigste Geschöpf, das ich je gekannt habe. Er war noch keine 19 Jahre alt, als er zu den Partisanen ging, aus reiner Begeisterung und reinem Glauben an die Sache (nicht um zu fliehen, wie es so viele getan haben: er hatte noch keine militärischen Verpflichtungen, denen es zu entkommen galt). Er war mit kommunistischen Gefühlen aufgebrochen, dann war er dort oben im Gebirge durch eine Reihe von Umständen dem Kampfverband der »Osoppo« beigetreten und hatte sich in die Aktionspartei eingeschrieben. Natürlich hat er sich, mit der Osoppo, den Absichten Titos widersetzt, der sich Julisch Venetien und Friaul nehmen wollte, und nachdem er heldenhaft gegen Deutsche und Mongolen gekämpft hatte, ist er schließlich als Held gestorben, getötet von den verrückt gewordenen wilden Kommunisten. Deshalb ist für mich – der ich immer die KPI gewählt habe und mich als Kommunist fühle – die regelrechte Entscheidung, die uneingeschränkte Entscheidung so dramatisch und schwierig. Du mußt »Le ceneri di Gramsci« als etwas Persönliches von mir nehmen, nicht als etwas Paradigmatisches.

Was die Adjektive angeht, hast Du recht, tausendmal recht. Zwischen ihnen und mir besteht ein dumpfer Kampf, der oft mit meiner Niederlage endet: ich bin so schwach, daß ich einen gewissen Manierismus akzeptiere und einrechne, obgleich ich mich dafür schäme.

Ich umarme Dich mit Zuneigung, Dein

Pier Paolo Pasolini

Beim Einaudi-Archiv (Giulio Einaudi editore, Turin).
Maschinengeschrieben mit Korrekturen, Datum und Unterschrift von Hand.
Antwort auf zwei Briefe von Italo Calvino: einen, den die Redaktion des Verlags Einaudi gesandt hatte mit dem Vorschlag, die italienischen Gedichte *Le ceneri di Gramsci* zu veröffentlichen; und einen zweiten, »persönlichen«, am selben Tag abgeschickten, der nachstehend ungekürzt abgedruckt wird:

Turin, 1. März 1956

Lieber Pasolini,

dem offiziellen Verlagsbrief füge ich einen persönlichen an, weil ich Dir schon lange schreiben wollte, wie sehr mir der *Canzoniere italiano* gefallen hat, wie sehr ich ihn für ein schönes und wichtiges Buch halte. Die Auswahl ist von einer Schönheit, die wahrlich jede Erwartung und jede Hoffnung übertrifft. Ich habe es peu à peu ganz durchgelesen, und ab und zu blieb mir der Mund offenstehen. (Wie schön die friaulischen Sachen sind!) Deine Auswahl zeugt von großer poetischer Intelligenz. Sie allein würde genügen, um den Ruhm des Buches auszumachen.

Dann ist da das Vorwort, dessen allgemeine Ideen ich schon in den Auszügen geschätzt hatte, die Du vorab davon gegeben hattest, und das ich jetzt in seiner ganzen Reichhaltigkeit und technischen sowie poetischen und historischen und psychologischen Intelligenz sehe. Diese Art kleiner Porträts der verschiedenen Regionen durch ihre Gesänge sind wunderschön (und bieten mir eine sehr interessante Anregung zum Vergleich bei den Märchen). Die Poesie aus den ungeschliffensten und geizigsten Texten herauszuholen, ist die vornehmste kritische Übung, und die lehrreichste. Einerseits fand ich in Deiner Arbeit die Verfahrensweise wieder – und lernte –, die auch in meiner bei der ästhetischen Sichtung des Märchenmaterials vorhanden ist; andererseits habe ich, der ich sehr wenig davon weiß, »wie man Gedichte macht«, wie man den Gedanken in lyrischer Form organisiert, von diesem Buch mehr gelernt als von jedem anderen. (Aber, verdammt noch mal, warum schreibst Du so kompliziert? Ihr bringt gerade wieder den Geschmack am komplizierten Schreiben in Mode, das nicht dem flüchtig-ungreifbaren der Hermetiker gleicht, weil es vielmehr Bemühung um Genauigkeit ist, doch dahinter steht das universitäre Vergnügen à la Contini deutschen Ursprungs; mit der hermetischen Allusivität ist es allerdings gerade so viel verwandt, daß es eine altmodische Färbung bekommt. Ihr seid eine Mannschaft dort in Rom, Du, Citati, Garboli, nur weil Ihr ein paar Jahre nach '45 zu veröffentlichen begonnen habt, zack! ist Euch eingefallen, Euch wieder an die Rotröcke anzuhängen, was sonst keinem mehr in den Sinn käme.)

Also, ich wollte Dir folgendes sagen: daß Dein Buch nicht nur ein wichtiges Buch über die italienische Volksdichtung ist, sondern ein wichtiges Buch über Italien und ein wichtiges Buch über die Dichtung.

Es ist trostlos, daß so wenig davon gesprochen wird. Man weiß, daß die heutige literarische Kultur Italiens verwirrt ist angesichts solcher Studien, aber auch außerhalb der fachlichen Erörterungen gibt es über so ein Buch so viel zu sagen, daß es wirklich Zeichen eines allgemein sehr niedrigen Intelligenzniveaus ist, seine Bedeutung nicht herauszustellen. Auch Guanda schläft wohl den Dornröschenschlaf. So ein Buch müßte mit großen Diskussionen, Veranstaltungen, Radio, Fernsehen, Dokumentationen in den Kinos, Plakaten auf den Straßen lanciert werden, damit monatelang über nichts anderes mehr gesprochen wird. Wenn ich an die Kampagne denke, die E. zum Jahresende für die italienischen Märchen vorbereitet, schäme ich mich ein bißchen, daß ein Buch wie Deines, neuer und wissenschaftlicher als das meine und das eigentlich auch beim großen Publikum mehr greifen müßte, nicht die ganze Hervorhebung erfährt, die es verdient, und schließlich als Material für Fachleute angesehen wird. (Vidossi, der vom theoretischen Wissen her der Beschlagenste ist, gefällt es sehr, und er wird eine Rezension für den »Spettatore« schreiben, oder hat es schon getan[1].) Aber diese Schafsköpfe vom »Contemporaneo«, worauf warten sie noch, um dem Buch eine Doppelseite zu widmen?

Ceneri di Gramsci. Unglaubliche technische Bravour. Ganz und gar gedanklich verknüpft wie die »Sepolcri«. So schreibt man Gedichte! Und dieses Gefühl, daß Gramsci in Rom begraben endet – so sagte mir kürzlich Renato Solmi – wie der Bewohner von einem anderen Stern, ist wunderschön, und niemand hatte das bisher auszudrücken vermocht. Nur daß Du es mit Rom hältst, im Grunde; und ich mit Gramsci. Außerdem ist alles, was »Landschaft« ist, sehr schön. Doch das eigentliche Thema des Gedichts erscheint mir schwach und nicht neu: der Gegensatz Revolution-Passion, logische Strenge-Vitalität birgt doch wohl kaum noch dramatische Spannung, da wir ja nie einen revolutionären Puritanismus gehabt haben, noch je haben würden, und die italienische Arbeiterbewegung eine äußerst meridional-römische Färbung angenommen hat. Und auch die Dyade: Proletariat als Protagonist der Geschichte – Proletariat als Natur ist sehr wackelig. Und Gramsci ist etwas anderes; man müßte diese und andere dramatische Seiten an ihm sehen, wie ja mehr als eine Anregung dafür vorhanden sein kann. Gramsci-Shelley als Gegensatz gegenüberzustellen, sagt gar nichts. Gramsci hatte so viel Shelley in sich, in seinem Geschmack als junger Mann, als er »Die Stadt der Zukunft« aufbaute, so viel neoklassische Romantik, »Sturm und Drang«, ein Ausdruck, der ihm damals so lieb war, und dem Togliatti von heute voller polemischer Nostalgie genauso, Togliatti, der Whitman übersetzte, Togliatti, der schreibt, »Gramsci war ein Heide«: wenn es je Shelleyianer gegeben hat, waren sie es. Aber das Gedicht ist dennoch schön und voller Dinge. Nur diese Adjektive »lasterhaft«, »schmutzig« etc., reitest Du darauf nicht etwas zu sehr herum? An einem gewissen Punkt wird es leicht, sich ganz auf die Adjektive zu stützen: entweder Du findest andere Möglichkeiten, oder Du landest im Manierismus.

Ciao. Wir reden noch darüber.

Calvino

Ich sitze hier und habe die letzte sprachwissenschaftliche Hürde in Angriff genommen: das Friaulische. Und nachdem ich immer wieder im Pirona geblättert habe, kann ich das jetzt auch lesen.

1 Nicht veröffentlicht.

AN LEONARDO SCIASCIA – RACALMUTO (AGRIGENT)

Rom, 31. März 1956

Liebster Sciascia,

ich danke Dir für Dein wunderschönes Buch[1]: aber wirklich wunderschön. Es hat mir nicht nur das normale Vergnügen bereitet, das man empfindet, wenn einem gelungene und notwendige Werke gefallen, sondern es hat meine Sympathie für Dich, und die war schon sehr groß, noch gesteigert bis zu einem echten, starken und gerührten Gefühl von Brüderlichkeit. Wie selten sind Herzen wie das Deine... Ich wünsche Deinem Buch Glück und Erfolg: aber ich sehe schon, daß es auf dem besten Weg ist...

Das legt Dir Verpflichtungen auf: vor allem – entschuldige, wenn ich etwas egoistisch argumentiere –, »Officina« die Studie über »Widerstandsdichtung« zu geben, die Du mir versprochen hast: wir wären bereit, dafür einen D'Annunzio von Pampaloni und einen Carducci von Garboli nach vorne zu verschieben. Während Dein Stück vorher nur erwünscht war, erscheint es mir und meinen Freunden jetzt dringend. Würdest Du es uns in etwa dreißig Tagen schicken?

Ich umarme Dich mit großer Zuneigung, Dein

Pier Paolo Pasolini

Beim Empfänger.
Maschinengeschrieben mit Zusätzen, Datum und Unterschrift von Hand.

1 Vgl. *Le parrocchie di Regalpetra.*

AN ANTONELLO TROMBADORI – ROM

Rom, 7. Juni 1956

Lieber Trombadori,

hier hast Du die Antwort auf den Artikel von Vann'Antò[1]. Ich hoffe, daß Ihr den Text vollständig stehenlassen werdet. Ich mache mich nun daran, auf die andere Polemik[2] zu antworten, die mich viel mehr in Anspruch nimmt. Meine Argumente wirst Du in ein paar Tagen lesen: aber ich will Dir hier vorab sagen, daß ich Dich im Geiste niemals zu den Ferrucci gezählt habe. Du bist unendlich viel wendiger, gescheiter und zugänglicher als Salinari und Dein Onkel[3]. Ja, ich habe sogar ausschließlich an diese beiden gedacht: gewiß nicht an Muscetta oder an Gallo oder an Cases... Salinari und Trombatore sind im wesentlichen rigide, unfähig zuzuhören, aprioristisch. Kurz, durch einen Provinzmoralismus gehandicapt. Du nicht. Und Dein »Perspektivismus« ist, wenn auch dem Anschein nach kompromittierender, in Wirklichkeit sehr viel problematischer und entwicklungsfähiger. Was das übrige angeht, verstehe ich nicht, warum Ihr Euch so aufgeregt habt über meinen Ausdruck, der rein chromatisch war, denn Ihr werdet doch nicht leugnen wollen, daß Ihr Euch wirklich in einem Augenblick der Krise, der Nachdenklichkeit und des Unbehagens befindet. Das ist natürlich, richtig, und wenn Ihr tatsächlich aufrichtig und ehrlich zu Euch selbst sein werdet, produktiv und voller Zukunft. Es handelt sich nicht mehr darum, die übliche, a priori vorhergesehene Selbstkritik zu üben. Die Sache ist viel ernster und wichtiger: und das sage ich Euch nicht als Gegner, sondern als Freund. Und ein Freund sagt die Dinge manchmal viel heftiger als ein Gegner, wie Du weißt. Hast Du »Officina« verfolgt? Hast Du meine Texte, in Prosa und in Versen, verfolgt? Wie kannst Du dann vier herausgerissenen, für sich genommenen Zeilen mehr Gewicht beimessen als einer ganzen, und Du kannst es nicht leugnen, leidenschaftlichen Arbeit? Wie kannst Du bezweifeln, ob wir uns im wesentlichen einig sind oder nicht, wenn Du aufmerksam meine Einführung zur Volksanthologie gelesen hast, zum Beispiel?

Ich grüße Dich herzlich, Dein

Pier Paolo Pasolini

Beim Empfänger.
Maschinengeschrieben mit Datum und Unterschrift von Hand.

1 Dies bezieht sich auf den Artikel von Vann'Antò über den *Canzoniere italiano*, der in »Il Contemporaneo« vom 2. Juni 1956 erschien. Pasolinis Antwort erscheint dann unter dem Titel *La poesia popolare* in der Rubrik »Briefe an den Direktor« in »Il Contemporaneo« vom 23. Juni 1956.
2 Bezieht sich auf den Artikel *La posizione* (»Officina«, Nr. 6, April 1956), der die Reaktionen der »Contemporaneo«-Gruppe ausgelöst hatte (9. Juni 1956). Pasolinis hier angekündigte Erwiderung ist *Una polemica in versi* (»Officina«, Nr. 7, November 1956).
3 Gaetano Trombatore.

AN LIVIO GARZANTI – MAILAND

Rom, 12. Juni 1956

Lieber Garzanti,

ich erhalte gerade den Brief, der mich über den Vertrag mit dem deutschen Verlag Herbig[1] unterrichtet. Ausgezeichnet, es war wirklich eine schöne Überraschung. Der Roman, an dem ich nun schreibe (und der ordnungsgemäß vorangeht), wird übersetzbarer sein, denke ich: weil Jargon und Dialekt – wenngleich auch noch ziemlich reichlich – weniger Bedeutung haben. Wie geht's? Und der Prozeß? (Entschuldigen Sie, wenn ich Sie daran erinnere: ich habe über dieses Thema ein Gedicht[2] geschrieben, um das mich Bassani für »Botteghe Oscure« gebeten hat; ich werde Ihnen vorher eine Abschrift davon schicken, damit Sie sehen, ob es dem Urteilsspruch zuträglich oder abträglich sein kann.)

Liebevolle Grüße von Ihrem

Pier Paolo Pasolini

Beim Empfänger.
Maschinengeschrieben mit Datum und Unterschrift von Hand.

1 Bezieht sich auf den Vertrag für eine deutsche Ausgabe von *Ragazzi di vita*, die dann nicht zustande kam.

2 Vgl. das Gedicht »Recit« in *Le ceneri di Gramsci*, op. cit.

Rom, 15. Juni 1956

Sehr lieber Contini,

am 4. Juli wird endlich der Prozeß stattfinden, von dem Sie wissen[1]. Garzanti (der, glaube ich, eine Million für den Rechtsanwalt herausrückt) hat klipp und klar mit mir gesprochen: Sie müssen Contini, Schiaffini und Ungaretti als Zeugen beibringen. Ich habe ihm versprochen, daß ich es wenigstens versuchen würde. Und hier bin ich, von mehr Pfeilen durchbohrt als ein heiliger Sebastian. Haben Sie zwei Tage, den 4. und 5. Juli, zum Wegwerfen? Wenn Sie es ohne großen Schaden einrichten können, so tun Sie es, ich bitte Sie. Ich lebe seit fünf Monaten mit diesem zermürbenden Fieber, mit dieser drohenden Angst: und das nicht ohne Grund, denn Sie wissen ja, es gibt den »Präzedenzfall«[2], und ich könnte wirklich im Gefängnis San Vittore landen (mir wäre es egal, aber ich denke an meine Mutter und meinen Vater). Einstweilen arbeite ich an dem neuen Roman (»Una vita violenta«), mit Liebe, aber auch verzagt und mutlos. Verzeihen Sie mir den Ton – etwas bedrückt und daher etwas erpresserisch... Doch was soll ich tun?

Ich grüße Sie mit herzlichster Zuneigung

Ihr

P. P. P.

Beim Empfänger. Maschinengeschrieben mit Datum und Unterschrift von Hand. Contini antwortet auf diesen Brief:

Florenz, 23. d. M. 1956

Sehr lieber Pasolini,

jenes Datum konnte, secundum quid, nicht schlechter gewählt werden. Ich habe Ihnen nicht sofort geantwortet, weil ich Ihren Brief Montag bekam, als ich gerade nach Perugia aufbrechen wollte; und da war ich über die Examenstermine noch nicht recht auf dem laufenden. Nun habe ich geklärt, daß die Doktorarbeiten vom 2. bis zum 4. diskutiert werden (es ist auch eine aus meinem Fach dabei), wonach ich erst nach Domo werde fahren können. Es tut mir außerordentlich leid, daß ich die Einschätzung, die ich im Radio vertreten habe, und die ja glücklicherweise auch gedruckt vorliegt[3], nicht im Gerichtssaal wiederholen kann (angenommen, daß der Richter mich als Zeugen akzeptiert hätte). Seien Sie nachsichtig mit mir; und danke für die Verse. Hals- und Beinbruch. Sehr herzlich Ihr Gianfranco Contini

1 Bezieht sich auf den Prozeß wegen pornographischen Inhalts von *Ragazzi di vita*. Pasolinis Brief ist der maschinengeschriebene Text von »Recit« beigelegt.

2 Bezieht sich auf den Prozeß wegen der Sache von Ramuscello.

3 Vgl. »Letteratura«, Nr. 17–18, op. cit.

Rom, 22. Juni 1956

Sehr lieber Arbasino,

ich schicke Ihnen die I., II. und IV. Serie zurück und behalte die III.[1], in der Absicht, sie – natürlich, wenn Sie einverstanden sind – in »Officina« zu veröffentlichen. Sie ist für mich die schönste und geschlossenste*. Auch die anderen enthalten eine Menge intelligenter und überraschender Sachen: doch oft handelt es sich mehr um Funkensprühen als um Feuer, mehr um Geschicklichkeit als um wirkliche Bravour. Und vor allem ist da immer ein gewisser Apriorismus: abgeleitet – das ja – aus einer Illusion: nennen wir es kulturelle Illusion, deren unmittelbarster Aspekt das Vertrauen in den absoluten Wert des Zitats ist, als sprachliches Trauma, das auf der Möglichkeit bedingter Reflexe beim (gebildeten) Leser beruht. Sie schießen oft leere Patronen ab: doch im besten Fall *glaubt* der Getroffene, wenn überhaupt, zu sterben, er stirbt nicht. Da diese Illusion tief in Ihnen verwurzelt ist, unternehmen Sie nicht die geringste Anstrengung, die abgeschossenen Patronen wieder aufzuladen (entschuldigen Sie meine ballistische Verallgemeinerung), und begnügen sich damit, die Zitate aneinanderzureihen, ohne sie zu assimilieren, ohne sprachliche Bemühung. Während es doch ganz klar ist, daß das Wort immer danach verlangt, unter schrecklichen Wehen verändert zu werden, ob es sich nun um ein Zitat, um einen Fachausdruck oder um ein ganz gewöhnliches Substantiv wie Rose oder Veilchen handelt. Sie können nicht auf die schon von einem anderen gemachte Anstrengung zählen. All dies kommt bei Ihnen von einem gewissen Mangel an Konkretheit, an expressiver Körperlichkeit. Sie sind selten plastisch (außer wenn Sie die Plastizität »imitieren«), und Ihre Sprache ist kalt, klar und trotz der Abnormitäten sehr eingängig. Daher gelingt Ihnen Ihr »pastiche« (das definitionsgemäß den Ihren entgegengesetzte Begabungen verlangt) gut, solange die Intelligenz und die mimetische Fähigkeit Ihnen beistehen (und mit großem Eifer, würde ich sagen), während Hohlheiten, die geradezu von einem Gymnasiasten zu stammen scheinen, und wahre Naivitäten durchkommen, wenn es fadenscheinig wird: was recht häufig der Fall ist, da es an dem Grundübel Ihrer Operation liegt. Dieses Übel (entschuldigen Sie meine absolute Aufrichtigkeit) erwächst Ihnen ja aus einem gewissen Provinzialismus** (das wird Sie sehr schmerzen, ich weiß: Sie werden sich beleidigt fühlen: ich aber bleibe hart) und Ihrem jugendlichen Alter. Lesen Sie Ihre Seiten noch einmal durch, und Sie werden sehen, daß darin ständig (provinziell und jugendlich) das Problem der Sexualität und das Problem des literarischen Durchbruchs überwiegen. Diese Dinge wären ja als solche durchaus akzeptabel, ja mehr als legitim als Inhalt: jedoch hat Ihr »Apprendista Tebaide« allgemeinere und absolutere Ansprüche, und die unaufhörliche Rückkehr zu jenen Problemen ist ein Zurückfallen und vergeblich maskiert mit Geist und Gewandtheit. All dies (und entschuldigen Sie die Oberflächlichkeit und die Eile), um im Rahmen des »Apprendista« zu bleiben, um Ihre Bedingungen und Interessen wahrzunehmen: wollte ich objektiver und weniger in Briefform schreiben, könnte ich meinen kritisch-moralistischen Geist an Ihrer Weltanschauung üben, an Ihrer Art Polemik eines fortschrittlichen Bürgers, der eben deshalb anarchistisch ist und jene Institutionen zerstört, die Ihnen doch, in ihrem besten Moment, so sehr am Herzen liegen, mit so viel Gewalt dazu tendieren, Sie anzupassen.

Aber hier höre ich auf und grüße Sie herzlich, Ihr

Pier Paolo Pasolini

* Man spürt darin die »Mühe«, die gesunde und glückliche Anstrengung dessen, der eine Arbeit vollbringt, nicht des Menschen, der, mit höchster Intelligenz womöglich, mit nie nachlassender höchster Intelligenz, immer auf dem letzten Stand, spezialisiert bis zur Entzündung, eine Collage zusammenstellt. (Eine Collage der eigenen standardisierten Ängste, die durch den Jargon erkennbar und beinahe triumphierend gemacht worden sind. Sie geben sich privat extrem zerbrechlich und maudit – verzehrt vom entwürdigendsten Schmerz – und als Macher von Texten extrem hart und beinahe verächtlich.)

** Lesen Sie: die Einsamkeit in Voghera.

Beim Empfänger.
Maschinengeschrieben mit Datum, Hinzufügungen und Unterschrift von Hand.
Es ist die Antwort auf einen am 8. Juni in Voghera aufgegebenen Brief, in dem Arbasino unter anderem schreibt: »Ich muß Sie bitten, diese Art von

Zudringlichkeit zu verzeihen: wir haben einige gemeinsame Bekannte, Frau Banti, Professor Valeri, Pietro Bianchi... und ich habe schon länger Lust, Sie kennenzulernen, deshalb habe ich mir, ohne darauf zu warten, bis sich der ›Zufall‹ oder die ›Gelegenheit› anbieten, erlaubt, Ihnen diese Dinge zu schicken. Wären Sie so freundlich, sie zu lesen? Ihre Meinung würde mich sehr interessieren. Verzeihen Sie, wenn ich ein paar ›Hinweise für den Gebrauch‹ anfüge.«

Als Antwort auf Pasolinis Brief schreibt Arbasino am 30. Juni:

Lieber Pasolini,

ich bin Ihnen sehr aufrichtig dankbar für den wichtigen Beitrag und interpretiere allmählich Wort für Wort, was er bedeutet (aber leider ist der Augenblick nicht der »entspannteste« für eine solche Operation). Verdammt! Der größte Teil Ihrer Salve hat bei der »Tebaide« ins Schwarze getroffen, um die es ja ging, doch der eine oder andere Versuch, mir gewaltsam die Hand zu führen, wird gemacht, führt zu willkürlichen Schlußfolgerungen. Problem der Sexualität? des literarischen Durchbruchs? Niemals! In der »Tebaide« gibt es nichts Derartiges. Es wird Sie überraschen, wenn ich hinzufüge, daß dies das Thema meiner *Erzählungen* ist, und das sind meine Sachen, die wirklich zählen, aber jedenfalls kennen Sie sie NICHT.

Und warum haken nur alle bei dem Collagenteil ein? Weil er am längsten ist? Der ist doch nur divertissement, sotie, ein einziges »frou-frou«, zählt überhaupt nicht. Was einen Sinn hat, ist der eliotsche Schlußteil.

Was raten Sie mir? Es ist ja nunmehr eine »alte Sache«, liegt seit Jahren in der Schublade, seit Jahren nahm ich mir vor, es noch einmal in die Hand zu nehmen, habe aber nie Lust dazu gehabt. Soll ich es tun?

Irgendwann komme ich und rede mit Ihnen. Und lasse Sie eine Erzählung lesen, DIE EINEN NICHT SCHLAFEN LÄSST. Nochmals danke. Und danke auch für die Veröffentlichung. Wenn Sie glauben, es sei angebracht, tun Sie es.

Ihr Alberto Arbasino

PS. Verzeihen Sie mir, ich bitte Sie, diese summarische Antwort. Aber morgen müßte ich eigentlich zum Wehrdienst.

1 Bezieht sich auf die Verse aus »L'apprendista Tebaide«, die in »Officina« Nr. 9–10, Juni 1957, veröffentlicht werden.

Livorno, 21. August 1956

Lieber Papa,

entschuldige die beiden raschen Zeilen von gestern, aber hier tut man nichts, man hat soviel Zeit, wie man nur will, und doch, man weiß nicht wie, reicht die Zeit nie für die alltäglichen Dinge. Alles reduziert sich auf Baden, Essen, Aufeinanderwarten, Ausflügemachen und Freundebesuchen (in Quercianella ist Baldini, die Ginzburg, die Banti, Soavi, die Valeri etc.)

Das Drehbuch[1] zieht sich noch hin, weil einer der Produzenten des Films nach Amerika gefahren ist, und es gibt jetzt ein dauerndes Hin und Her von Kabelgrammen... Fellini hat mir geschrieben, ich soll einen Tag nach Rom kommen, damit ich ihm helfe, den Schluß in Ordnung zu bringen[2]. Daher werde ich ziemlich sicher Freitag in Rom sein. Mach Du alles so, als wäre das nicht der Fall, denn ich würde die Sache gern an einem Tag erledigen, zwischen einem Zug und dem nächsten, und wer weiß, wo zum Teufel Fellini dreht.

Wenn ich Zeit habe, rasch heimzukommen, rufe ich Dich an. Jedenfalls ist es besser, wenn Du das Geld hierher schickst, was Du ja vielleicht schon getan hast, wenn Du diesen Brief erhältst. Zu dem *[unleserlich]* schreibt Dir Bassani.

Ciao, lieber Bär, einen lieben Kuß von Deinem

Pier Paolo

PS. Der »Corriere d'informazione« bietet mir die Mitarbeit mit Erzählungen an. Schreibt aber nicht, wieviel er zahlt... hoffentlich viel.

Bei den Erben Pasolini.
Handgeschrieben.

1 Bezieht sich vermutlich auf den nicht realisierten Film *Il sole nel ventre*.
2 Federico Fellini schrieb ihm am 20. August:

Liebstes Brüderchen,

wie geht es Dir? Ich habe große Lust, Dich zu sehen und mit Dir zusammenzusein. Meine Arbeit kommt chaotisch voran, es kommt mir vor, als träumte ich, ich drehe einen Film, und in den seltenen Augenblicken von Klarheit überkommt mich eine große Trostlosigkeit. Alles kommt mir sonderbar vor, mechanisch, ohne Einfälle, ohne Inspiration und freudlos. Ich schwöre Dir, Paolo, ich habe einen sehr schlechten Eindruck von dem, was ich mache. Gestern ist Dein Rudi mit den langen, langen Riesenaugen gekommen. Sehr gut, danke. Jetzt wollte ich Dir noch etwas anderes sagen. Wann kommst Du zurück? In dem Zustand der Depression, in dem ich mich befinde, sind mir nämlich Zweifel an dem Schluß gekommen. Warte mal, keine Zweifel, aber seit einigen Tagen belästigt mich eine andere Lösung, die ich Dir andeuten möchte, und sei es auch nur, um die Bestätigung zu erhalten, daß der Schluß des Drehbuchs viel schöner ist, freier, und vor allem aufrichtiger und im Einklang mit mir selbst. Das weiß ich; ich bin sicher, daß es so ist, habe aber ein großes Bedürfnis, es Dein gelassenes und freundliches Stimmchen sagen zu hören.

AN MASSIMO FERRETTI – PERUGIA

Rom, 7. November 1956

Lieber Ferretti,

ich möchte wirklich, wie ich Dir schon geschrieben habe, nicht nur, daß Du mich nicht Professor nennst und die mich betreffenden Pronominalpartikel, Proklitika wie Enklitika, nicht großschreibt, sondern daß Du mich sogar duzt. (Um Dich darum zu bitten, muß ich ein absurdes »sogar« einfügen, wenn die Sache doch eigentlich ganz natürlich ist: ich muß Dir gestehen, daß ich nicht fähig bin zuzugeben, nicht gleichaltrig zu sein mit einem jungen Mann, wie Du einer bist, auf dem ersten Heimweg von der Universität und frisch von der Musterung zurück...) Gierig und gerührt habe ich Dein neues Päckchen Verse gelesen: manchmal hast Du mich enttäuscht, nicht aus Mangel an Potential – das immer sehr hoch ist –, sondern höchstens aus einem Überschuß davon, der Deine Verse zum Schluß oft etwas mechanisch, allgemein werden läßt: Die Notwendigkeit, die Dich zum Schreiben drängt, ist so gewaltig, daß sie alles rechtfertigt, auch Füllwörter, das weißt Du und nutzt es ein bißchen sehr aus. So entstehen reihenweise Verse, die von mechanischen und poetisierenden Metaphern getragen werden und von einer Häufung von »Unendlichkeit«, »Blumen«, »Sternen« etc. Du, der Du mir, und gewiß zu Recht, so notwendig erscheinst, verfällst auf diese Weise letztendlich in gewisse Laster, die eigentlich für den typisch sind, der nutzlos ist: Du spielst etwas den Super-Mann, ästhetisierst, gefällst Dir in Verfluchtheit und Einsamkeit. Ich sage Dir nicht, auf moralistische Art, daß Du das nicht tun sollst: im Gegenteil, offenbar zwingt Dich ja Deine eigene Notwendigkeit dazu: das ist es, was Du bezeugen *mußt*. Kurz gesagt, ich greife nicht in Dein inneres Leben ein, ins Chaos Deiner Jugend: ich möchte Dir nur von Versemacher zu Versemacher einen Rat geben: sei mäßiger, feile ein wenig am Überflüssigen, meide bestimmte Überspanntheiten, die über die Grenze hinausgehen: stelle, heißt das, Deinen linguistischen Apparat schärfer ein. Früher oder später wirst Du es sowieso tun müssen. (Gewiß, mein Gott, Du bist zwanzig, und ich bin ein Idiot, Dir so etwas zu sagen.) In dem Manuskriptpäckchen, das hier neben mir liegt und das ich eben erst fertiggelesen habe, sind jedoch einige schöne Gedichte: und drei sehr schöne: »Im Wirtshaus«,

»Inkarnation« und »Erster Heimweg von der Universität«[1]. Das letzte halte ich für eines der schönsten Gedichte, das ich in diesen Jahren gelesen habe. Ich habe es mit Tränen in den Augen gelesen, wie im Traum.

Ich erwarte Dich in Rom: nicht sofort, nicht vor Ablauf eines Monats zumindest, weil ich alle Nachmittage mit einer Arbeit für den Film beschäftigt bin: außer es ist Dir wirklich dringend. In dem Fall würde ich mir einen Tag freinehmen. Ich bin neugierig darauf, Dich kennenzulernen. Was den Münzfernsprecher betrifft, ist es ganz einfach: was darauf geschrieben steht, entspricht der Wahrheit: kauf die Telefonmünze, stecke sie in den Schlitz, wähle die Nummer (501455), hör meine Stimme, die »hallo« sagt, drück auf das Knöpfchen (das die Telefonmünze in den Apparat fallen läßt) und sage: »Hier ist Ferretti.« Ich mache nur Spaß, das wird nicht nötig sein. Ich werde zum Bahnhof kommen, an den Zug aus Ancona. Und ich hoffe, daß Du als Erkennungszeichen nicht einen Totenkopf oder ein blutiges Handtuch mitbringen wirst: bring doch, warum nicht?, eine Rose, die alte Rose, für Dich neu (DU BIST DRAN).

Es grüßt Dich sehr herzlich Dein

Pier Paolo Pasolini

Beim Fondo Ferretti, Jesi.
Maschinengeschrieben mit Datum und Unterschrift von Hand.

1 »In trattoria« [Im Wirtshaus] und »Primo ritorno dall'Università« [Erster Heimweg von der Universität] in »Officina«, Nr. 9–10, Juni 1957.

AN GIANFRANCO CONTINI – FLORENZ

Rom, 1. Dezember 1956

Lieber Contini,

wieviel Kummer macht mir Ihr Schweigen! Um so mehr, je mehr ich den Verdacht hege, es verdient zu haben. Und ich hege ja nicht nur den Verdacht, ich bin mir dessen sicher: wenn ich mich in Ihren Augen mit der schlimmsten Sünde »befleckt« habe, der der Vulgarität. Einem Jungen, der plump war aus zuviel Leidenschaft, haben Sie die Fehler und Exzesse verziehen: dem Jungen, der im Friaul lebte, erinnern Sie sich an ihn?, als Sie in der Schweiz wohnten, vor tausend Jahren: und dessen »amor di loinh« zu Ihnen vielleicht sein einziges ideologisches Licht war... Einem Jungen, der sich – da die Zeit vergangen ist und er kein Junge mehr ist – einem Verhältnis zur Welt angepaßt hat, obwohl dieses Verhältnis nicht mehr von Unschuld und Erlesenheit bestimmt wird, sondern von Raserei, Besitz und Vulgarität, kann man dagegen vielleicht nicht verzeihen. Ich bin auf der Ebene von...[1] Doch glauben Sie mir, es ist doch nicht wirklich wahr. Der Roman, an dem ich schreibe, *Una vita violenta*, ermutigt mich, es innerlich zu hoffen (entschuldigen Sie die Erpressung, die auf übergroßer Zuneigung beruht). Schon lange wollte ich Ihnen dies schreiben, oder ungefähr dies: es soll Ihnen nicht unverhältnismäßig erscheinen, wenn ich es à propos einer enttäuschten Anfrage von »Officina« tue[2]. Die Zeit des Friauls und der Schweiz wird nie wiederkommen, das weiß ich. Aber ich will es nicht glauben. Ich will nicht resignieren und schweigen, sogar um den Preis, Ihnen idiotisch, unangemessen, taktlos – noch einmal, für ewig–, falsch jungenhaft vorzukommen. Und haben im übrigen nicht auch Sie mir gegenüber die Pflichten, die man denen gegenüber hat, welche lieben? Daß Sie gefehlt haben, dafür gibt es keine Beweise, und daher ist mein Kummer gänzlich irrational... Und doch...

Entschuldigen Sie und empfangen Sie meine herzlichsten Grüße,

Ihr

Pier Paolo Pasolini

Beim Empfänger.
Maschinengeschrieben mit Datum und Unterschrift von Hand.
Auf diesen Brief antwortet Contini:

Florenz, 24. xij. 1956

Lieber Pasolini,

bedauern Sie mich, ICH KANN NICHT schreiben, niemandem. Als Sie mir jenes Billett wegen »Officina« schickten, hatte ich jenen Fetzen aus dem Papierkorb schon auf »Letteratura« umgepolt[3]. Ich wollte es Ihnen sofort sagen, dann wurde ich wieder in den Strudel gezogen, und Sie haben mein Schweigen, bzw. Ihre Reaktion auf mein Schweigen, psychoanalysiert. Woran man wieder sehen kann, wie trügerisch die *argumenta* und, genauer, *silentio* sind; nicht trügerisch jedoch ist Ihr Gefühl, und auch das meine nicht, würde ich sagen. Wenn ich Gelegenheit haben werde, werde ich zu »Officina« stoßen. Ich stimme nur teilweise damit überein, doch die Zeitschrift ist lebendig und dementiert schon mit ihrer Bewegung die Unbeweglichkeit der Mumien rundum. Und Lüttich (danke), was bedeudet das?[4] Ein gutes neues Jahr, mit Glückwünschen und hoffentlichen Begegnungen, von stets dem Ihren

Gianfranco Contini

1 Durchgestrichenes Wort.
2 Mit Brief an Contini vom 9. November hatte Pasolini ihn um die – zuvor für den Rundfunk bestimmte – Besprechung gebeten, die dann in »Letteratura« erschien.
3 Vgl. *Montale e »La bufera«* von G. Contini in »Letteratura«, Nr. 24, November-Dezember 1956.
4 Aus Lüttich hatte Pasolini am 15. Dezember 1956 an Contini eine Ansichtskarte mit folgenden Grüßen in wallonischer Sprache gesandt:
D'on coûr tut broûlé di r'mwérd, / un fris' bondjoû de' bè payis / d'Lîdje,
P. P. P.

Rom, 3. Dezember 1956

ich habe Deine »Antwort«[1] erhalten und mit großer Rührung gelesen: wenn Du nichts dagegen hast, wird sie in der nächsten Nummer von »Officina« erscheinen. Sie scheint mir Dein schönstes Gedicht zu sein.

Mir ist nicht danach zumute, so direkt zur Sache zu kommen. Meine Zweifel über eine gewisse moralistische und mystische Abstraktion Deiner-(Eurer-)seits[2] bleiben bestehen (sie wachsen sogar nach der Lektüre Deines Gedichts, wenn der Ton, mehr als der Inhalt, eine eigene Kraft hat: ich beziehe mich speziell auf den Passus, der sich um Gozdnik dreht, und auf das Pathos am Schluß über Nicht-Hoffnung und Hoffnung). Doch ist das keineswegs eine grundlegende Kritik: von all den politischen Lagern bin ich Eurem unendlich viel näher als jedem anderen: jedoch, wie Du siehst, mit einem anderen *Ton*. Ich möchte mich außerdem ein wenig verteidigen, privat.

Ich kann es akzeptieren, des Stolzes, der Einsamkeit und der Sinnlichkeit angeklagt zu werden: doch woher kommen diese Dinge? Ich hoffe auf gute Ergebnisse Deiner »näheren Untersuchung«: gut im Sinn von gerecht: drei große Worte (ausgenommen vielleicht das dritte) werden wieder auf ihr bescheidenes reales Maß zurückgeschraubt, hoffe ich. Was ich nicht verstehe, ist die Beschuldigung vom Typ: »Bei Hof dann ergehst du dich – blätterst sie leicht hin wie die Seele – in deinen Poemen in durchsichtigen Querelen – zwischen dem, der, wie du, weiß...« Zurückgehen unter die, die nicht wissen, und darüber Zeugnis ablegen vor dem, der weiß, gehört das nicht zu unseren Pflichten, ist das nicht eine unserer möglichen Handlungen? Machst Du etwas wesentlich anderes mit *Al di là della speranza* [Jenseits der Hoffnung]? Bin ich – an den Du Dich wendest – nicht auch einer von denen, die wissen? Du sagst: ja, leg Zeugnis ab, aber in Form von Untersuchung und Dokumentation. Das ist richtig, doch bin ich überzeugt, daß eine Dokumentation, und sei sie noch so gut, für die »herrschende Klasse« niemals eine verlorene Schlacht ist: und ich glaube mehr an ein emotionales, leidenschaftliches Zeugnis (es ist sowieso das einzige, was ich geben kann). Dann schreibst Du, »unsere Geschichte ist nie zu Ende«: ja, das stimmt, natürlich unsere Geschichte als

Menschen: aber unsere Geschichte als »Dekadente«, als Leute, die sich mitten in der »bürgerlichen« Epoche geformt haben? Ganz klar geht die Geschichte, in meinem Gedicht an Gramsci, weiter in den wie auch immer unbewußten und aufrührerischen Bewohnern des volkstümlichen Stadtviertels Testaccio.[3] Und meine Frage war eben zum Teil logisch, zum Teil poetisch. Die Antwort war offensichtlich, daß es, abgesehen von gewissen Augenblicken von Verirrung und Angst (wie an jenem Tag im Mai), doch irgendwie immer möglich ist, leidenschaftlich Anteil zu nehmen und zu handeln. Und so war mein Lob auf das Leben praktisch – und das erscheint mir klar – nichts als ein mea culpa: und ich weiß nicht, wer es, wie Du sagst, mit Jubel aufnehmen konnte. Entschuldige die Mischung: und sei herzlich umarmt von Deinem

Pier Paolo Pasolini

Beim Empfänger.
Maschinengeschrieben mit Zusätzen, Datum und Unterschrift von Hand.
Es handelt sich um die Antwort auf folgenden kurzen Brief vom 29. November, der dem poetischen Text *Al di là della speranza* beilag:

Lieber Pasolini,

ich schicke Dir diese Improvisation, die gar nichts anderes sein will. Ich kenne Dich nicht gut genug, um zu wissen, welche Art Leidenschaft oder Anteilnahme Dich bewegt oder welche Gleichgültigkeit Dich beschützt; kurz gesagt, ich weiß nicht, ob ich Dich, wenn ich Dich besser kennte, zur brüderlichen oder zur feindlichen Rasse zählen müßte. Diese kuriose Erklärung soll Dich nicht verblüffen: wie auch immer das Ergebnis einer näheren Untersuchung ausfallen sollte (eine solche nehme ich mir vor und werde dabei alles durchgehen, was Du bisher geschrieben hast), es wird gewiß nichts an meiner Wertschätzung Deiner Arbeit ändern. Diese Arbeit ist so kostbar, daß ich, kaum hatte ich die »Polemik in Versen« gelesen, in mir das Bedürfnis rumoren fühlte, Dir zu sagen, daß wir nicht das sind bzw. ich nicht das bin, was Du glaubst, sowohl in den Versen als auch in der Anmerkung; es Dir aber gewissermaßen »mit dem Herz in der Hand« zu sagen. Dann, während ich schrieb, hat auch bei mir die Polemik die Oberhand gewonnen, und so habe ich, rot bzw. kursiv geschrieben, die Verse mit einbezogen, die ich als Replik auf *Gramsci's Asche* begonnen hatte. Bedenke, daß ich diese Verse wahrscheinlich vollkommen neu schreiben werde, gewiß in ganz anderer Form. Wie auch immer, schön oder häßlich, ernst oder lächerlich, Dir sind sie bestimmt und Dir schicke ich sie. Die Beachtung, die Du *Ragionamenti* schenkst, und das Eröffnen des ideologischen Disputs mögen mir als Rechtfertigung dienen. Ich denke, daß, alles in allem, ein Bündnis nicht unnütz wäre.

Dein Franco Fortini

Auf Pasolinis Brief antwortet Fortini am 1. Januar 1957:

Lieber Pasolini,

ich antworte mit Verspätung, das ist wahr; aber zum Ausgleich ist es der erste Brief des Jahres.

Du sprichst von Zweifeln an unserem Ton und moralistischer und mystischer Abstraktion, die meine Verse bestätigten. Diese sind, gewiß, ein »religiöser Irrtum«; und persönlich bin ich sofort bereit, Moralismus und Mystizismus (den schizoiden Hang zum »neuen Aufbruch«, zur »Metanoia«) nicht nur in jenen, sondern auch in den anderen Versen und in mir insgesamt anzuerkennen. Doch Du würdest einen Fehler begehen, wenn du dieselben Charakteristika *Ragionamenti* zuschriebest; der größte Teil meiner Freunde ist viel weniger »mystisch« als ich, und ihr Moralismus ist der unvermeidliche einer Opposition, die die Zukunft vorbereiten will. Ich sage es Dir voller Stolz: die kulturellen und politischen Thesen, die die überaus obskure Gruppe meiner Freunde in den finsteren Jahren ausgearbeitet hat und die wir in beinahe gymnasialer Weise in *Ragionamenti* darzulegen versucht haben, erweisen sich heute als Avantgarde-Positionen in Italien und nur unerheblich verspätet gegenüber den besten Theorien der anderen Länder; das wird Giolittis Zeitschrift beweisen, das zeigen die Ergebnisse der Kontakte mit Polen, Ungarn, Sowjets, die Positionen von »Arguments« (von denen die I. Nummer erschienen ist). Natürlich haben die großen Verleger kein Vertrauen in uns gesetzt und beschränken sich auf magere Hilfe, und ein ganzer Sektor der Intelligenz, vor allem der philosophischen, kommunistischen, betrachtet uns entweder weiterhin mit Argwohn oder ist zusammengebrochen. Ich bitte Dich, uns einen Text von Dir über ein Thema oder ein Buch über Linguistik oder Stilistik oder kritische Methode vorzuschlagen, oder auch, was Du uns sonst anzubieten hättest. Während ich heute (angesichts der bevorstehenden Veröffentlichung von Giolitti) unsere Fusion mit »Opinione«, d. h. das Ende von »Opinione« verlangen würde, ist es, glaube ich, mit »Officina« nicht möglich, etwas anderes anzubieten als ein Bündnis, mit dem bißchen Zusammenarbeit, das uns interessieren kann. In einem »parlamentarischen« Sinn müßtest Du zwischen uns und Deinen römischen Freunden vermitteln.

Siehst Du, die etwas lächerliche Figur des Präsenz-Schriftstellers, des Gewissens-Schreibers, die ich teilweise verkörpere, wird genau dann, wenn sie ihre Konsistenz und Aktualität zu verlieren droht, durch bestimmte eintretende historische Erschütterungen erneut notwendig. Und hier fordere ich meinen Moralismus und Mystizismus ein. Doch steht fest, daß das ganze Problem der Zeit und der »Tyrannei der Hoffnung« (der Ausdruck stammt von A. Gatto) noch einmal überdacht und »fixiert« werden muß.

Ich wiederhole es: Ich verdanke Dir ein Kapitel meiner endlosen und nutzlosen Pseudo-Geschichte der italienischen Gegenwartslyrik, und ich werde sehen, was bei einem ernsthaften Wiederlesen passiert. Als ich Deinen Gramsci und Dein letztes kleines Poem las, habe ich mir eine Figur zurechtgelegt, einen vielleicht imaginären Pasolini, ich weiß nicht recht. Nicht so sehr Stolz-Einsamkeit-Sinnlichkeit; sondern vielmehr wirklichen Abstand von der ideologischen Leidenschaft, von der politischen und sogar moralischen Thematik, und Einsatz der einen wie der anderen als reines Stil- und Ausdrucksmittel. Kurz, ich hegte den Verdacht, nicht eine zwischen praktischen Passionen und formal-stilistischen Passionen hin und her gerissene Person vor mir zu haben, sondern, verzeih, eine neue Sorte von altem Fuchs, im wesentlichen zynisch, distanziert, »literarisch«, der unsere mehr oder weniger abstrakten Ausbrüche nicht ernst nimmt und sie höchstens als barres d'appui einsetzt... Verräterischer Anzeiger dessen erschien mir Deine Adjektivierung, ich würde sagen das Medium der vielen Adjektive in Deinen Poemen; und auch der ganze katholisch-sündige Leim. Meine Ablehnung der Nicht-Kommunizierbarkeit und daher mein Demokratismus sind das weiß ich, furios; ich rebelliere bei jedem Verdacht einer charismatischen Kooptation zur Weisheit... und wenn ich sage, »zwischen dem, der, wie du, weiß...«, so gilt der ganze Groll, den ich in das »weiß« lege, nicht einem »Wissen« als Kultur, sondern einem »Wissen« als charismatischer, inquisitorischer Weisheit eben, als Traurigkeit und »Intelligenz« und katholische Psychologie. Nun, hoffe ich, wirst Du meine polemische Heftigkeit entschuldigen können: ich stimme mit Dir überein, das leidenschaftliche Zeugnis (Deins, aber auch meins) ist mehr wert als eine »Dokumentation« gegen die herrschende Klasse, und daher ist es legitim, von dem, der nicht weiß, zu dem, der weiß, überzugehen, unter der Bedingung, daß es sich bei diesem »Wissen« um echtes »Wissen« und nicht um eine geheime Wissenschaft für Eingeweihte handelt... Hinzu kommt, daß ich nicht einmal jene Funktion als »Photograph« der Abgründe übernehme, die Du Dir bescheiden zuschreibst; ich sitze ruhig in meiner kleinbürgerlichen Wohnung, zwischen kleinbürgerlichen Freunden, und die proletarische Realität Norditaliens (die so ernst und entscheidend ist!), die sehe ich vermittelt, sehr vermittelt, bestimmt viel vermittelter als Du. Ich weiß nicht, ob ich mich klar genug ausgedrückt habe: die Wurzel meiner polemischen Verse liegt in dem Verdacht der Verknüpfung von Populismus und Aristokratismus.

Jedenfalls hoffe ich, und ich habe das auch in der »Anmerkung« erwähnt, die ich schon an die Bologneser geschickt habe und Dir hier in einer Kopie beilege, daß man den furios-gerührten Ton versteht (»Schöne Seele!«... Genosse... Dichter), mit dem ich Dich behandelt habe.

Im Urteil über meine Verse bin ich sehr unsicher; ich brauche nur noch mehr zu schreiben, lieber Pasolini.

Hat Sciascia Dir »I destini generali« geschickt? Wirst Du etwas darüber sagen können? Schau, ob es Dir möglich ist, in irgendeiner Ecke in »Officina« den *Titel* zu bringen, damit man die Anspielung meines drittletzten Verses versteht. Wenn ich es täte, wäre es lächerlich.

Entschuldige die Eile und das Chaos dieses Briefes. Was im Laufe des Jahres 56 geschehen ist, ist so außergewöhnlich, die Verwirrung der Menschen ist so heftig: »und das letzte Wort, das du nun hörst...?« Ja, man bekommt Lust zu weinen und zu schreien und sich von Pasolini als Mystiker und Moralisten beschimpfen zu lassen... Doch werden meine Verse wenigstens zeigen, daß Du Dich in einem Punkt irrtest: nicht »Strenge«. »Nicht die Furcht zurückzukehren...« Ich lege wieder dieselbe Platte auf, siehst Du.

Draußen schneit es stark und stetig wie auf einer Weihnachtskarte.

e rotaja fra Jenner e Aquileja

Diesen Elfsilber im Stil der Mailänder Straßenbahngesellschaft mit Endhaltestellenpathos schicke ich Dir aus dem Land der Poebene.

Dein Franco Fortini

1 Vgl. *Al di là della speranza (Risposta a Pasolini)* [Jenseits der Hoffnung (Antwort an Pasolini)] in »Officina«, Nr. 8, Januar 1957. Die »Antwort« bezieht sich auf Pasolinis »Eine Polemik in Versen«.
2 Bezieht sich auf den Mitarbeiterstab der Zeitschrift »Ragionamenti«.
3 Bezieht sich auf das kleine Poem »Le ceneri di Gramsci« [Gramsci's Asche], veröffentlicht in »Nuovi Argomenti«, November 1955 – Februar 1956; später in *Le ceneri di Gramsci* [dt.: *Gramsci's Asche*], op. cit.

AN FRANCO FORTINI – MAILAND

Rom, 10. Januar 1957

Lieber Fortini,

entschuldige, daß ich so lange gezögert habe, aber ich wartete immer darauf, einmal die Zeit zu haben, Dir mit einem langen Brief zu antworten: diese Zeit kommt nicht, und ich muß mich mit einem kurzen Billett zufriedengeben. Du hast meine Beschuldigung des Moralismus und Mystizismus etwas ausgeweitet: es war eigentlich mehr ein Verdacht und eine Provokation, damit Ihr versucht, den Verdacht zu zerstreuen. Ich muß sagen, daß Du zu leidenschaftlich warst, um ganz überzeugend zu wirken: der Verdacht bleibt, was Dich angeht, bestehen. Und was dann? Es ist jedenfalls eine Kraft, ein Antrieb: wenn auch, insgesamt, ein Sog. Wir müssen uns fügen und kämpfen. Ich benutzte den Plural: doch es ist ein sympathetischer Plural: weil für mich mein Katholizismus die gleiche Sog-Kraft besitzt (dabei ist er ja sehr eigentümlich, denn in meiner Familie wehte keine besonders katholische Luft: mein Vater war ein konformistischer, faschistischer, aber antiklerikaler Offizier, der uns aus Anstand zur Messe begleitete; meine Mutter war sanft, von unglaublicher, einzigartiger Güte und Herzensreinheit, aber nicht klerikal: die ihre war und ist eine natürliche Religion. Eben weil er nicht gefährlich war, ist mein ursprünglicher, gesellschaftlicher Katholizismus im Inneren verborgen geblieben: ich habe nie klar dagegen gekämpft, aber ich habe auch nie gefährliche *refoulements* erlebt. Ab fünfzehn habe ich nicht mehr geglaubt und bin praktisch ein Laie gewesen. Die Religiosität hat andere Formen angenommen, andere Gespenster geschaffen). Meine Adjektivierung ist ein Anzeiger dieser inneren und irrationalen Kraft in ihren vielleicht dekadent beeinflußten und erlesenen Schichtungen. Sie ist das vollkommene Gegenstück zu Deiner schizoiden Neigung – wie Du Deinen ins Mystische spielenden Moralismus bezeichnest. Nichts von wegen alter Fuchs, auch wenn ich eine etwas abnorme technische Gewissenhaftigkeit besitze. Zum Ausgleich bin ich, meiner Mutter ähnlich, unglaublich naiv und vertrauensselig: zu sehr, würde ich sagen, manchmal bis zur Plumpheit, bis zur Unangebrachtheit. Mich für »im wesentlichen zynisch, distanziert« zu halten, ist der größte Fehler, den Du machen könntest: und außerdem bezeugt mir das auch Deine grundsätzliche Reinheit und Kindlichkeit (im besten, oder rein klinischen, Sinn des Wortes) gegenüber den anderen: Du neigst zum Überbewerten und Aufbauschen. Auch das haben wir gemeinsam; wenn wir uns an eine Analyse heranmachen, können wir nicht umhin, uns um die größtmögliche Vertiefung zu mühen. Aber genug. Ich freue mich über die Nachricht, mit der Du mir Giolittis Zeitschrift[1] anzeigst, und über ihre Fusion mit »Opinione«[2]. Ich bin sicher, daß es eine sehr wichtige Sache wird. Betrachtet mich als einen der Euren, wenn Ihr meint, daß ich es verdiene. Und fordert »Officina« auf, mit Euch parallel zu gehen im literarischen Bereich (auch wenn wir wahrscheinlich eine neue, politische Abteilung einrichten). Es wäre sogar gut, daß die beiden Redaktionen sich träfen, um einen Teil gemeinsamer Arbeit festzulegen. Denk darüber nach.

Ich grüße Dich liebevoll

Pier Paolo

Beim Empfänger.
Maschinengeschrieben mit Korrekturen, Datum und Unterschrift von Hand.
Vgl. den vorhergehenden Brief und Fortinis Antwort vom 1. Januar 1957.

1 Bezieht sich vermutlich auf die 1958 von Antonio Giolitti gegründete Zeitschrift »Passato e presente«.

2 Fortini war Redakteur der Zeitschrift »Opinione«, die zwischen Mai 1956 und März 1957 in Bologna erschien.

AN LIVIO GARZANTI – MAILAND

Rom, 18. März 1957

Lieber Garzanti,

hier bekommen Sie das Manuskript der *Ceneri di Gramsci*; entschuldigen Sie die Verspätung von einigen Tagen, aber ich habe wie wild mit einigen Versen gekämpft, die nicht stimmten. Ich schicke es Ihnen so, noch hie und da verbessert und ungewiß: das heißt wohl, daß ich die letzten Wörter – etwa zehn – in den Fahnen korrigieren werde. Ich bitte Sie, machen Sie rasch, denn Anfang Mai werde ich eine Zeitlang verreisen müssen (außerhalb Italiens).

Ich danke Ihnen und grüße Sie mit Zuneigung,

Ihr sehr erg.

Pier Paolo Pasolini

Beim Empfänger.
Maschinengeschrieben mit Datum und Unterschrift von Hand.

Rom, 15. Juni 1957

Liebster Ferretti,

ich antworte unverzüglich auf Deinen entzückenden Brief[1], auf den ich große Lust bekam, Dich zu umarmen. Du bist wirklich ein Kind! Es stimmt, daß Du noch die ganze Welt zu entdecken hast, Du Glücklicher: und daß man die Etappen, die es zu durchlaufen gilt, durchlaufen muß, ohne daß man eine einzige überspringen kann. Ich weiß nicht, was oder welcher Moment in mir Dich so sehr traumatisiert hat: die einfache Tatsache, daß ich Jungen liebe statt Frauen, scheint mir echter und tiefer Empörung doch nicht so würdig. Es ist eine Tatsache, aber vielleicht hast Du voreingenommene, naive oder ungenaue Vorstellungen davon. Lies Freud: dann werden die Dinge einen wissenschaftlichen Aspekt bekommen, mit dem dazugehörigen Abstand und der dazugehörigen Gelassenheit. Was mich betrifft, so hat dies längst aufgehört, ein Problem zu sein: es war eins – ein schreckliches–, als ich in Deinem Alter war: denk, welche Ängste und Schläge Du bekommst, unter denen Du ständig leidest, mit so viel Freisetzung von Energie und so viel moralischem Ingrimm, ich habe sie bekommen und erlitten angesichts eines Objekts, das sie maßlos viel schmerzhafter und beinahe unerträglich machte. Jetzt bin ich ruhig und glücklich (wie Du es mit den Frauen, nein, mit Der Frau sein wirst, oder mit der Sexualität: abgesehen natürlich von den besonderen Liebesgeschichten). Das neue Gedicht[2], das Du mir schickst, ist sehr schön, sehr wahr. Es in »Officina« zu veröffentlichen, werden wir ja nun nicht mehr schaffen (es kommen nur noch zwei Nummern heraus, und wie Du weißt, werden in dieser Deine Gedichte veröffentlicht): aber man kann es an eine andere Zeitschrift weitergeben. Ich grüße Dich mit großer Zuneigung und hoffe, Dich bald zu sehen (Du sagst mir, was Du diesen Winter tun wirst; aber diesen Sommer?),

Dein

Pier Paolo Pasolini

Beim Fondo Ferretti, Jesi.
Maschinengeschrieben mit Datum und Unterschrift von Hand.

1 Es handelt sich um den Brief, den er an die Freunde von »Officina« geschickt hat, »... weil mein Vater neugierig ist und meine ganze Korrespondenz liest: und diesmal könnte es ihn hart treffen«.
2 Bezieht sich auf »La canzone del filisteo« [Das Lied vom Philister], unveröffentlichtes autobiographisches Gedicht, jetzt bei der Ferretti-Stiftung in Jesi.

AN CARLO PASOLINI – ROM

Forte dei Marmi, 28. August 1957

Da ist die Million[1], ciao

Pier Paolo

Bei den Erben Pasolini.
Handgeschrieben.

1 Vom Premio Viareggio, der *Le ceneri di Gramsci* zugesprochen worden war.

Rom, 31. Oktober 1957

Lieber Fortini,

Dein Brief liegt hier vor mir ausgebreitet, und ich weiß gar nicht, wo ich anfangen soll. Damit, mich zu bedanken, vor allem. Also: über *La meglio gioventù* ist nie etwas Gutes gesagt worden, wenn man Caproni, vielleicht in »Paragone«[1], und natürlich Contini ausnimmt, der mir '42 eine Rezension über die ersten friaulischen Verse gewidmet hat und dann noch mehrmals darauf zurückgekommen ist. In Zeitschriften verstreute Sachen, die in irgendeiner Weise zählen, habe ich nicht. Ich sammle gerade die, die in den Schubladen liegengeblieben sind: zwei kleine Bändchen, heißt das: *L'usignolo della Chiesa Cattolica* (1943–1949) und *Diarii* (1945–1951)[2]. »Ricchezza«[3] [Der Reichtum] ruht. Statt dessen schreibe ich, gleichzeitig, an zwei anderen Gedichten, eines, »A un ragazzo«[4] [An einen Jungen] (den Sohn von Bertolucci), dessen Sinn unser Altern ist, da es an Zeiten und Themen anknüpft, die den Jungen als Vergangenheit interessieren, und »La religione del mio tempo« [Die Religion meiner Zeit] (der Titel sagt alles: antikatholische und antikonformistische Polemik: ich bin wirklich aufgebracht).

Die Metrik... hier wage ich nichts mehr zu sagen: Du hast das Thema ausgeweidet und meine Illusionen aufgedeckt. Dennoch mache ich unbeirrbar weiter mit Terzinen, Reimen und Enjambements: sie gestatten mir eine große Freiheit. Und wenn ich erst an das denken müßte, was Du sagst, das freie und geschlossene Versmaß, an den Versfuß, nicht an die Betonung etc., würde es mir die Luft abschnüren: auf der Ebene der Metrik »erneuere« ich lieber (falls ich instinktiv erneuere: ich weiß, ich weiß, daß ich unrecht habe, und daß die Gewalt, die ich dem Elfsilber antue, die Gefahr birgt, privat, unsicher, »ein Übergang« zu sein). Aber mein Experimentalismus schließt vorerst metrische Experimente aus, es sei denn, in zweiter Linie, zwanghaft. Ich bin übrigens sehr neugierig darauf, Deine Ergebnisse zu sehen: schick mir ein paar Manuskripte (die fünf- oder sechshundert Kilometer zwischen Rom und Mailand lassen uns zum Glück als Leser noch Nachbarn sein). Im allgemeinen scheint mir jedoch, nach Deinem Text in »Ragionamenti« und nach Deinem Brief, daß Dir zu diesem Thema die gewohnte, umwerfende Klarheit fehlt – und auch die Sicherheit, trotz des ewig aufkommenden Zweifels. Vielleicht ist es eine Idee, die sich noch nicht ganz entwickelt hat. Und in der Tat setzt sie sich ja in Form eines Vorschlags durch, nicht eines Imperativs, wie es Dein Moralismus üblicherweise verlangt. Wenn Du erst gänzlich überzeugt bist, wehe uns! Inzwischen jedoch glaube ich, daß ich wohl auch in eine Krise geraten werde: und dann werden wir wieder aufbauen! Im Team! Für »Officina« arbeite ich mit Longanesi und Garzanti: in diesem Augenblick scheint Garzanti am wahrscheinlichsten und am günstigsten zu sein. Ich halte Dich auf dem laufenden. Schicke uns ruhig für die letzte private Nummer von »Officina« Deinen Text über die Übersetzungen der Verse: ich bitte Dich darum.

Ich umarme Dich herzlich, Dein

Pier Paolo

Beim Empfänger.
Maschinengeschrieben mit Datum und Unterschrift von Hand.
Beantwortet folgenden Brief von Fortini:

Mailand, 23. Oktober 1957

Lieber Pasolini,

ich habe *La meglio gioventù* und die *Ceneri* wieder gelesen für den noch zu schreibenden Teil jenes Buches von mir, das einfach nicht zu Ende kommt und noch böse enden wird.

Und gestern habe ich sieben oder acht Stücke von Dir gelesen, die ich nicht kannte, im »Punto«. Ich wollte, Du hättest die Geduld, mir mitzuteilen, wer wo etwas Sinnvolles über *La meglio gioventù* geschrieben hat. Mir scheint, daß immer sehr oberflächliche Urteile darüber gefällt werden. Außerdem hätte ich gern einige Hinweise auf Dinge von Dir, die in Zeitschriften verstreut sind. Und Auskunft über die Garzeit, die das Gedicht »La Ricchezza« noch braucht, denn im Hinblick auf eine Argumentation von mir erscheint mir das sehr wichtig.

Mit Deiner Linie der Kritik befinde ich mich zu 95% im Einklang. In welchem Maß jedoch stimmen Dir Deine Leser zu? Wenn ich Deine Sachen oder auch die von Citati lese, habe ich den Eindruck, daß sich ein sehr beachtlicher kritischer Fonds gebildet hat; zu viert oder fünft »verspeisen« wir sämtliche Gottväter der zwanzig Jahre Faschismus, auch die, denen gegenüber ich, zusammen mit der Antipathie, übermäßige Ehrfurcht bewahrt habe. Es freut mich auch zu sehen, daß Du bestimmte Thesen und Formeln zum Tragen gebracht hast, die zwischen 1949 und 1953 nur ich oder fast nur ich allein vertrat. Nach mehr als zehn Jahren bildet sich eine Kritik heraus – außer dem übrigen. Man muß sich wirklich die Aufgaben teilen und anfangen, von den Klassikern zu reden. Entsinnst Du Dich, was Gramsci über den »seiner Zeit verpflichteten« Intellektuellen sagte? Du verkörperst, im »Punto«, sehr gut das, was er wollte. Sag mir Bescheid, wo die vom »Punto«

Schwierigkeiten mit meiner Nachfolge haben; es ist klar, daß ich auf Deiner Linie weitermachen würde; und vielleicht wäre es angebracht, daß Du abschließend auf den Übergang hinweist und ich eingangs das gleiche tue.

Seit ich aus Rom zurück bin – und die weiteren Erlebnisse der sowjetischen »delegatia« verdienten einen großen Erzähler; vorgestern habe ich, in der vergeblichen Hoffnung, mich mit Zabolowski zu treffen, mit der armen verschreckten Inber einen surrealen Abend in Modena verbracht... In Mailand saß Surkow, wegen Feltrinellis Pasternak, auf seine Weise in der Tinte. Bref, wieviel noch zu tun bleibt – mache ich Übungen, Proben, Abschriften. Mir scheint, daß alle bisher von mir geschriebenen Verse an ganz innerer Kontrolle und an nichtvorhandener Kontrolle zwischen einem Stück und dem anderen leiden. Man muß Schluß machen mit dem Verfahren der doppelten Wahrheit gegenüber dem Elfsilber, dem Reim und dem Enjambement. Ich will sagen, daß die Hypermeter (wie bei den *Ceneri*), die Assonanzen und der Mißbrauch des Enjambement eine rhythmische Übertragung des lexikalischen Plurilinguismus sind und somit eine zweideutige Spannung maskieren, mit der man sich nicht vollkommen auseinandergesetzt hat. In den Versen von »Ricchezza« löst Du diese Zweideutigkeit um so mehr auf, je mehr Du Dich vom Nachhall des Elfsilbers entfernst; aber um den Preis einer »permanenten Wellenbewegung«, die nur rhythmisch und nicht mehr metrisch ist (in dem Sinn, den ich diesen Termini in meinem Aufsätzchen gebe). So entziehst Du der »Erzählung« das Kästchenmuster (bzw. die Polsterung oder Grundfarbe oder »monotone« Zeiteinteilung) und widersprichst, indem Du versuchst, rhythmische Bewegung und metrische Bewegung zusammenfallen zu lassen, mit einer Gangart wie für eine »Hymne« oder eine »Ode« (also stets »lyrisch«) der »Epik« der »Erzählung«. Mir scheint, als müsse man, um die häufig auftretende regressive Versuchung zu vermeiden (traditionelles Metrum als Sehnsucht nach Melodik etc.), danach streben – ich spreche im Plural, denn dies ist eigentlich die Arbeit einer »Schule«–, eine Gruppe von »Formen« (Versen und Strophen) aufzustellen, die rhythmischen Charakter haben (also offen, mehr auf die Versfüße denn auf die Betonungen gegründet sind) im Vergleich zu den herkömmlichen Versen, die aber durch Wiederholung und Institutionalität, durch zwingende Kraft uns gegenüber die Beständigkeit einer echten »Metrik« haben. Erinnerst Du Dich an Paveses Vers mit fünf Schlägen? Er war auf diesem Weg. Es handelt sich, das ist klar, um eine gänzlich konventionelle Gesetzgebung, aber erst danach bekäme die Verwendung der Assonanz (oder des Reims), des Enjambements (oder seine Ablehnung) einen Sinn. Man muß die Koordinaten unseres Raumes abstecken (Lebensraum...), sonst kommt man nicht heraus aus dem Ungestalteten, oder dem Falsch-Nostalgisch-Gestalteten. Doch versteh mich recht, dies ist keine so oft wiederholte klassizistische, zentripetale, monolinguistische Nostalgie, es ist die Überzeugung, daß sechzig Jahre »offener Vers« diesen für die moderne Sensibilität so »gängig« gemacht haben, daß man ihn nicht mehr als solchen betrachten kann und zu einem offenen Vers zweiten Grades übergehen muß (die Engländer sind schon dabei), und zwar, mit einem Widerspruch, den Du sehr gut verstehst, zu einem offen-geschlossenen Vers, einer offen-geschlossenen Strophe, unregelmäßig-regelmäßigen Formen... All das natürlich, wenn und insofern man von der (relativen) Ungangbarkeit der herkömmlichen Metrik überzeugt ist; und in dieser Sache habe ich allerdings noch meine Zweifel. [...] Du verstehst, wie sehr mir die Entwicklung von »Officina« am Herzen liegt. Ich habe kurz mit Romanò gesprochen (Du kennst ihn besser als ich: er ist seinem Wesen nach ein reservierter Mensch, glaube ich, so wie ich ein Prahlhans bin. Und ich habe immer Angst, ihn zu sekkieren, mindestens so viel Angst, wie ich in Rom gehabt habe, Dir zur Last zu fallen mit meinem Tischgeschwätz). Du mußt uns auf dem laufenden halten über die démarches mit Sapegno und dann, hier in Mailand, mit den Verlegern. [...] Ich glaube, daß es auf jeden Fall notwendig ist, einen ernsthaften Arbeitsplan aufzustellen mit den Bolognesern und Romanò und Dir. Ich habe schon immer ein wenig die fixe Idee der Organisation gehabt, aber sonst wechselt man nicht zu einer »hegemonischen« Zeitschrift, wie »Officina« eine werden sollte.

Ich wiederhole, was ich Dir, glaube ich, schon in Rom gesagt habe: nachdem ich Dich kennengelernt hatte, habe ich bestimmte Voreingenommenheiten aufgegeben, die ich Dir gegenüber hatte. Ich finde, Du hast Schultern, die breit genug sind zum Aushalten (und biegsam natürlich, wie Kierkegaard es dem guten Tänzer empfiehlt) des Druckes von außen. Und mit regelmäßig naivem guten Willen eines eingefleischten (wie Du meinst) Moralisten gebe ich mich der süßen Hoffnung auf Solidarität, auf Freundschaft, auf gemeinsame Arbeit hin...; und dabei komme ich gerade aus einer »Katastrophe«, wie es das Ende von »Ragionamenti« gewesen ist. Zum Glück bewahren uns die fünf- oder sechshundert Kilometer zwischen Rom und Mailand vor zu ansteckenden Stimmungen. [...]

1 Vgl. »Paragone-letteratura«, Februar 1955.
2 Unveröffentlichte Sammlung, aus der entnommen werden: *Dal Diario (1945–1947)*, cit., und *Roma 1950. Diario*, Scheiwiller, Mailand 1960.
3 Vgl. *La religione del mio tempo*, Garzanti, Mailand 1961.
4 *Ibid.*

[Rom, Januar 1958]

Lieber Francesco,

ich danke Dir sehr für die wunderschönen Seiten, die Du im neuen Verlauf Deiner Kritik über meinen neuen Stil geschrieben hast: scharfsichtig, blendend, noch bluttriefend vom bei lebendigem Leib sezierten Fleisch. Dennoch – sei nicht traurig darüber – möchte ich, daß Du sie nicht veröffentlichst. Ich habe dieses Buch[1] nicht geschrieben und dabei rasend auf zwei Ebenen, der des Lebens und der des Stils, gelitten – ich habe nicht alles über den Haufen geworfen und eine Karriere neu angefangen – ich habe mich nicht mit dem narzißtisch brutalsten Bekenntnis und der Akzeptanz des kompromittierendsten Irrationalismus, und sei es auch, wie Du ihn verstehst, hervorgewagt – um Dir recht zu geben. Mir scheint, als habe der Umstand, daß Du immer im selben erbärmlichen literarischen Milieu lebst, handelst und Dich bewegst, Dir außerordentlich tiefe, aber auch engstirnige Proportionen verliehen. Ein tiefer, aber enger Brunnenschacht. Der Stoff, der da durchgeht, gelangt bis ins Herz der Erde, ist aber nur wenig, gezwungenermaßen gefiltert. Man kann, unsererseits, einfach kein Gedichtbuch mehr lesen und es im engstirnigen Gesichtskreis einer Literaturszene »ansiedeln«. Wenn Du eine Reise machen oder den Beruf wechseln würdest, würdest Du bemerken, wie all das nicht zählt. Beziehungsweise zählt, gewiß, aber auf einer völlig anderen Wertskala. Kurz und gut, mir mißfällt, daß so viel wahnsinnige, bedingungslose Arbeit von mir darauf reduziert wird, ich wiederhole es Dir, das Vorhandensein bestimmter neuer Bedürfnisse aufzuzeigen, die man außer in meinem Buch *auch* anderswo sieht. Und das würde mir überhaupt nicht mißfallen, sähe man sie in *Deinen* Büchern oder in Fortinis oder in denen der Rosselli. Aber dieses Grüppchen von Einfaltspinseln auf den Plan zu rufen, die Du schätzt, erscheint mir unglaublich. Oder es ist eine Gemeinheit Deinerseits. Du weißt sehr wohl, daß jene »zusätzlichen« Erfordernisse ihnen und mir rein formal oder zufällig gemeinsam sind. Bei ihnen gibt es nur jene, sie entstehen und erschöpfen sich darin, kommen, durch Parthenogenese, aus jenen: in uns sind sie ein echtes Drama, bestehen neben und messen sich an völlig anderen Dingen usw. usw. usw. Ich hoffe, daß Du mich verstanden hast und nicht falsch deutest.

Ich umarme Dich mit der gewohnten Zuneigung, Dein

Pier Paolo

Beim Empfänger.
Maschinengeschrieben mit Korrekturen und Unterschrift von Hand.

1 *Le ceneri di Gramsci.* Dieser Essay wird dann von Leonetti noch einmal neu geschrieben und in »Nuova Corrente«, Juli-Dezember 1958, veröffentlicht.

Rom, 20. Dezember 1958

Liebster Fortini,

gestern nacht ist mein Vater gestorben: ich schreibe Dir also nur zwei Zeilen: sein Leichnam liegt noch hier zu Hause, wir fahren morgen nach Casarsa zu seiner Beerdigung, und Du kannst Dir daher vorstellen, in welcher seelischen Verfassung ich mich befinde.

Dein erster Brief hat mich sehr gefreut, erstens wegen der Scharfsichtigkeit der Urteile über die Epigramme und vielleicht auch über das Stück aus *Una vita violenta*, zweitens wegen der Schönheit der Verse, die Du mitschickst, Deine schönsten, zweifellos: bitte gib sie nicht gleich an »Situazione«! Heb sie auf für die zweite Nummer[1].

Dein zweiter Brief hat mich buchstäblich geängstigt: als erstes habe ich eine solche Wut auf Leonetti bekommen, daß ich drauf und dran war, ihm zu schreiben, wenn Du nicht in die Redaktion zurückkämst, würde ich sie ebenfalls verlassen. Dann, als ich mich beruhigt und einen ziemlich weisen Brief von Romanò erhalten hatte, mußte ich zugeben, daß es vielleicht wirklich etwas objektiv Schwieriges an Deinem Charakter gibt (nicht für mich, glaube ich, aber allgemein für fast alle, die mit Dir in Beziehung stehen). Ich würde deshalb in diesem Augenblick an eine recht salomonische Lösung denken: nämlich auf dem Papier die Redaktion wieder so zu machen wie vorher, während sie in Wirklichkeit bei allen sechsen bliebe. Es ist, glaube ich, unmöglich, ohne Deine Teilnahme weiterzumachen, ohne Deine verzweifelte kritische Intelligenz, Deine auf die Spitze getriebene Angst. Wir werden versuchen, Sitzungen über die »Texte« zu vermeiden (die programmatischen und perspektivischen aber beibehalten): das wird heißen, daß Du, geduldig wie Du bist, die Kritik an den Texten schriftlich äußern und an mich schicken wirst, der ich bei der Auswahl nachsichtiger bin als die anderen, und ich werde dann, ebenfalls geduldig, versuchen, Deine Kritik den anderen zu oktroyieren (die immer mindestens zu achtzig Prozent stimmt). Ich werde Dir in einigen Tagen ausführlicher schreiben: antworte Du mir inzwischen, ob die so grob umrissene Lösung Dich überzeugt oder nicht.

Und laß Romanò diesen Brief auch lesen, damit ich in solch einem Augenblick nicht noch mehr schreiben muß.

Ich umarme Dich mit großer Zuneigung, Dein

Pier Paolo

Beim Empfänger.

Maschinengeschrieben mit Datum und Unterschrift von Hand.

Es ist die Antwort auf »einen ersten Brief« vom 14. Dezember 1958, in dem Fortini unter anderem schreibt:

»Ich habe Deine Epigramme gelesen, die mir großen Eindruck gemacht haben und die ich sehr schön und richtig finde, mit Deine besten Sachen, sie ›stehen Dir gut‹. Einziger Vorbehalt: die ›Literaten‹, die Du *nominatim* anhängst, sind alle vierter Ordnung, außer Bárberi-Squarotti. Der Eleganz wegen sollten welche da stehen, die mehr zu fürchten sind, oder die in die Zange Genommenen sollten anonym bleiben. Findest Du nicht? Dasselbe kann ich nicht von dem Romankapitel sagen, das ich im ›Contemporaneo‹[2] gelesen habe, im Gegenteil: ich habe es tot gefunden, mechanisch, im Vergleich zu meiner Erinnerung an die *Ragazzi*. Wahrscheinlich muß es mit Abstand beurteilt werden, nicht nach einem Stück. Doch stellt sich, vielleicht seltsamerweise, nach dem Lesen jener Seiten für einen Augenblick wieder der Verdacht ein, daß hinsichtlich der Verzahnung Hochsprache-Argot die Citati recht haben, die sie, zum Nachteil Deiner Gedichte in Hochsprache, so sehr bewundern ... für das, was in den *Ragazzi* weniger gut ist.

Bei den Epigrammen[3] (das an einen nicht geborenen Sohn ist sehr ›richtig‹ und eine genaue Chiffre, um viele Deiner Sachen zu lesen) hast Du wirklich eine glückliche Hand; bestimmte aretinische Exzesse [...], d.h. literarischer Art, sollten mit ganz leichter Hand korrigiert werden. Du hast gut daran getan, sie zu schreiben. *Sehr schön* das für Frankreich.

Ich lege Dir etwa fünfzehn Experimente bei, Skizzen, Entwürfe und Ansprüche der letzten Zeit, die weder eine Reihenfolge haben noch zusammengehören. Ich wäre froh, wenn Du einen Blick darauf werfen und mir ein Wort dazu sagen könntest.«

1 Vgl. »Nuovi consigli« von F. Fortini, in »Officina«, neue Serie, Nr. 2, Mai-Juni 1959.

2 Vgl. »Notte nella città di Dio« (Auszug aus *Una vita violenta*) in »Il Contemporaneo«, op. cit.

3 Vgl. »Umiliato e offeso« von Pasolini, in »Officina«, neue Serie, Nr. 1, op. cit.

AN FRANCESCO LEONETTI – BOLOGNA

Rom, 21. Dezember 1958

Liebster Leonetti,

ich hatte schon einen kilometerlangen Brief von Fortini und einen von Romanò bekommen: dann ist etwas Unerwartetes und Schmerzliches eingetreten, was jede literarische Reaktion von mir unterbrochen hat: der Tod meines Vaters. Er ist vorgestern nacht gestorben, nach einer Leberblutung, die ihn grausam gequält hat. Du weißt, wie wenig ich mich mit meinem Vater verstand, wie ich ihn in gewissen Augenblicken und in gewisser Weise beinahe haßte: aber er ist auf eine Art gestorben, die mir nun Schuldgefühle verursacht wegen jeglicher Empfindung, die ich ihm gegenüber gehabt habe. In den letzten Tagen hatte er ein Gesicht, das um Mitleid flehte: »Siehst Du nicht, daß ich bald sterbe?« schien es zu mir zu sagen. Und ich war weiter hart und abweisend zu ihm, warf ihm immer noch die schrecklichen Leiden vor, die er mir und meiner Mutter verursacht hat. Er wollte sterben, er pflegte sich nicht, er hatte nichts mehr auf der Welt außer seiner düsteren Angst, seinem Haß, seinem Bedürfnis, ein anderer zu sein, zu lieben und geliebt zu werden. So ist er fortgegangen, als wolle er einen Streik gegen uns und das Leben verewigen, den er seit Jahren schon durchführte: plötzlich oder, kurz gesagt, zu früh. Seine einzigen kleinen Freuden waren meine literarischen Erfolge: und in der letzten Zeit hatte es davon wenige gegeben. Er ist wirklich ohne jeden Trost gestorben. Vor zwei Stunden haben sie ihn weggebracht: das Begräbnis findet in Casarsa statt, und morgen früh fahren auch ich und Mama los. Auf der Rückreise werde ich in Bologna Station machen. Vorläufig würde ich, nachdem ich etwas aufgebracht war, auch gegen Euch, zu »Officina« sagen: wir behalten formal die alte Redaktion und substantiell behalten wir die neue, beschränken aber dabei Fortinis Teilnahme auf die theoretischen Diskussionen über die allgemeine Ausrichtung und auf die schriftliche Kritik, die er an mich – als Vermittler – schicken soll, also Bemerkungen über die Texte, die wir nach und nach veröffentlichen werden. Eine Redaktion, die Fortini ausschließt, erscheint mir absurd: eine Verstümmelung von Anfang an, die »Officina« beeinträchtigen könnte. Wenn Ihr alle zu einer solchen Lösung bereit seid, könnte man für die erste Nummer den zurückgezogenen Text von Fortini wiederaufnehmen. Beachtet auch, daß er mir eine Gruppe sehr guter Verse geschickt hat, seine besten.

Bis in wenigen Tagen in Bologna, und inzwischen eine herzliche Umarmung

Pier Paolo

Beim Empfänger.
Maschinengeschrieben mit Datum und Unterschrift von Hand.

Rom, 13. Januar 1958 [1959][1]

Lieber Ferretti,

was fällt Dir ein? Die Verse[2], von denen Du glaubst, sie seien Dir gewidmet, was Du wer weiß wie interpretierst, gelten Bassani, der seinen Fiat lenkte, auf einer Reise, die wir zusammen nach Umbrien gemacht haben. Ich verstehe nicht, auf welche Grundlagen Du Deine Interpretation gestützt hast: ich wäre neugierig, es zu erfahren. Was das übrige angeht, so habe ich es Dir, glaube ich, schon ein anderes Mal klipp und klar geschrieben[3]: ich verliebe mich ausschließlich in Jungen unter zwanzig, die sehr naiv sind, ich würde sagen, fast nur aus dem Volk (naiv in kultureller Hinsicht, nicht in erotischer): ein Unterschied muß doch sein, oder? Der Unterschied, den ich meine, ist sozial, kulturell (nicht so sehr ein Altersunterschied, da ich erotisch gesehen auf die Adoleszenz »fixiert« bin, außer auf die Phase des Ödipuskomplexes: das heißt, ich bin zweimal unter dem Kreuz zusammengebrochen, und nach dem zweiten Mal bin ich nicht mehr aufgestanden). All das hat jedenfalls eine wunderbare Bedeutung für mich: aber es ist eine Privatsache. Ein extrem freies und ausschweifendes Leben hat meine Unschuld keinen Millimeter angekratzt: ich bin wirklich jungfräulich und noch Knabe in dieser Hinsicht. Jetzt merk Dir mal, daß es kindisch und provinziell ist, dieser Sache so viel Gewicht beizumessen: und Du solltest aufhören, sowohl das eine wie das andere zu sein. Die geheimnisvollen Lästerer, die Kassandras, die Tutoren interessieren mich nicht, und was sie sagen auch nicht. Daß das klar ist. Also schick mir gute Verse und freundschaftliche Briefe und spar Dir dieses pathetische Briefgeschwafel über mein Schwulsein und Dein Mitleid.

Ich grüße Dich mit großer Zuneigung, Dein

Pier Paolo Pasolini

Beim Fondo Ferretti, Jesi.
Maschinengeschrieben mit Datum und Unterschrift von Hand.
Es ist die Antwort auf einen Brief vom 10. Januar 1959, in dem Ferretti unter anderem schreibt:

Lieber Pasolini,

zufällig [...] habe ich erfahren, daß Du einen Teil von »Ricchezza« in der März-Nummer von »Paragone« vorabgedruckt hast [...]: und ich habe die Verse gelesen, die mich betreffen [...] Ich habe kein Grauen vor Deiner Sinnlichkeit empfunden, aber gespürt, daß die einzige wahre Freundschaft, die ich hatte eingehen können, zerbrechen würde. Denn wir haben ganz unterschiedliche Auffassungen von Freundschaft: ich mag Dich gern, kann mir Dich aber unmöglich als Liebesobjekt vorstellen.

1 Die Jahreszahl muß nicht 1958, sondern 1959 lauten.

2 Es handelt sich um die Verse 6–23 vom zweiten Teil des kleinen Poems »La Ricchezza« in *La religione del mio tempo* [dt.: »Der Reichtum« in *Unter freiem Himmel*, op. cit.].

3 Vgl. *Lettere a Pier Paolo Pasolini* von M. Ferretti, op. cit., S. 92.

Rom, 9. März 1959

Verehrter Einaudi,

entschuldigen Sie, wenn ich etwas verspätet auf Ihren Brief antworte: aber ich mache dramatische Tage durch, da ich Mittwoch in Mailand sein muß, um Garzanti das Manuskript meines neuen Romans[1] abzuliefern: und ich bin dabei, mit unbeschreiblichen Mühen und Ängsten zu korrigieren und ins Reine zu schreiben.

Ihr Brief hat mich sehr, sehr gefreut: Ich will Ihnen sagen, daß ich als Junge (mein erstes Buch, als Gymnasiast, waren die *Occasioni* von Montale) immer davon geträumt habe, meine Gedichte in Ihrem Verlag erscheinen zu sehen: ich muß es auch Calvino gesagt haben. Ich hoffe daher, daß ich nun das Buch, das Sie wünschen, zusammenstellen kann. Die einzige, und zwar ziemlich ernste, Hürde ist Garzanti, dem ich verpflichtet bin: ich weiß nicht, ob er es akzeptiert, daß ein Buch von mir, und sei es auch mit Versen und Essays, bei einem anderen Verleger herauskommt. Er hat geklagt und getobt vor Reue, daß er mir für *L'usignolo* bei Longanesi die Erlaubnis gegeben hat. Jedenfalls versichere ich Ihnen, daß ich Mittwoch in Mailand alles tun werde, um die Sache »hinzukriegen«, wie man sagt.

Ich danke Ihnen nochmals und sende Ihnen meine herzlichsten Grüße, Ihr

Pier Paolo Pasolini

Beim Einaudi-Archiv.
Maschinengeschrieben mit Datum und Unterschrift von Hand. Es ist die Antwort auf einen Brief vom 4. März 1959, in dem Einaudi unter anderem schreibt:

»Ich wäre sehr froh, wenn ich der Verleger einer Sammlung von Versen wie denen, die gerade in »Officina« erschienen sind (*Umiliato e offeso – Epigrammi*), sein dürfte, einer homogenen Sammlung, die sich als absolut neues Buch darstellen würde.«

1 *Una vita violenta.*

Rom, 15. Mai 1959

Lieber Costanzo,

da, sehen Sie es?, Ihre Antwort ist ein Paradigma Ihrer gesamten kritischen Reaktion: sie ist allergisch und übertrieben, auf einer entstellenden Rezeption aufgebaut. Indem Sie dem von mir gebrauchten Terminus »settentrionale« [nördlich, norditalienisch] eine rassistische Bedeutung zuschreiben, haben Sie zwei grundlegende Fehler begangen:

1) Sie haben bewiesen, daß Sie falsch gelesen haben, daß Sie mein ganzes Werk nicht begriffen haben: dabei habe ich doch, in »Funktion« zu jenem »settentrionale«, eine Menge Material veröffentlicht: von den Anthologien bis zu den ideologischen Texten in »Officina«, von den friaulischen Gedichten bis zu den letzten Poemchen: nun gut, in Hunderten von Seiten gibt es nichts, was Sie berechtigt zu denken, daß ich, wenn ich das Wort »settentrionale« verwende, es in rassistischem Sinn verwende. Seit zwei, drei Jahren tue ich doch nichts anderes, als immer und immer wieder auf die Worte »Kultur« und »Geschichte«, auf die Heteronomie der Kunst usw. usw. zurückzukommen. Und jetzt muß ich zusehen, wie ich auf diese absurde Weise interpretiert werde, d. h. ich muß zusehen, wie Sie mir Ihre Bedeutungen unterschieben: rassistische, irrationale, mystifizierende und wohl gar noch klerikal-faschistische! Als ich mich als *settentrionale* bezeichnet habe, habe ich es im Sinne von Umwelt, kulturell und geschichtlich gemeint, mit eindeutig größerer Gewichtung im Sinne von Umwelt: im Norden habe ich gelebt, dort bin ich aufgewachsen, habe meine erste Beziehungsexistenz gepflegt. Was das übrige betrifft, fürchte ich, daß meine Vorfahren alle aus Ravenna und dem Friaul stammen. Doch ich wäre glücklich, wenn ich entdeckte, daß ich sizilianische oder schwarze Großeltern habe.

2) Indem Sie dem Gebrauch des Terminus *settentrionale* eine rassistische Bedeutung zuschreiben, haben Sie automatisch auf Ihr typisches moralistisch-psychologisches Apriori rekurriert: auf Ihre Voreingenommenheit, die im Objekt Unlauterkeit oder sogar Böses voraussetzt. Der Gedanke: »Möglich, daß Pasolini so töricht und bösartig ist, daß er das Wort *settentrionale* in rassistischem Sinn gebraucht?« hat Sie nicht einmal gestreift. Nein, Sie haben sofort gedacht – und

auf irrationale Weise, denn, ich wiederhole es, es hätte genügt, sich einen Augenblick lang auf mein Gesamtwerk zu beziehen: »Pasolini ist so töricht und bösartig, daß er das Wort *settentrionale* in rassistischem Sinn benutzt.« Mit dieser moralistischen, niederträchtigen Grundeinstellung, mit dieser »Gemütsart«, wie die schlechten Literaten zu sagen pflegten, die Sie so lieben, mit dieser Übung in irrationaler Vernunft schreiben Sie dann zwangsläufig Essays wie den über mich[1].

A propos, erst nachher habe ich eine Postille gelesen, die immer weiter grundlos schlechte Gefühle in mir voraussetzt. Und auf diese Postille habe ich mit diesem neuen Epigramm geantwortet:

Idiot! Jünger soll ich mir suchen, einen Kreis erfinden?
Ich glaube nicht an die Existenz deiner Welt,
wo man sich Jünger sucht, wo man sich Kreise erfindet.
Du bist eine Leiche: und willst mich bei dir in einem Grab[2].

Was das übrige angeht, so loben Sie Ihre eigene Aufrichtigkeit: für mich geht aus jenem Essay und jener Postille von Ihnen jedoch nicht hervor, daß mir Wertschätzung entgegengebracht wird: aus den Gründen, die ich hier oben, allzu rasch, dargelegt habe. Daher muß ich noch begreifen, in welchem Sinn Sie es als einen Gewinn für Ihre Reihe erachten, mich zu haben: *noch* habe ich keine Gedichtsammlung auf altdalmatinisch geschrieben! Trotz allem hoffe ich sehr, daß es sich um ein Mißverständnis handelt, und daß Sie benebelt waren durch ich weiß nicht welchen Zorn auf mich, wodurch wenigstens etwas Klarheit verlorenging...

Mit einer Mischung aus Zorn und Sympathie grüße ich Sie, Ihr

Pier Paolo Pasolini

Beim Empfänger.
Maschinengeschrieben mit Korrekturen, Datum und Unterschrift von Hand.
In Beantwortung des an ihn gerichteten Briefes vom 26. April schickt Costanzo einen undatierten Brief, auf den der vorliegende antwortet. Costanzo schreibt unter anderem:

»Falsche Zielscheibe, mein Lieber. Ein faktischer Fehler kann Ihnen nicht angelastet werden: obgleich ich Ihren ›Rassismus‹ nicht akzeptiere, muß ich doch klarstellen, daß ich nur ein Zwölftel meridionales Blut in der drittletzten Generation habe, und ich kann den Settentrionalismus meiner Vorfahren mit genauen und belegten Stammbäumen dokumentieren. [...] Ein Irrtum, der hingegen nur einer Unmutsregung von Ihnen angelastet werden kann, ist jener Versuch, mich als Mann von Kompromissen und jesuitischen Verdrehungen hinzustellen. Eine Dummheit, lieber Pasolini: Befragen Sie Ihr Gewissen, und Sie werden zugeben, daß wenige heute in Italien die Dinge bei ihrem Namen nennen, wie ich es tue. [...] Sie sagen: ›öffentlich verdammen Sie mich‹. Das bleibt noch zu sehen. Ich habe mich vielleicht in der Perspektive und in den Standpunkten geirrt (aber alle stimmen anerkennend überein, daß mein Essay über Sie ein recht schöner Essay ist. Wissen Sie das?) (sogar Sanguineti und ein paar andere, denen meine Arbeit nicht gefällt, schreiben proportional gerade meinen Seiten über Sie ein Minimum an Verdienst zu); ich mag mich geirrt haben. Kann sein. Aber ich glaube überhaupt nicht, daß ich Sie verdammt habe«.

1 Vgl. *Studi per un'antologia*, op. cit.
2 Nach einem ersten Epigramm »A Costanzo«, das in »Officina« (März-April 1959) veröffentlicht wurde, ist dies noch ein zweites Epigramm, das mit demselben Titel und einer Variante in der Abteilung »Umiliato e offeso« [Gedemütigt und beleidigt] in *La religione del mio tempo*, op. cit., enthalten sein wird.

AN LUCIANO ANCESCHI – MAILAND

Rom, 28. Mai 1959

Verehrter Anceschi,

Sie werden in einigen Tagen von Garzanti meinen Roman *Una vita violenta* erhalten: ich bin mitten im Wahlkampf um den Premio Strega: ich schlage Ihnen als Stimmberechtigtem meinen Namen vor: natürlich, wenn der Roman Ihnen gut zu sein scheint!

Empfangen Sie die herzlichsten Grüße von Ihrem

Pier Paolo Pasolini

Beim Empfänger.
Maschinengeschrieben mit Datum und Unterschrift von Hand.

AN ROBERTO ROVERSI – BOLOGNA

Rom, Juli 1959

Liebster Roberto,

ich bin glücklich: ich hab Dich doppelt so gern. Fortini schreibt mir von einem Treffen im Baptisterium von Parma: leider kann ich nicht kommen: ich breche übermorgen zu einer Rundreise an den süditalienischen Stränden auf. Aber trefft Ihr Euch. Ich habe Fortini geschrieben, daß ich für eine unveränderte Redaktion wäre*, aber mit einem aktiven Sekretär bei Einaudi, wie Du es anstrebst, der sich auch um die Druckerei kümmert.

Außerdem bin ich ganz Deiner Meinung bezüglich des entschieden marxistischen ideologischen Grundsatzprogramms.

Gut für die zweite Nummer[1], die jetzt sofort erscheinen müßte.

Ich umarme Dich mit großer Zuneigung, und entschuldige diese ketzerische Eile, Dein

Pier Paolo

* In Wirklichkeit würde ich am liebsten zur alten Redaktion zu dritt zurückkehren: mit den anderen dreien als feste Mitarbeiter. Das würde alles vereinfachen.

Beim Empfänger.
Maschinengeschrieben mit Unterschrift und Postskriptum von Hand.

1 Bezieht sich auf »Officina«, neue Serie, Nr. 2, op. cit.

Rom, 30. August 1959

Liebste Mama,

ehrlich gesagt, habe ich eine Nacht und einen Tag glühender Enttäuschung verbracht, wegen des neuen Verrats in Viareggio[1]. Aber jetzt ist es schon wieder vorbei. Ich habe erfahren, daß der elende Repaci schuld ist, der idiotische und neidische Alte. Aber er wird sterben müssen, an Idiotie und Neid. Ich arbeite viel an dem neuen Drehbuch[2], außerdem werde ich ununterbrochen photographiert und interviewt. Am vierten werde ich nach Avellino fahren und zwei oder drei Tage dortbleiben. Wenn Du es satt hast, in Casarsa zu sein, komm doch gleich: sonst etwa am neunten oder zehnten. Oder, wenn Du Dich wohlfühlst, bleib, solange Du willst. Ich komme hier schon zurecht, auch wenn ich dann mein Bett nur alle zwei Tage mache: aber ich schlafe trotzdem ausgezeichnet.

Ich küsse Dich vielmals, und viele Küsse an alle,

Pier Paolo

Bei den Erben Pasolini.
Maschinengeschrieben mit Unterschrift von Hand.

1 Darüber, daß der Premio Viareggio nicht *Una vita violenta* zugesprochen wurde.
2 Vermutlich für den Film von Mauro Bolognini, *Il Bell'Antonio*, nach einem Roman von V. Brancati.

Rom, 5. Oktober 1959

Verehrter Visani,

entschuldigen Sie die ungeheure Verspätung, mit der ich Ihnen antworte, aber ich habe den ganzen Sommer keinen Augenblick Luft gehabt. Ich danke Ihnen sehr für Ihren Brief und für Ihren Artikel.[1] Das, worüber Sie sich beklagen – nämlich, nicht aus uneigennütziger Leidenschaft, aus Liebe schreiben und sprechen zu können–, ist ja ganz allgemein so. Das einzige, was von der Presse verlangt wird, sind Bosheit, Oberflächlichkeit und Scheinheiligkeit. Sie gehören zu jener Art von Leuten, denen ich im Augenblick mein größtes Vertrauen zuwende: den linken, den extrem linken Christdemokraten. Ich hoffe, daß Ihr niemals Eure Standpunkte eines jugendlichen Idealismus, eines demokratischen Verhältnisses zu den Gegnern verraten werdet. Ihr seid die einzige Hoffnung dieser Nation, die noch zu Jahrzehnten des Klerikalismus verdammt ist.

Meine friaulischen Sammelbändchen sind unauffindbar: aber Sie können sie alle in *La meglio gioventù* (Sansoni, Florenz) versammelt finden.

Erhalten Sie die herzlichsten Grüße von Ihrem

Pier Paolo Pasolini

Beim Empfänger.
Maschinengeschrieben mit Datum und Unterschrift von Hand.

1 Bezieht sich auf eine Rezension über *L'usignolo della Chiesa Cattolica*, die an die Zeitung »L'Avvenire d'Italia« geschickt und nicht veröffentlicht wurde.

[Crotone, November 1959]

Kaum habe ich Dich gesehen, habe ich mich gefragt, warum Du so selbstsicher bist. Der Grund ist ganz einfach: weil Du unsicher bist.

Du gehst auf Deiner Straße zwischen Deinen Freunden unter Deiner uralten Sonne von Crotone, und es scheint, als zögest Du Deine Sicherheit direkt aus dem Herzen des Lebens, das aufrecht in Dir gezückt ist wie ein Dolch.

Es scheint, als hättest Du bei Deiner Geburt, einfach durch die Tatsache dazusein, eine Art Grazie, eine Art inneres Licht erhalten, fast ein charismatisches Licht, das Dir durch die Pupillen eines kleinen Phöniziers, eines vorchristlichen Italikers sickert, mit einem Aufblitzen von Ironie. Inneres Licht und Ironie, Selbstsicherheit und Ironie. Aber ich weiß sehr wohl, daß Übertreibungen immer Mängel kaschieren. Deshalb wiederhole ich, Deine Sicherheit ist Unsicherheit, Dein inneres Licht ist Dunkelheit, Deine Ironie Verirrung. Du gehst zu geradeaus, Du blickst zu anmaßend, um nicht etwas zu verbergen. Die Geste, die Du gemacht hast, als Du nach einem Abzeichen griffst, das Dir vom Gürtel in den Schoß hing, um es mir zu zeigen, das Abzeichen einer politischen Partei[1], eben selbstsicher, innerlich von überirdischem Licht erhellt, und ironisch – es war eine Geste, die Dich verraten hat. Sie hat nämlich Deine Leidenschaft und Deinen Stolz verraten: zwei Gaben, die im Gegensatz stehen zur Sicherheit und Ironie. Wer Leidenschaft und Stolz in sich trägt, ist im Innersten gespalten und verletzt: er hat auf dem Grunde seiner Seele ein ihm selbst unbekanntes Zittern, das ihn schwach macht, denn hart sind die, denen Leidenschaft und Stolz abgehen. Also mußt Du diese beiden Schwächen verbergen – die Du Dir selbst nicht eingestehst: und Du kaschierst sie unter einem Flämmchen, das Symbol für Kraft, Männlichkeit und womöglich Anmaßung sein will.

Du befindest Dich in der Phase der Adoleszenz, in der ein Junge angstvoll den Durst spürt, vor allem den Durst des Geschlechts. In dem Alter, in dem einerseits eine heftige Sinnlichkeit einen ehrgeizig und aggressiv macht, andererseits das Fehlen eines realen Auslebens dieser Sinnlichkeit einen voller Komplexe und schüchtern macht. Diese beiden Haltungen, die antithetisch und wie zementiert sind, streiten in

Dir: und so gelangst Du durch einen Haufen Widersprüche zu jener falschen Einfachheit, die Deine bübische Unverfrorenheit ist.

Also: jenes Licht, das Du in Dir zu tragen glaubst – und das Dich jedes Gedankens und jeder Handlung Deines Lebens so sicher sein läßt – ist in Wirklichkeit, wie ich schon sagte, überirdisch, sinnlich und irrational. Du vertraust Dich dieser gefährlichen Erleuchtung Deiner so leicht zu erleuchtenden Seele an und scheust vor der Logik und dem vernunftgelenkten Denken zurück: Du scheust davor zurück, weil Du es fürchtest.

Die Logik und das vernunftgelenkte Denken, die Deine Lichtquellen zum Versiegen brächten, welche sich im Herzen des bürgerlichen Konformismus befinden, aus dem Du hervorgegangen bist, würden zugleich Deine schöne Sicherheit und Deine schöne Neuheit ins Wanken bringen.

Du hast einen scharfen Verstand – das sieht man an Deinem durchdringenden Blick–, benutze ihn: fürchte Dich nicht vor vernunftgelenktem Denken. Es kostet große Mühe, ich weiß. Es ist ein großes Risiko. Aber danach werden Deine Sicherheit, Deine Ironie, Dein Licht authentisch sein.

Pier Paolo Pasolini

Veröffentlicht mit dem Titel *Ad un alunno del III Geometri* in »Lo studente qualunque«, Crotone, 12. Dezember 1960.

1 MSI [neofaschistische Partei Italiens].

Rom, Dezember 1959

Verehrter Lucignani,

ich bin doch kein Roboter! Ich arbeite daran, aber Sie wissen, daß ich noch andere Verpflichtungen habe, mit früher abgeschlossenen Verträgen. Aber ich arbeite daran. Was ich mache, ist eine Erstfassung: und es gelingt mir nicht, trotz aller Bemühung, ein Stück des Anfangs auszufeilen und auf den Punkt zu bringen, bevor ich nicht mit der ganzen Tragödie fertig bin. Erst dann (oder fast: sagen wir bei Drei Viertel der Tragödie) kann ich wirklich verstehen, welche Arten von Veränderungen ich überhaupt anbringen kann, durchgängig von Anfang bis Ende. Doch was die Diktion angeht, genügt es, wenn Gassman in den *Ceneri di Gramsci* liest, etwa »Il pianto della scavatrice« [dt.: Die Klage der Baggermaschine], das ist mein Italienisch, mein Stil. In der ersten Januarhälfte werde ich Euch den gesamten *Agamemnon* abgeben. Und die anderen ungefähr in einem Monat Abstand. Das ist alles, was ich tun kann, und ich versichere Ihnen, daß es viel ist... Eine Arbeit für Spoleto[1]? Aber ich habe noch zwei (wenn nicht gar drei) Filmskripts zu machen und mindestens zwei Bücher zu überarbeiten, außer daß ich mit meinem Roman weiterkommen muß. Es ist mir, wie man so sagt, faktisch unmöglich, auch nur daran zu denken. Aber es gibt zum Beispiel *Ragazzi di vita*: das würde sich noch besser als *Una vita violenta* für eine Bühnenfassung vom Typ *Dreigroschenoper* eignen, wie Sie sagen... Sie könnten es probieren, ich würde Ihnen dann unter die Arme greifen...

Viele herzliche Grüße, auch an Gassman, Ihr

Pier Paolo Pasolini

Beim Empfänger. Maschinengeschrieben mit Unterschrift von Hand.
Es ist die Antwort auf einen Mahnbrief, er solle die Übersetzung der *Orestie* von Äschylus abgeben, die Vittorio Gassman im darauffolgenden Jahr für das Teatro Popolare Italiano inszenieren will. Vgl. *L'Orestiade* di Eschilo nella traduzione di Pier Paolo Pasolini, Einaudi, Turin 1960.

1 Antwort auf folgenden Brief von Lucignani: »Würde es Sie interessieren, ein Stück für das TPI zu schreiben? Ich rede nicht von einer Bühnenfassung von *Una vita violenta*, weil ich erfahren habe, daß Sie das im Film machen; aber es könnte *Il Rio della grana* sein, oder? Wenn man direkt für die Bühne schreibt, gäbe es auch nicht die Schwierigkeit, die Sprache des Romans ›anzupassen‹. Ich denke an eine italienische *Dreigroschenoper*, eine römische, mit Musik, Gesängen und Choreographien [...].«

[Rom, Januar 1960]

Lieber Anceschi,

ein neuer Diskussionsbeitrag: aber ich habe meinen häßlichen Antworten auf die Umfrage von »Nuovi Argomenti«[1] nichts hinzuzufügen. Ich müßte mich zusammenfassen, zu einer ebenso häßlichen Kurznotiz: und da fällt mir die Feder aus der Hand. Ich hege großen, größten Respekt vor der kritischen Arbeit. Für das, was Du von mir verlangst für den »Verri«, bräuchte ich zwei Arbeitstage: und die habe ich nicht. Ich bin nämlich ganz in Anspruch genommen... von den Erzähltechniken. Ich muß die römischen Erzählungen von Moravia technisch genau nacherzählen in einer Erzählung für den Regisseur Bolognini, die den Titel *La giornata balorda* tragen wird; ich muß, noch einmal, in einer neuen Technik *Una vita violenta* für den Regisseur Brusati nacherzählen; ich beende gerade die Nacherzählung, ebenfalls unter technischem Zwang, von Bassanis *Una notte del '43* für den Regisseur Vancini; und schließlich schreibe ich noch das »Treatment« (ein ganz jungfräulicher technischer Vorgang ohne kritische Rückwirkungen) für einen Film, den ich als Regisseur drehen werde, *La commare secca*. Du begreifst, daß ich, wollte ich ein Tagebuch dieser Arbeiten anfertigen, gar nicht mehr fertig würde. Aber es ist nicht grundlos, aus Unverständnis für die Probleme des »Verri«, daß ich mit all diesem Kino daherkomme: das Kino führt zu Prozessen narrativer Syntax, die in der Literatur seit langem nicht mehr von selbst zustande kamen. Und ich werde Dir gleich sagen, warum: der Erzähler ist, in der Literatur, meistens – so versteht man ihn jedenfalls nach Croce in den, sagen wir, »bürgerlichen« Kreisen – ein Erzähler seiner selbst: subjektiv. Der Erzähler des Kinos ist definitionsgemäß, weil es das Publikum fordert, ein Erzähler der Angelegenheiten anderer: objektiv. Es ist wahr, heftige literarische Einmischungen hat es im Kino immer gegeben: und sieh nur jetzt *Hiroshima, mon amour* und, teilweise, *La dolce vita*: große vergewaltigende Eingriffe, auch technisch nicht objektiv, werden hier am Körper der Erzählung vorgenommen. Aber diese beiden Filme sind Produkte einer Rückkehr der »dekadenten« Kultur, die in dem Augenblick, an dem die ihr entgegengesetzte Kultur – die engagierte – eine gewisse ideologische Leere hinterläßt, wieder massenhaft auftritt: sie interessiert die Kommunisten weniger. Stil ist wieder Mode. Reiner Stil, meine ich, der in den Formalismus abfärbt.

Die Entspannung fördert gewissermaßen die stilistische Reaktion.

Die Lektion des Kinos ist eine Lektion in Objektivität: auch bei dem bescheidensten Film gibt es die Person und die Begebenheiten objektiv, in einer Realität, die im schlimmsten Fall nach dem gesunden Menschenverstand interpretiert wird. Jeder Film, auch der bescheidenste, verlangt eine soziologische Studie, eine Analyse des Milieus, von dem die Personen bestimmt sind oder zu dem sie in einem dialektischen Verhältnis stehen. Jeder Film, auch der bescheidenste, verlangt eine konsequente Entwicklung der Person nach einem objektiven moralischen Gesetz, und sei es auch, wie schon gesagt, das übliche.

Von wegen Lektion in reinem Sehen (ich beziehe mich auf die idiotische Theorie der neuesten französischen Schule)! Ich weiß nicht, was ich dafür geben würde, damit die italienische Sprache semantisch die absolute und entsprechende Gültigkeit eines photographierten Bildes hätte: so daß der Prozeß von Bedeutungselement zu Stilelement ein Verhältnis absoluter Instrumentalität des ersten voraussetzen würde.

Das Ideal einer neuen Erzähltechnik kann, denke ich, nur der Naturalismus sein, allerdings eben im Falle, daß die instrumentelle Sprache, die Koine, eine absolute Garantie für Funktionalität geben könnte. Und ich füge hinzu, daß ich, wenn ich Naturalismus sage, von Technik rede: eine naturalistische Technik im Dienst einer Ideologie, die die Wirklichkeit gemäß einer genau bestimmten politischen und moralischen Finalität (dem Marxismus) interpretiert und die also den Gegenstand existent macht.

Ah, wäre der semantische Reichtum unserer Sprache wenigstens dem der angelsächsischen oder der französischen gleich! So, daß man eine Sprache gebrauchen kann, die nicht wo man geht und steht in die reine Phonetik oder in die Erweiterung oder die Plurivalenz der Bedeutung ausufert! Dies sind die beiden großen Operationen des dekadentistischen Klassizismus, von D'Annunzio bis zu den Hermetikern. Die einzige Möglichkeit, diesen Tangenten zu entkommen, die angeblich ins Zentrum der Sprache und also der Nation führen, statt dessen aber zu den äußersten Rändern der Kultur, zu den Einsiedeleien der Geschichte hingehen, besteht darin, die Wirklichkeit – die einer solchen Sprache entgeht – durch den Mimetismus der gesprochenen Sprache oder des Dialekts anzugreifen. Was keineswegs einfachere stilistische Operationen erfordert als der dekadentistische Klassizismus (phonische Gefälligkeit, semantische Ambiguität): im Gegenteil, sie müssen sogar viel komplexer sein!

Deshalb werde ich, der ich die kommunistische Nachgiebigkeit gegenüber dem Wiedererstehen des Dekadentismus ablehne – eine Nachgiebigkeit, hinter der sich ewige politische Taktiererei verbirgt, diesmal im Namen der Entspannung–, niemals ohne eine komplizierte, obsessive Technik auskommen können: das ist, für mich, die einzige Weise, sich der Objektivität zu bemächtigen, wie der Marxismus sie interpretiert. Ich bin also – im Vergleich zu den Kommunisten, falls das für den »Verri« wichtig sein kann – einerseits ein Sektierer, andererseits wirklich tief eingetaucht in die stilistische – oder sagen wir ruhig, in einigen Fällen, formale – Forschungsarbeit, die mein Naturalismus (!) verlangt.

Beim Pasolini-Archiv.
Maschinengeschriebenes Konzept mit Korrekturen von Hand.

1 Es ist die Antwort auf folgende Zeilen von Anceschi:

24.1.1960

Lieber Pasolini,

Du wirst vom »Verri« schon eine Einladung bekommen haben, in der Du gebeten wurdest, einen kurzen Text über erzählende Literatur zu schicken. Es handelt sich um folgendes: wir bereiten eine Nummer der Zeitschrift vor, in der drei Essays diesem Thema gewidmet sind. Außerdem gibt es noch (schon gesammelt) etwa zwanzig Beiträge von aus unterschiedlichen Gründen einflußreichen oder maßgeblichen Personen. Ich hoffe, P. P. P. fehlt uns nicht. Schick' bitte baldmöglichst etwas, auch zwei Seitchen.

Herzlichen Dank Anceschi

Es geht darum, daß Du in sehr einfacher Weise Deine Meinung über die neuen Erzähltechniken abgibst.

2 Vgl. *Nove domande sul romanzo* in »Nuovi Argomenti«, Mai-August 1959.

Rom, Ferragosto [15. August] 1960

Liebe Mama,

gleich nach dem Telegramm habe ich Dir einen Eilbrief nach Lignano geschickt; ich hoffe, Du hast ihn erhalten und die Briefe haben sich gekreuzt. Gesundheitlich geht es mir wirklich gut: ich bin fast mit dem Drehbuch von *Accattone* fertig und habe lange, und wie mir scheint, mit sonderbarem Erfolg, als Schauspieler gearbeitet[1].

Ich möchte Dir noch einmal wiederholen, daß Du Dir mit Graziella einen hübschen Ort suchen sollst, wo Du in Ruhe zehn Tage verbringen kannst, das heißt, bis ich Dich mit dem Auto abholen kann: Du weißt, daß ich bis zum 25. August mit dem Film zu tun habe. Auf der Rückreise könnten wir dann beispielsweise in Viareggio vorbeifahren.

Ciao, viele Küsse, und Küsse an alle

Pier Paolo

Beim Pasolini-Archiv.
Maschinengeschrieben mit Datum und Unterschrift von Hand.

1 In dem Film *Il gobbo* von Carlo Lizzani [dt.: *Der Bucklige von Rom*].

[Poststempel: Rom, 7. Mai 1961]

Verehrter Luperini,

danke für Ihren Brief, vor allem, weil er mir Gelegenheit gibt, an »Voce di giovani« zu schreiben[1], an die ganze Gruppe, der ich mein aufrichtiges Kompliment machen muß: ich habe die Nummer der Zeitschrift, die ich einige Tage vor Ihrem Brief erhalten hatte, hier einigen jungen Leuten aus Rom gegeben – den besten, die ich kenne–, die ihrerseits gerade eine Zeitschrift vorbereiten: ich denke, daß sie Euch schreiben werden. Die Leute, die etwas taugen, sind wenige und weit verstreut. Während es eine große Zahl von Idioten und Bestien gibt, die immer sofort einen natürlichen Einklang und Zusammenhalt finden.

Was Ihr Problem betrifft, will ich Ihnen sagen, daß man in der faschistischen und klerikalen Presse jeden Tag Dinge über mich lesen kann, die noch schlimmer sind als das, was das faschistische Blättchen, das sich mit Ihnen anlegt, veröffentlicht hat. Doch ich will auch nicht eine Minute meiner Zeit damit vergeuden, mich mit diesen demütigenden und beschämenden Aggressionen zu beschäftigen. Handeln Sie, wie Sie es für richtig halten: ich meinerseits rate Ihnen, diese Schweine zu ignorieren, die vor allem ordinäre Narzisse sind, glücklich, daß sich jemand mit ihnen beschäftigt.

Erhalten Sie die herzlichsten Grüße von Ihrem

Pier Paolo Pasolini

Beim Empfänger.
Maschinengeschrieben mit Unterschrift von Hand.

1 Die Zeitschrift »Voco di giovani« aus Pontedera war mit »Officina« in Kontakt, und Paolo Volponi und Roberto Roversi arbeiteten daran mit. Luperini war von den lokalen Faschisten angegriffen worden.

AN FRANCO FORTINI – MAILAND

Rom, 26. Januar 1962

Lieber Fortini,

morgen fahre ich endlich in den Sudan. Vor der Abreise (die ja ein kleines Sterben ist: wird schon schiefgehen, salopp ausgedrückt) möchte ich Dich um einen Gefallen bitten. Ich habe da einen alten Roman, meinen ersten oder beinahe, '49 geschrieben, der *La meglio gioventù* hieß. Nun ist dieser Titel auf die friaulischen Verse übergegangen; so hat mich, auf der verzweifelten Suche nach einem Titel, ein Zitat von Dir getroffen wie ein Blitz (an dem Abend über den Industrie-Menabò), DER TRAUM VON EINER SACHE. Ich wäre Dir sehr dankbar, wenn Du mir den Marxschen Satz – oder die ganze Seite–, woraus das Zitat stammt, abschreiben und schicken würdest, damit ich ihn dem Buch als Epigraph voranstellen kann[1].

Ich lese Deine sehr schönen Verse. Sei umarmt, Dein

Pier Paolo

Beim Empfänger.
Maschinengeschrieben mit Datum und Unterschrift von Hand.
Als Antwort auf diesen Brief schreibt Fortini am 30. Januar unter anderem:

»*Il sogno di una cosa [Der Traum von einer Sache]* (so jedenfalls sehe ich die Übersetzung oft zitiert, das deutsche Original habe ich nicht) ist eine Stelle aus dem Briefwechsel des Jahres 1843. Marx war 25 Jahre alt, und als Antwort an Ruge, der ihm die Gründung einer neuen Zeitschrift vorschlägt, in der ›wir uns selbst und ganz Deutschland völlig frei und mit unerbittlicher Aufrichtigkeit beurteilen‹, schreibt er im September 1843 aus Kreuznach drei berühmte Seiten. Ich schreibe Dir die letzten beiden Abschnitte ab, auf den Seiten 21 und 22 der alten Werkausgabe *Marx Engels Lassalle: Opere*, herausgegeben von E. Ciccotti, Edition Avanti!, Mailand 1914, Übersetzung von E. Ciccotti. Zu Deiner Belustigung füge ich hinzu, daß der Band aus der Bibliothek des ›Popolo d'Italia‹ stammt und von den Bombenangriffen im Jahr '43 Schmutz- und Brandflecken hat. Der Marxsche Passus ist noch nicht marxistisch, wie Du sehen wirst; im Gegenteil, höchstens Feuerbachscher Prägung, aber voll von einer Kraft und einer Genialität, wie sie im damaligen Europa niemand außer Herzen besaß: »Unser Wahlspruch muß also sein: Reform des Bewußtseins nicht durch Dogmen, sondern durch Analysierung des mystischen, sich selbst unklaren Bewußtseins, trete es nun religiös oder politisch auf. Es wird sich dann zeigen, daß die Welt längst den Traum von einer Sache besitzt...«[2]

1 Vgl. *Il sogno di una cosa*, Garzanti, Mailand 1962.
2 Vgl. Karl Marx, *Die Frühschriften*, hrsg. von Siegfried Landshut, Alfred Kröner Verlag, Stuttgart 1971 [Anm. d. Übers.].

[Rom, Februar 1963]

Lieber Caruso,

ich möchte Ihnen gern schriftlich genauer erklären, was ich verworren schon mündlich erklärt habe.

Als ich zum ersten Mal zu Euch nach Assisi gekommen bin, habe ich neben meinem Kopfkissen das Evangelium vorgefunden: Eure entzückend-teuflische Berechnung!

Und in der Tat ist alles so gekommen, wie es kommen mußte: ich habe es wieder gelesen nach etwa zwanzig Jahren (im Jahr '40, '41 habe ich es als Junge zum ersten Mal gelesen: und daraus ist *L'usignolo della Chiesa cattolica* entstanden, danach habe ich nur noch sporadisch darin herumgelesen, ein Absatz hier, ein Absatz da, wie es so geht...)

An jenem Tag bei Euch habe ich es ganz durchgelesen, wie einen Roman. Und in der Aufregung der Lektüre – Sie wissen, es ist die aufregendste Sache, die man lesen kann – bin ich unter anderem auf die Idee gekommen, einen Film daraus zu machen. Eine Idee, die mir zu Anfang utopisch und unfruchtbar, »aufgeregt« eben erschien. Aber es war nichts zu machen. Im Lauf der Tage und dann der Wochen ist diese Idee immer ausschließlicher und übermächtiger geworden: sie hat alle anderen Arbeitseinfälle, die ich im Kopf hatte, in den Schatten gestellt, hat sie entkräftet, abgetötet. Sie allein ist übriggeblieben, lebendig und blühend mitten in mir. Erst nach zwei oder drei Monaten, als ich sie dann schon ausgearbeitet hatte und sie mir ganz vertraut geworden war, habe ich meinen Produzenten eingeweiht; und er ist einverstanden, diesen für mich und für ihn so schwierigen und riskanten Film zu machen.

Nun brauche ich Eure Hilfe: die von Don Giovanni[1], Ihre, die Ihrer Kollegen. Technische, philologische Unterstützung, aber auch ideelle Unterstützung. Kurz, ich würde Sie darum bitten (und durch Sie, mit dem ich auf vertrautestem Fuß stehe, die Pro Civitate Christiana), mir zuerst bei der Vorbereitung des Films zu helfen und mir dann während der Regie beizustehen.

Meine Vorstellung ist folgende: Punkt für Punkt dem Evangelium nach Matthäus zu folgen, ohne ein Drehbuch oder eine gekürzte Fassung daraus zu machen. Es getreu in Bilder zu übersetzen und dabei ohne Auslassung oder Hinzufügung der Erzählung zu folgen. Auch die Dialoge müßten streng die aus dem Matthäus-Evangelium sein, ohne einen einzigen Satz der Erklärung oder Verbindung: denn kein hinzugefügtes Bild oder Wort wird je poetisch auf der Höhe des Textes sein können.

Es ist diese poetische Höhe, die mich so angstvoll inspiriert. Und es ist ein Werk der Poesie, das ich machen will. Kein religiöses Werk im herkömmlichen Sinn des Wortes und auch kein irgendwie ideologisch geartetes Werk.

In sehr einfachen, schlichten Worten: ich glaube nicht, daß Christus Gottes Sohn ist, weil ich nicht gläubig bin, wenigstens in meinem Gewissen. Aber ich glaube, daß Christus göttlich ist: ich glaube nämlich, daß in ihm die Menschlichkeit so hoch, so rigoros, so ideal ist, daß es über die allgemeinen Termini von Menschlichkeit hinausgeht. Deshalb sage ich »Poesie«: irrationales Mittel, um dieses mein irrationales Gefühl für Christus auszudrücken. Ich hätte gern, daß mein Film am Ostertag in allen Gemeindekinos Italiens und der ganzen Welt gezeigt werden könnte. Darum brauche ich Euren Beistand und Eure Unterstützung. Ich hätte gern, daß meine Ansprüche an den Ausdruck, meine poetische Eingebung niemals Eurer Empfindsamkeit von Gläubigen widersprächen. Denn sonst würde ich mein Ziel, allen ein Leben nahezubringen, das für alle ein Vorbild ist – und sei es auch unerreichbar–, nicht erreichen. Ich hoffe sehr, daß Ihr Vertrauen zu mir habt.

Ich drücke Ihnen die Hand, herzlich, Ihr

Pier Paolo Pasolini

Veröffentlicht in *Il Vangelo secondo Matteo, un film di P. P. Pasolini*, Garzanti, Mailand 1964, S. 16–17.

1 Don Giovanni Rossi, Vorsitzender der Pro Civitate Christiana in Assisi.

[Rom, April 1963]

Lieber Cases,

ich hatte beschlossen, daß die Vorstellung bei Einaudi das genaue Gegenteil sein sollte von der bei Garzanti. Und das war das mindeste, was mir einfallen konnte, nachdem ich wenige Tage hintereinander zwei Vorstellungen machen mußte.

Übrigens hatte ich es angekündigt oder durchblicken lassen in den zwei Worten Einleitung vor der Lesung.

Was ich bedauere, ist nicht Gaddas Entsetzen: sondern die Raschheit, mit der Ihr Euch ihm anpaßt. Um so mehr, als Ihr, bevor Ihr so offensiv in Deckung geht, einen sehr einfachen Versuch hättet machen sollen: nämlich Gadda meinen neuen Text zur Billigung vorlegen.

In dem Zustand von Angst und »Ausgestoßenheit«, in dem ich mich zur Zeit befinde, hätte es das nicht gebraucht, und ich zweifle, daß Sie mit Ihrem soliden moralischen Gerüst eines Fiat-Arbeiters sich das klarmachen können. Sonst hätten Sie nicht so unbedacht gehandelt.

Jedenfalls danke. Herzlich, Ihr

Pier Paolo Pasolini

Beim Einaudi-Archiv.
Maschinengeschrieben mit Unterschrift von Hand.
Es ist die Antwort auf einen Brief vom 8. April 1963, abgeschickt vom römischen Sitz des Einaudi-Verlags, in dem Cases ihm unter anderem schreibt:

»Es handelt sich um folgendes: Als Sie Gadda letzten Freitag bei Garzanti vorgestellt haben, scheint es (ich sage scheint, weil ich gerade nicht in Rom war: relata refero), daß Gadda einige *outrés*, Ausdrücke, die in Ihrer Rede vorkamen, nicht nach seinem Geschmack gefunden und sich beschwert hat, auf ihn bezogen eine Terminologie angewendet zu sehen, auf die er ja andererseits selbst gern zurückgreift. Sie kennen Gadda, und ich brauche Ihnen seine verworrene und widersprüchliche Psychologie nicht zu erklären, der allein dieses ansonsten völlig unmotivierte Aufbäumen zuzuschreiben ist. Die Moral der Geschichte ist, daß wir befürchten, Gadda werde sich, wenn es soweit ist, die *Cognizione del dolore* vorzustellen, größte Sorgen machen, wenn Sie zu den Präsentatoren gehören, und Sie wissen, was das in seinem Fall bedeutet. Wir bitten Sie daher, mit großem Bedauern, darauf zu verzichten, bei der Präsentation mitzuwirken.«

[Rom,] 12. Mai 1963

Lieber Alfredo,

Du bittest mich, Dir zu Deiner Bequemlichkeit die Kriterien, die mich beim Drehen des Evangeliums nach Matthäus leiten werden, schriftlich zusammenzufassen.

Vom religiösen Standpunkt her gelten für mich, der ich stets versucht habe, meinem Laientum die Merkmale der Religiosität zurückzugewinnen, zwei auf naive Weise ontologische Daten: die Menschlichkeit Christi wird von einer solchen inneren Kraft getragen, von einem solchen unbezähmbaren Wissensdurst und Drang, das Wissen zu überprüfen, ohne Furcht vor jeglichem Skandal und jeglichem Widerspruch, daß für sie die Metapher »göttlich« an die Grenzen der Metaphorik stößt, ideell zu einer Wirklichkeit wird. Überdies ist für mich Schönheit immer eine »moralische Schönheit«: doch diese Schönheit gelangt stets vermittelt zu uns: durch die Dichtung oder die Philosophie oder die Praxis: den einzigen Fall von nicht vermittelter, sondern unvermittelter »moralischer Schönheit« im Reinzustand habe ich im Evangelium erfahren.

Was mein »künstlerisches« Verhältnis zum Evangelium betrifft, so ist es recht kurios: Du weißt vielleicht, daß die gesamten fünfziger Jahre hindurch meine ideologische Arbeit, als ideell aus dem Widerstand hervorgegangener Schriftsteller, als Marxist usw., auf Rationalität ausgerichtet war, in Polemik mit der Irrationalität der dekadenten Literatur (an der ich mich gebildet hatte und die ich so liebte). Die Idee, einen Film über das Evangelium zu drehen, und seine technische Intuition sind allerdings, ich muß es gestehen, Frucht einer furiosen irrationalistischen Sturzwelle. Ich will ein reines Werk der Poesie schaffen und nehme sogar die Gefahren der Ästhetisierung in Kauf (Bach und zum Teil Mozart als musikalischer Kommentar: Piero della Francesca und zum Teil Duccio für die figurative Inspiration; die im Grunde genommen frühgeschichtliche und exotische Realität der arabischen Welt als Hintergrund und Milieu). All dies setzt in gefährlicher Weise meine gesamte Laufbahn als Schriftsteller aufs Spiel, ich weiß. Aber es wäre ja noch schöner, wenn ich bei meiner leidenschaftlichen Liebe zum

Matthäischen Christus dann fürchtete, etwas aufs Spiel zu setzen.

Dein

Pier Paolo Pasolini

Beim Empfänger.
Maschinengeschrieben mit Datum und Unterschrift von Hand.
Veröffentlicht in *Il Vangelo secondo Matteo, un film di P. P. Pasolini*, op. cit., S. 20.

[Rom, 1963]

Lieber Jewtuschenko,

Du weißt es nicht: aber ich denke schon ein ganzes Jahr an Dich. Aus einem zumindest überraschenden Grund. Ich sage es Dir in aller Einfachheit, denn es kommt mir inzwischen vor, als kennte ich Dich persönlich, nein, es kommt mir vor, als hätte ich in Dir einen alten Freund. Ich möchte, daß Du in meinem Film über das Matthäus-Evangelium die Rolle des Christus spielst. Was das alles impliziert, weiß ich selbst auch nicht ganz genau.

Wir werden zusammen darüber sprechen: wenn diese »überraschende Sache«, die so große Bedeutung für mich hat, sich verwirklichen läßt. Wie ich auf die Idee gekommen bin? Du weißt vielleicht, daß ich, da ich kein... ernsthafter Regisseur bin, meine Darsteller nicht unter den Schauspielern suche: bisher habe ich sie, für meine subproletarischen Filme, »auf der Straße« gefunden, wie man in Italien sagt.

Für Christus, einen »Mann der Straße«, konnte das nicht genügen: der unschuldigen Expressivität der Natur mußte das Licht des Verstandes hinzugefügt werden. Und da habe ich an die Dichter gedacht. Und beim Gedanken an die Dichter habe ich als erstes an Dich gedacht.

Die ganze Welt wird es seltsam finden, daß ich als Christus ausgerechnet Dich, einen Kommunisten, ausgewählt habe. Doch bin ich vielleicht kein Kommunist? Die ideellen Gründe für dieses Werk von mir sind sehr vielschichtig. Aber ich werde sie Dir vereinfachen, indem ich Dir den ersten Vorspann zu meinem Film abschreibe: »Dieser Film will, in dem bescheidenen Maße, in dem dies einem Film möglich ist, zu dem Friedenswerk beitragen, das Nikita Chruschtschow, Papst Johannes und John Kennedy in der Welt begonnen haben.«

Ich möchte keine weiteren Erklärungen und flehentliche Bitten hinzufügen. Es ist dies eine Idee, die gefällt oder nicht gefällt, als solche. Doch inzwischen lies das *Matthäus-Evangelium*!

Ich umarme Dich herzlich, mit großer Hoffnung, Dein
Pier Paolo Pasolini

Beim Pasolini-Archiv aufgefundenes Konzept.
Maschinengeschrieben mit Unterschrift von Hand.
Teilweise veröffentlicht in »Literaturnaja Gaseta«; vgl. *O la poesia o il caos* in »Tuttolibri«, 5. August 1979.

[Rom, 1963]

Lieber Francesco,

der übliche Sermon oder Vorspann für die Verspätung, mit der ich auf einen Brief von Dir antworte, der eigentlich eine unmittelbare und blitzartige Antwort verlangt hätte. Damit es nicht noch später wird, schreibe ich Dir ein Telegramm.

Ja![1]

Im Oktober bin ich bis zum zwanzigsten-fünfundzwanzigsten ziemlich frei (ich drehe eine Episode, und die Tage, an denen ich drehe, sind die einzigen, die ich ein wenig mündlichen literarischen Operationen wie der, die Du in Aussicht stellst, widmen kann). Ich erwarte Dich also mit offenen Armen.

Titelvorschlag für die Zeitschrift:

EU

Anfang von EUropa und universelles optimistisches Präfix für Wahlverwandtschaft.

Ich umarme Dich und schäme mich dabei ein wenig über diesen avantgardistischen Brief, Dein

Pier Paolo

Beim Empfänger.
Maschinengeschrieben mit Unterschrift von Hand.

1 Bezieht sich auf das Projekt einer »internationalen oder europäischen« (dreisprachigen) Zeitschrift, die nach vielen Diskussionen und Treffen nicht zustande kam. Der provisorische Titel war »Gulliver«; die vorbereitenden Materialien erschienen in »Il Menabò«, Nr. 7, mit Erläuterungen von E. Vittorini und F. Leonetti. Zur internationalen Redaktion sollten auch Pasolini, Calvino und Moravia gehören.

AN LIVIO GARZANTI – MAILAND

[Rom, April 1964]

Lieber Garzanti,

die Fahnen von *Poesia in forma di rosa* habe ich erhalten und sitze an der Korrektur. Wie oft, wenn ich sehr pessimistisch gewesen bin, muß ich jetzt zugeben, daß ich optimistisch bin: ich habe ein Buch vor mir, das in Umfang, Gewalt und Zärtlichkeit recht eindrucksvoll ist. Es enthält viele spezifische kulturelle Neuigkeiten, die, glaube ich, in Fachkreisen Anklang finden werden, aber es enthält auch Motive für allgemeines Interesse, Neugierde, Abenteuer... Kurz und gut, da es (relativ) lange her ist, daß kein wichtiges und geschlossenes Buch mehr von mir erscheint, und jetzt eines vorliegt – hier ist es–, würde ich sagen, daß wir gemeinsam darauf setzen müßten. Es ist das erste Mal, daß ich Ihnen einen derartigen Brief schreibe, das werden Sie mir bestätigen. Das bedeutet wohl, daß auch ich mich entweder vom Erfolg oder von der Kulturindustrie etwas habe korrumpieren lassen... Ich gehe bis zu der Absurdität, Ihnen eine mögliche Werbebanderole beizulegen[1] (sagen Sie es niemandem, tun Sie, wenn es Ihnen gefällt, so, als stammte die Idee von Ihnen...): daraus spricht etwas der Ehrgeiz, auf dieses Buch mit Versen zu setzen wie auf einen Roman. Und ich bin in der Tat gewiß, daß es beinahe wie ein Roman »gehen« wird.

Verzeihen Sie mir diesen plötzlichen Anfall von Selbstreklame, diese Sucht nach »Rentrée« im großen Stil – die sicherlich auch dem Zustand von Nervosität und Spannung bei der Vorbereitung zum Evangelium zuzuschreiben ist.

Was das übrige betrifft, sammle ich Material für IL RIO DELLA GRANA, wähle es aus und werde es Ihnen bestimmt im Herbst abgeben. Und ich arbeite an BESTEMMIA, was hoffentlich für nächstes Jahr fertig wird.

Erhalten Sie die herzlichsten Grüße von Ihrem

Pier Paolo Pasolini

Beim Empfänger.
Maschinengeschrieben mit Datum und Unterschrift von Hand.

1 Das Blatt wurde nicht wiedergefunden.

[Rom, 1964]

Lieber Rechtsanwalt,

ich stelle Ihnen Marco Davoli vor (einen der jungen Männer, die in die Prügelei mit den Universitätsfaschisten verwickelt sind, und um die Berlingeri[1] sich kümmert wegen des erlittenen Schadens). Marcos kleinerer Bruder Nino hat eine Dummheit begangen (allerdings eine recht besorgniserregende). Er ist nicht vorbestraft, aber größere Freunde haben ihn mit hineingezogen. Ich will den Davoli helfen, daß Nino, der jetzt in Porta Portese einsitzt, wenigstens vorläufig entlassen wird. Marco wird Ihnen erklären, wie die Dinge stehen. Ich rufe Sie morgen an, um Näheres zu erfahren.

Viele herzliche Grüße von Ihrem

Pier Paolo Pasolini

Beim Pasolini-Archiv, Rom.
Handgeschrieben.

1 Pasolini bezieht sich auf die Kanzlei des Rechtsanwalts Berlingeri.

[Rom, Juni 1964]

Lieber Fortini,

ich will ein Ritual vollziehen, das ich sonst nie einhalte, nämlich zwei Dankeszeilen schreiben. Ich tue es vor allem, um jede Möglichkeit eines Mißverständnisses auszuräumen wegen des Abends im Kulturhaus[1], über den ich glücklich bin, weil er, noch einmal, nicht offiziell war: er war sogar fast das Schlimmste, was einer an dem Punkt der Dichterkarriere, an dem ich mich befinde, erwarten kann. Deine Worte waren wunderschön und vollkommen.

Es versteht sich von selbst, daß eine »Mystifikation«, wie ich Dir nun sagen kann, nur ein Mittel ist und aufrichtig und unaufrichtig sein kann: ich möchte nicht, daß Du Dich auf die objektiven Elemente von Unaufrichtigkeit des Mystifikationsträgers versteifst, denn für mich ist das, wie Du weißt, nur ein Vorwand, um aufrichtig zu sein: doch wieviel Aufrichtigkeit liegt in dieser (treuherzigen, groben, romantischen, kindlichen) Aufrichtigkeitsmanie? Und so weiter, ohne Ende. Was die Ideologien betrifft, wiederhole ich, daß sie alle fragil sind, wenn sie alle aus einer Verbindung von privater Ideologie (mit dem Unbewußten, das einem die üblichen Streiche spielt, der Umwelt usw. usw.) und einer öffentlichen, vorgefertigten usw. Ideologie bestehen. Weißt Du, was die Fragilität, die brüderliche Fragilität Deiner eisernen Ideologie ausmacht? Der Moralismus, Dein verzweifelter, brüderlicher Moralismus. Und es ist richtig, daß Du mit so viel verbohrter, ununterdrückbarer, allgegenwärtiger Intelligenz gegen die Ideologien der anderen wütest. Und deshalb schreibe ich Dir auch, in zweiter Linie, diese »zwei Zeilen«: weil ich möchte, daß Du weißt (und in Anbetracht Deines gewissen leicht betrübten Tons, kaum daß wir uns bei Bagutta gesehen haben, schien mir, daß Du es nicht weißt: aber ich habe viele Zeugen), daß ich bei meinem Tun *immer* diese Deine Intelligenz mit einrechne.

Ich umarme Dich mit wahrhaftiger Zuneigung, Dein

Pier Paolo

Beim Empfänger.
Maschinengeschrieben mit Zusätzen, Datum und Unterschrift von Hand.
Auf diesen Brief antwortet Fortini am 30. Juni:

Lieber Pier Paolo,
diese Geschichte des Authentischen durch das Nicht-Authentische: sie gehört doch zu jedem Poeten und wahrscheinlich zu jedem Menschen. Was wichtig ist, ist höchstens die Art, die Sorte von Zeichen, das Prüfungsmaterial, das man anwendet; wichtig in dem Sinn, daß es dem Leser-Kritiker bei seiner notwendigen, grausamen und relativ nutzlosen (Durchbohrung) Operation eines Entomologen dient. Der Kritiker, bzw. ich als Kritiker nehme eine ständige Korrektur des *eigenen* »zu weiten« Verständnisses vor (das ihn alle öffentlich-privaten Mäander etc. des Autors verfolgen ließe), gemessen am *öffentlichen* Verständnis. Der Kritiker muß, wie der Leser, etwas schwachsinnig sein (ich hoffe, ich bin es nicht zu sehr, trotz Deiner gegenteiligen Versicherungen...), muß mit der Hand auf die Seite klopfen, wie ein Viehhändler auf die Flanken einer Kuh, muß »das Gesicht des Trottels machen«...

Kurz und gut, von Deiner Dichtung wird man *immer wieder* sprechen können. Was mich besorgt, ist höchstens etwas außerhalb der Poesie Liegendes: nachdem Du – ein wenig schon immer – aber vor allem in diesem letzten Buch, alles verfügbare ideologisch-politische Material für Deine Zwecke eingesetzt hast, in welcher Sprache wird man dann, falls es nötig wäre, mit Dir sprechen können? Auf der Grundlage welcher sprachlichen Konvention? Ich fürchte oder vermute, daß Du nicht mehr sprichst in Wirklichkeit, daß Du nur »schreibst«. Was ein bewundernswertes Schicksal ist, einverstanden, aber ein tragisches. Ich sage Dir das, weil es dennoch eine Welt der weniger vermittelten Kommunikation gibt, die unter bestimmten Umständen Urteil, Eingreifen, Wort verlangen kann. *Wieder* verlangen kann. Nun, indem ich Dir dies sage, danke ich Dir, daß Du mir geschrieben hast; und ich entschuldige, daß Du den alten Gemeinplatz von meinem Moralismus wiederholst, der vielleicht irgendwann einmal stimmte. So wie Du wirst entschuldigen müssen, was an Gemeinplatz in meinem (provozierten, nicht provozierenden... vor den Freunden bewahre Dich Gott) Beitrag vorhanden war.

Ich habe keine Mühe, mir vorzustellen, daß Du in Schwierigkeiten bist, gespalten zwischen deiner blinden Sicherheit und der Heiserkeit, die jeden ernsthaften Dichter treffen muß. Ich vermag Dir keine weitere Hilfe zu geben außer der Aufforderung, Dein Leiden zu verschlimmern: nicht *[ein entstelltes Wort]*.

Ich umarme Dich mit größter Zuneigung Franco

1 Bezieht sich auf eine Veranstaltung im Kulturhaus in Mailand, wo am 15. Juni *Poesia in forma di rosa* vorgestellt wurde; die Redner waren Giansiro Ferrata, Francesco Leonetti, Paolo Volponi.

[Poststempel: Rom, 29. Juni 1964]

Lieber Ferretti,

einstweilen bin ich glücklich über Dein Buch[1]; ich habe es gelesen, wie man einen Krimi liest (glaube ich wenigstens, denn ich habe noch nie einen gelesen): es ist ein Verbrechen begangen worden, »eine Abnormität«, und Du hast wie ein behutsamer und schüchterner Sherlock Holmes Deine lange, geduldige, wissenschaftliche Untersuchung durchgeführt. Der Täter ist Dir hinter Deinem Rücken gefolgt wie ein Schatten... zufrieden, daß er nicht entdeckt wurde und die Untersuchungen vertagt wurden bis zu einem möglichen Rückfall.

Deine ausführliche Begehung meines Terrains hat mit solch hartnäckiger, unbezähmbarer, respektvoller – demokratischer – Ehrlichkeit stattgefunden, daß ich mich nur, wie ich Dir sofort gesagt habe, glücklich nennen kann. Im Grunde schreibt man für Leser wie Dich. Du hast all Deinen guten Willen darangesetzt, damit Dein Lesen wie ein Wiederlesen und somit eine Gewissensprüfung meinerseits wäre. Und es ist Dir gelungen. Was die Einwände betrifft... Vereinzelt gibt es hier und da welche (aber wenig): und es gibt einen grundsätzlichen, doch ich glaube, daß er Dich nicht berühren kann, da ich annehme, daß Du Dir dessen bewußt bist. Es ist dieser. In der Tiefe, in der tiefsten Tiefe wird Deine Untersuchung von einem moralischen oder moralistischen Prinzip bestimmt, das typisch ist für den kommunistischen Bourgeois. Du hast, da Du kein Moralist bist, weil in Dir die Liebe zu den anderen über die mögliche Verdammung der anderen überwiegt, dieses Prinzip, das nicht das Deine ist, das vor Dir da war, das Deine typische Besonderheit leitet, bis zum äußersten gemildert. Kurz, am Grund Deiner Studie gibt es ein regulierendes Prinzip von Gut und Böse. Und das wäre kein Einwand, wenn die beiden antithetischen Termini dieses Prinzips nicht allgemein, unausgesprochen blieben – in einer Arbeit, die doch sonst allem so eigensinnig auf den Grund gehen will. Der Terminus »gut« wäre eine »Geschichte«, gemacht von erwachsenen Menschen, die von einer weisen, rationalen, aktuellen und universellen Vorstellung der Welt erleuchtet sind. Doch es ist nur eine Anspielung, ein Hinweis: auf den Du Dich ununterbrochen, unaufhörlich obsessiv berufst, ohne ihn in irgendeiner Weise zu klären: Du setzt ihn als gegeben voraus. Moralisches Allgemeingut des Kommunismus. Aber er bleibt allgemein und unbestimmt bedrohlich und »göttlich« auch als einfache Anspielung, absoluter Vergleichsmaßstab. Der Terminus des »Bösen« wird ebenfalls nicht präzisiert, nicht studiert, hingestellt wie eine Tatsache: es ist das »leidenschaftliche« [ital.: *viscerale*] (populistisch-leidenschaftlich, ästhetisch-leidenschaftlich, pascolianisch-leidenschaftlich usw. usw.): aber was zum Teufel ist dieses »Leidenschaftliche«, das Du mir eisern als negativen Pol entgegenhältst (wenn auch mit größtem Verständnis, Sympathie und Demokratie)? Ja, ich verstehe, mehr oder weniger; kurz, wir verstehen uns, wir befinden uns im Bereich der Anspielung... Aber in einer so breit angelegten und analytischen Studie wie der Deinen hätte dieser ständige grobe Hinweis, der hundertmal wiederholt wird, besser abgeklärt werden müssen: und vielleicht hätte er sich, wie alle geklärten Dinge, als etwas *anderes* herausgestellt als das, was er ist, wenn man nur darauf anspielt. Und somit wäre auch die Abstufung von Gut und Böse *anders* gewesen. Hier könnte ein sehr langer Diskurs beginnen. Ich werde Dir nur schematisch sagen, daß ich, einfach weil es psychologisch ungerecht ist, den Terminus pascolianisch und dekadent [ital.: *crepuscolare*] für jeden expressiven Akt von mir ablehne.

Zusammenfassend gesagt, läuft die Grobheit der beiden Termini, innerhalb derer Deine Untersuchung sich bewegt, Gefahr, ein wenig belehrend, ein wenig wie ein Artikel für die »Unità« zu sein. Und sonst ist Deine Studie schön, wenn sie aus dieser obsessiven moralistischen Dichotomie heraustritt.

Noch etwas (das sage ich Dir, weil es viele Jahre mein Unglück ausgemacht hat, vor allem weil es Ergebnis einer Ablehnung des bürgerlichen und bürgerlich-kommunistischen Bewußtseins ist): es stimmt, daß ich in meinen Romanen, vor allem im ersten oder auch in *Accattone*, dazu neige, die beschriebene lumpenproletarische Welt »geschlossen« darzustellen, als wäre es eine Welt für sich, ein Kristall außerhalb der Geschichte. Es ist dies ja ein Element jeglicher stilistischen Operation (bei mir auf die Spitze getrieben aus genau den Gründen, die Du nennst). Aber ist es denn möglich, daß Dich keinen Augenblick der Gedanke durchzuckt hat, daß die Dinge objektiv so liegen? Daß sie *auch* objektiv so liegen?

Gib acht, *sie liegen auch objektiv so*. Ich bin nämlich kein Verrückter!

Ich umarme Dich mit großer und echter Zuneigung, Dein

Pier Paolo Pasolini

Beim Empfänger.
Maschinengeschrieben mit Korrekturen und Unterschrift von Hand.

1 Vgl. *Letteratura e ideologia*, Editori Riuniti, Rom 1964.

[Poststempel: Rom, 19. August 1964]

Liebe Dacia,

nur rasch eine kurze Nachricht (nicht einmal auf Papier, das zum Briefeschreiben gedacht ist!), bevor ich zur Synchronisation fahre. Unbeschreibliche Tage. Was werde ich tun, wenn ich nicht mehr voll sein werde wie ein Ei von dieser wahnsinnigen Anstrengung? Der Film wird am 3. September in Venedig sein. Ich werde Bini daran erinnern, daß er an Eure Einladung denkt. Ihr habt's gut, amüsiert Euch.

Ich umarme Euch schon mit Sehnsucht,

Pier Paolo

Beim Pasolini-Archiv.
Maschinengeschrieben mit Unterschrift von Hand; an den Absender zurückgeschickt.

Es ist die Antwort auf einen Brief von Dacia Maraini und Alberto Moravia vom 6. August:
»Wir wüßten gern baldmöglichst von Dir, ob Du Deinen Film aufs Festival nach Venedig schickst, damit wir endgültig unsere Pläne entscheiden können. Nun sind wir schon seit fast einer Woche hier. Nach den ersten beiden Tagen, die so schwül waren, daß wir dachten, wir würden davonlaufen, fühlt man sich jetzt sehr wohl. San Stefan ist eine kleine Insel, die durch einen schmalen Sandstreifen mit dem Festland verbunden ist. Überall rundherum erheben sich die grünen, welligen Berge. Kurz, es ist sehr schön. Das Hotel luxuriös, aber nicht ordinär. Das einzige Problem ist, daß in Jugoslawien alle Kissen mit Katzenhaaren gefüllt sind (ich habe mich gefragt, ob sie sie umbringen oder scheren. Es scheint unmöglich, eine Katze zu scheren); so ging es Alberto die ersten Tage sehr schlecht. Er hatte seine Allergie bekommen, und wir wußten nicht, worauf wir sie zurückführen sollten. Dann haben wir zufällig den Inhalt der Kissen entdeckt, und jetzt schlafen wir ohne, aber dafür geht es Alberto wieder gut.«

[Rom, September 1964]

Liebe Laura,

es mag gewiß heroisch von Dir sein, mit Nino[1] durch die Geschäfte zu gehen, um ihm Kleidungsstücke zu kaufen usw.: aber die Wirklichkeit ist, daß Du ihn nicht ausstehen kannst. Seine absurde, unverlangte, willkürliche Anwesenheit, die er so leicht durchgesetzt hat, beleidigt Dich, ich weiß es. Und ich verstehe Dich. Alles, was für mich Anmut ist, ist für Dich Teufelswerk – an ihm. Du hast verstanden, daß Du mit dem Kopf gegen die Wand rennst, wenn Du Dich auflehnst: und daraufhin hast Du es akzeptiert. Aber das ist auch ein Mit-dem-Kopf-gegen-die-Wand-rennen. Alles, was nicht mit der Anmut (des Bösen oder des Guten) ist, ist *gegen* sie. Ich muß sagen, daß Nino mir durch diese Ungelegenheiten noch teurer wird, weil sie seine charismatische Ausstrahlung, seine Schicksalhaftigkeit unterstreichen. Gut.

Was das Telefon angeht, hattest Du im besonderen Fall nicht nur verdient, daß ich schroff auflege, sondern Du hättest verdient, daß ich es Dir auf den Kopf haue. Wir waren glücklich, leicht, in Urlaub, endlich – vielleicht zum ersten Mal in meinem Leben – empfanden wir die Welt uns freundlich gesonnen, Nino hatte beim Baden ausgerufen: wie schön ist das Leben! – und was Du gemacht hast, war eine brutale, kaltblütige, absurde Aggression, ein meuchlerischer Rückruf in die Wirklichkeit – durch nichts gerechtfertigt in jenem Augenblick, durch *nichts*. Es war eine Empörung, die mir aus den Eingeweiden hochgekrochen ist, ein Protest gegen die Absurdität. Und in diesem Seelenzustand bleibe ich, was jenen Vorfall angeht. Daß Du dann gute Gründe hattest, wegen fünf Minuten Verspätung beleidigt zu sein (Nino befand sich zum ersten Mal in seinem Leben in einem Hotelzimmer mit all den Zeremoniellen, die auch für mich, der ich gewöhnlich nicht in einem Loch schlafe, kompliziert sind), dabei das Vorhandensein eines Motorboots zu erfinden, das gar nicht da war, mit Gebühren dafür, die es gar nicht gab – das ist eine andere Sache. Man kann auch verstehen, daß ein Mensch, aus seinen eigenen Gründen, ungerecht, bösartig in eine vielleicht törichte, aber glückliche Situation eines anderen Menschen eingreift: ihn eben wegen seiner törichten

Glückseligkeit und deren unwürdiger Quelle erpreßt: und ich verstehe es, aber, bis jetzt, voller Wut.

Morgen reise ich nach Apulien ab. Wir sehen uns bei der Rückkehr.

Ciao

Pier Paolo

Bei der Empfängerin.
Maschinengeschrieben mit Unterschrift von Hand.

1 Ninetto Davoli.

AN PIERGIORGIO BELLOCCHIO – PIACENZA

Rom, 8. Oktober 1964

Sehr geehrter Direktor,

dieser Brief könnte privat sein, ich möchte ihn Ihnen aber lieber als offenen Brief präsentieren, da die, wenn auch wenigen, Leser der »Quaderni Piacentini« mich besonders interessieren. Es handelt sich um das Urteil, das Goffredo Fofi anläßlich des *Evangeliums*[1] mit betonter Langeweile über mich abgegeben hat; ein Urteil, möchte ich präzisieren, über die Gesamtheit meiner literarischen Tätigkeit, die nach seiner Meinung aus Berufung und Absicht auf die subproletarische Welt begrenzt wäre und deshalb unvermeidlich marginal. Wie Sie sehen, ist dieses Urteil kein Urteil, sondern eine Feststellung, die durch den für Eure »Quaderni« typischen Moralismus so ausfällt, und die übrigens sehr traditionell ist, sehr typisch für das italienische Kleinbürgertum. Jetzt habt Ihr neue Argumente und neue Terminologien gefunden, um ihn auszuüben: aber er bleibt immer derselbe. Mir scheint es jedenfalls moralistisch zu sein, die Autoren nach den Themen oder Problemen zu unterteilen, für die sie sich interessieren, und darauf ein Urteilskriterium zu gründen. Es gibt keine »particulari« in der modernen Welt, und wer sich mit einer Gesellschaftsschicht beschäftigt, beschäftigt sich implizit auch mit den anderen: implizit, wenn es sich um Poesie handelt. Denn die Poesie neigt dazu, sich immer ein System zu erschaffen, eine »Welt«, wie vulgär gesagt wird: was das Vorhandensein anderer Systeme oder anderer Welten ausschließt. Man muß blind sein, wenn man aus meinen Werken nur das »Subproletariat« herausliest: um so mehr, als ich nicht nur Autor von zwei Romanen oder drei Filmen bin, sondern auch Gedichtbücher und Essaybände geschrieben habe. Goffredo Fofi hätte sie lesen können, bevor er sich irgendwelchen allgemeinen Urteilen hingab. Ich sehe wirklich nicht, wie *Poesia in forma di rosa* und im übrigen alle meine vorherigen Gedichtbände, darunter *Ceneri di Gramsci*, dem meine »quidditas«, und sei es auch die angelernte eines Versemachers, anvertraut ist, in Fofis Urteil hineinpassen sollen. Und vor allem meine kritische Arbeit: in *Passione e ideologia*, das ich vor einem Jahrzehnt zu schreiben begann, finden sich alle Elemente, und sei es auch nur im Keim (abgesehen z. B. von der Erfindung des Terminus »Experimentalismus«

und »Neoexperimentalismus« in der Bedeutung, die er in diesen letzten Jahren angenommen hat), der Probleme, die eine Zeitschrift wie »Quaderni Piacentini« nun zur Diskussion stellt und aufarbeitet.

Bitte entschuldigen Sie diese äußerliche Aufzählung von Verdiensten; im Grunde ist sie dumm, doch geben sie dem, ich hoffe, jugendlichen, Leichtsinn ihres Filmkritikers die Schuld, und seiner, zumindest im literarischen Bereich, philologischen Vorbereitung, die irgendeines Burschen, der an Regierungsblättern mitarbeitet, würdig ist.

Herzlich Ihr

Pier Paolo Pasolini

Beim Archiv der »Quaderni Piacentini«.
Maschinengeschrieben mit Unterschrift von Hand.
In seiner Antwort auf diesen Brief schreibt Bellocchio am 12. Oktober unter anderem:

»Ich habe Ihren Brief an Goffredo Fofi weitergeleitet, der in der nächsten Nummer der Zeitschrift (November) darauf antworten wird. Ich kann im Augenblick nicht darauf eingehen, da ich das *Evangelium* noch nicht gesehen habe. Ich beschränke mich darauf zu bemerken, daß es mir nicht so vorkommt, als beurteile Fofi, wie Sie es ihm vorwerfen, Ihr Werk aufgrund des Themas. Ebensowenig scheint mir eine derartige kritische Methode bei den ›Quaderni Piacentini‹ üblich zu sein, außer man will manche aus dem Kontext gerissenen Ausdrücke wortwörtlich nehmen.

Ich lege Ihnen einen Auszug aus Nr. 1–bis der ›Quaderni‹ von vor beinahe drei Jahren bei [...], in dem ich zumindest die ›symbolische‹ Funktion Ihres Subproletariats verstanden hatte. [...] Heute würde ich es nicht mehr so schreiben, vor allem, weil die Bedeutung viel wichtiger ist, das Ergebnis als ›kulturell-politische Operation‹ des Kunstwerks. Doch hier wird es sehr lang...«

1 Vgl. *La mostra cinematografica di Venezia* von G. Fofi in »Quaderni Piacentini«, Juli-September 1964.

Rom, 16. Oktober 1964

Lieber Bellocchio,

ja, ja, ich verstehe alles. Aber vor drei Jahren, als Sie den Artikel geschrieben haben, war die Diffamierungskampagne der bürgerlichen und brutal klerikal-faschistischen Presse noch nicht in vollem Gange, und ich war noch nicht mit solcher Häufigkeit auf die Anklagebank gezerrt worden. Schon damals hatten Sie, als Provinzmoralist (ich meine das nicht abfällig, sondern objektiv), die Tendenz, meine Figur zur »Persönlichkeit« zu mythisieren: doch dann hat die Gewalt der Diffamierungen gegen mich aus Ihnen offenbar mir gegenüber einen Fall von Psychose gemacht. Die Kleinbürger, auf welcher Ebene sie auch operieren und welcher Ideologie sie auch angehören, beurteilen mein Privatleben und meine psychologische Figur *nur in ihrer Eigenschaft als Kleinbürger*: zwischen einem Redakteur des Borghese, Frau Bellonci und Ihnen besteht kein wesentlicher Unterschied, wenn es darum geht, über mich zu urteilen. Darum suchen Sie moralistische ideologische Vorwände, um den Skandal, den Sie mir gegenüber empfinden, gemäß der allgemeinen Psychose umzulenken. Die subproletarische Welt, die bisher Gegenstand meiner Prosa war, und meine innere Welt, die den Gegenstand meiner Lyrik bildete, der ahistorischen und irrationalen »Unbeweglichkeit« anzuklagen bedeutet, den Akzent auf eine Sache zu setzen und sie damit bis zum Unverständnis überzubewerten, die doch nur eine ganz einfache Tatsache ist, ein Fall für die Diagnostik und nicht für eine Reihe von ungerechten Schlußfolgerungen, die allerdings unbeweglich sind. Ihr habt aus Mängeln meines Charakters Kategorien gemacht, die Ihr jetzt bequem als unüberwindlich beurteilt. Und so nährt Ihr in aller Ruhe den tief in der vom Zweireiher umschlossenen Brust wohlgehüteten Skandal.

Herzlich Ihr

Pier Paolo Pasolini

PS. Ich möchte Sie bitten, meinem kurzen offenen Brief typographisch nicht zuviel Bedeutung beizumessen, denn er ist als Präzisierung geschrieben worden und nicht erheblich für andere, die nicht direkt betroffen sind (wir).

Beim Archiv der »Quaderni Piacentini«.
Maschinengeschrieben mit Unterschrift und Postskriptum von Hand.
Auf diesen Brief antwortet Bellocchio am 20. Oktober unter anderem:

Lieber Pasolini,
bei Ihrem ersten Brief war ich unsicher, ob es angebracht sei, ihn zu veröffentlichen, denn, so wie er ist, schien er mir nicht dazu angetan, über die von Ihnen berührten Themen Klarheit zu schaffen, um so mehr als er eine polemische Replik Fofis und unter Umständen auch unsererseits hervorgerufen hätte. [...] Ich habe also den Brief, wie üblich, an Fofi gesandt und Ihnen geschrieben, daß wir drucken würden, indem ich mich darauf beschränke, mit Ihrer Interpretation formal nicht übereinzustimmen. Ihr zweiter Brief, der den Standpunkt verschärft, ohne ihn klarer werden zu lassen, sondern ihn im Gegenteil noch mißverständlicher und phantastischer macht, überzeugt mich, daß eine *öffentliche* Diskussion auf dieser Ebene gar nichts nützte...

Auch Franco Fortini nimmt zu den beiden an Bellocchio gerichteten Briefen vom 8. und 16. Oktober Stellung:

Mailand, 19. Oktober 1964

Lieber Pier Paolo,
die Freunde der »Quaderni Piacentini« haben mir Deine beiden Briefe zu lesen gegeben; auch weil sie, aufgrund meiner andauernden Mitarbeit an dieser Zeitschrift, ja gewissermaßen auch an mich gerichtet waren. Die Lektüre hat mich ziemlich beunruhigt. Ich glaube, jenseits aller polemischen Recht- oder Unrechthaberei zu verstehen, was Dich, heute, so quält und so ungerecht, blind, unvernünftig macht, im selben Augenblick, in dem Du von (fast) allen akzeptiert wirst. Was die Moralismusanklage heißen soll, weiß ich nicht, es ist ein sinnloses Wort, ich überlasse es Dir. Ich möchte Dich nur nicht beleidigen, aber ich weiß, daß es nun sehr schwierig ist, und ich weiß nicht, wie ich Dir helfen kann; jedes Angebot der Hilfe muß Dir scheinheilig vorkommen. Und doch habe ich nach dem *Evangelium*, nach einer vorbehaltlosen Teilnahme über die Grenze des Weinens hinaus, hinterher beim Nachdenken verstanden, daß die Kritik auf antiklerikaler Grundlage recht hat. Jener Jesus-Pierpaolo verfehlt den zentralen Punkt des Christentums, nämlich die Notwendigkeit des Kreuzes; und reduziert sich dadurch auf »Humanismus«, auf das sozialistische Christentum, kurz, ein Durcheinander. Christus ist weder Salvatore Carnevale, noch Giordano Bruno, noch Fra Michele Minorita; bzw. historisch ist er es gewesen, aber dann ist er nicht Gott, und das muß gesagt werden. Darin, auf zwei Tischen gleichzeitig gewinnen zu wollen, liegt, glaube ich, lieber Pierpaolo, der Grund für Deine Unzufriedenheit. Wärest Du nicht inzwischen der, der sich schon alles gesagt hat, der alles über sich weiß, der – wie ich Dir geschrieben habe – alle Wörter der Kommunikation aufgezehrt hat in poetischer Maske und in Schmährede, müßte ich Dir Demut befehlen; geh ein paar Jahre an einen einsamen kalten Ort, laß ab von den Albernheiten à la Contini, schreib ein Buch über philologische Forschung oder Kritik. Aber Du verachtest an Leuten wie mir zu sehr den Teil, der Dir gleicht. Zu sehr genießt Du die Beschimpfungen jenes Christus. Er kann Dir nicht helfen (und ich auch nicht). (Raniero Panzieri ist gestorben, einer jener Menschen, die... doch wozu soll ich Dir das sagen?)

Ich wollte Dir als Freund schreiben und bemerke, daß auch ich nur fluchen kann. Verzeih mir. Ich weiß nicht, ob Du die Absicht dieses Briefes verstehen wirst. Ich habe einen Zorn auf Dich, weil Dein öffentliches Leben die Zeichen häßlicher und auch plumper Berechnungen trägt; ich bin wütend wegen des objektiven (d. h. konterrevolutionären) Schadens, zu dem Deine öffentlichen Aspekte beigetragen haben; ich hoffe, daß Du Dir bis zu dem Punkt widersprechen kannst, an dem Du Dir nicht mehr widersprechen willst, hoffe, daß Du, wie jener sagte, »sterben (aber wirklich) und werden« kannst. Ich ziehe es vor, die Zuneigung in abgeneigte Worte zu kleiden. Es genügt nicht, lieber Pierpaolo, Schmeichelei zu verachten, man muß sie auch nicht verdienen.

Dein Freund Franco Fortini

[Rom, Oktober 1964]

Lieber Alicata,

entschuldige, wenn ich Dich mit diesen dauernden telefonischen und postalischen Aggressionen plage, was sonst gar nicht meine Gewohnheit ist.

Matthäus[1] noch frisch im Kopf, erinnere ich Dich an den Satz: »Eure Rede sei ja, ja, nein, nein, was darüber ist, das ist vom Übel.« Du mußt mir mutig sagen, ob Ihr, Du und Dein Kreis, ja oder nein zu mir sagt. Nicht, weil das für meine reale und tiefe Ideologie und kommunistische Überzeugung zählen kann, sondern damit es mir bei meiner Klarheit und bei meinen praktischen Haltungen hilft. Es gibt nichts Peinlicheres als einen ungebetenen Gast... Zum Beispiel habe ich, wie ich vor mehr als einem Jahr versprochen hatte, gleich nach der Beendigung meines Films vor nur wenigen Tagen sofort ein Telegramm an »Vie Nuove« geschickt mit der Ankündigung, daß ich, frei von dringenden Verpflichtungen, meine Mitarbeit wieder aufnehmen will. Bin ich auch in diesem Fall ein ungebetener Gast? (trotz der unmittelbaren Zustimmung von Bracaglia[2]).

Das schreibe ich Dir angesichts der Welle tiefer Antipathie, die mein Film in den linken Zeitungen ausgelöst hat, von der Unità bis Paese Sera: nicht so sehr wegen der Artikel über das Evangelium, die sehr respektvoll und engagiert, wenn auch grundsätzlich und deutlich unzufrieden sind, sondern wegen der »Stimmabgabe«, die so sektiererisch am Ende der Artikel »hinzugefügt«, so brutal in den Überschriften zugunsten Antonionis proklamiert wird: das hat mir, bei dieser Zusammensetzung der Jury, jede Möglichkeit genommen, den »Löwen« zu bekommen. Ihr hättet das alles mit mehr Zartgefühl und mehr Achtung vor meinen Hoffnungen machen können. Es war eine Art Lynchjustiz, eine Demütigung, die gewiß weder mein Film noch ich verdienten. Der ausgebliebene Erfolg in Venedig ist ein harter Schlag für Bini, natürlich, aus ganz einfachen Gründen: solcherart werden viele Möglichkeiten für die Zukunft aufs Spiel gesetzt. Aber das wäre nichts, im Vergleich zu meiner Entmutigung, meiner Entscheidung, dem Film den Rücken zu kehren. Mein Engagement war zu groß, eine zu unmenschliche Anstrengung, ein Aufstauen zu beklemmender Ängste, als daß alles an den

Argumenten einer unfruchtbaren politischen Konvenienz scheitern soll. Einer schwachen, unsicheren, kurzsichtigen und etwas scheinheiligen Konvenienz, wie die ganze Kulturpolitik der Unità vor und nach Stalin. Ich denke, daß es einfach töricht ist, das Evangelium aus Parteilichkeit abzulehnen und die Diskussion mit der Pop-art zu akzeptieren oder den soziologischen Bluff des ansonsten untadeligen und hochherzigen Antonioni ernstzunehmen. Aber es ist nicht so sehr das, was ich Dir sagen wollte. Ich wollte Dir sagen, daß das Evangelium trotzdem überdeutlich ist, daß es ein aufrichtiges Werk ist – das uralte Wurzeln in meiner psychologischen Konstitution als Ungläubiger hat –, auch ein Werk ist, das mir die Möglichkeit eröffnet hat, in Zukunft zu machen, was ich will. Du weißt genau, in welche Lage ich gebracht worden war. Lies bitte mein Gedicht »La persecuzione« [Die Verfolgung] und sehr viele andere Abschnitte aus *Poesia in forma di rosa* noch einmal (wo ich doch aus Schamgefühl und Vorsicht viele Dinge verschweigen mußte: und das waren praktisch die entsetzlichsten). Ich war zu einem Ausgestoßenen geworden, dem alle alles antun konnten. Opfer des grausamsten Spottes, allen möglichen Folgerungen ausgesetzt. Kurz, es war »entehrend, mir die Hand zu reichen«. So hattet Ihr mich in Eurer Nähe. Ja war es denn möglich, einen solchen Nachbarn zu haben? In der Unmöglichkeit (die ich teilweise auch verstehen kann), mich ausdrücklich zu verteidigen, hattet Ihr schließlich diese meine öffentliche Gestalt anerkannt. Es ist ein furchtbares Spiel, und wir machen es mit. Mit dem Evangelium haben sich die Dinge mit einem Schlag gewandelt, von einem Ausgestoßenen bin ich durch Zauberei mindestens wieder auf einen respektablen Platz gekommen. Und ich könnte meinen Film[3] in Afrika drehen: den ersten Film, in dem eine »explizit« marxistische und revolutionäre Sprache gesprochen wird, ohne Halbheiten, ohne Sentimentalitäten. Oder ich könnte meinen alten Traum verwirklichen und einen Film über Gramscis Leben machen (mir ist, als hätte ich vor einiger Zeit mit Dir darüber gesprochen). Wenn Du das *Evangelium* mit eigenen Augen sehen wirst, wirst Du sehen, daß mir dieses Werk keineswegs verwehrt, die Sachen zu machen, für die ich es eigentlich gemacht habe. Denn es wird beherrscht von einer Empfindung geheimer Poesie, Sehnsucht nach dem Mythos und seiner Evokation, phantastischer Rekonstruktion einer epischen Volkslyrik. Aber gewiß, die Journalisten sind nicht fähig, die

Dinge anders als beim Wort zu nehmen. Daraus folgt jede weitere Brutalität.

Ich bin sehr aufrichtig zu Dir gewesen. Ich möchte, daß Du zu mir genauso bist. Nun, ich verstehe, daß die Ambivalenz der »Unità« und des »Paese Sera«, wenn sie von praktischen Verhaltensgründen diktiert ist, auch von tieferliegenden, wohl teilweise unbewußten Motiven diktiert *ist*, zum Beispiel einer unbewußten moralistischen und kleinbürgerlichen Aversion mir gegenüber. Deshalb ist es schwieriger, mir das Ja oder das Nein zu sagen, von denen ich eingangs sprach: aber genau deshalb bitte ich Dich zu versuchen, es zu tun.

Einen herzlichen Gruß von Deinem

Pier Paolo Pasolini

Beim Pasolini-Archiv.
Maschinengeschriebenes Konzept mit Korrekturen von Hand.
Der Brief wurde vermutlich nicht abgeschickt.

1 Der Film *Il Vangelo secondo Matteo*.
2 Paolo Bracaglia Morante, Herausgeber der »Vie Nuove«.
3 *Orestiade africana* [Afrikanische Orestie], ein Film, der nie realisiert wurde.

AN ANDREA ZANZOTTO – PIEVE DI SOLIGO (TREVISO)

[Poststempel: Rom, 29. Oktober 1964]

Lieber Zanzotto,

danke für Dein, sehr schönes, Buch[1] und für das Begleitbriefchen[2]. Sehr schön, wirklich, Dein altes Büchlein, aus Gold, Messing und Feuchtigkeit von romantischem deutschen Gebirge. Die Verantwortung als Gesprächspartner, die Du mir nun zuweist, macht mir ein wenig Angst: ich werde wie ein Verrückter weiterlesen bis zum Ende und kann den Freunden doch nichts garantieren außer einer besessenen »Treue«. Schreib Deine schönen Verse, Du wahnsinnig gewordener Petrarca-Verehrer, verlier Dich in Deinem venetischen Gegenreformatismus, der nunmehr zur paradiesischen Region geworden ist, denn auch Du bist ja ein treuer Besessener, und daran ist nichts zu machen. Zum Schluß werden wir ein Leben von Verlorenen gerettet haben, das ist es, worin unser Diskurs besteht, der weder Jahreszeiten noch Bücher kennt.

Einen liebevollen Händedruck von Deinem

Pier Paolo Pasolini

Beim Empfänger.
Maschinengeschrieben mit Unterschrift von Hand.

1 Vgl. *Sull'Altipiano* von A. Zanzotto, Neri Pozza, Vicenza 1964.
2 Zanzottos Begleitbrief, datiert 12. Oktober 1964:

Lieber Pasolini,

ich schicke Dir dieses Büchlein, in dem einige meiner alten Texte aus der nun schon so fernen Zeit von *Dietro il Paesaggio* und einige *plaquettes* aus »Meridiana«[3] zusammengefaßt sind. Falls Du Zeit hast, einen Blick hinein zu werfen, wirst Du vielleicht etwas darin finden, das Dich interessieren kann (1. und 3. Abteilung), bestimmte gegenläufige Strömungen, Nervenstränge, die damals provisorisch durch Versuche einer »schönen Form« exorziert wurden, ein Material, das dazu bestimmt war, in der Folge immer schlimmer zu belasten. Nichts wichtiges, allerdings. Nimm das Büchlein als Erinnerung.

Ich denke gerade an Dein letztes Gedichtbuch[4]. Was Du gemacht hast, hat mich immer beeindruckt: auch auf bittere Weise, in der Vergangenheit, als würde ich mich in einem Ausschluß projiziert sehen und entdecken, in einer Lähmung. Ich weiß nicht. Ich glaube, daß ich in dieser letzten Arbeit von Dir, die überall den Rahmen sprengt, eine andere, aber nicht entgegengesetzte Geschichte finde, wenn ich sie von meiner Warte betrachte. Schlechtes

Zeichen, wirst Du sagen. Und letztendlich ziemlich naheliegend. Wie auch immer, in mir wächst der Wunsch nach einem Gespräch mit Dir, was mir manchmal fast unmöglich erschien. Jetzt nicht. Ich hoffe, Dich hier im Veneto zu sehen. Mit herzlichen Grüßen und guten Wünschen

A. Zanzotto

3 Vgl. *Dietro il paesaggio*, Mondadori, Mailand 1951, und *Elegia e altri versi*, La Meridiana, Mailand 1954.
4 *Poesia in forma di rosa*, op. cit.

Rom, 27. Dezember 1964

Lieber Don Giovanni,

ich danke Ihnen sehr für Ihre Worte am Weihnachtsabend: sie waren Zeichen einer echten, tiefen Freundschaft, es gibt nichts Großmütigeres als das wirkliche Interesse an der Seele eines anderen. Ich habe nichts, was ich Ihnen geben könnte, um es Ihnen zu vergelten: man kann keinen Gegendienst erweisen für eine Gabe, die ihrem Wesen nach nicht verlangt, erwidert zu werden. Aber Ihr Herz in jener Nacht werde ich stets im Gedächtnis behalten. Was meine Sünden angeht... die größte ist die, daß ich im Grunde nur an meine Werke denke, was mich ein wenig zum Ungeheuer macht: und ich kann nichts daran ändern, es ist ein Egoismus, der in einem Versprechen mir selbst und den anderen gegenüber – das ich nicht brechen kann – ein eisernes Alibi besitzt. Sie hätten mich nie von dieser Sünde lossprechen können, weil ich Ihnen nie wirklich hätte versprechen können, daß ich die Absicht habe, sie nicht mehr zu begehen. Die anderen beiden Sünden, die Sie intuitiv erfaßt haben, sind meine »öffentlichen« Sünden: doch was den Fluch angeht, versichere ich Ihnen, daß es nicht wahr ist. Ich habe harte Worte zu *einer bestimmten Kirche* und *einem bestimmten Papst* gesprochen: doch wie viele Gläubige sind, zur Zeit, nicht mit mir einverstanden? Die andere Sünde habe ich schon so viele Male in meinen Gedichten gebeichtet, mit so großer Klarheit und so großem Schrecken, daß sie nun schließlich in mir wohnt wie ein vertrautes Gespenst, an das ich mich gewöhnt habe und dessen wirkliche, objektive Bedeutung ich nicht mehr zu sehen vermag.

Ich bin »blockiert«, lieber Don Giovanni, auf eine Art, die nur die Gnade lösen könnte. Mein Wille und der der anderen ist ohnmächtig. Und dies kann ich nur sagen, indem ich mich objektiviere und mich von Ihrem Standpunkt aus betrachte. Vielleicht, weil ich schon seit jeher vom Pferd gefallen bin: ich saß noch nie sehr dreist im Sattel (wie viele Mächtige im Leben oder viele elende Sünder): ich bin seit jeher gefallen und mein einer Fuß hat sich im Steigbügel verfangen, mein Lauf ist kein Ritt, sondern ein Fortgeschleiftwerden, bei dem mein Kopf auf Staub und Steine schlägt. Weder kann ich wieder aufsteigen auf das Pferd der Juden und der Heiden, noch für immer auf Gottes Erde fallen.

Ich danke Ihnen noch einmal, mit all meiner Zuneigung,

Ihr

Pier Paolo Pasolini

Veröffentlicht in »Rocca«, Jahrgang XXXIV, Nr. 22, 15. November 1975. Auf diesen Brief antwortet Don Giovanni Rossi am 27. Dezember:

Mein sehr lieber Pier Paolo,

danke für Deinen Brief! Er war das schönste Geschenk, das Du mir machen konntest. Was für Deine große Seele interessant ist, ist nicht die Vergangenheit, sondern die Zukunft. [...]

[Rom, Oktober 1965]

Verehrter Monti,

Nico[1] muß schon mit Ihnen darüber gesprochen haben... Ich hätte Sie so gern als Figur in meinem neuen Film[2] – den ich vor wenigen Tagen begonnen habe. Der Gedanke kam mir plötzlich, als ich Ihren Verlag[3] betrat – wo Sie mich übrigens, wie mir einfiel, eines Tages aus Spaß gefragt hatten, ob ich Sie in einem meiner Filme mitspielen lassen würde. Der Gedanke, der mir gekommen ist, als ich an Ihrem Büro vorbeiging, hat die Vorstellung, die ich zuvor von der Figur hatte, vollkommen über den Haufen geworfen: es handelte sich um einen bösen Industriellen (aber wie in den Chaplin-Filmen! *Uccellacci e uccellini* ist ein komischer Film...). Nun möchte ich lieber einen sanftmütigen Industriellen. Es ist eine kurze Rolle, aber eine der bedeutsamsten in der letzten Episode des Films. Ein sanftmütiger Industrieller, dessen Reichtum Schicksal ist, weder böse noch gut: und das soll es ihm erleichtern, das Spiel mit Eleganz mitzuspielen (in einer Diskussion mit Totò und Ninetto, die seine Schuldner sind). Schreiben Sie mir gleich, ob Sie annehmen, ob die Idee Ihnen gefällt. So kann ich Ihnen dann genau die beiden Tage sagen, die Sie in Rom sein müßten...

Erhalten Sie die herzlichsten Grüße von Ihrem

Pier Paolo Pasolini

Beim Empfänger.
Maschinengeschrieben mit Unterschrift von Hand.

1 Nico Naldini.
2 *Uccellacci e uccellini.*
3 Longanesi & Co.

AN FRANCO FORTINI – MAILAND

[Rom, November 1965]

Lieber Fortini,

es tut mir leid, daß Dein Briefchen[1] angekommen ist, bevor Du meine Einladung erhalten hast, bei den neuen »Nuovi Argomenti« mitzuarbeiten, die ich mit Moravia herausgeben werde, in Wirklichkeit aber als Forum für die unabhängigen Recherchen einer Gruppe von Freunden-Feinden begreifen würde (außer mir und Moravia Du, Leonetti, Siciliano und einige andere, die auf gemeinsamen Beschluß noch anzusprechen wären – oder von sich aus darum bäten). Die neuen »Nuovi Argomenti« sind also keine Zeitschrift, wie wir sie bisher aufgefaßt haben: sie sind das Forum für die Gründung einer möglichen, zukünftigen Zeitschrift. Deshalb beginnen wir nicht bei Null, sondern da, wo jeder von uns gerade steht: wir haben Themen, Ansprüche, Gewohnheiten, Blickwinkel gemeinsam; uns trennen, zum Teil tiefes Unverständnis, Verschiedenheiten der Lektüre, gegensätzlicher Terminologiegebrauch usw. Aber die gemeinsame Arbeit – in »Fortsetzungen« am gleichen Ort durchgeführt – mit parallellaufenden Untersuchungen – wird vielleicht schließlich ein reales Gleichgewicht herstellen: entweder Übereinstimmungen bei gewissen Problemen und gewissen gemeinsamen Lösungen oder endgültige Divergenz. Kurz, wir werden alles offen lassen in dieser »konstituierenden Versammlung«. Natürlich wird die Entwicklung unserer gesonderten Recherchen jeweils unterschiedliche Wege beschreiten: einen eigenen inneren Weg, einen inneren-äußeren Weg der Beziehungen mit den flankierenden Recherchen (Polemiken, Austausch, terminologische Klarstellungen) und einen äußeren Weg der Beziehungen, des Einklangs oder Dissenses, mit anderen kulturellen Gruppierungen.

Ich hoffe wirklich, daß Du in dieser freien Tribüne wirst mitarbeiten wollen, die mir die einzige Möglichkeit zu sein scheint, um die schwierige Lage der italienischen Kultur anzugehen, außer der avantgardistischen Alternative, den einsamen Rigorismen (Anspielung auf Dich...) und den Exzessen an Abwesenheit und Anwesenheit (Anspielung auf mich...)

In »Paese Sera«[2] habe ich gescherzt: nicht, oder weniger, gescherzt habe ich in einem furchtbaren Gedicht, das ich gleich nach den giftigen Briefen jenes Bellocchio[3] schrieb, da bist Du auch verwickelt: beim Lesen jener Verse[4] wirst Du ein wenig leiden. Wie übrigens ich unter Deinem ständigen Alarmzustand mir gegenüber leide: Deiner Versuchung, mich immer ins Buch des Irrealen einzuschreiben statt in das des Realen. Du hegst stets eine besondere Furcht, daß etwas an mir Dir entgehen oder Dich verraten könnte. Dabei weißt Du genau, wieviel Zweideutigkeit immer in all unserem Sprachgebrauch liegt: warum beeindruckt Dich das bei mir besonders? Ist da nicht vielleicht Deinerseits ein wenig Schuld?

Ich umarme Dich herzlich, Dein

Pier Paolo Pasolini

PS. Verifica dei poteri[5] ist ein wunderschönes Buch. Es ist das Buch, das Du innerhalb des Forums weiterschreiben mußt, das ich Dir anbiete...

Beim Empfänger.
Maschinengeschrieben mit Unterschrift und Postskriptum von Hand.

Der vorliegende und die beiden folgenden Briefe an Fortini, ohne Datum, beziehen sich auf die an Fortini gerichtete Aufforderung, an der neuen Serie von »Nuovi Argomenti« mitzuarbeiten, die im Garzanti-Verlag, herausgegeben von Alberto Carocci, Alberto Moravia und Pier Paolo Pasolini, ab 1966 die Veröffentlichungen wiederaufnimmt. Keiner von Fortinis Briefen aus dieser Zeit ist wiedergefunden worden.

Auf diese Einladung zur Mitarbeit an »Nuovi Argomenti« antwortete Fortini mit einem nicht aufgefundenen Brief, den Pasolini im folgenden Brief an Francesco Leonetti erwähnt: »Fortini hat sich einer ständigen Mitarbeit verweigert: mit einem geheimnisvollen und ängstlichen Brief, den ich nicht verstanden habe.«

1 Nicht wiedergefunden.
2 Bezieht sich vermutlich auf das Gedicht »Fisionomie« in »Paese Sera«, 2. Oktober 1964.
3 Vgl. Briefe an P. Bellocchio vom 8. und 16. Oktober 1964.
4 Bezug ist unklar geblieben.
5 Vgl. *Verifica dei poteri* von F. Fortini, Il Saggiatore, Mailand 1965.

[Rom, Januar 1967]

Lieber Garzanti,

ich schreibe Ihnen einige Dinge über mich, weil ich glaube, daß Sie sich vorstellen, ich würde mich ganz im Film oder in der Welt verlieren. Tatsache ist, daß ich, wie Sie wissen, an mehreren Büchern gleichzeitig schreibe, und deshalb bin ich mit allen etwas hintendran. Ich bin an folgendem Punkt. BESTEMMIA etwa zu dreiviertel fertig; muß ganz abgeschrieben und korrigiert werden: es ist ein Roman in Versen oder ein Drehbuch in Form eines Poems, wie Sie wollen, aber gut zu lesen, wie ein normaler Roman; er wird zwischen zweihundert und dreihundert Seiten umfassen. Wahrscheinlich ist das das erste Werk, das fertig wird.

Pilade[1]: Drama in acht Episoden; fertiggeschrieben; muß korrigiert werden: ist praktisch fertig, aber es widerstrebt mir, es als erstes zu veröffentlichen (außer ich veröffentliche es sofort ganz in NUOVI ARGOMENTI; was halten Sie davon?)

ORGIA[2]: Drama in acht Episoden; fertig; muß abgeschrieben werden.

EIN DRITTES DRAMA[3], ebenfalls in acht Episoden; dreiviertel geschrieben; muß korrigiert werden.

EIN VIERTES DRAMA: zur Hälfte geschrieben, es muß aber viel umgearbeitet und korrigiert werden (vorläufiger Titel: BESTIA DA STILE).

FRAGMENTE (vorläufiger Titel: MEMORIE PRATICHE)[4]; das wäre die alte Nachschöpfung des Inferno, das ich, glaube ich, nicht vollenden werde, sondern als »Verleger« aufnehmen werde, so als handelte es sich um einen aufgefundenen fragmentarischen Text, der mit Notizen und schematischen Entwürfen ergänzt wurde. Vermutlich wird es noch eine Weile in der Schublade liegen.

IL CINEMA COME SEMIOLOGIA DELLA REALTA?, O LE RELAZIONI DI PESARO[5]; das sind die Essays über das Kino; einer fehlt noch (oder eventuell, bei Gelegenheit, noch weitere). Das Buch ist praktisch fertig.

SAGGI SENZA SAGGEZZA[6] (vorläufiger Titel); die Gesamtheit meiner literarischen, linguistischen und journalistischen Essays der letzten Zeit. Auch dieses Buch ist praktisch fertig und wartet darauf, aufgenommen zu werden.

Außerdem gibt es noch die verstreuten Gedichte (aber es sind nicht viele und sie ergeben noch keinen Band)[7].

Es gibt noch verschiedene Projekte (darunter besonders eine Rückkehr zur erzählenden Prosa, wovon ich Sie unterrichten werde, wenn die Idee ausgereifter ist)[8].

Zuletzt noch der Plan für ein sehr seltsames Buch. Es handelt sich um folgendes: ich habe ein Dutzend komischer Episoden im Sinn, die ich wieder mit Totò und Ninetto verfilmen möchte, aber vielleicht werde ich es wegen meiner zu vielen Verpflichtungen nicht tun können. Nun habe ich das Drehbuch der letzten Episode, LA TERRA VISTA DALLA LUNA, als farbigen Comic strip ausgeführt (indem ich gewisse brachliegende stümperhafte Qualitäten als Maler in mir wieder ausgegraben habe). Angesichts dessen würde es mir gefallen, allmählich ein dickes Buch mit Comic strips – sehr bunt und expressionistisch – zusammenzustellen, in dem ich alle diese Geschichten sammeln würde, die ich im Sinn habe, ob ich sie verfilme oder nicht.

So, jetzt habe ich Ihnen alles gesagt. Geben Sie mir ein paar Ratschläge[9] (welche die Bücher und Projekte sind, die Sie am meisten interessieren, von welchem Sie möchten, daß ich es zuerst realisiere etc. etc.).

Mit den herzlichsten Grüßen von Ihrem

Pier Paolo Pasolini

Beim Empfänger. Maschinengeschrieben mit Unterschrift von Hand.

1 Vgl. *Affabulazione. Pilade*, op. cit.
2 Vgl. *Porcile – Orgia – Bestia da stile*, op. cit.
3 Vg. *Affabulazione*, op. cit.
4 Bezieht sich auf *La Divina Mimesis*, Einaudi, Turin 1975.
5 Bezieht sich auf die Texte der Abteilung »Cinema« in *Empirismo eretico*, op. cit.
6 Bezieht sich auf die beiden Abteilungen »Lingua« und »Letteratura« in *Empirismo eretico*, op. cit.
7 Vgl. *Trasumanar e organizzar*.
8 Vermutlich der erste Hinweis auf den unvollständigen und noch immer unveröffentlichten Roman *Vas o Petrolio*.
9 Garzanti antwortet am 19. Januar: »Ihr Arbeitsprogramm ist riesig, aber Sie sind der Mann, der Wunder tut. Ich weiß nicht, wie ich Ihnen Ratschläge geben soll angesichts einer so großen Anzahl von Initiativen. Was mich, von meinem Standpunkt her, am meisten stimuliert, ist natürlich die Sache, die Sie kaum andeuten: Ihre längst erwartete Rückkehr zur Prosa [...]«

AN PAOLO VOLPONI – IVREA

[Rom, Januar 1967]

Lieber Paolo,

entschuldige, entschuldige, wenn ich mich immer verspäte. Ich habe Schwierigkeiten gehabt mit meinem Film[1], ich habe ihn noch einmal mischen müssen, zwei Tage lang bis sieben Uhr früh. Dieses Leben, das – schreckliche – Morgengrauen zu sehen in einer bläulichen, nie gesehenen Stadt, war wie eine Droge. In den kurzen Pausen arbeitete ich wie ein Wahnsinniger an meinen »Tragödien«.

Deshalb vergaß ich alles.

Ich lege Dir die Nachricht für die Freunde vom Kulturzirkel bei, weil ich nicht weiß, wie ich ihre Adresse herausfinden soll*.

Ciao, ich umarme Dich

Pier Paolo

* Ich hab's mir anders überlegt: ich schicke den Brief ganz allgemein an den »Cine Club« von Ivrea. Ob er ankommt?

Beim Empfänger.
Maschinengeschrieben mit Unterschrift von Hand.

1 *La terra vista dalla luna.*

[Rom, Oktober 1967]

Lieber Godard,

danke für Ihren Brief und danke auch seitens Ninetto. Was die telefonische Aggression meiner nicht fleischlichen Frau[1] betrifft, verstehe ich, wie traumatisch sie für Sie gewesen sein muß: aber ich möchte eindeutig klarstellen, daß ich den Journalisten keinerlei Glauben geschenkt habe, weil ich sie zu gut kenne und der Vorfall daher keine Bedeutung für mich hatte. Ungenau wie alle nicht fleischlichen, sondern leidenschaftlichen Frauen, hat Betti Sie auch falsch unterrichtet über das Schicksal von *Edipo* in Italien, denn er geht ausgezeichnet, so gut wie bisher keiner meiner Filme.

La Chinoise ist wundervoll, das Werk eines Heiligen, der zwar vielleicht einer diskutablen und perversen Religion angehört, aber jedenfalls einer Religion.

Was die Parolini betrifft, werde ich alles tun, um sie für *Teorema* zu bekommen (bisher habe ich immer sehr schlechte Szenenphotographen gehabt).

Die Daten für *Teorema* weiß ich noch nicht, deshalb kann ich für Anne[2] noch nichts sagen: aber ich werde meine Termine ihren unterordnen (ebenso bei J.-P. Léaud).

Das Wichtigste ist vorerst Ihre Anwesenheit hier am 20. Oktober (Sie müßten also spätestens am 19. eintreffen). Ich selbst werde mich nämlich um die Vorspann-Texte von *Vangelo '70*[3] kümmern und habe daran gedacht, sie in Form einer Versammlung der Regisseure des Films in einem Fernsehraum zu machen (mit einem großen gotteslästerlichen Christus am Kreuz auf dem Tisch), wo jeder von ihnen den Vorspann zu seiner Episode sagen müßte, zusammen mit einer ganz kurzen einführenden Erklärung (Warum ist der Vater des verlorenen Sohns die KP? usw.).

Der 20. ist der einzige Tag, an dem wir alle verfügbar sind. Sie müßten also um jeden Preis versuchen, hier in Rom zu sein.

Die herzlichsten Grüße und die herzlichsten Glückwünsche für *Weekend*, Ihr

Beim Pasolini-Archiv.
Maschinengeschriebener Entwurf ohne Unterschrift.
Es ist die Antwort auf diesen Brief Godards vom 27. September:

Cher Pasolini,

je suis bien triste de ce que votre aimé m'a dit il y a quelques jours au téléphone: qu'*Œdipe Roi* était mal accueilli en Italie, et que Bini avait failli perdre courage. Soyez sûr en tous cas que je n'ai fait aucune déclaration à aucun journal italien sur votre film. Si j'en avais fait une, elle aurait été la suivante: si j'ai été un peu déçu en voyant ce film pour la première fois, c'était que je me croyais en avance sur lui; en fait, Œdipe était parti derrière moi de loin, de profond; et maintenant je sens qui'il me depasse lentement, piloté par l'esprit joyeux de Nineto, qu'il est dejà loin devant moi, se rendant au bal costumé de l'histoire, retrouver Marx, Freud et Toto. Camarade et ami, je vous écris aussi pour vous dire que je pense venir à Rome vers le 10 octobre pour parler de *Vangelo 70*. Et je vous écris aussi pour vous parler d'une amie de Léaud, d'Anne et de loi, Marilou Parolini, italienne et photographe, qui a fait les photos de tous me films et rêve (il sogno de una cosa) de revenir travailler en Italie. Et je vous écris encore pour vous demander de la part d'Anne si vous connaissez plus précisement les dates de votre tournage car elle doit travailler en novembre avec M. Cournot sur son film. A bientôt, cher Pasolini,

Jean-Luc Godard

1 Laura Betti.
2 Anne Wiazemsky, die in *Teorema* mitspielt.
3 Episodenfilm von 1968, der dann *Amore e rabbia* heißt. Die Episode von Godard ist *L'amore*, die von Pasolini *La sequenza del fiore di carta*.

AN ALLEN GINSBERG – NEW YORK[1]

[Mailand, 18. Oktober 1967]

Lieber, engelsgleicher Ginsberg, gestern abend habe ich Dich alles, was Dir einfiel, über New York und San Francisco und ihre Blumen sagen hören. Ich habe Dir etwas zu Italien gesagt (Blumen nur beim Blumenhändler). Dein Bürgertum ist ein Bürgertum von VERRÜCKTEN, mein Bürgertum eins von IDIOTEN. Du lehnst Dich gegen Verrücktheit mit Verrücktheit auf (indem Du den Polizisten Blumen gibst): aber wie sich gegen IDIOTIE auflehnen? Usw. usw., so haben wir geplaudert. Du viel viel schöner als ich, und ich habe Dir auch gesagt, warum: Weil Du, wenn Du Dich gegen die bürgerlichen Mörderväter auflehnst, dabei in ihrer selben Welt... und Klasse (ja, so drücken wir uns in Italien aus) bleibst, und somit gezwungen bist, Deine revolutionäre Sprache – Tag für Tag, Wort für Wort – gänzlich neu zu erfinden. Alle Menschen *Deines* Amerika sind, um sich auszudrücken, gezwungen, Erfinder von Wörtern zu sein! Wir dagegen (auch die, die jetzt sechzehn sind) haben unsere revolutionäre Sprache hier schon fix und fertig, mit ihrer Moral darin. Auch die Chinesen reden wie Staatsbeamte. Und ich auch – wie Du siehst. Es gelingt mir nicht, PROSA UND POESIE ZU MISCHEN (wie Du es tust!) – und es gelingt mir niemals, und natürlich auch in diesem Augenblick nicht, zu vergessen, daß ich sprachliche Pflichten habe.

Wer hat uns – Alten und Jungen – die offizielle Sprache des Protests geliefert? Der Marxismus, dessen einzige poetische Ader die Erinnerung an den Widerstand ist, die sich beim Gedanken an Vietnam und Bolivien erneuert. Und warum beklage ich mich über diese offizielle Sprache des Protests, die mir die Arbeiterklasse durch ihre (bürgerlichen) Ideologen liefert? Weil es eine Sprache ist, die nie von der Idee der Macht absieht und daher immer praktisch und rational ist. Aber sind Praxis und Ratio nicht dieselben Gottheiten, die unsere bürgerlichen Väter zu VERRÜCKTEN und IDIOTEN gemacht haben? Armer Wagner und armer Nietzsche! Sie haben all ihre Schuld auf sich genommen.

Von Pound gar nicht zu reden!

1 Von Lawrence Ferlinghetti an Laura Betti übermittelter Text des Briefes von Pasolini, in einer für die Übersetzung ins Englische angefertigten Abschrift. Zwischen den Zeilen des maschinengeschriebenen italienischen Textes steht die handgeschriebene englische Übersetzung. Sie besteht aus drei Blättern, von denen das dritte wegen der verwischten Maschinenschrift unleserlich ist.

Dieser Brief, von Ginsberg selbst und von Annette Galvano übersetzt, ist in der Zeitschrift »Lumen/Avenue A« in New York (Bd. I, Nr. 1, 1979) erschienen.

[Rom, Juni 1968]

Lieber Anceschi,

ich schreibe Dir, nach so langer Zeit und so vielen Ereignissen, aus einem etwas traurigen und kränkenden Grund, das gebe ich zu: ich möchte Dich nämlich bitten, ob Du beim Premio Strega für mich stimmst (natürlich, wenn Dir das Buch gefällt). Ein wenig von der Eitelkeit und ein wenig vom Verleger getrieben, schicke ich mich an, die Anführungszeichen zu betonen, zwischen denen mein Name steht. Schlecht! Aber als Kind war ich so glücklich, wenn ich in der Schule einen Preis bekam, vor allem, weil es meine Mutter glücklich machte. Das wird es sein (aus dem Grund habe ich dann auch ein Magengeschwür gekriegt). Gewiß, der Inhalt dieses Briefes wäre geeigneter für ein Gedicht »in Falsett« im *Usignolo della Chiesa Cattolica*: tu einfach so, als ob es eins wäre.

Ich grüße Dich herzlich, Dein

Pier Paolo Pasolini

Beim Empfänger.
Maschinengeschrieben mit Unterschrift von Hand.

AN LEONARDO SCIASCIA – RACALMUTO (AGRIGENT)

[Rom, 1968]

Lieber Sciascia,

ich habe der verdammten Versuchung nachgegeben (die Verleger sind teuflisch in diesem Fall), am Premio Strega teilzunehmen: aber im Grunde amüsiert es mich. Ich brauche Stimmen, nicht so sehr, damit ich gewinne, als vielmehr um nicht zu erfahren, daß ich gänzlich isoliert und verlassen dastehe – abgesehen von wenigen, engen Freunden. Ich hoffe, Du bist einer von ihnen und entschließt Dich, für mich zu stimmen. Falls Du *Teorema* nicht erhalten hast, laß es mich wissen, damit ich es Dir schicken lassen kann.

Ich grüße Dich herzlich... Zuvor jedoch möchte ich Dich auf etwas anderes, Wichtigeres hinweisen. Hast Du mein *Manifesto per un nuovo teatro* [Manifest für ein neues Theater] im letzten Heft von »Nuovi Argomenti« gelesen? Wenn Du auch nur im geringsten einverstanden bist mit dem, was ich sage – ein Theater nach Athener Muster, ohne szenische Handlung–, warum denkst Du dann nicht daran, eine Tragödie zu schreiben? Oder wenigstens eine aus dem Griechischen zu übersetzen (Bertolucci Alkestis, Leonetti Prometheus, Siciliano Hyppolitos, Morante Philoktet...). Das Teatro Stabile von Turin und das von Rom finanzieren mir nämlich gemeinsam ein Theater, das auch ein Begegnungszentrum, ein echtes »Forum« sein wird. Denk ernsthaft darüber nach, denn ich weiß, daß Deine Strenge, Deine Eigensinnigkeit, Deine geballte Inspiration ideale Elemente für das Theater sind, das ich machen möchte.

Dein

Pier Paolo Pasolini

Beim Empfänger.
Maschinengeschrieben mit Zusätzen, Datum und Unterschrift von Hand.

[Poststempel: Rom, 14. September 1968]

Lieber Ferretti,

schau, schau nur auf den Strohhalm in meinem Auge, und behalte den Balken in Deinem eigenen. Ich mag mich selbstschädigend verhalten, aber Du verhältst Dich selbstzerstörerisch: und ich habe Grund zu glauben, daß Du zu einem Selbstmord neigst – sei er nun echt oder metaphorisch–, der vollkommen sinnlos ist. Die Brutalität, die Du für Aufrichtigkeit hältst, ist eine Form von Terrorismus, mit der Du den anderen den Selbstmord aufzuzwingen versuchst. *Teorema* ist ein wundervoller Film, beinahe absolut. Und Du beraubst Dich des Vergnügens zu leben – ich bin zwar selbstschädigend, mein Lieber, aber das Vergnügen zu leben empfinde ich stark!–, indem Du den Kinosaal betrittst, um jenen Film zu sehen und Dich dann – Terrorist auch Dir selbst gegenüber – daran hinderst, ihn zu sehen. Du bist ein Faschist: da kann man nichts machen. Es dauert mich sehr, das arme Mädchen, das »einen Faschisten, der sterben will« heiratet. Deshalb willige ich unmenschlicherweise ein, ihren Trauzeugen zu machen, allerdings nicht an den Tagen vom 26. bis zum 1. Oktober: weil ich da in Sizilien sein werde: um zu leben, zu arbeiten, zu sein.

Ciao, Dein

Pier Paolo

Beim Fondo Ferretti, Jesi.
Maschinengeschrieben mit Unterschrift von Hand.
Es ist die Antwort auf nachstehenden Brief Ferrettis vom 8. September:

Lieber P.

ich habe Dich gestern nachmittag angerufen, aber mir wurde gesagt, Du seiest in Grado. Gestern abend habe ich *Teorema* gesehen. Es ist wirklich entmutigend (für einen, der Dich so geschätzt hat wie ich) mitanzusehen, wie Du Dein Talent verkommen läßt. Und leider hat dieses Schauspiel schon vor vielen Jahren begonnen. Doch zum Glück habe ich keinen Rettungsring zu werfen, Geld zu erbitten oder Bücher zu drucken. Ich möchte nur Deine Intimität eines öffentlichen Mannes mit einem ganz privaten Ritus deflorieren. Ich werde gegen Ende September heiraten. Nur auf dem Kapitol natürlich. Und natürlich ohne Verwandte und ohne Freunde. Wenn Du mir 10 Minuten Deiner verkauften Zeit versprechen kannst (verkauft an jene uns teure italienische Bourgeoisie, deren Beifall und Kreuzigung Du so sehr liebst), wäre ich froh (wie ich vor 15/16 Jahren fähig war, froh zu sein).

Es ist klar, daß ich keine Bedingungen stellen werde: Du kannst mein Trauzeuge sein oder der der Braut. Der andere Zeuge wird, wie Du sicher schon geahnt hast, ein Avantgardedichter[1] sein. Ich erwarte in jedem Fall eine Antwort.

Versuch, Deinen Narzißmus zu bezwingen und entsinne Dich der etymologischen Beziehungen zwischen »martire« [Märtyrer] und »testimonio« [Zeuge].

(vgl. *Lettere a Pier Paolo Pasolini* von M. Ferretti, op. cit., S. 217).

1 Nanni Balestrini.

AN JACQUES TATI – PARIS

[Turin, November 1968]

Lieber Jacques Tati,

aber ich will Sie Hulot nicht entreißen! Gerade Hulot möchte ich in meinem Film[1]. Ich *kenne Sie nur durch* Hulot. Durch Hulots Gesicht, Hulots lange Beine, Hulots hohen Hintern. Es ist dieser Hulot, der in meinem Film erscheinen soll, meinen Absichten gemäß. Natürlich würde ich eine Variante von Ihnen verlangen: dieser Hulot müßte, anstatt ein Kleinbürger zu sein, ein Großbürger sein: ein Industrieller aus Bonn; und er müßte, eventuell, unter Hinzufügung eines Schnauzbärtchens, ein wenig Hitler gleichen. Hulot als sanfter Hitler. Sie hätten lange Gänge durch die endlosen Flure einer klassizistischen Villa zu machen, die Sie durch unvergleichlich elegante Türen betreten und verlassen würden: ich will damit sagen, daß Ihre Gestik, à la Hulot, vollkommen intakt bliebe: Ihr zeremonielles Schreiten, schüchtern und voller Komplexe, das auf Überempfindlichkeit, gute Erziehung und gute Lektüre hindeutet, Ihre Art, jemandem an einer Tür den Vortritt zu lassen usw.: alles bliebe intakt, etwas mehr dem Hulot des Neokapitalismus von *Playtime* als dem des Paläokapitalismus der *Ferien* ähnlich. Der einzig ernsthafte Zusatz wäre das »Gesprochene«. Doch ich würde die Szenen des Films ein wenig nach der Technik von *Playtime* drehen: ganze Figuren in der Totale, so daß die physische Präsenz und die typische Gestik das Wort absorbieren können. Im übrigen hat Ihre Figur nur eine lange, sogar sehr lange »Tirade«, die ich Ihnen beilege, denn sie ist das Selbstporträt der Person. Ich habe sie, ich wiederhole es, als unabhängige Figur für das Theater erdacht (*Porcile* ist der Text einer Tragödie in Versen), und dann habe ich beschlossen, sie für das Kino an Hulot anzupassen. Ich bitte Sie daher mit aller Wärme, meine Anfrage annehmen zu wollen. Ich setze sehr große Hoffnungen darauf: und Sie sind Regisseur, Sie wissen, was das heißt. Sie wissen, wieviel von sich selbst ein Regisseur in eine Wahl investiert, und wieviel von ihm unweigerlich verloren geht, wenn diese Wahl scheitert oder undurchführbar bleibt.

Entschuldigen Sie mich, und empfangen Sie die herzlichsten Grüße von Ihrem Pier Paolo Pasolini

Veröffentlicht in »La Repubblica« vom 29. Oktober 1976.

1 *Porcile* (dt.: *Der Schweinestall*).

AN SANDRO PENNA – ROM

[Rom, Februar 1970]

Lieber Sandro,

es ist vielleicht nicht richtig, daß ich Dir Dinge sage, die Dich angehen und die Dich mit so viel Liebe zeichnen. Ich treibe einen Kult mit Dir. Und wie bei allen Kulten plagen mich Gewissensbisse, nicht stark und treu genug zu sein, um ihn würdig zu praktizieren. Das sage ich, als seien wir alle beide tot und als berührte uns daher das Leben nicht mehr mit seinem Elend, das Tag für Tag, Stunde um Stunde dem widerspricht, was Du bist und was ich denke, daß Du seiest. Es ist das Leben in seiner Totalität, als hätten wir es gänzlich erfüllt (und in der Tat ist es beinahe so), was ich nun betrachte. In diesem Leben hast Du Dich abseits gehalten, um es zu betrachten, wie ein friedfertiges Tier, das sich manchmal doch ernähren muß und dann zum Beutezug gezwungen ist, da es nicht von reiner Kontemplation leben kann, von »Freude und Schmerz über das Dasein«. Auch Du wirst also Deine Sünden begangen haben, und auch Dein Gewissen wird eifrig gekämpft haben, um sich zu rechtfertigen. Und das wird Dich pathetisch gemacht haben, wie die Figur aus einer großen Oper, die fast nicht singt. Diese Zärtlichkeit des menschlichen Elends umgibt Dich wie ein irdischer Heiligenschein um ein himmlisches Haupt. Ich sage nicht, daß diese Worte Dich ganz und gar getreulich darstellen und daß sie Anlaß zu Mißverständnissen sein können für einen Fremden, der diesen unseren intimen Brief liest: denn Du bist ja, außer elend pathetisch, auch ein wenig komisch. Und dies widerspricht dem heiligen Bild, das ich von Dir entwerfe. Es widerspricht, meine ich, nach den üblichen Maßstäben, die man beim Reden anlegt: in Wirklichkeit sind alle Heiligen pathetisch und komisch. Worin besteht Deine Heiligkeit? Im Schweigen, mit dem Du auf das Leben verzichtet hast und darauf, es zu genießen, so wie es in unserem Teil Geschichte, in dem wir auf dieser Erde erschienen sind, verstanden wird. Ich wiederhole, Du hast den Genuß anderswo gesucht, in Dingen, die von allen für nichtig, fernliegend, unverständlich, kindisch und ungebührlich gehalten werden. Auch Du bist, ich wiederhole es, ein wenig räuberisch umgegangen mit jener Realität, die vielleicht nur betrachtet werden sollte. Doch gerade aus diesen Augenblicken der Sünde, in denen Du gegen die Regel des Verzichts und des demütigen, stillen, mönchischen Protests gegen die Welt, so erhaben und so ungastlich, verstoßen hast, hast Du die Inspirationen für Deine Dichtung geschöpft. Sie besteht in der heiteren, jeder Hoffnung baren Beobachtung der Dinge (für Dich sehr wenige, vielleicht sogar nur eines), die man auf der Welt ergreift, um darin zu überleben; doch diese Beobachtung vollzieht sich im Schweigen des Ortes, wo man nicht mehr lebt, sondern eben nur betrachtet. Dein Ausschluß Deiner selbst aus einer Welt, die außerdem Dich ausschloß, ist eine lange Askese gewesen, gemacht aus Nächten und Tagen, in denen man lacht und weint, wie ahnungslose Figuren aus romantischen Opern ohne Anfang und Ende, mit deren Nöten und ihren Wonnen: eine lange Askese, in der Du, statt zu beten, die Formen der fernen Welt besungen hast. Daß dies aus Dir nicht nur einen anarchischen Heiligen und einen Vorläufer jeden passiven und absoluten Protests, sondern vielleicht auch den heitersten lebenden italienischen Dichter gemacht hat – das steht auf einem anderen Blatt, weit unterhalb der Ebene dieses unsicheren und unvollständigen Briefes, der sich mehr um Deine *gelebte Poesie* als um Deine *geschriebene Poesie* dreht. Denn sie zählt doch zuerst für den, dem es, gerade weil er erzogen und gleichsam sich selbst genommen ist durch eine lange Liebe zur Poesie, gelingt zu erahnen, was sie wert ist außerhalb jedes Werts: die Heiligkeit des Nichts.

Beim Pasolini-Archiv.
Maschinengeschriebenes Konzept mit Korrekturen von Hand.
Für die zweite Ausgabe der *Poesie* von Penna, erweitert um *Croce e delizia* und andere unveröffentlichte Gedichte (vgl. *Tutte le poesie*, Garzanti, Mailand 1970), hat Pasolini diesen Text in Form eines Briefes an den Autor geschrieben, der dann, in die dritte Person übertragen und mit einigen kleinen Veränderungen als »Buchzeichen« in die Bände eingelegt wurde.
Nach Erhalt dieses Schreibens antwortet Penna Pasolini mit einem Brief ohne Datum:

Lieber Pier Paolo,

danke, um so mehr, als ich glaubte, es sei Dir einfach nicht möglich. Ich hatte auch mit Mailand (Garzanti) darüber gescherzt, daß Du von tausend Sachen in Anspruch genommen wärest, während Brasilien auf Dich wartete.

Ich schicke es ihm sofort mit der Frage – ich glaube, Du wirst nicht beleidigt sein –: »Was werdet Ihr mit Pier Paolo machen? Bezahlt Ihr ihn, oder macht Ihr ihm ein schönes Büchergeschenk?« Ich weiß, daß es Dir gleich ist, aber die Arbeit muß *entlohnt* werden. Findest Du nicht? Aber ich hätte Dir nur »danke« aufs Kopfkissen schreiben sollen. Die Idee stammt von Elsa[1], aber ich wußte ja, daß man Graziella alles sagen kann.

Sag ihm zu *Porcile*: ich habe vor Begeisterung geweint wie bei »Ladri di biciclette« [Fahrraddiebe] oder *[unleserlich]*. Doch diese Dinge sind farblos geworden angesichts der wundervollen Bilder (hast Du das geträumt?) von *Porcile*. Er ist schön, auch wenn man ihn nicht verstehen oder erklären kann. Aber bei Mallarmé... Genieß Brasilien.

Wenig heilig, aber sehr zugetan, Dein Sandro

Der Essay ist unvergleichlich, ich meine, so unvergleichlich wie liebevoll. Ich werde ihn die ganze Nacht lang lesen. Ich schicke ihn nicht gleich ab. Elsa ist begeistert davon.

1 Elsa Morante.

AN MARIO BIANCHI – COMO[1]

Rom, 3. März 1970

Lieber Mario,

wir sind schon beim zweiten Brief[2]; also können wir von einer richtiggehenden Korrespondenz zwischen mir und Dir sprechen; Deine Anmut eines Jungen, der tief über die Dinge der Realität nachdenkt, möchte von mir eine Antwort zur Existenz Gottes: metaphysische Streitfrage, auf die ich Dir in meiner Unsicherheit nur bescheiden antworten kann, daß ich, wenn man den Begriff Gottheit erweitert, in gewissem Sinn abändert, daß ich dann schon mit Dir einverstanden sein kann, weil Gott die Realität ist; und die Realität ist ein tyrannischer Gott, der aus seinem Despotismus den Schlüssel macht, mit dem man, wenn auch teilweise, zu ihr gelangt; also muß man die Wirklichkeit anbeten, die Intelligenz zu den alten Sachen tun, mehr Erbarmen mit sich selbst und den anderen haben.

Ich danke Dir für alles, was Du mir mitteilst, und es grüßt Dich

Dein sehr beschäftigter

Pier Paolo Pasolini

Beim Empfänger.
Maschinengeschrieben mit Unterschrift von Hand.

1 Student aus Como.
2 Der erste Brief wurde nicht wiedergefunden.

AN FRANCO ROSSELLINI – ROM[1]

[Rom, Frühjahr 1970]

Lieber Rossellini,

während ich das *Decameròn* zu Ende gelesen und darüber nachgedacht habe, hat sich meine erste Idee des Films verändert. Es geht nicht mehr darum, drei, vier oder fünf in Neapel angesiedelte Novellen auszuwählen, also um eine Reduktion des Werkes auf einen »von mir ausgewählten« Teil: es geht vielmehr darum, die größtmögliche Anzahl von Erzählungen auszuwählen (in dieser ersten Fassung sind es 15), um damit ein vollständiges und objektives Bild des *Decameròn* wiederzugeben. Man muß also einen mindestens dreistündigen Film in Betracht ziehen.

Aus praktischen Gründen – und aus Treue zur ersten inspirierenden Idee – bleiben die neapolitanischen Erzählungen die größte Gruppe, so daß das volkstümliche Neapel weiterhin das Bindegewebe des Films bleibt; doch zu dieser zentralen Gruppe werden nach und nach weitere Erzählungen hinzukommen, von denen jede ein Moment jenes überregionalen und internationalen Geistes darstellt, welcher das *Decameròn* kennzeichnet.

In seiner Gesamtheit wird der Film also eine Art Fresko einer ganzen Welt zwischen dem Mittelalter und der bürgerlichen Epoche abgeben: und stilistisch wird er ein vollständiges, realistisches Universum darstellen.

Vom Gesichtspunkt der Produktion her stellt sich das Werk daher als sehr aufwendig dar: denn außer Neapel wird es auch »Cililia« geben, die »Barberia«, Paris, das Meer; und dann die feudalen Schlösser an der Loire, die Wüste mit den Kasbah, die »Segler«: die Schiffe, die von Ägypten bis Spanien das Mittelmeer befuhren.

Der Film wird, ich wiederhole es, mindestens drei Stunden dauern und nicht in zwei, sondern in drei Teile unterteilt sein, von denen jeder eine Art thematischer Einheit bildet, zusammengehalten von einer Begebenheit, die den von Boccaccio verwendeten Erzählmechanismus ersetzen und meinen freien Eingriff als Autor darstellen soll.

Beim Pasolini-Archiv, Rom.
Maschinengeschrieben ohne Datum und ohne Unterschrift.

1 Produzent der Filme *Teorema, Medea, Il Decameròn.*

[Rom, Frühjahr 1970]

Lieber Paris,

Frecce avvelenate[1] kam mir vor wie ein Avantgarderoman. Und Du weißt, wie wenig nachsichtig ich bin... Du und Dario[2], Ihr müßt die Avantgarde einfach vergessen, sie so schnell wie möglich aus Eurem Hirn tilgen, bevor es zu spät ist. Wenn Ihr nicht böse enden wollt; genug mit der Avantgarde. In Deinem Buch allerdings ist die Avantgarde Fassade. Trotz allem ist da eine Raserei, eine Süße, die anderes versprechen.

Die Fahnen müssen unbedingt noch zwei- oder dreimal korrigiert werden. Es sind immer noch zu viele Fehler drin.

Ciao

Pier Paolo Pasolini

Beim Empfänger.
Maschinengeschrieben mit Unterschrift von Hand.

1 Vgl. *Frecce avvelenate* von R. Paris, Bompiani, Mailand 1974.
2 Dario Bellezza.

[Rom, 1970]

Lieber Walter,

als Professor gebe ich Dir summa cum laude (Note, die Du vermutlich bekommen wirst)[1]; als Gegenstand Deiner Ausführungen, folgendes:

Das erste und das letzte Kapitel sind zuerst geschrieben worden und sind bei weitem der beste Teil: sie sind, um nur eines zu sagen, entschieden als Artikel in den qualifiziertesten Zeitschriften publizierbar. Was mich betrifft, haben sie mir genützt: eine Materie zu verstehen, die mich nun weniger interessiert, aber sie haben mir genützt: man hätte es nicht besser machen können.

Den mittleren Teil hast Du in einer zweiten Phase geschrieben: ich weiß nicht, was passiert ist, dazwischen, vielleicht jenes Versehen... Als ich ihn gelesen habe, ist mir buchstäblich schlecht geworden, weil ich mich in diesem kleinen Dreieck Regression-Aggressivität-Narzißmus fertiggemacht gefühlt habe: und in der Tat hast Du mir keine Atempause mehr gegönnt. Ich bestreite nicht die relative Glaubwürdigkeit des Dreiecks, aber es war absurd, daß Du mein ganzes Werk in Funktion dessen zurechtgebogen hast, die nicht »anpaßbaren« Resultate vergessend, die nicht von »Protokoll zu Protokoll« zurückverfolgbar sind, vor allem wenn das Protokoll ein rein kulturelles ist: und, wenn Du gestattest, als Psychoanalytiker bist Du ein Dilettant. Meine Werke enthalten eine schier endlose Reihe von »Objekten«, die weder gut noch schlecht sind, sondern »dargestellt« und als solche nicht moralistisch beurteilbar. Jawohl, denn alle Ausdrücke, die in der Psychoanalyse rein beschreibend sind – wissenschaftlich –, hast Du mit einer positiven oder negativen Färbung versehen. Du hast »Regression« verwendet wie ein Prediger.

Herausgekommen ist eine Kopfwäsche, ein Ohrenlangziehen, nenn es, wie Du willst, dasselbe, was ich mir schon seit zwanzig Jahren immer wieder anhören muß. Amerika hast Du damit nicht entdeckt. Ich bin nicht für mein Unbewußtes verantwortlich: und die Aufdeckung meiner unbewußten Handlungen erlaubt es dem Kritiker nicht, sich all dessen zu entledigen, wofür ich allerdings verantwortlich bin (eine ganze Menge Wissen, sei es wissenschaftlich oder nicht, das der Realität noch mehr Realität hinzufügt und von dem Du selbst profitierst). Eine weitere alte Sache, die seit zwanzig Jahren mein Leben verdüstert, ist der Vorwurf, gewisse falsche Begriffe zu besitzen, deren richtige Version dem Kritiker bekannt ist, die er mir aber nicht sagt: die Begriffe »Völker«, »Subproletariat«, »Geschichte«, »Vernunft« usw. usw. Wenn Du mir den unredlichen Gebrauch dieser Begriffe vorwirfst, scheinst Du Dich *an einen Kreis* zu wenden, in dem Ihr Euch untereinander blitzschnell versteht, ohne Zeit vertun zu müssen mit Reden. Kurz, Du stellst meine Fehler als ontologisch hin, als meiner »ganz verworfenen« Lage wesenseigen. Nur einmal hältst Du aus Versehen meinem falschen Begriff einen richtigen entgegen, dort, wo Du sagst, die »Realität« sei »Realität, die voranschreitet«: nur darin besteht die kleine Lektion, aber sie verrät die gesamte Ideologie, die Du der meinen nicht entgegenhältst, es sei denn implizit. Darin liegt Deine ganze Unreife eines Jungen, der den Optimismus seiner Altersgenossen nachahmt. Und an genau diesem Punkt wird Dein Moralismus mir gegenüber zu einer schlechten Tat, derer Du Dich früher oder später schämen wirst. Mit Deiner Doktorarbeit hast Du Deinen »starken« Altersgenossen geschmeichelt; oder Deinem »mit Deinen Altersgenossen verbündeten Professor« (es muß allerdings gesagt werden, daß auch ein politisch meinungsloser, wenn nicht gleich ganz reaktionärer Professor sich zufriedengestellt fühlen würde von einer Doktorarbeit wie Deiner). Dein Einschmeicheln bei den »Starken«, mit (wenn auch zivilisiertem) Moralismus bemäntelt, offenbart, daß Du genau an dem Punkt bist, an dem ich mich in Deinem Alter, ungefähr, befand, und den ich in den Versen von »La Realtà« beschreibe:

Und dies war der Weg, auf dem ich als Mann ohne
Menschlichkeit, hörig dem Unbewußten, entweder Spion
oder trüber Jäger von Wohlwollen,
in die Versuchung der Heiligkeit geriet...

Die *gute* Hexe, die Hexen jagt
vor Grauen...

Das Gelächter, mit dem das Ungeheuer
Ruhe, Gesundheit und Glück in der Liebe demonstrierte,
bereit, andere Ungeheuer zu quälen und zu töten,
um ja nicht erkannt zu werden...

Der Unterschied zwischen mir als jungem Mann und Dir besteht in der Tatsache, daß meine »unbewußt erpresserischen männlichen Gefährten« Faschisten waren: Deine dagegen gehören der Studentenbewegung an. Die Dramatik ist weniger grausam, aber es ist die gleiche. Du hast also eine überaus elegante Hexenjagd veranstaltet.

Ich wollte noch zwei Bemerkungen anfügen, die Dir nützlich sein könnten: *Pilade* stammt nicht aus den gleichen Jahren wie *Ricotta*, sondern ist '66 geschrieben worden (gedacht und angefangen zu schreiben '65), gleichzeitig mit *Affabulazione*, *Porcile*, dem Sujet für *Teorema* und anderen noch unveröffentlichten Theaterstücken. Außerdem hast Du (gewiß durch meine Schuld!) den Sinn von *Pilade* nicht verstanden: die beiden Revolutionen, eine angekündigt von der Vernunft Athene, die andere von den Eumeniden, sind, die erste, die reaktionäre Revolution Hitlers mit ihren Greueltaten (bei der die *Körper* bevorzugter Gegenstand des Martyriums waren), die zweite, die Partisanenrevolution (das geheimnisvolle Heer in den Bergen). Völlig verschieden von dem, was Du angibst, ist die Regression der Eumeniden zu Furien und die nachfolgende Verwandlung der überlebenden Eumeniden von Landgöttinnen in Stadtgöttinnen (aus Göttinnen, die die Revolution der Bauern und Arbeiter, der definitionsgemäß Ausgestoßenen,) schützen, werden sie zu Schutzgöttinnen der Stadt, der Neuen Stadt (des Neokapitalismus). Du müßtest den Text noch einmal lesen, bevor Du die Doktorarbeit diskutierst.

Schließlich ist Dir, in Deinem sehr schönen letzten Kapitel über den Elfsilber[2], merkwürdigerweise entgangen, daß *L'Umile Italia* in Neunsilbern geschrieben ist und *Récit* in jambischen Septenaren (doppelten Siebensilbern).

Ciao, sei stark, sei stark. Wenn Du mich besuchen willst, sag mir ein paar Tage vorher Bescheid: die Telefonnummer ist 5911733.

Pier Paolo Pasolini

Beim Empfänger.
Maschinengeschrieben mit Unterschrift von Hand.

1 Bezieht sich auf die Doktorarbeit von Walter Siti, *L'opera di Pasolini* [Pasolinis Werk], die im November 1970 an der Universität Florenz diskutiert wurde.

2 Vgl. *Saggio sull'endecasillabo di Pasolini* [Essay über den Elfsilber bei Pasolini] von W. Siti in »Paragone«, August 1972.

[Rom, August 1971]

Liebster Paolo,

ich danke Dir unendlich für Deinen Brief[1]. Ich hätte Freudensprünge machen mögen, als ich las, was Du mir über meine Gedichte sagst – wenn ich nicht in einer Phase wäre, in der ich vor Schmerz fast verrückt bin. Ninetto ist vorbei. Nach beinahe neun Jahren gibt es Ninetto nicht mehr. Ich habe den Sinn des Lebens verloren. Ich denke nur an Sterben oder ähnliches. Alles um mich herum ist zusammengebrochen: Ninetto mit seiner Freundin, zu allem bereit, auch dazu, wieder als Schreiner zu arbeiten (ohne mit der Wimper zu zucken), wenn er nur mit ihr zusammensein kann; und ich unfähig, diese grauenvolle Realität zu akzeptieren, die mir nicht nur die Gegenwart ruiniert, sondern ein schmerzliches Licht auch auf all die Jahre wirft, die ich voller Freude geglaubt habe, wenigstens was seine heitere, unerschütterliche Gegenwart angeht. Ich bitte Dich, sprich mit keinem Menschen auf der Welt darüber. Ich will nicht, daß von dieser Sache gesprochen wird. Du und Elsa, Ihr seid (mit Nico)[2] die einzigen, die es wissen. Kann sein, daß es mir gelingt, doch weiterzuleben.

In meinem Seelenzustand kann ich Dir nur raten, Chef der Olivetti zu werden, wie man es Dir anbietet. Ich sehe in diesem Augenblick nichts, wovor man Respekt haben könnte. Wenn dies für Dich das Erreichen eines Ziels, Macht, Trost über etwas bedeutet, nimm an: niemand kann den ersten Stein werfen (das Geld vom *Decameròn* ist von United Artists). Noch dazu könntest Du eines Tages über den Chef einer großen Industrie schreiben, und es wäre das erste Mal, daß ein Dichter es könnte (bisher ist es immer nach dem Hörensagen gemacht worden, aus dummer Polemik, aus Neid).

Entschuldige diesen unzusammenhängenden Brief, doch ab und zu endet eine Etappe im Leben, und es ist immer scheußlich, wieder neu anzufangen.

Ich umarme Dich mit großer Zuneigung, Dein

Pier Paolo

Beim Empfänger.
Maschinengeschrieben mit Unterschrift von Hand.

1 Es ist die Antwort auf einen Brief vom 17. August 1971, in dem Volponi unter anderem schreibt:

Liebster Pier Paolo,

während der traurigen Ferien (traurig wie ich) habe ich außer der Gesellschaft meiner beiden angebeteten (unartigen) Kinder die Deines Gedichtbuches *[Trasumanar e organizzar]* gehabt: wirklich schön und mehr noch neu, aufdeckend, wahr, voll von allen Problemen, entscheidend, tröstlich und provokant, das innen dann die beiden kursiv gedruckten Stücke enthält, eine Zuneigung und ein bürgerlicher Gesang, die beiden schönsten italienischen Gedichte nach Giacomo Leopardi. Ich wollte Dir diese Wahrheit bezeugen und Dich zärtlich umarmen.

2 Elsa Morante, Nico Naldini.
Nachdem er den Brief vom August erhalten hat, antwortet Volponi Pasolini aus Ivrea am 26. August 1971:

Liebster Pier Paolo,

ich habe Deinen Brief bekommen und umarme Dich sofort mit all meiner Zuneigung.

Ich verstehe Deine Einsamkeit und Deinen Schmerz und kann nichts weiter tun, als davon beeindruckt sein; ich kann Dir ganz banal sagen, daß es eben Etappen im Leben sind. [...] Da ich Dein letztes Buch gründlich gelesen und aufgenommen habe, weiß ich, wieviel Ninetto für Dich zählt, und ich weiß auch, daß nur ein Gott Dich einen anderen, ebenso lieben und strahlenden finden lassen könnte. Ich kann nur hoffen, daß genau dies geschieht: daß eines Abends auf andere Weise ein Gesicht aus der Gruppe des Canto Civile aufleuchtet, daß Dich ein Zeichen ruft, das Du erkennen kannst.

[Poststempel: Rom, 24. August 1971]

Lieber Guido,

erst jetzt antworte ich auf Dein Flehen; und ich antworte nicht nur mit Verspätung (aus den üblichen Gründen), sondern auch ohne Dir den einfachsten Trost spenden zu können. Ich kenne die Kasernen gut. Nur möchte ich Dir sagen, daß auch ein anderer Junge, wie Du (Dein Alter, Deine Bildung, Deine politischen Ideen, die Doktorarbeit über mich usw.), mir aus einer Kaserne schreibt: doch er hat vielleicht, verzweifelter, klarsichtiger und demütiger als Du, zu sehen vermocht, daß die Proletarier in Uniform auch ihre Schuld haben, und daß es zu einfach ist, der Macht alle Schuld anzulasten. Du hast recht: sie kommen keck und lachend an, und am nächsten Morgen hat die Macht sie schon unterwürfig und traurig gemacht. Aber sie sind ja keine Schafe. Und gerade gestern abend sagte Elsa Morante zu mir: man kann nicht vom Proletariat reden und behaupten, daß es heilig sei, die Kriege führen schließlich die Soldaten und nicht die Generäle. Geh also Deiner Verzweiflung auf den Grund, such nicht, sie abzuwehren: erst nachdem Du auch über die »unschuldigen« Arbeiter, die die Soldaten machen, ein kritisches und also pessimistisches Urteil gefällt hast, wirst Du ein wirkliches und gerechtfertigtes Urteil über die Macht abgeben können. Behalte im Sinn, daß es keinen Staat auf der Welt gibt (weder die UdSSR noch China, weder Cuba noch Jugoslawien), wo die Macht nicht das Lächeln aus den Augen der jungen Männer vertreibt. Und die Macht ist nicht außerhalb jener jungen Männer, die sich von ihr demütigen lassen, sie ist auch in ihnen. Denk daran, daß der, der zu Dir spricht, einer ist, der (wie Du nur zu gut weißt) die Unschuldigen »mythisiert«: aber ich sage Dir das, weil ich weiß, daß die halbherzige Verzweiflung, die Verzweiflung, die Alibi sucht, einen daran hindert zu »sein«, die totale und kritische Verzweiflung nicht. Hab auch keine Angst, Dich, wenn nötig, von allem abzuschotten, Dich in Dich zu verkriechen wie ein Tier und die Einsamkeit zu suchen (die göttlich ist).

Entschuldige diese wenigen und unzusammenhängenden Worte, und erhalte einen herzlichen Händedruck von Deinem

Pier Paolo

Beim Empfänger.
Maschinengeschrieben mit Unterschrift von Hand.

Diesem Brief war im September '70 ein kurzer Briefwechsel vorausgegangen, in dem Santato um ein Treffen mit Pasolini gebeten und Pasolini zugestimmt hatte, ihm ein wenig von seiner »sehr begrenzten« Zeit zu gewähren (um die Doktorarbeit zu besprechen). [Anm. d. Übers.]

[Rom, Februar 1972]

Lieber Einaudi,

entschuldige mein langes Schweigen: ich mache drei Filme auf einmal und vernachlässige die Freunde! Die Vorstellung, die *Poesia dialettale*[1] wieder in die Hand zu nehmen, zieht mich an – außerdem sind in den letzten fünf oder sechs Jahren zwölf oder dreizehn Bücher von zum Teil noch jungen, sehr guten Dialektdichtern erschienen. Doch wann werde ich Zeit haben, mich darum zu kümmern? Du gibst mir einen großen Spielraum: aber das Jahr, das auf mich zukommt, ist mit dem Ende der Arbeiten an den *Canterbury tales* und anschließend von den *Mille e una notte* ausgefüllt, danach muß ich einen Band mit Theaterstücken vorbereiten, und schließlich, um das Maß vollzumachen, sind mir gleich zwei Romane in den Sinn gekommen! Ich kann Dir also nichts versprechen, leider: ich lasse mir aber selber einen Spalt offen (hättest Du eventuell einen jungen Mann, der sich, um mir die Suche abzunehmen, darum kümmern könnte, die Bände der Dialektdichter zu besorgen, die nach meiner Anthologie erschienen sind?)

Einen lieben Gruß von Deinem

Pier Paolo Pasolini

Beim Archivio Einaudi.
Maschinengeschrieben mit Unterschrift von Hand.
Es ist die Antwort auf einen Brief vom 30. September 1971, in dem Einaudi unter anderem schreibt:

»Ich habe, wie abgemacht, an Frau Guanda geschrieben, die mich wissen läßt, daß der *Canzoniere italiano* vor einigen Monaten Garzanti für eine Taschenbuchausgabe überlassen worden ist. Frau Guanda fragt mich gleichzeitig, ob ich an Deiner anderen Arbeit interessiert wäre, der *Poesia dialettale*. Ich habe positiv geantwortet, mir aber vorbehalten, Dich zu fragen.«

1 Vgl. *Poesia dialettale del Novecento*, op. cit.

[Poststempel: Rom, 29. November 1972]

Lieber Contini,

ich sehe Ihr Briefchen mit dem Datum Ronchi, 22. Juni 1972. Seitdem habe ich es immer auf dem Herzen getragen, in einer häßlichen roten Brieftasche, in der ich die Ausweise aufbewahre. Es hat mich nach England, nach Frankreich, nach Deutschland, nach Ägypten, nach Persien, nach Indien, nach Kuweit, in die Trucial States, nach Eritrea, in den Jemen, noch einmal nach Frankreich, nach Nigeria begleitet: aber immer auf dem Herzen aller drei P. Ja, mein ganzer Ehrgeiz ist, bevor ich ende, noch ein Werk oder eine Seite zu schreiben, die Contini gefällt. Die Auslassung, über die ich mich beklagte, betraf das Vorwort zu Guerras Buch[1], wo sich das Zitieren meines P. mindestens drei- oder viermal unvermeidlich anbot (nachdem andere Zitate gemacht wurden!). Doch ich vergesse meine Schmerzen sogleich, wie die Hühner. Während ich zäher bin im Erinnern meiner Liebesbeziehungen, besonders natürlich, wenn sie etwas schwierig sind.

Ich umarme Sie mit Zuneigung, Ihr

Pier Paolo Pasolini

Beim Empfänger.
Maschinengeschrieben mit Unterschrift von Hand.
Es ist die Antwort auf folgenden Brief Continis:

Lieber P., Ronchi, 22. Juni 1972

an welches der drei P. soll ich mich wenden, um, mit Vergnügen, den Erhalt Ihres Buches[2] zu bestätigen? Des ersten seit ziemlich langer Zeit, das direkt zu mir kommt, nach einer langen Reihe, bis *Trasumanar*, die ich meinem Regal auf eigene Kosten einverleibt habe. Mir scheint nicht, daß ich, wie Sie beklagen, jüngst die Gelegenheit gehabt, und versäumt, hätte, Sie zu zitieren. Ich sage dies aktuell: denn potentiell haben Sie recht: gewiß hätte ich vermieden, Sie zu nennen, nachdem Sie in »Nuovi Argomenti«[3], damit Ihre nicht zitierten Freunde Ihnen das Übermaß Ihrer Zitate in einem nunmehr alten Buch[4] von mir verzeihen, eine Seite lang meinen Staub von Ihrem Schuhwerk schüttelten. Ich hatte unrecht, und Sie sagen es mir im Klappentext[5] mit der Theorie der zwei P., das Rationale usw. und das Reaktionäre usw.: mit Übertreibung des Gesichtspunkts kann man sogar, wie in der Außenpolitik, von »Tripolarität« des P. sprechen. Von welchem P. die

Mahnung an mich auch gekommen sein mag, wird es, soweit man weiß, doch stets ein P. geben, das bereit ist zum Empfang der herzlichen Botschaft von

Gianfranco Contini

1 Vgl. Einführungstext von G. Contini in *I bu*. Poesie romagnole von T. Guerra, Rizzoli, Mailand 1972.

2 *Empirismo eretico*, op. cit.

3 Vgl. *Ah! Italia disunita!* in »Nuovi Argomenti«, neue Serie, Nr. 10, April-Juni 1968.

4 Vgl. *Letteratura dell'Italia unita 1861–1968* von G. Contini, Sansoni, Florenz 1968.

5 Von *Empirismo eretico*.

AN SUSANNA PASOLINI – ROM
AN GRAZIELLA CHIARCOSSI

[Poststempel: Asmara, 6. Januar 1973]

Liebe Picinina,
ganz rasch viele Grüße noch aus Asmara, bevor ich zu einer Ortsbesichtigung in einem alten Kloster aufbreche... Alles geht sehr gut, die Sonne scheint sanft, die Eritreer sind entzückend. Laß es Dir gutgehen, meine Kleine, iß, trink und mach Dir nie auch nur eine Minute lang Sorgen, ciao

Pier Paolo

Liebe Ninuta,
hier hast Du das unterschriebene Stück Papier. Hier geht alles gut und alles in Eile, tausend Sachen sind zu tun, weil ich beschlossen habe, den ganzen ersten Block des Films[1] hier zu drehen... ciao

Pier Paolo

Bei den Erben Pasolini.
Handgeschrieben.

1 *Il Fiore delle Mille e una notte.*

[Poststempel: Rom, 22. August 1973]

Lieber Sergio,

ich schicke Dir das letzte der vielen Stücke und Stückchen, die über Dich und *Storie scellerate* erschienen sind: ein schöner Erfolg zeichnet sich ab... Aber das weißt Du ja schon. Entschuldige, daß ich Dir nie geschrieben habe und daß dies eher ein Telegramm als ein Brief ist. Aber Du weißt, wie mein Leben aussieht.

Ich glaube nicht, daß vorsätzlicher böser Wille hinter Deiner Festnahme steckt: die Dinge sind mit der üblichen dummen Mechanik weitergegangen. Doch jetzt arbeiten wir daran, es wiedergutzumachen. Hoffe. Ich habe, ich gestehe es Dir, angesichts dieser Sache die gleiche Empfindung gespürt, die Du angesichts des Löwen gespürt hast, der Ninetto fressen wollte. Die Sache hat etwas so völlig Logisches und Vollkommenes, daß sie fast zum Lachen ist. Entschuldige, ich verstehe, daß es hart ist, im Gewissen passiert es, daß ich mich oft ersticken fühle beim Gedanken an Dich, und dann bekomme ich Angst. Aber die Vollkommenheit, mit der das Schicksal seine Bühneneffekte vorbereitet, ist die eines so großen Theatermachers, daß man nicht umhin kann, Bewunderung zu empfinden. Ich arbeite an der *Histoire du soldat*[1]: jetzt schreibe ich alles, was mir zukommt (was nicht wenig ist!), und dann gebe ich es Dir zurück: ich werde Dir das weitergeschriebene Drehbuch übermitteln, mit noch einer ganzen Reihe von kleinen Szenen und vor allem von Dialogen, die Dir vorbehalten bleiben. Es wird nicht schwierig sein, wir sind fast fertig.

Ich umarme Dich fest, nur Mut: sei auf der Höhe des Schicksals, das Deine Beziehungen zur Gesellschaft so regelt, wie Du sie im Grunde haben willst.

Dein

Pier Paolo

Beim Empfänger.
Maschinengeschrieben mit Korrekturen und Unterschrift von Hand.
Adressiert an das Untersuchungsgefängnis Rebibbia, wo Citti eine Strafe wegen einer Übertretung der Straßenverkehrsordnung verbüßte.

1 Bezieht sich auf das Drehbuch eines Films, bei dem Sergio Citti Regie führen wollte.

AN LIVIO GARZANTI – MAILAND

[Rom, Juli 1974]

Lieber Garzanti,

ich schulde Ihnen eine kurze Erklärung zu den »Opfern«. Ich wollte einfach sagen, »Opfer des Schicksals«, und nicht gar eines dritten »Opfers«, über das ich nicht den Stab brechen will und demgegenüber ich Ihr Mitleid teile. Doch während die mögliche Verworfenheit dieses »dritten Opfers« eine Sache ist, die vorkommen kann, ist die Verworfenheit der italienischen Kultur doch etwas anderes. Daher meine calvinistische Strenge, die vielleicht unerwartet kam.

Ich umarme Sie mit unveränderter Zuneigung, Ihr

Pier Paolo Pasolini

Beim Empfänger.
Maschinengeschrieben mit Unterschrift von Hand.
Es ist die Antwort auf Garzantis Brief vom 17. Juli 1974:

Lieber Pasolini,

Raboni übermittelt mir Ihren Gruß, der beachtlichen Trostwert hat. In diesen ziemlich traurigen Momenten belastet mich ein Zwist mit Ihnen moralisch wie eine Niederlage und, verzeihen Sie mir, auch wie ein Verrat. Und der Verratene ist für mich immer irgendwie schuldig, wenn auch nur der Idiotie.

Opfer zu Opfer; wessen? des Teufels? oder der Willkür Jehovas? Mir scheint jener mehr Opfer, den Sie als Ursache betrachten, B., der an einer echten Neurose leidet, und die Menschen haben mehr Mitleid bei der schlimmsten Verworfenheit als bei einer lästigen Neurose. (Ihr Erfolg scheint mir zufällig und wackelig zu sein.)

Sie bringen mich dazu, Sie instinktiv zu bekämpfen, und auch das tut mir weh.

Wie lange noch diese so schmerzliche und ungewisse Situation?

Ist es denn möglich, daß sie sich nicht auflösen läßt?

Rom, 24. September 1975

Lieber Eduardo,

hier hast Du endlich *schriftlich* den Film[1], von dem ich Dir schon seit Jahren erzähle. Im wesentlichen ist alles da. Es fehlen die Dialoge, sie sind noch provisorisch, weil ich fest mit Deiner Mitarbeit rechne, meinetwegen auch ad hoc beim Drehen. Epifanio vertraue ich gänzlich Dir an: aprioristisch, es ist eine Parteinahme, eine Wahl. Epifanio bist Du. Das »Du« des Traums, scheinbar idealisiert, in Wirklichkeit real.

Ich habe gesagt, der Text sei *schriftlich*. Das stimmt nicht ganz. Ich habe ihn nämlich auf Tonband diktiert (zum ersten Mal in meinem Leben). Deshalb bleibt er, zumindest linguistisch gesehen, mündlich. In der Tat wirst Du beim Lesen sofort seine etwas bleierne, repetitive, pedantische Art bemerken. Geh drüber weg. Es war mir – aus praktischen Gründen – unmöglich, es anders zu machen.

Ich selbst habe ihn heute – gerade eben – zum ersten Mal ganz gelesen. Und er hat mich traumatisiert: überwältigt mit seinem »ideologischen« Engagement, das ja wie ein »Poem« wirkt, und erdrückt mit dem organisatorischen Aufwand.

Ich hoffe, mit all meiner Leidenschaft, nicht nur, daß der Film Dir gefällt und daß Du annimmst, ihn zu machen: sondern auch, daß Du mir hilfst und mich ermutigst, ein solches Unternehmen zu verwirklichen.

Ich umarme Dich mit Zuneigung, Dein

Pier Paolo

Bei den Erben des Empfängers.
Maschinengeschrieben mit Datum und Unterschrift von Hand.

1 Bezieht sich auf das Treatment des Films *Porno-teo-kolossal*.

[Poststempel: Rom, 3. Oktober 1975]

Lieber Gianni,

Du weißt nicht, welche Freude mir Dein Brief gemacht hat. Ich befinde mich im Leeren – in einer Leere, die fast akademisch oder nach psychiatrischer Anstalt schmeckt –, und was immer von außen zu mir dringt, ist eine tröstliche und festliche Botschaft. Also existiere ich!

Deine Idee, das, was ich journalistisch sage, in volkswirtschaftliche Termini zu »übersetzen«, erscheint mir nicht nur wunderschön, sondern sollte auch sofort ausgeführt werden. Und gewiß, für »Nuovi Argomenti«*. Es wäre unter anderem etwas, das mich dazu brächte, mich wieder um die Zeitschrift zu kümmern und sie neu zu lancieren. Ich nehme Dich beim Wort und warte auf einen Text von Dir, in dem Du (wenn ich es wagen darf, Dir einen Rat zu geben) Dich nicht von der sprachlichen Verzückung hinreißen läßt, die Dich erfaßt, wenn Du »richtige« Dinge schreibst, sondern eben so weit wie möglich die »Pflicht« des Übersetzers erfüllst. Für mich, für Dich, für alle.

Ich würde sagen, daß Du zuerst diese »Übersetzung« machst, und daß ich dann nach Bologna komme, um darüber zu reden, im Soziologischen Institut oder wo Du sonst willst.

Ich habe mit Pathos auf das Pathos geantwortet, und ich umarme Dich mit Zuneigung,

Pier Paolo

* Doch warum nicht auch, mit einer gewissen Vereinfachung, zuvor im »Corriere«?

Beim Empfänger.
Maschinengeschrieben mit Anmerkung und Unterschrift von Hand.
Es ist die Antwort auf folgenden Brief Scalias vom 6. September:

Lieber Pier Paolo,

ich kann einfach nicht anders, jetzt (tun wollte ich es auch schon vorher): ich *muß* Dir schreiben, Deine letzten Texte (nach unserem Gespräch an jenem Abend) überzeugen mich immer mehr. Dein letzter, der Brief an den Präsidenten[1], macht Dich mir so »sympathisch« (im etymologischen Sinn), daß ich Dir eben schreibe. (Und ich würde Dich am liebsten umarmen, wenn es nicht »pathetisch« wäre – nimm auch das etymologisch). Wenn ich »Nationalökonomie«, »Produktionsweise« lese, Produktion nicht nur von Waren, sondern von »Menschlichkeit« (scilicet: von gesellschaftlichen Verhältnissen. Genau: »Produktion von gesellschaftlichen Produktionsverhältnissen«: das ist meine, was sage ich, Marxsche Entdeckung der »Verschleierung der Wertform«), wenn ich das lese, bekomme ich Lust, mit Dir zu reden, zu diskutieren, Dich zu »übersetzen«. (Über die Entwicklung, da gibt es noch mehr, da hast Du noch zu klären!)

Kurz, ich habe Dich mit Vergnügen gelesen, verzweifelt, wie ich war, nach einer Debatte auf dem Festival der »Unità«, mit Tortorella, Zangheri und vielen Universitätsprofessoren (seit einem Jahr bin ich auch einer, aber Herrgott, ich bin »anders«). Welche Bitterkeit, welche Wut. (Als ich antwortete, kamst Du auch in meiner Rede vor, beachtlich »tabu«: Du weißt ja, das Übliche, Irrationalismus, Vitalismus, Archaismus et cetera et cetera. Ich dachte *auch* an die »Frankfurter«!!)

Ich wiederhole, ich habe Lust, mit Dir zu reden, mit Dir zu diskutieren. Dir recht zu geben, Deine vollkommene politische »Vorstellungskraft« ins Theoretische zu »übersetzen«, wenn Du erlaubst. Die Dinge, die Du sagst, und die ich auch sage, hier und dort, mündlich oder wenn ich von »anderem« schreibe. Ich habe Lust zu beginnen; wenn Du, wie wir diesen Sommer besprochen haben, zum Soziologieseminar nach Bologna kommst, reden wir darüber, beginnen wir. Oder wir beginnen damit, daß wir uns zusammen etwas ausdenken, wenn Du willst: was weiß ich, kurze Notizen, Briefe, Stichpunkte für einen (längeren) Diskurs, »Dialoge«, Bekanntmachungen, Anweisungen, in »Nuovi Argomenti« meinetwegen oder anderswo. Bon.

Bis bald. Wenn Du mir antwortest, bin ich froh darüber.

1 Vgl. *La sua intervista conferma che ci vuole il processo*, in *Lettere luterane*, Einaudi, Turin 1976, S. 131–37.

PPP mit seiner Mutter Susanna,
um 1973

Anna Magnani und PPP am Lido von Venedig
bei den ersten Aufnahmen zu ›Mamma Roma‹, 1962

Register

Maria Callas und PPP
während der Dreharbeiten zu ›Medea‹, 1968

Editorische Notiz

Die Briefe Pier Paolo Pasolinis erschienen im italienischen Original bei Giulio Einaudi editore, Turin, in der *Biblioteca degli orsi: Pier Paolo Pasolini, Lettere. 1940–1954* und *1955–1975*, herausgegeben von Nico Naldini.

Für die deutsche Ausgabe wurde eine breite Auswahl aus den Briefen getroffen, die dem Leser ein Maximum an Einsicht in das Leben und die Arbeit Pier Paolo Pasolinis gewährt.

Ausgewählt wurde nach inhaltlichen Kriterien. Aufschlußreich sind vor allem die frühen Briefe – hier hat Pasolini noch viel Zeit, steht in engem Briefkontakt mit vielen Freunden und ist von einer förmlich ausufernden Mitteilsamkeit. Die Briefe an Freunde, die er nicht oder zumindest nicht in erster Linie aus dem Literatur- und Filmbetrieb kannte, gehören zu den interessantesten und schönsten; sie bilden einen großen Teil der Auswahl. Später kommen prominente Namen dazu, doch diese Briefe sind in der Regel eher geschäftsmäßig, es geht um Verträge, Zeitschriftenbeiträge, Honorare, Verlagssuche für verschiedene Zeitschriften, Auswahlbände, Manuskripte junger Dichter, die er empfiehlt, Filmskripts, Drehorte, literarische Streitereien. Von diesen Briefen wurden die wichtigsten aufgenommen, vor allem die ausführlichen Auseinandersetzungen um literarische, politische und ästhetische Fragen mit Italo Calvino und Franco Fortini.

Die Gewichtung der Auswahl entspricht der Verteilung der Briefe im Original. Die Briefe reichen von 1940 bis 1975. Auf die Jahre 1960 bis 1975 (also die knappe Hälfte der Zeit und den Zeitraum, in dem Pasolini berühmt wurde) entfällt nur ein Fünftel der Briefe. Jahr um Jahr wird die Anzahl der Briefe geringer, 1974 ist es gar nur einer. Das hängt natürlich damit zusammen, daß Pasolini in seiner römischen Zeit mit vielen seiner Freunde oder Kollegen nicht zu korrespondieren brauchte: er sah sie fast täglich. So gibt es z. B. überhaupt keine Briefe an: Giorgio Bassani, Mario Luzi, Elsa Morante, Alberto Moravia, Carlo Emilio Gadda, Attilio und Bernardo Bertolucci, Federico Fellini, Ninetto Davoli, Totò und Maria Callas. Und wir besitzen nur wenige Briefe an Sandro Penna, mit dem Pasolini in den ersten Jahren in Rom ganze Tage und Wochen verbrachte, an Laura Betti, Paolo Volponi und Sergio Citti.

Um das Bild abzurunden, hat Nico Naldini zahlreiche Zeugnisse der Genannten über Pasolini oder Äußerungen Pasolinis über sie (in Artikeln, Interviews etc.) in seine Chronologie des Lebens und der Werke Pasolinis aufgenommen, die als parallele Lektüre zu den Briefen unentbehrlich ist: Nico Naldini, *Pier Paolo Pasolini. Eine Biographie*, Berlin 1991.

Der Verlag dankt Thomas Schmid und Maja Pflug für die Beratung bei der Auswahl aus den Briefen.

Verlag Klaus Wagenbach

Kurzvita Pier Paolo Pasolinis

Pier Paolo Pasolini wird am 5. März 1922 in Bologna geboren. Sein Vater Carlo Alberto ist Berufsoffizier, seine Mutter Susanna Volksschullehrerin in ihrem friaulischen Heimatort Casarsa. In den ersten Jahren muß die Familie fortwährend von einer norditalienischen Garnisonsstadt in die andere umziehen, so beispielsweise nach Parma, Belluno, Conegliano. Die Sommermonate verbringen sie im Friaul. 1925 wird Pier Paolos Bruder Guido geboren.

Die letzten Gymnasialjahre verbringt Pasolini in seiner Geburtsstadt Bologna, dort beginnt er auch das Studium der Kunstgeschichte und der Literatur. 1943, sein Vater ist Kriegsgefangener in Kenia, zieht er zu seiner Mutter ins Friaul, nach Casarsa. Hier entsteht der erste Gedichtband, *Poesie a Casarsa*, im friaulischen Dialekt. Für kurze Zeit wird Pasolini Soldat, sein Bruder schließt sich 1944 den Partisanen an und wird von Tito-Anhängern umgebracht.

Pasolini schließt sein Studium mit einer Arbeit über den Dichter Giovanni Pascoli ab. Zunächst gründet er mit seiner Mutter eine Privatschule in Casarsa, dann nimmt er eine Lehrerstelle in einer staatlichen Mittelschule an. Er beteiligt sich an der Gründung einer Akademie zur Erforschung der friaulischen Sprache und Kultur.

1947 tritt er in die KPI ein, ein Jahr später wird er aufgrund einer Anzeige wegen »obszöner Handlungen« (dem Bekanntwerden seiner Homosexualität) ausgeschlossen. Er verliert seine Stelle und zieht mit seiner Mutter im Winter 1949/50 nach Rom.

Anfängliche finanzielle Schwierigkeiten lassen sich nur nach und nach überwinden. Die 1950 angenommene Arbeit an einer Privatschule erlaubt es ihm, eine größere Wohnung zu mieten und seinen Vater zu sich zu holen.

Bis 1949 entstehen zahlreiche Gedichte, hauptsächlich im friaulischen Dialekt. Zu Beginn der fünfziger Jahre schreibt er Texte der später (1965) veröffentlichten Ausgabe *Alì con gli occhi azzurri* und den Gedichtband *La meglio gioventù*. Die Arbeit in der Schule gibt er auf, als der Verlag Garzanti ihm einen Vertrag für *Ragazzi di vita* anbietet. Gleichzeitig beginnt er, Drehbücher für bekannte italienische Regisseure zu schreiben (Fellini, Bolognini).

1955 erscheint der Roman *Ragazzi di vita*, und mit seinem Erscheinen beginnt die Reihe der Prozesse gegen Pasolini und seine Werke. 1956 gründet er die Literaturzeitschrift *Officina*, lernt die Autoren Alberto Moravia und Elsa Morante und seine jahrelange Begleiterin Laura Betti kennen. 1957 erhält er den Premio Viareggio für die Gedichtsammlung *Le ceneri di Gramsci*. 1958 stirbt sein Vater. 1959 veröffentlicht er seinen zweiten römischen Roman *Una vita violenta*; die Zeitschrift muß er einstellen. 1960 erscheint seine Essaysammlung *Passione e ideologia*, Anfang der sechziger Jahre weitere Gedichtbände.

1961 dreht er seinen ersten Film, *Accattone*, es folgen *Mamma Roma*, *La rabbia* und *La ricotta*, letzterer zieht 1963 einen langen Prozeß und eine Verurteilung wegen Blasphemie nach sich. 1964 ist sein Film *Vangelo secondo Matteo* beim Filmfestival in Venedig ein großer Erfolg. Im gleichen Jahr erscheint seine Kulturkritik *Nuove questioni linguistiche*, 1965 hält er seinen ersten Vortrag über seine Filmtheorie. Ab 1966 leitet Pasolini mit Moravia die Zeitschrift *Nuovi Argomenti* und schreibt seine sechs Theaterstücke. Ebenfalls 1966 dreht er *Uccellacci e uccellini*, und der junge Hauptdarsteller Ninetto Davoli wird seine große Liebe. In den folgenden Jahren dreht Pasolini zahlreiche seiner bekannten Filme, wie *Edipo re*, *Teorema*, *Porcile*, *Medea*. Seinen letzten Gedichtband *Trasumanar e organizzar* veröffentlicht er 1971.

In den folgenden Jahren schreibt er viele seiner aufsehenerregenden und diskutierten Literatur- und Gesellschaftskritiken, die in *Scritti corsari* und *Lettere luterane* veröffentlicht sind. Die Aufführung seines letzten Films *Salò o le 120 giornate di sodoma* erlebt er nicht mehr; er wird in der Nacht vom 1. zum 2. November 1975 in Ostia ermordet.

Orson Welles und PPP
bei Dreharbeiten zu ›La ricotta‹, 1963

PIER PAOLO PASOLINI

Ragazzi di vita Roman
Zum erstenmal in deutscher Übersetzung:
Pasolinis frühes und viel umstrittenes, von Kirche und Justiz geächtetes Meisterwerk.
Aus dem Italienischen von Moshe Kahn.
Quart*buch*. Schwarzes Leinen. 240 Seiten

Literatur und Leidenschaft
Über Bücher und Autoren
Dieser Band stellt Pasolini als Kritiker und als leidenschaftlichen Kämpfer für eine »moderne Literatur« vor.
Aus dem Italienischen von Annette Kopetzki.
Mit einem Nachwort von Thomas Schmid.
Englische Broschur. 160 Seiten mit vielen Photos.

Freibeuterschriften Die Zerstörung der Kultur des Einzelnen durch die Konsumgesellschaft
»Pasolinis Polemiken sind das beneidenswerte Beispiel einer politischen Kultur, die bei uns undenkbar zu sein scheint«. DIE ZEIT
Aus dem Italienischen von Thomas Eisenhardt.
Quartheft 96. 144 Seiten

Unter freiem Himmel
Ausgewählte Gedichte
»Nirgendwo sonst spricht Pasolini so subjektiv wie in seinen Gedichten. Seine Autobiographie liegt in ihnen ausgebreitet«. SZ
Aus dem Italienischen von Toni und Sabine Kienlechner.
Quartheft 112. 160 Seiten

Barbarische Erinnerungen
Divina Mimesis
»Fragment gebliebene Erinnerungen in sieben Gesängen, der Autor Pasolini als ein anderer Vergil«. FAZ
Aus dem Italienischen von Maja Pflug.
Quartheft 120. 112 Seiten

Amado mio
Zwei Romane über die Freundschaft
In einer fast bukolischen Heimat läßt Pasolini verbotene Freundschaft, Leidenschaft und Liebe zwischen Männern entstehen.
Aus dem Italienischen von Maja Pflug.
Quartheft 130. 208 Seiten

PIER PAOLO PASOLINI
Eine Biographie von Nico Naldini

Eine Biographie als verläßliche, reich dokumentierte Chronologie, geschrieben vom besten und intimsten Kenner Pasolinis, seinem Cousin Nico Naldini.
In vielen Zitaten rekonstruiert Naldini die bedeutendsten, zum Teil lebenslangen Beziehungen und Freundschaften Pasolinis: die – für ihn wohl wichtigste – Beziehung zu seiner Mutter, die respektvolle Freundschaft zu seinem Entdecker und Kritiker Gianfranco Contini, zu den Schriftstellern Italo Calvino und Paolo Volponi; die Reisen und Abende in römischen Trattorien mit Maria Callas (›Medea‹), Alberto Moravia und Elsa Morante, der Schauspielerin Laura Betti und der Freundin Silvana Mauri. Für den Leser entsteht das Bild eines ungewöhnlichen Mannes: ein Multitalent, das Literatur und Film, Poesie und Ideologie miteinander verband und zugleich Teil (wenn nicht Repräsentant) einer Streitkultur war, die Italien bis heute auszeichnet.

Aus dem Italienischen von Maja Pflug.
Allgemeines Programm.
Französische Broschur. 352 Seiten mit vielen unbekannten Quellen, Zeugnissen und 170 Fotos. DM 32.–

LESEN SIE WEITER:

LUIGI MALERBA *Das griechische Feuer Roman*
Der historische Kriminalroman über eine schöne, nymphomane Kaiserin, ihre Bürokraten, Kaiser, Liebhaber und eine verderbenbringende Geheimwaffe, die über das Wasser laufen kann.
»Eine elegant und locker geschriebene spannende Geschichte über die Verführung der Macht«.
Alice Vollenweider, Neue Zürcher Zeitung
Aus dem Italienischen von Iris Schnebel-Kaschnitz.
Quart*buch*. Schwarzes Leinen. 240 Seiten

CARMELO SAMONÀ *Casa Landau Roman*
Sein letzter Roman handelt vom Staunen eines Jungen über die Geheimnisse einer Villa und ihrer Bewohner.
»Samonà ist zweifellos der beste Schriftsteller, den das letzte Jahrzehnt in Italien hervorgebracht hat.« Il Giornale
Aus dem Italienischen von Marianne Schneider.
Quartheft 177. 144 Seiten

ROBERT PINGET
Kurzschrift. Aus Monsieur Traums Notizheften
Nicht abreißende Geschichten, Betrachtungen und Jeremiaden, heiter und lakonisch – in der Kurzschrift eines der letzten großen Repräsentanten der französischen literarischen Moderne: Der Schriftsteller als alternder Narr.
Aus dem Französischen von Gerda Scheffel.
Quartheft 175. 128 Seiten

ERICH FRIED *Einbruch der Wirklichkeit*
Gedichte aus dem Nachlaß bei Lebzeiten
Volker Kaukoreit, der sich seit vielen Jahren mit dem Werk Erich Frieds beschäftigt, hat diese verstreuten Gedichte gesammelt und in der vom Autor zuletzt gewählten Form ediert.
Quartheft 176. 96 Seiten

Deutsche Orte
Herausgegeben von Klaus Wagenbach
Ein Lesebuch über das, woran sich Deutschland, das alte und das neue, erinnert: Zweiunddreißig ›Gedächtnisorte‹, beschrieben von deutschen Autoren.
Erich Fried schreibt über den deutschen Wald; Hans Magnus Enzensberger lauscht der Landessprache; Heinz Czechowski besucht das Völkerschlachtdenkmal und Franz Fühmann erzählt von Schneewitchen.
Warum erinnern wir uns und was erinnern wir gemeinsam?
SALTO. Rotes Leinen. 96 Seiten

JAVIER TOMEO
Der Marquis schreibt einen unerhörten Brief *Roman*
Ein seit zwanzig Jahren in seinem Schloß vergrabener Marquis versucht mit Hilfe eines unverständlichen Schriftstücks in die Gegenwart zurückzukehren. Ein großes und poetisches Unternehmen, überaus komisch und in einer selten schönen Sprache geschrieben.
Aus dem Spanischen von Elke Wehr.
SALTO. Rotes Leinen. 96 Seiten mit Zeichnungen des Autors.

MATTHIAS KOEPPEL *Koeppels Tierleben. In Starckdeutsch*
Nach seinem erfolgreichen ersten Buch, ›Starckdeutsch‹, wendet Koeppel sein vokalkräftiges und konsonantenverstärktes Deutsch auf die Tierwelt an: vom Pruntozaurihur bis zum Dukartnscheußßur.
SALTO. Rotes Leinen. 96 Seiten mit Zeichnungen des Autors.

LUIGI MENEGHELLO *Die kleinen Meister* *Roman*
Ein Episodenroman über den Kampf der ›kleinen Meister‹ des Widerstands während des Zweiten Weltkriegs in Italien.
»Meneghello liefert ein Stück Geschichtsschreibung in Geschichten, die zum Herausragendsten gehören, was in diesem Bereich zuletzt bei uns auf den Markt kam.«
Heinz Neidel, Nürnberger Nachrichten
Aus dem Italienischen von Marianne Schneider.
Quart*buch*. Schwarzes Leinen. 270 Seiten.

ROMANO BILENCHI *Die unmöglichen Jahre*
Eine Familiengeschichte aus der Toskana
In diesem Buch berichtet Bilenchi von der imaginären Reise in die Welt seiner Jugend.
»Es ist an der Zeit, daß Romano Bilenchi endlich auch dem deutschsprachigen Publikum vorgestellt wird.«
Charitas Jenny-Ebeling, Neue Zürcher Zeitung
Aus dem Italienischen von Karin Fleischanderl.
Quartheft 173. 128 Seiten.

FRIEDERIKE HAUSMANN
Kleine Geschichte Italiens seit 1943
»Es ist gut, daß ab und zu solche Bücher geschrieben werden. Italien ist ohne Nachhilfeunterricht ein zu schwieriges Pensum.«
Horst Schlitter, Frankfurter Rundschau
Wagenbach: Taschenbuch 159. 176 Seiten mit vielen Fotos.

Schreiben Sie uns eine Postkarte, wir schicken Ihnen dann unseren jährlichen Almanach ZWIEBEL:
Verlag Klaus Wagenbach, Ahornstr. 4, 1000 Berlin 30

Gesetzt aus der Korpus Bodoni mager durch
Mega-Satz-Service, Berlin
Gedruckt und gebunden von Clausen & Bosse, Leck
Leinen von Hubert Herzog, Dornstadt
Der Einband verwendet ein Portrait von Pier Paolo Pasolini

ISBN 3 8031 3560 5

Für die Fotos auf den Seiten 2, 15, 303, 304, 310 und 315 danken wir der Associazone Fondo Pier Paolo Pasolini, Rom

€14,-
L